ESTAS NO SON SEÑORITAS

ESTAS NO SON SEÑORITAS

ESCRITO POR

RUBY M^CDOW WENDT

LIBERTY BELL PUBLICATIONS

ISBN: 978-1-59364-060-6 Edición en color
ISBN: 978-1-59364-061-3 Edición en blanco y negro
ISBN: 978-1-59364-059-0 Edición en color en español
ISBN: 978-1-59364-058-3 Edición en blanco y negro en español

Liberty Bell Publications
655 Sandifer Road
York, SC 29745

1-704-560-4880 or dmartyo@protonmail.com

Liberty Bell Publications® es una marca registrada de Liberty Bell Publications LLC, una sociedad de responsabilidad limitada de Carolina del Sur.

Impreso en los Estados Unidos de América

Por Ruby

Un Sueño Que Importaba

ÍNDICE

NOTA DEL EDITOR

Esta edición incluye un glosario para quienes no tengan un vocabulario tan ampliado como otras. De vez en cuando he tenido que recurrir al diccionario para aclarar el significado de palabras que conocía y que había utilizado muchas veces, pero de las que en realidad no sabía el verdadero significado. Sólo una idea de lo que se decía. Decidí proporcionar los significados (tal y como se utilizan aquí) de muchas palabras con las que tenía dificultades, con la esperanza de que otras personas que experimenten lo mismo no tengan que buscar constantemente sus significados y pierdan así el flujo de esta historia verdaderamente notable e interesante.

Muchas de estas palabras las utilizamos todos, pero ¿estamos seguros de entenderlas? A mis sesenta y nueve años, yo creía que sí y me sorprendió mucho mi incapacidad para definirlas con precisión mientras leía. Después de darle vueltas a cuántas eran, me di cuenta de que mucha gente podría darse por vencida y no seguir leyendo. Yo no quería eso. Así que, para animar a otros como yo, he incluido este glosario para un buen número de las palabras con las que tuve dificultades. Algunos dirán que es una cantidad excesiva de palabras, y estoy de acuerdo. Pero como soy una persona con un rendimiento escolar por encima de la media, nunca me había dado cuenta de que, a la hora de la verdad, no era capaz de dar una definición adecuada. Para aquellos de ustedes, tanto jóvenes como mayores, nativos o extranjeros, brillantes o no tan brillantes, con fluidez en inglés o no, que puedan necesitar un pequeño repaso, esto es para ustedes. Le sorprenderá lo útil que es.

Todos los que compren el libro recibirán una versión en pdf sin coste alguno. Sólo tiene que enviar un correo electrónico al editor con la prueba de compra a:

dmartyo@protonmail.com para su copia.

Reparto de personajes
(Por orden de aparición)

Micaela – Sirvienta en la casa de Luzare.

Esmeralda Constante – Primera esposa de Luzare. Hija del Dr. Moran.

Lorita – Loro mascota de Micaela.

Ricardo Constante – Hijo y primogénito de Esmeralda y Luzare.

Dolores – Sirvienta en la casa de Luzare.

Rosa – Cocinera en la casa de Luzare.

Eva – Sirvienta en la casa de Luzare.

Luzare Constante – 53 años. Cabeza de familia.

Diana – Esposa de Ricardo.

Víctor Constante – Hijo menor de Luzare y Esmeralda. 7 años de edad.

Libia Constante – Segunda esposa de Luzare.

Laura – Fiel sirviente infantil de Libia.

Carmen – Pintura en la pared. Una antepasada.

Arturo Constante – Hijo de 18 años de Luzare y Esmeralda.

Paulo Constante – Hermano de Luzare. Propietario de una gran lechería. Se llama Lecheria.

Felipe Quesada – Padre de Libia. Dentista en Cartago.

Catalina Quesada – Madre de Libia.

Martita – Amiga de Libia.

Enor – Concho de cabeza en la plantación de Luzare.

Francisco – Sirviente en la casa de Ricardo Luzare y hermano de Enor. 15 años.

Doctor Moran – Suegro de Luzare.

Marie – Hermana de Libia.

Lucien Constante – Abuelo de Luzare.

Jerome – Hijo de Lucien. Murió de malaria en 1850.

Louis Constante – Hijo de Lucien. Esposo de Amelia. Abuelo de Luzare.

Amelia Constante – Madre de Luzare. Esposa de Louis.

Elena – Hermana mayor de Libia. En Asilo.

Helena – Hermana de Libia. Se había vuelto loca.

Albert – Hermano de Libia. En prisión.

Luira – Profesora de Libia.

Anabella Constante – Hija mayor de Libia y Luzare.

Margarita Cecilia Constante – Hija de Libia y Luzare.

Sara – Se convirtió en esposa de Arturo.

Yolanda – Sirvienta Víctor le gustaba.

Virginia – Una amiga de Margarita.

Roberto – Novio de Anabella.

Edwin – Novio de Margarita. (Eddy)

Olga – Se convirtió en esposa de Víctor.

Renato – Hijo de Ricardo y Diana.

Juan Quitituy – Abusador de Libia.

Rafael Valverde – Quiere ser novio de Anabella y se convierte en su marido.

Ester – Prima lejana de Margarita.

Lina – Hermana de Esmeralda. Apellido de casada de Escalante.

Nena – La chica que vive enfrente de Margarita.

Dora – Alumna de la escuela que estaba enamorado de Margarita.

Flora – La mayor de la escuela.

Nastalia Mora – Madre de Edwin.

Claudia – Amiga americana de Margarita.

Jaime Aragón – Doctor al que le gusta Margarita.

Olivia – Novia de Roberto.

Amelia – Los Ángeles. Prima lejana de Libia. Regenta una pensión.

Sara Williams – Propietaria de una pensión en Nueva Orleans.

Estrella – Amiga de Margarita en la escuela de Nueva Orleans.

Roy – Novio de Estrella en Atlanta.

Maurice Du Clerc – Estudiante en Georgia Tech. Le gusta Margarita.

Barton – Estudiante en una escuela de belleza. Le gusta Margarita.

Barr Tully – Estudiante de escuela nocturna a la que le gusta Margarita. 19 años. Se convierte en su marido.

Lucy Tully – La madre de Barr.

Jack – Un amigo de Barr.

May – Novia de Jack.

Gabriela – Criado ayudando a Margarita.

Charlene – Hija de Margarita y Barr.

Reparto de personajes
(Por orden alfabético)

Albert – Hermano de Libia. En prisión.

Amelia – Los Ángeles. Prima lejana de Libia. Regenta una pensión.

Amelia Constante – Madre de Luzare. Esposa de Louis.

Anabella Constante – Hija mayor de Libia y Luzare.

Arturo Constante – Hijo de 18 años de Luzare y Esmeralda.

Barr Tully – Estudiante de la escuela nocturna a la que le gusta Margarita. 19 años. Se convierte en su marido.

Barton – Estudiante en una escuela de belleza. Le gusta Margarita.

Carmen – Pintura en la pared. Una antepasada.

Catalina Quesada – Madre de Libia.

Charlene – Hija de Margarita y Barr.

Claudia – Amiga americana de Margarita.

Diana – Esposa de Ricardo.

Doctor Moran – Suegro de Luzare.

Dolores – Sirvienta en la casa de Luzare.

Dora – Alumna de la escuela que estaba enamorado de Margarita.

Edwin – Novio de Margarita. (Eddy)

Elena – Hermana mayor de Libia. En Asilo.

Enor – Concho de cabeza en la plantación de Luzare.

Esmeralda Constante – Primera esposa de Luzare. Hija del Dr. Moran.

Ester – Prima lejana de Margarita.

Estrella – Amiga de Margarita en la escuela de Nueva Orleans.

Eva – Sirviente en la casa de Luzare.

Felipe Quesada – Padre de Libia. Dentista en Cartago.

Flora – La mayor de la escuela.

Francisco – Sirviente en la casa de Ricardo Luzare y hermano de Enor. 15 años de edad.

Gabriela – Criada ayudando a Margarita.

Helena – Hermana de Libia. Se había vuelto loca.

Jack – Un amigo de Barr.

Jaime Aragón – Doctor al que le gusta Margarita.

Jerome – Hijo de Lucien. Murió de malaria en 1850.

Juan Quitituy – Abusador de Libia.

Laura – Fiel sirviente infantil de Libia.

Libia Constante – Segunda esposa de Luzare.

Lina – Hermana de Esmeralda. Apellido de casada de Escalante.

Lorita – Loro mascota de Micaela.

Louis Constante – Hijo de Lucien. Esposo de Amelia. Abuelo de Luzare.

Lucien Constante – Abuelo de Luzare.

Lucy Tully – La madre de Barr.

Luira – Profesor de Libia.

Luzare Constante – 53 años. Cabeza de familia.

Margarita Cecilia Constante – Hija de Libia y Luzare.

Marie – Hermana de Libia.

Martita – Amiga de Libia.

Maurice Du Clerc – Estudiante en Georgia Tech. Le gusta Margarita.

May – Novia de Jack.

Micaela – Sirvienta en la casa de Luzare.

Nastalia Mora – La madre de Edwin.

Nena – La chica que vive enfrente de Margarita.

Olga – Se convirtió en esposa de Víctor.

Olivia – Novia de Roberto.

Paulo Constante – Hermano de Luzare. Propietario de una gran lechería. Se llama Lecheria.

Rafael Valverde – Quiere ser novio de Anabella y se convierte en su marido.

Renato – Hijo de Ricardo y Diana.

Ricardo Constante – Hijo y primogénito de Esmeralda y Luzare.

Roberto – Novio de Anabella.

Rosa – Cocinera en la casa de Luzare.

Roy – Novio de Estrella en Atlanta.

Sara – Se convirtió en esposa de Arturo.

Sara Williams – Propietario de una pensión en Nueva Orleans.

Víctor Constante – Hijo menor de Luzare y Esmeralda. 7 años de edad.

Virginia – Una amiga de Margarita.

Yolanda – Sirvienta Víctor le gustaba.

Ilustraciones

Mapas

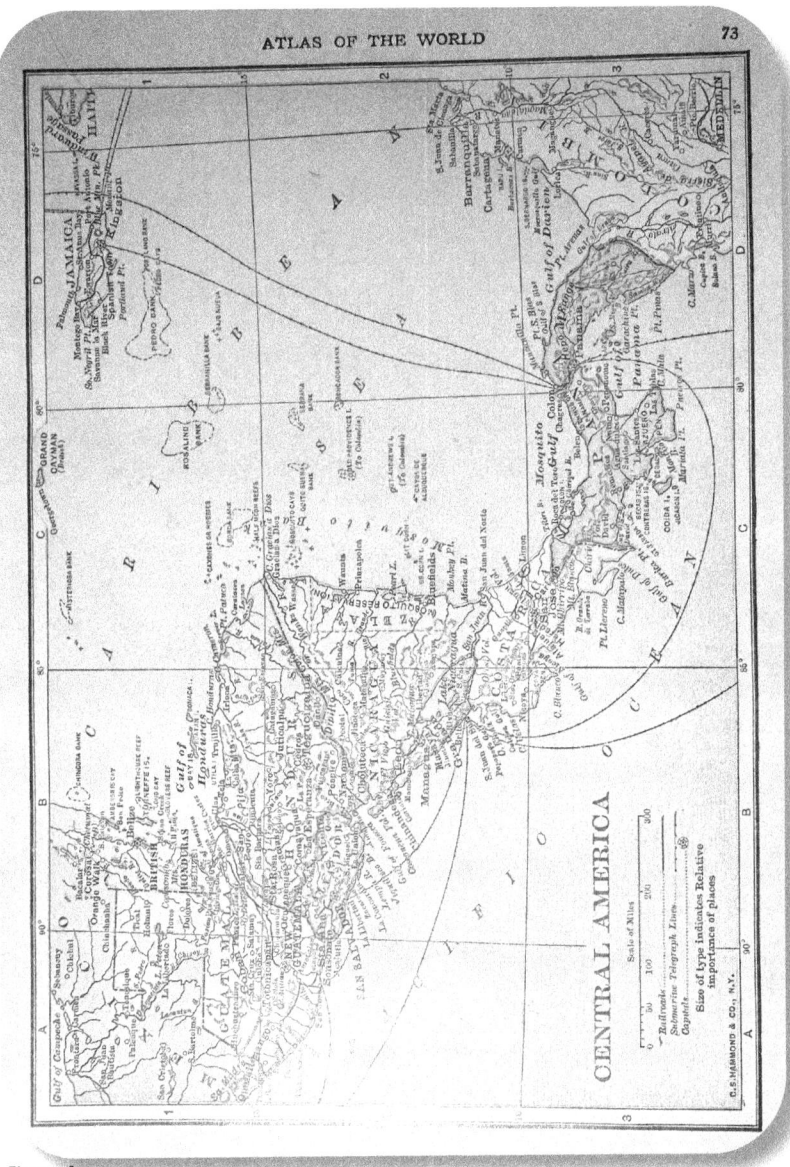

Figura 1

Atlas Hammond del mundo de 1910

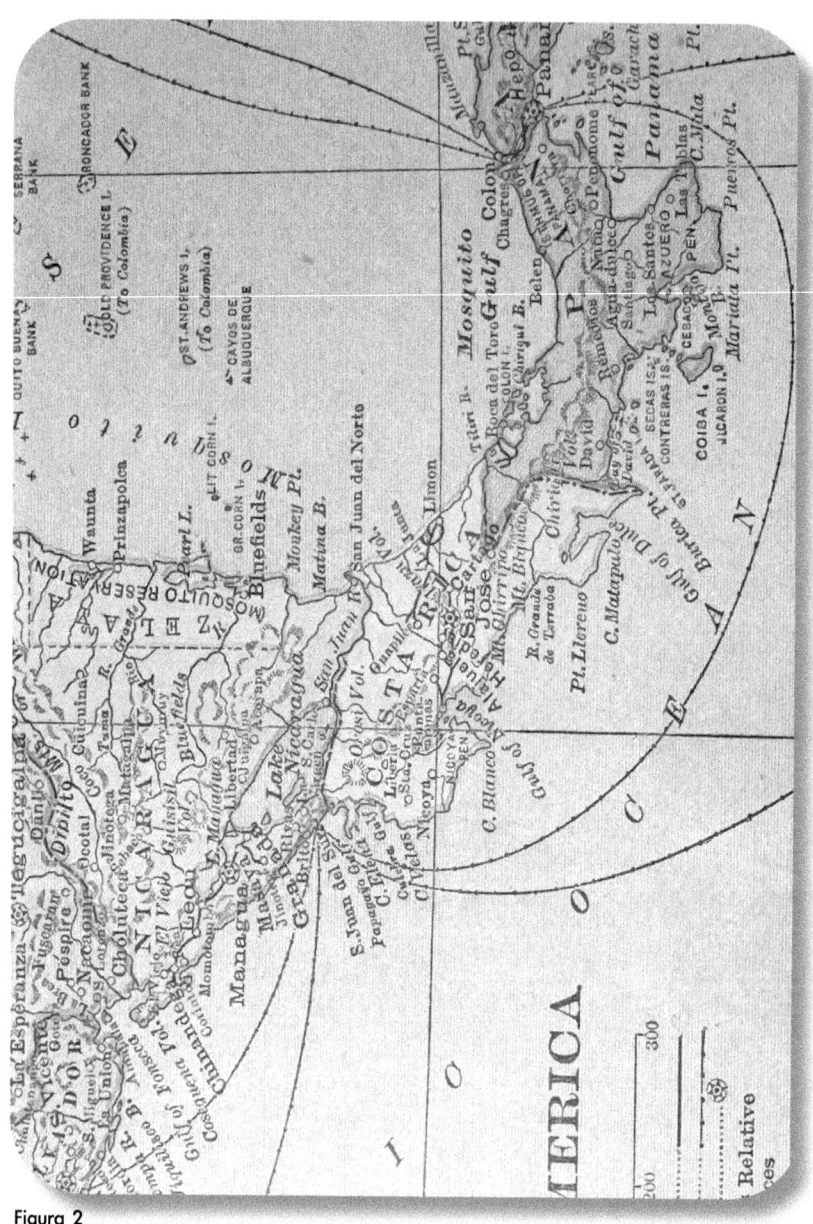

Figura 2

Atlas Hammond del mundo de 1910

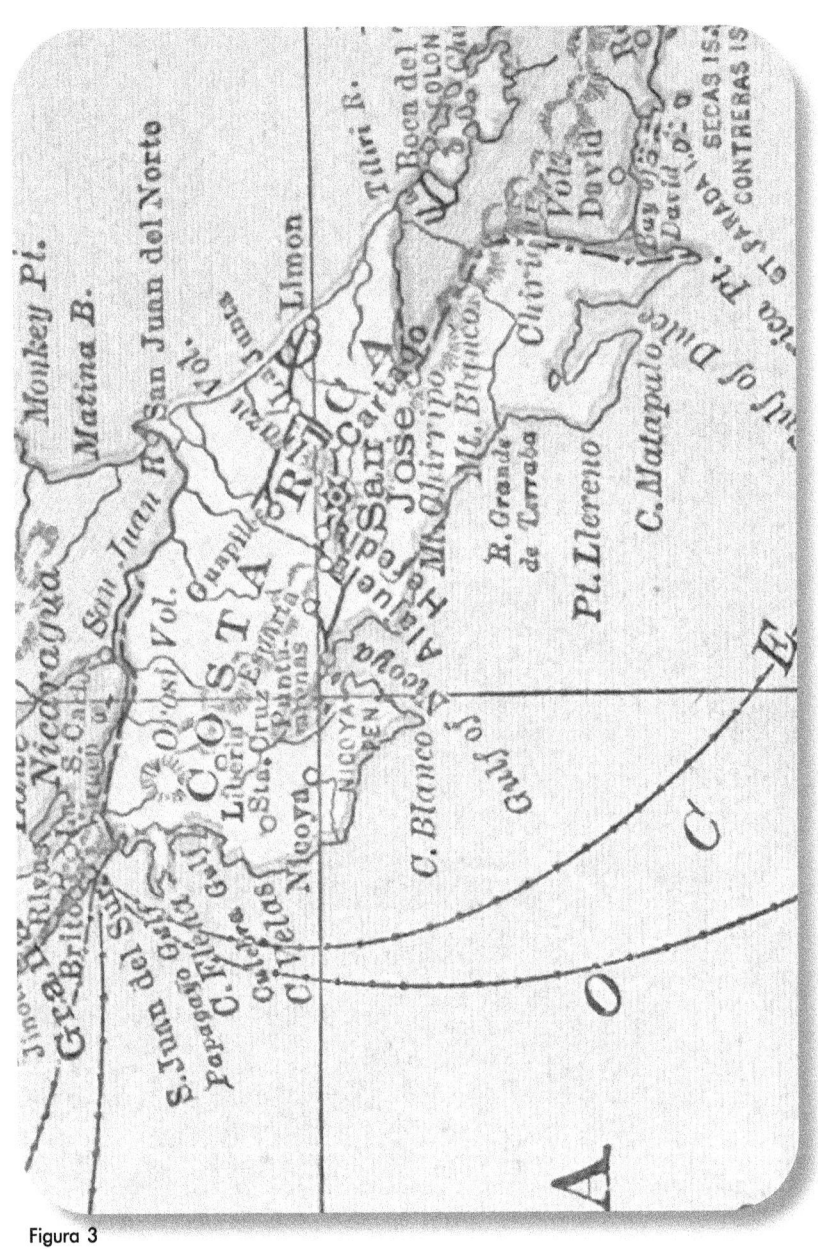

Figura 3

Atlas Hammond del mundo de 1910

Figura 4 Mapa topográfico de Costa Rica
istockphoto.com/FrankRamspott
https://www.istockphoto.com/photo/costa-rica-3d-render-topograpic-map-
border-gm909754816-250566678?clarity=false

Figura 5

Provincias de Costa Rica
istockphoto.com/-Panya-
https://www.istockphoto.com/vector/the-detailed-map-of-costa-
rica-with-regions-or-states-administrative-division-gm956739476-
261232375?clarity=false

Figura 6

Parque Nacional del Volcán Arenal en Costa Rica con el Lago Arenal

istockphoto.com/OGphoto

https://www.istockphoto.com/photo/arenal-volcano-and-arenal-lake-costa-rica-gm1388560096-446161239?clarity=false

Figura 7

La Familia Constante

Figura 8

Porche Trasero de la Casa Constante Visto Desde un Balcón

CAPÍTULO UNO

La Familia Constante

1924

E L ARDIENTE SOL COSTARRICENSE ILUMINABA a dos sirvientes refunfuñones que permanecían de pie junto a la mesa blanqueadora del patio trasero. Un graznido que se oía por encima del aleteo de las prendas mojadas era la voz de la vieja Micaela. Era una criatura sin edad, más negra que el ébano. Pero las arrugas no podían disimular su origen. Sus rasgos pequeños y afilados, sus ojos brillantes y relucientes y sus pómulos altos daban fe de su nacimiento jamaicano. Su figura se encorvaba como la de un buitre, su falda negra y raída se recogía en la cintura y colgaba hasta el suelo cubriendo sus pies descalzos. Su blusa negra se enganchaba en lo alto del huesudo cuello, dejando una hendidura donde siempre metía sus arrugados pañuelos, y en la blusa, contra el cóncavo pecho, amuletos, cruces y medallas de santos alejaban a los clamorosos espíritus malignos que la acosaban por todas partes. Las mangas de la blusa le colgaban hasta las escuálidas muñecas. Y cada vez que abría la boca, sus fuertes y cuadrados dientes postizos hacían muecas y chasqueaban horriblemente. El corazón arrugado de esta criatura sólo conocía dos fidelidades. La primera y suprema devoción era a la verde memoria de su ama muerta. Micaela sentía

Figura 9

Micaela

que al hablar de su bondadosa, generosa y católica Esmeralda, esa doña Esmeralda volvía a vivir, aunque fuera por un momento. La otra fidelidad era a su Lorita, la hermosa cotorra verde y roja de múltiples plumas que, siendo un polluelo, había venido con ella cuando, a los dieciséis años, dejó su isla jamaiquina para venir a este pequeño país de Costa Rica a entrar al servicio de la familia de Esmeralda. En ese momento, Lorita estaba sentada en la cerca del gallinero cercano, ladeando su cabeza verde interesada en todos los murmullos de Micaela y fingiendo que los murmullos eran noticias que no había oído antes.

Micaela resolló y expulsó una tos asmática, luego continuó con sus estridentes lamentos. Su voz torva y áspera crepitó:

—Oh Dios, deseará estar muerta antes de que esto acabe —se agachó y agarró un puñado de prendas finas de césped, se dio cuenta de que eran las bragas interiores de una joven, escupió y siseó—. Caramba, qué pena, pero menos mal que Ricardo está casado. Puedo ir allí —se miró las manos, secas como tiesto, y continuó—. Estas manos envejecidas no servirán a una Intrusa que yace en la cama de Esmeralda. Ricardo ama a esta vieja. Ricardo, el primogénito de mi Esmeralda, mi bebé, ama a esta vieja.

Dolores, la otra sirvienta, cómodamente apoyada en sus caderas llenas, cambió de posición y tarareó con voz grave y crujiente una canción que siempre inventaba sobre la marcha:

—Canta, canta pajarito, porque quiero llorar —encogió sus gordos hombros hacia Micaela y replicó —¡No es asunto tuyo, cállate! Deja que la gente se case, que se muera, ¿qué más te da? El señor se casó hace siete meses y tú sigues refunfuñando. ¿No puedes callarte nunca? Además, ¿cómo sabes cómo será la nueva señora? —y Dolores se detuvo un momento a considerar la pregunta. Pero se apresuró a retomar la conversación—, ¡Y el ruido que hicieron anoche al entrar! No me molesté en levantarme para verlas. Pero he oído que es guapa, la nueva ama.

Micaela lanzó una mirada viperina a Dolores y comenzó otro monólogo lastimero:

—Tú, tú no conoces mis sentimientos, si puedes hablar así. No pasaste cuarenta años con doña Esmeralda. Desde que era un niño, no trabajé para nadie más, casi toda mi vida. Y ahora aquí está esa flaca intrusa de piernas largas, la vi anoche. La vi. ¿Cómo esperas que actúe? Ojalá pudiera irme de aquí hoy.

Tolerantemente, Dolores comentó, un poco menos bruscamente:
—Yo también estoy lista para irme, pero ten paciencia, mantén la boca cerrada. Nos iremos pronto, tu Ricardo se encargará de eso, estoy segura, y su esposa será como una segunda doña Esmeralda para ti, apuesto.

Pero Micaela no oyó el consuelo pretendido. Estaba demasiado atrás, en la nebulosa y sombría penumbra de su mente, donde a menudo se deslizaba. Sin embargo, sus labios seguían murmurando: «No más intrusa en lugar de mi pobre Esmeralda muerta. Lorita, Esmeralda está muerta, fría, muerta, desaparecida». Luego se desplomó en otra tos seca y espasmódica, tan violenta que todos sus huesos parecían traquetear y crujir en sus oxidadas cuencas. Finalmente, recuperando el aliento en bocanadas cortas y agotadas, se quitó el pañuelo de la garganta con su pequeña garra negra y se secó los ojos húmedos que siempre se humedecían ante la mera mención del nombre de Esmeralda.

Al otro lado del patio, en la amplia cocina cuadrada, Rosa se movía con eficacia y rapidez. La cena ya se había retrasado. Era nueva en esta cocina y la joven sirvienta Eva no tenía experiencia. Traída de la antigua casa de su ama, Rosa estaba deseosa de que la primera comida para su joven ama en esta casa fuera perfecta en preparación y servicio. Ella misma, alta y delgada, con sus largas trenzas hacia atrás colgando a cada lado sobre sus pechos, preparaba cada plato. Rompió los huevos en un cuenco de barro vidriado de color rojo, incorporó las cebollas y los tomates picados, vertió un chorrito de leche dulce de una pequeña jarra, removió la mezcla con un potente movimiento giratorio y se acercó a la vieja cocina de leña donde se cocinaba a fuego lento una sartén con mantequilla derretida. Mientras la mantequilla caliente salpicaba los huevos en cocción, observó los filetes que se estaban asando, advirtió a Eva que esponjara el arroz y removiera las judías negras. Luego, colocando los huevos revueltos en una fuente, Rosa pasó a su pièce de résistance, que siempre dejaba para el último momento, la

Figura 10

El Comedor Constante

Figura 11

Luzare Constante

ensalada. Examinó cada hoja de lechuga crujiente, le dio una última sacudida para quitarle el agua, echó las zanahorias, los pepinos, las remolachas, los aguacates y los trozos de tomate cortados en dados, luego roció el mejunje con vinagre, aceite, sal y pimienta y apartó el cuenco, segura de su absoluta hazaña.

Al lado de la cocina, en el comedor, amplio y hermoso, había una larga mesa con mantelería nívea y vajilla azul y dorada. Luzare Constante estaba sentado a la cabecera de la mesa, en el lugar que le correspondía, tamborileando de vez en cuando con impaciencia sus dedos fuertes y rechonchos contra la mesa. Sólo superado por las mujeres hermosas, sentía un gran y apasionado deseo por la puntualidad y las cifras correctas y bien escritas.

Figura 12   Ricardo Constante

Saludable y vigoroso para sus cincuenta y tres años, su fino bigote negro y su pelo eran una vanidad en su interior. Su cabeza redonda se asentaba sin cuello y sólida en sus robustos y gruesos hombros. Sus ojos grises, rápidos, inquisitivos, siempre alerta, estudiaban primero el nuevo servilletero que había en el otro extremo de la mesa, y luego dirigían su atención a su hijo mayor, Ricardo, en cuya presencia siempre se sentía enormemente satisfecho.

Ricardo estaba sentado a la izquierda de su padre. Mucho

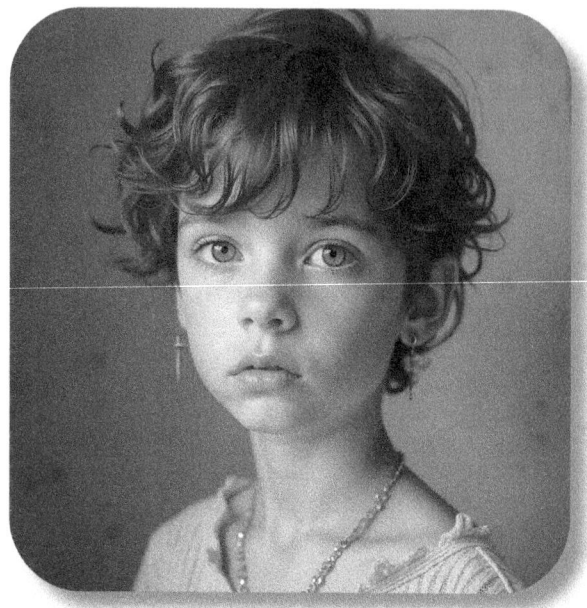

Figura 13

Víctor Constante

más alto, más ancho pero no más pesado que su progenitor, guardaba sin embargo un asombroso parecido con el anciano. Su cabeza era grande y de huesos fuertes. Su tez, como la de su padre, era clara, delgada y rubicunda sobre los pómulos. Su nariz era más larga y aguileña que la de Luzare y sus fosas nasales estaban siempre un poco dilatadas. Incluso ahora, a los veintitrés años, su cabello negro era escaso y su cuero cabelludo brillaba translúcido al captar la brillante luz del sol de enero que entraba por las ventanas. Pero lo que siempre llamaba la atención de Ricardo eran sus ojos, anchos, de una claridad líquida, tan grises como el musgo detrás del agua. A veces eran tan inescrutables como los de un místico. De nuevo, podía atrapar y capturar otros ojos con una mirada vacía que podía hipnotizar. O podían chasquear con repentino interés. Pero, por lo general, eran aparentemente inocentes, salvo por un brillo peculiar. También Ricardo, como su padre, prefería los trajes grises.

Luzare llevaba dos meses sin ver a su hijo mayor. Se habían separado en París cuando, en su doble luna de miel, Ricardo había decidido volver a casa para ver cómo iban los negocios; aunque, más cerca de la realidad, tenía prisa por empezar la construcción de su casa, incorporando todas las ideas avanzadas que había acumulado en sus viajes. Luzare preguntó:

—¿Y cómo está Diana? ¿Se encuentra bien? Siento que no

Figura 14

Libia Constante

pudiera estar con nosotros en nuestra primera comida de vuelta a casa.

Ricardo contestó:

—Diana está bien, pero empieza a decaer, eso es todo. El hotel la está fatigando. Se fue con su madre a Puntarenas. Allí le gusta la playa.

Al cerrar la puerta de la habitación de su madre, Víctor, el hijo menor de Luzare, caminaba a paso de tortuga por el pasillo. Podría haber sido fácilmente el Niño Azul de Gainsborough que colgaba más grande que la vida en la pared de enfrente. Su cuerpo esbelto y frágil era tan delicado como el de una niña. Atrás del delicado rostro, su cabello castaño crecía como una paja, ondeando ligeramente en la frente. Sus ojos grandes y oscuros estaban bordeados de pestañas azules y negras que llegaban hasta las cejas. Sus pequeños labios se comprimían en hosquedad y toda su expresión estaba cegada por un desprecio manifiesto. Con toda su joven alma, el pequeño Víctor Constante despreciaba a su madrastra. Bajó y cruzó al comedor.

Libia Constante se sentó erguida frente al espejo de su camerino. Se cepillaba vigorosamente los rizos negros y apretados que le crecían en forma de gorra sobre la cabeza. Sus ojos tristes despreciaban lo que veía. Con un suspiro inexpresablemente cansado y vencido, se sentó sin hacer nada, con las manos aún sujetando el mango del cepillo. Si tan sólo pudiera lucir el papel que se suponía que debía desempeñar, se sentiría estimulada, pero sus ojos muy abiertos en el rostro joven, el cuerpo ágil y delgado, no hacían más que acrecentar su sensación de total inadaptación a su papel. Echó un vistazo a la habitación empapelada de rosa, Esmeralda Constante desde varias posiciones en la habitación se encontró con su mirada. El rostro de Esmeralda estaba lleno de la solemne dignidad que siempre parecían poseer las personas de rostro sencillo. Tenía los labios apretados en una línea inflexible y los ojos serenamente conscientes de su austera posición.

Los ojos de Libia captaron el reflejo de los carteles de una pequeña cama y volvió a soltar un suspiro involuntario. Había agradecido la presencia constante del pequeño mientras viajaban, aunque se daba cuenta de que sólo era por el deseo egoísta del niño de separar a su padre de ella. Se lo había agradecido; servía para algo. Luzare se había mostrado más comedido en su apasionada asistencia. Los días habían transcurrido así, y sólo temía las noches. Aquí, con el chico en la misma habitación, el embarazoso temor a ser escuchada era más de lo que sabía que podría soportar. La pasión de Luzare nunca podría controlarse con susurros. Sus ojos se desviaron hacia la pesada caja fuerte de hierro negro que había en la otra esquina. Sus enormes lados estaban tan envueltos y abrazados de dinero y objetos de valor como los brazos de Luzare deseaban aplastarla.

Otro tintineo de la campana la despertó de su trance de miseria. Se levantó, se quitó las arrugas del regazo, se palpó para asegurarse de que realmente se había puesto el regalo de boda de Luzare, las perlas que a él le gustaba verla llevar. Ni siquiera el avanzado vestido de 1926 que compró en París podía desfigurar la pureza y la gracia de su largo cuerpo. El ajustado corpiño realzaba su esbeltez. El cuello, recatadamente redondeado, dejaba al descubierto su piel leonada, de una tersura impecable. Sus pequeños pies, calzados con puntiagudos zapatos de tacón, la llevaron al vestíbulo enlosado. En la pared, Carmen, chillona y estrafalaria, agitando y haciendo girar sus enaguas en un desenfreno salvaje, esbozó una sonrisa burlona al paso de Libia. Libia sintió sus ojos burlones llenos de mofa y se preguntó si Carmen podría oír sus grilletes. Bajó el vestíbulo y la escalera y se dirigió a su familia que la esperaba.

En la puerta del comedor se detuvo, levantó la barbilla y esbozó una leve sonrisa mientras se acercaba a su marido. Luzare le cogió las manos cálidamente, acariciándola durante un momento, y luego la ayudó a sentarse en su silla. Siempre era un placer inenarrable tener cerca a su joven esposa. Al sentarse, Libia saludó cortésmente a su hijastro Ricardo. Víctor se arrellanó en su silla. La visión del pequeño sentado allí, tan desamparado y con la mirada perdida, empequeñecido por el alto respaldo de la silla, con sus pequeñas manos arrugadas en el regazo, inundó a Libia de una gran ternura. Su mano se deslizó sobre las suyas y las acarició suavemente. Pero el pequeño Víctor le apartó la mano y le dirigió una mirada pétrea y desdeñosa desde debajo de las pestañas.

Figura 15 A

La Escalera

CAPÍTULO I

Ricardo y Luzare se pusieron a comer inmediatamente, con la cabeza pegada al plato como bestias voraces y codiciosas. Incluso después de siete meses, Libia no podía soportar el horrible asco que le producían sus comilonas. Era como contemplar a unos cerdos babeando. Siempre le daba asco volver a verlo. Luzare levantaba la vista de vez en cuando para asegurarse de que todos seguían allí, y luego volvía a su comida. Hoy se aferraba resueltamente a su buen humor a pesar de que la espera le había irritado. Pero la belleza de Libia siempre le tranquilizaba. De vez en cuando, levantaba la vista y sonreía benignamente a su mujer y a su hijo pequeño. ¡Qué indescriptiblemente magníficos estaban allí sentados juntos!

Ricardo siempre se sentía molesto al ver a Libia. Con su gusto por los superlativos y lo impecable, se daba cuenta de que en el resplandor incandescente de la belleza de Libia, la picante hermosura de su propia esposa era sólo una vela parpadeante. Y cuando los dos estaban juntos, el resplandor de Diana quedaba completamente en la umbra. Después de cinco meses de ser visto públicamente con esta mujer, Ricardo se dio cuenta de que era igual de impresionante para los demás. Sus brillantes ojos negros sombreados por pesados párpados, su altivez, sus majestuosos hombros, sus altos pechos y su rico colorido la convertían en una auténtica Madonna de Perugino. Por otra parte, ella siempre había poseído una frialdad y una altivez hacia él que siempre le irritaron. Incluso cuando iban al instituto en las mismas clases, ella siempre miraba a través y más allá de él, pero rara vez le había dirigido la palabra. Un par de veces, durante la adolescencia, se había atrevido a invitarla a bailar en las fiestas de quinceañeros. Ella bailó con él, pero su cuerpo estaba tan rígido como un cadáver y su rostro igual de inexpresivo cada vez que estaba cerca de él.

Mirando hacia Libia, Luzare se fijó en su reloj de pulsera y comentó:

—Ricardo, el reloj de Libia lo compramos en Suiza. ¿Te gusta?

Ricardo lanzó una mirada fulminante y su ojo calculador estimó el coste muy caro. Los mecanismos suizos eran caros. Aquello le irritó hasta el punto de que apenas pudo ocultar su desaprobación, pero sonrió con aprecio y contestó:

—Bonito, muy bonito. Diana y yo no compramos nada de carácter personal. Pensé que todo debía ir a nuestros contratos comerciales. Pero Diana tiene una buena colección de joyas que le proporcionó su madre —Libia sintió el pinchazo de su puya. Y como para mitigar la herida que acababa de infligir añadió—. Pero Libia no necesita adornos, ella misma es una joya. Cada comentario de Ricardo a Libia durante los últimos tres meses había sido una insinuación, una sutil insinuación o una alusión a la impecable situación de su familia. Ella no aportaba a su matrimonio más que un linaje de alta cuna castellana, descendiente de antiguos colonos españoles aristocráticos, que durante cuatrocientos años habían permanecido libres de mezclas con cepas autóctonas. Levantó los ojos del plato a tiempo de ver la sonrisa triunfante de Ricardo. La naturaleza, caprichosa, después de haber formado la hermosa divinidad de Ricardo, le había clavado tres dientes de gamo delante de la boca como una deformidad repugnante. Ricardo succionaba y sacaba el labio inferior, lo que no hacía sino acentuar su insalubridad. Era un hombre de un aplomo monumental. Uno esperaría naturalmente pomposidad de una persona así, pero en cambio sus tonos despectivamente suaves y medio apologéticos no parecían parte de él. Tartamudeaba y tartamudeaba como si sólo le obligaran los dictados de una conciencia recta. De ese modo pronunciaba siempre sus dobles sentidos, sus inferencias y sus insultos nocivos. Libia se anticipó a su siguiente gesto, el frotamiento de manos. Siempre se las lavaba y estrujaba en una ablución invisible cada vez que se sentía bien consigo mismo.

De repente, Libia supo que se iba a poner enferma. Contempló los árboles del papel pintado e intentó controlarse, pero fue inútil. Se excusó precipitadamente y huyó por el pasillo hasta su habitación, se arrojó sobre la cama, cogió el plato del armario de la mesilla y sucumbió a las violentas inundaciones de los músculos de su estómago hasta que no pudo más. La nariz le escocía y le ardía con los líquidos ácidos. Se inclinó más sobre el interior de porcelana y fijó los ojos en la mancha amarillenta y el sedimento que olía débilmente a orina vieja. Entonces le entraron unas náuseas tan cegadoras que se agarró a la cama con todas las fuerzas que le quedaban y deslizó la cabeza hacia atrás sobre la almohada. Desde su aborto espontáneo, dos meses atrás, ningún momento la había afectado así. Y si en realidad no tenía arcadas, se sentía mareada, natante y débil. Hasta su hijastro, Arturo, afable en su despreocupada edad de dieciocho años, se había sentido molesto por su eterna enfermedad. Levantando sus ojos borrosos, los enfocó en el crucifijo de plata que colgaba en lo alto. El Príncipe sufriente estaba tendido en una cruz, con la cabeza gacha, víctima de sus despojos. «¡El crucifijo de Esmeralda!» Libia pensó desesperadamente, luego gimió sin esperanza y susurró:

—Oh Dios, ¿tú también perteneces a Esmeralda? Se persignó débilmente para librarse de pensamientos impíos. Mareada, aturdida, descendió al infierno de sus recuerdos. Podía ver a una muchacha tranquila y estudiosa, intacta y radiante de planes secretos para sus propias ambiciones, paseando hacia sus clases de música o practicando en el conservatorio. Tranquila de espíritu, se había deleitado tentándose a sí misma con la decisión de adónde iría cuando le ofrecieron la beca, una certeza. Se había imaginado en Estados Unidos, luego en Europa.

Un día aceptó una invitación para cantar en una boda, un acontecimiento fabuloso. Recordó lo bien que se lo había pasado diseñando su traje para el baile de máscaras que se celebraría después de la ceremonia y la emoción que sintió al verse en el espejo antes de salir de casa. Rara vez había salido en sociedad y nunca antes había asistido a una función de tan alto nivel. Se vistió como una cigarrera, con una falda negra de satén, un delantal blanco con volantes, una blusa escotada y cigarrillos y puros atados con cintas rojas a sus anchas fajas. Antes de la ceremonia, cantaba detrás del terraplén de follaje y, cuando empezaron las fiestas, se escurrió entre los bailarines. Haciendo equilibrios con su bandeja, se acercó a la mesa de refrescos, donde todo el mundo parecía saludar especialmente a un hombre mayor y distinguido. Deslizándose hacia él, hizo una coqueta reverencia y exclamó:

—Señor Constante, su fiesta es preciosa, ¡los trajes son maravillosos! Quiero darle las gracias por lo bien que me lo estoy pasando. Luego le regaló un puro.

El hombre de mediana edad habló de forma concisa y apretada, lo que ella pronto dedujo que era su forma de hablar, pues estaba visiblemente complacido con su atención. Sonrió y dijo:

—Querida, tu gentileza me complace. Pero me temo que le estoy quitando el honor que le corresponde a mi hermano Paulo. Esta es su casa —Libia recordó cómo se había sonrojado confusamente, su aplomo derrotado. Pero el caballero mayor quiso aliviar su aguda incomodidad e inmediatamente suplicó—, por favor, ¿puedo tener el honor del próximo baile? —Luzare Constante quedó completamente prendado del encantador rostro de la muchacha. Sonreía a menudo a sus ojos chispeantes y mientras bailaban preguntó— ¿Y cómo se llama, señorita cigarrera?

Libia levantó la vista y respondió:

—Oh, soy Libia Quesada de la Esprilla.

El hombre preguntó:

—¿No será la hija de Felipe Quesada? ¡Es increíble! ¡Increíble! ¿Y cómo está mi buen amigo, Felipe?

El rostro de Libia se nubló:

—Papá no está bien, pero es tan extraño, no te recuerdo.

El hombre Constante rió entre dientes:

—¡Vaya, me acuerdo de ti! No temas, pequeña. Te conozco desde que te tenía en mis rodillas. No eras más que una niña de cara sucia, mejillas de manzana y largos rizos. Solía burlarme de ti tirando de ellos. Luzare volvió a bailar con Libia para asegurarse de que quedaba claro que la llevaría a casa después de la fiesta.

Figura 15 B

Bandera de Costa Rica en Forma de Mariposa
https://www.istockphoto.com/vector/flag-of-costa-rica-in-the-form-of-a-butterfly-gm485104814-71832883
iStock.com/Bolsunova

CAPÍTULO DOS

Libia

1925

LIBIA AÚN PODÍA RECORDAR EL frío del aire nocturno de camino a casa mientras estaba sentada respirando hondo, con Luzare a su lado. Nunca conducía él mismo sus automóviles. Los artilugios mecánicos le ponían nervioso, así que siempre contrataba a un chófer. En su casa, le cogió la mano brevemente y le preguntó:?

—¿Cuándo volveré a verte, niña de mejillas de manzana?

Y con tímido encanto, Libia respondió:

—Puedes visitar a papá cuando quieras. Estoy segura de que se alegrará de verte. El interés de Luzare por papá se manifestó la noche siguiente y luego tres o cuatro veces por semana, jugando a las cartas, o a veces simplemente hablando, sobre todo con Catalina y Felipe.

Cinco meses más tarde, la propuesta de Luzare fue un golpe tan sorpresivo que Libia, más confundida y desconcertada que halagada, planteó inmediatamente su problema a papá, en cuya infalible comprensión siempre confiaba. Como una niña, le dijo:

—Papá, Luzare quiere casarse conmigo. ¿Qué debo decirle?

Un Felipe diferente acercó a su hija y, mirando a través de sus ojos castos y confiados la pureza inmaculada de su ser, le respondió con seriedad:

—Busca en tu corazón, mi niña. Deja que tu corazón le diga a tu cabeza lo que debes hacer. ¿Lo amas? Pero él mismo conocía la respuesta. Era sólo una niña a pesar de sus casi veinticinco años, y había una cierta cualidad en Luzare, una rapacidad que él mismo percibía a veces. Pero tal vez la edad lo había calmado.

Libia sacudió la cabeza en un dilema contestando:

—No sé, es muy simpático y sus regalos son considerados; es considerado y si es tu amigo, está bien.

A Felipe le faltó valor para contestar como quería; sin embargo, reconoció que era el destino, y el destino había sido el terremoto que arrasó su oficina de negocios en 1910 y lo hizo humilde. Todavía se sentía luchando con el abatimiento, la amargura y los escombros de la depresión sin espíritu que le había dejado. El destino era un amo duro con el que ya no podía contender. La barbilla de Felipe se hundió en su pecho mientras le amonestaba:

—Ve a preguntarle a mamá, ella siempre sabe más.

Catalina tomó la noticia sin rastro de sorpresa, sólo asombrada de que Libia no hubiera dado ya su respuesta a Luzare. Y como en todos esos momentos de disgusto, levantó una de las peinetas de su lugar en el pelo negro que le caía hacia atrás desde la frente y se peinó con movimientos agitados mientras caminaba de un lado a otro por el suelo:

—No seas estúpida Libia. Eres guapa, es cierto, pero los chicos no vienen aquí en tropel. Por eso no les muestras ningún interés. Y nunca lo harás. Crees que sólo vives para cantar. Bueno, puedes cantar después de casarte. Usa la cabeza. Aquí hay un hombre de propiedad, rico, responsable, capaz de darte todo. ¿Qué más puedes pedir? ¿Amor? Eso llegará con el tiempo. ¡Piensa en tu padre! Podría irse en cualquier momento, ¡así de fácil! —y chasqueando los dedos, continuó—, ¿qué pasaría entonces? Si yo pensara con el corazón como Felipe, no sé dónde estaríamos ahora. Martita se casó con un viudo y es feliz. No debes hacer esperar tu respuesta a Luzare. Díselo mañana. Muchas chicas más jóvenes que tú aprovecharían la oportunidad.

Figura 16 A

Luzare y Libia

La ceremonia nupcial se celebró en el patio trasero de la casa de Luzare el día en que Libia cumplía veinticinco años, el quince de junio de 1925. Llevaba el vestido de novia de su madre que, muchos años antes, había sido importado de España y ahora era de un amarillo cremoso. La fuente del centro del patio era un gigantesco altar de vegetación. Alrededor del patio, pequeñas mesas y sillas y grupos de amigos que charlaban, bailaban en una atmósfera de auténtico paraíso idílico. Las flores colgaban en suntuosas masas de adornos y se embanderaban en extravagantes paredes. Dos orquestas, una en la sala de billar, la otra en el extremo inferior del patio, ponían música. Luzare se desplegó como el proverbial laurel verde. Nunca había estado más encantador, con su bigote negro encerado a alto brillo. Brindó innumerables veces con sus amigos, asintió, sonrió, estrechó manos y disfrutó cada minuto de su propia fiesta. La algarabía y el tintineo de las copas disiparon toda la melancolía que durante dos años, desde la muerte de Esmeralda, había impregnado la casa.

Después de la boda habían ido, Libia y Luzare, a casa de la madre de Libia a esperar la boda de Ricardo, anunciada para una semana más tarde. El ojo maternal de Catalina discernió la contención de su hija y las ojeras azuladas que se habían profundizado de día en día bajo sus ojos. Aguijoneada por su propia conciencia culpable, se había mostrado excesivamente solícita con su hija.

Se sentía obligada a asegurar y tranquilizar a Libia en todo momento, comentando varias veces al día:

—Vas a disfrutar de ese viaje por el océano. Ya lo verás. Nada me tranquiliza tanto como el balanceo de un barco. Y París simplemente te embriagará. Cada vez que pienso en París pienso en la ópera. ¡Qué maravilla! Por fin vas a oír buena ópera. Todos esos lugares extranjeros te animarán. Uno siempre está cansado después de la boda, naturalmente.

Al pensar en el barco, la cama parecía mecerse, mecerse, de un lado a otro. Libia se aferró tenazmente al colchón por ambos lados. Sacudió la cabeza para ahuyentar la locura pertinaz, mortal, enfermiza. Una vez más, la visión de la camita al otro lado de la habitación la obligó a levantarse. Deslizó los pies hasta el suelo y, segura de su equilibrio, se balanceó hasta su tocador y se pasó la borla de polvos por la cara para eliminar los rastros de su enfermedad. Resuelta y decidida, se enfrentó a la inexorable necesidad de un conflicto abierto con Luzare. Por mucho que lo temiera, debía enfrentarse a él antes de la noche.

Figura 16 B

La Cama de Víctor en el Dormitorio Principal

Figura 16 C

Lorita

CAPÍTULO TRES

Luzare y Ricardo

1925

A LA IZQUIERDA, EN EL comedor, Luzare y Ricardo terminaron tranquilamente su café. Se levantaron y, como siempre había sido su costumbre, se dirigieron a la sala de billar, Luzare cargando su peso con pasos cortos y Ricardo arrastrando los pies, balanceándose de un pie a otro con un andar torpe y desgarbado, como si estuviera privado de equilibrio. Su ropa era de corte fino y excelente textura. En una percha había un elegante despliegue de mercería, pero colgado sobre Ricardo el relleno de los hombros de su abrigo se desplomaba y resbalaba pesadamente.

La sala de billar era la habitación favorita de Luzare en la casa. Era un tributo a su providencial previsión. Las paredes estaban aisladas con cemento de quince centímetros, una protección contra los terremotos, y a prueba de balas, pues aunque el país siempre había intentado concienzudamente desarrollar un espíritu nacional de progreso e ilustración, había que precaverse contra insurrecciones y levantamientos. Pero esto les parecía absurdo a los amigos de Luzare, semejante precaución, ya que en el pacífico país no se había

Figura 17

La Sala de Billar

disparado ninguna pistola revolucionaria. Sin embargo, a Luzare le gustaba la idea. Aquí guardaba otra caja fuerte de hierro negro. Ésta contenía los documentos legales de la tienda. Su biblioteca de cien enciclopedias encuadernadas en cuero se encontraba en el lado opuesto de la habitación.

Luzare cogió un taco de billar y lanzó unas bolas mientras charlaba con su hijo mayor. Desde su juventud, siempre había sido un excelente jugador, pero hoy sólo se interesaba por Ricardo, que era más directo de lo habitual en estas declaraciones.

—Papá —preguntó Ricardo—, ¿Crees que fue la mejor parte de la sabiduría dejar a Arturo en París? Después de todo, un chico de dieciocho años con dinero en los bolsillos puede hacer muchas travesuras solo. Arturo no tiene sentido para las escapadas.

Luzare asintió, pero razonó:

—Después de todo, Arturo no es tonto. Quiero que desarrolle la confianza en sí mismo. ¿Se te ocurre una manera mejor? Además, tengo la intención de enviarlo a la escuela en algún lugar por allá el próximo otoño. Que se familiarice ahora.

Viendo que no conseguía nada con ese planteamiento, Ricardo volvió a empezar. Esta vez empleó su arma más fiable, la indirección, y continuó:

—No me malinterpreten, sé que Libia está haciendo lo mejor que sabe. Nadie puede esperar que lo sepa todo sobre los niños, pero Víctor tiene un aspecto tan enfermizo, demasiado pálido. Necesita cuidados maternales de verdad. No digo que Libia esté resentida con él, pero después de todo, no se puede esperar que sienta amor inmediato por un niño que no es suyo.

Luzare meditó un momento sobre la idea de una Libia resentida. Nunca lo había percibido en su naturaleza. Sin embargo, a menudo los demás podían ver lo que uno mismo no veía. No podía estar de acuerdo con Ricardo porque no se atrevía a culpar a Libia del extraño comportamiento del muchacho.

—Pero —se encogió de hombros—, puede ser desconcertante que una mujer se vaya de luna de miel con tres hijastros.

Solucionados los asuntos familiares, se lanzaron a sus negocios. En este tema siempre estaban completamente de acuerdo.

1925

25

Cuando Libia abandonó el comedor, el pequeño Víctor no esperó a que lo despidieran, sino que cruzó el vestíbulo más rápido que el movimiento de una lanzadera de tejedor, sin prestar atención a la voz de su padre que lo perseguía exigiéndole que terminara de comer. Tiró de la cuerda del pestillo que mantenía cerrada la puerta de la escalera, la abrió rápidamente, la cerró de un tirón y empezó a subir a paso de gigante los empinados escalones, de dos en dos. En ese momento, recordó dónde estaba su pelota. Había estado jugando con ella el día que partieron hacia el barco. La puerta que había al final de la escalera daba a una habitación inmensa, larga y ancha, desprovista de muebles, excepto un enorme escritorio lacado de color amarillo que estaba apoyado contra la pared en un rincón. Víctor cayó de rodillas, agachó la cabeza bajo el escritorio y forzó la vista para ver detrás de la pata trasera. Allí, podía ver. Estaba allí, atrapado entre la pata y la pared. La sacó, le quitó el polvo y se dirigió al centro de la habitación, se sentó, separó las piernas y empezó a rodar la pelota hacia la pared. Las paredes eran las compañeras de juego favoritas de este niño de siete años. Nunca se quedaban con la pelota. Seguían las reglas al pie de la letra. Si lanzaba la pelota con fuerza, se la devolvían con fuerza. Si la empujaba despacio, volvía a rodar lentamente hacia el fuerte de sus piernas. Cambiando de posición, jugaba con las tres paredes, siendo justo y teniendo cuidado de no mostrar nunca preferencia. Era un juego que había descubierto por casualidad un día que, de pequeño, empujó la pelota y ésta volvió a rodar desde la pared. Ahora le gustaba aún más y no se cansaba de jugar. Así, apaciguado y de espaldas a la puerta, no oyó cómo se abría lentamente ni cómo crujía el suelo a sus espaldas. Su pequeño cuerpo tembló convulsivamente y ahogó un grito cuando sintió las garras negras clavarse en su hombro y el aliento en su nuca mientras la voz susurrante, entre sus jadeos de corta duración, le jadeaba. Levantando los ojos, contempló aterrorizado la máscara de Micaela, más aterradora que una de sus visiones nocturnas.

Micaela le pellizcó con más fuerza el delgado omóplato y le regañó:

—No pongas esa cara. Te acuerdas de esta vieja, ¿verdad? Micaela te quiere. Recuerda que te hace buenos plátanos maduros. Te gustan los plátanos maduros, ¿verdad? No tengas miedo. —Víctor bajó los ojos. No podía soportar mirar los grandes dientes amarillos que le mordían. El graznido continuó—. Sé lo que le pasa a Víctor. No tiene miedo de esa vieja. Sabe que es su amiga. Tiene miedo de la intrusa. Víctor tiene miedo de que la intrusa lo envenene o lo asfixie por la noche. Pero no se preocupa. Micaela tiene ojos de animal. Lo ve todo. No dejará que la intrusa te haga daño. Ella vigilará todo el tiempo. Y como el chiquillo ahogaba un grito, se escabulló por el suelo. Oyó cómo bajaba los escalones, se detenía en el rellano y, finalmente, la puerta del fondo chirriaba al salir.

Luzare se detuvo en mitad de la frase cuando el reloj de pared dio las dos. El tiempo se le había escapado. Se levantó de un salto y subió al vestíbulo para ver a su mujer antes de marcharse. Ricardo se detuvo un momento en el cuarto de baño contiguo a la sala de billar.

Libia esperaba con el rostro serio cuando Luzare abrió la puerta. Con el sombrero en la mano, se acercó para besarla. Empujándolo con firmeza lejos de ella, se puso de pie frente a él con un desafío obstinado en su voz mientras hablaba:

—Luzare, Víctor es un niño grande. No te das cuenta, pero lo es, y esta pequeña habitación... —su mano se dirigió hacia la puerta que comunicaba con la habitación contigua— sería un maravilloso cuarto de niño. Los niños se dan cuenta más de lo que pensamos y Víctor tiene un sueño tan ligero e inquieto. Y aunque cerráramos la puerta, podría ver las luces a través del cristal superior y saber que estamos cerca. Aún podría oírle si se despertara durante la noche. Hablaba tan rápido que no detectó el creciente rubor en el rostro de Luzare, el apretón en el ala de su sombrero, el destello en sus ojos. Su estado de incomodidad, contra el que había luchado desde el almuerzo, se encendió como una tea pegada a una hoguera.

Él chisporroteó:

—Libia, no tengo intención de dejarte empacar a mi bebé en otra habitación sólo porque quieres deshacerte de él. Lo había pasado por alto, pero ya que has sacado el tema, debo decir que no aprecio ni he apreciado nunca tu actitud hacia mi hijo. Si se tomara algún tiempo o molestia con él, podría entenderle. Va a dormir en esta habitación. Con eso, giró sobre sus talones y salió. A través de la ventana, Libia pudo ver a Luzare y a Ricardo alejarse en su automóvil. Se quedó un momento demasiado aturdida para moverse. Luego se dio media vuelta para volver a la cama, pero en lugar de eso giró sobre sí misma y cruzó el vestíbulo hasta el salón que, al igual que el comedor, era tan amplio y arquitectónicamente tan bello como un salón de baile veneciano. El techo abovedado, cerca de las ventanas laterales del mirador, estaba incrustado de lámparas de araña que cubrían el arco como racimos de uvas, con hojas filigranadas de plata y pequeñas bombillas en la punta de cada ramita. Alrededor de la sala había muebles franceses de importación.

Sentada ante el piano de cola, se sumergió en un tumulto de trinos y oleadas, alzando suavemente la voz, dulcemente, despacio, de nuevo suavemente, luego más agitada, acelerándose hasta que los torrentes que inundaban su alma se derramaron tempestuosamente a través de la vibración de su voz, «Oh Virgen bendita, escucha mi plegaria. Tú, Estrella de Gloria. Mírame. Aquí en el polvo, me inclino ante ti. Libérame de esta tierra». La oración de Isabel de Tannhäuser nunca había sido cantada con tanto fervor.

Arriba, el chiquillo, al oír las gloriosas notas, pensó «Es feliz porque tiene a mi papá y su casa». No comprendía que la última nota, aguda y angustiosa, era un grito que se elevaba hasta las mismas puertas del cielo y luego caía con aplastado abatimiento de nuevo a la tierra.

Esa noche, durante la cena, Luzare volvió a estar de buen humor. Mientras esperaba a que Libia terminara su comida, habló de la tienda, de las posibilidades de aumentar el negocio gracias a sus buenos contactos en Europa. Después fueron a la sala de billar, donde Luzare sacó el libro de cuentas de la caja fuerte, se sentó en el sofá cerca de la lámpara y consultó algunas cifras. Libia se sentó cerca, bajo el retrato de cuerpo entero de Esmeralda, y zurció los calcetines de Luzare. Luzare no era un hombre tacaño, pero le gustaba que cada artículo agotase toda su utilidad antes de desecharlo. Una vez que estuvo satisfecho con las cifras, volvió a meter el libro de contabilidad en la caja fuerte, la cerró con llave, se inclinó, besó a su mujer en la frente y le susurró:

Figura 18 A   La Sala de Estar

—Hora de acostarse. Ella se levantó y subieron juntos al vestíbulo. Víctor ya dormía, con las pestañas negras abiertas en abanico sobre las mejillas. Pero en cuanto se apagó la luz empezó a dar vueltas y a gemir. Luego se sentó en la cama, agitando los brazos en el aire, chillando y gritando de terror. Libia salió de la cama y se sentó a su lado, tratando de calmar y reconfortar su mente inquieta. Le frotó la espalda y le murmuró cariños que tantas veces había deseado decirle. Pero en cuanto estuvo lo bastante consciente para darse cuenta de su presencia, se asustó aún más y suplicó lastimosamente:

—¡No te ahogues, por favor, por favor, no me ahogues!

Libia le arrulló:

—Cariño, cariño, nadie va a hacerte daño, ahora duérmete, dulce bebé. Pero él tenía convulsiones, sollozaba, temblaba. Luzare se acercó, estrechó entre sus gruesos brazos a la pequeña figura temblorosa y le habló con una voz grave y compasiva que Libia nunca le había oído. Abrazó a su hijo hasta que cesaron las sacudidas y el joven ser volvió a dormirse. Luzare, interrumpido así su profundo abrazo por esta noche, se fue a la cama, dio la espalda a Libia y no tardó en dormirse.

A la mañana siguiente, después de desayunar, Luzare regresó al dormitorio, abrió la puerta del escritorio, miró a su alrededor, se puso en medio de la habitación, con sus dedos rechonchos golpeándose la barriga o moviéndose de vez en cuando el bigote negro. Finalmente le dijo a Libia:

—Me voy a la finca, y en un momento estaba en el pasillo, atravesando el patio y saliendo por la puerta trasera. Inmediatamente sus ojos buscaron y encontraron a Enor, el jefe de los conchos, cerca de los cafetos, donde los conchos estaban podando las copas, de pie alrededor de los árboles, cortando con sus machetes. Enor estaba de pie maldiciendo y sudando, no como a una mula que se resiste, sino con suavidad y naturalidad, como si hablara el único idioma que entendían. Luzare aún no estaba preparado para Enor. Paseaba inspeccionando su granja. Hacía ocho meses que no revisaba esta parte de su propiedad y su rápida vista estaba alerta para detectar signos de descuido. Pero cada centímetro era de su agrado. Estaba tan limpia y cuidada como un jardín botánico. La maleza y la

30

hojarasca, incluso los capullos de las flores de café que se habían desprendido el día anterior, ya habían sido rastrillados. Las raíces de todos los árboles estaban cubiertas de abono para gallinas. Las flores de los cafetos, achaparrados y siempre verdes, con sus pequeñas hojas cerosas, eran blancas y sanas, sin indicios de tizón. De árbol en árbol, las bayas en sus diferentes estados de madurez eran un deleite para la vista, algunas una carnosa baya verde recién salida de la flor, otras un tinte amarillento más maduro, algunas rojas como un árbol de Navidad decorado artificialmente, listas para el momento de la recolección. Bajo estos árboles, los conchos ya estaban trabajando con sus anchas cestas de mimbre colgadas de la cintura, sus grandes sombreros asentados sobre sus cuerpos como gigantescas setas en movimiento. Los trabajadores del café, hombres, mujeres y niños, cogían los tallos delgados y flexibles con una mano y, de un golpe con la izquierda, desgranaban las bayas con la otra. Tenían los brazos y las manos pegajosos, manchados, de color marrón oscuro. Algunos ya tenían los cestos llenos y se acercaban a su cuba para vaciarlos. No había rezagados en su trabajo porque les pagaban por cargas de cuba y cada uno trabajaba con febril prisa. Algunos llegaban a ganar dos colones al día. Los plataneros estaban igual de bien cuidados. Los enormes capullos de los árboles, con sus diminutas flores moradas, eran un agradable aroma en la humedad caliente que empezaba a surgir del suelo. Las hojas viejas habían sido cortadas, los tallos moribundos estaban rebroteando. Toda la granja carecía de críticas. Luzare metió la cabeza en la rosada vivienda de adobe de Enor, alargó la mano y descolgó el libro mayor negro que colgaba de un cordel en el marco de la puerta, se asomó a la claridad del sol y comprobó rápidamente las cifras toscamente dibujadas por Enor. Cerró el libro, se lo metió bajo el brazo y se volvió para subir por el sendero. El libro de cuentas demostraba lo que Luzare sospechaba desde hacía tiempo sobre el carácter de Enor. Nunca se había dejado engañar por las artimañas del concho. Se había sometido a dejar que Enor viviera en la finca porque Enor lo había querido y él había querido a Enor. El concho era un excelente agricultor, inteligente, y ¿dónde si no iba a encontrar un concho inteligente? Enor podía manejar a los trabajadores lentos; podía mantener los cultivos en constante rotación. No se desperdiciaba ni una hoja muerta. Pero el libro de cuentas era corto. Los inteligentes también son personalmente ambiciosos, reflexionó Luzare. Es la otra cara de su naturaleza. No quería perder a Enor, pero tenía que controlarlo. Enor se dio cuenta de la presencia de su amo y se quedó respetuosamente de pie hasta que se dirigieron a él. Luzare levantó la vista y habló como un hombre que acaba de tomar una decisión impulsiva:

—Enor, la esquina inferior de este lote. Vamos a echarle un vistazo. —Enor, siempre servil en presencia de Luzare, se acercó. Luzare señaló una franja de terreno y dijo—, Ahora, esto desde tu casa hasta la valla trasera, para tu propia gestión. ¿Cómo te sientes siendo terrateniente? —Enor enseñó los dientes, cohibido, y se estudió los dedos de los pies. Luzare prosiguió—. Ahora, en unos tres años empezarás a hacerte rico, ¿cómo será eso? —Enor se retorció el sombrero en la mano y le dio las gracias entre dientes. Luzare golpeó entonces el libro de contabilidad negro, sus ojos miraron con dureza el rostro de Enor mientras decía, —Veamos si ambos podemos tener cosechas prósperas. Enor palideció bajo los ojos fuertes e inflexibles y comprendió perfectamente lo que quería decir Luzare. Sabía que en los negocios, la cualidad de la misericordia estaba forzada en este hombre. Una vez resuelto el asunto de la finca, Luzare subió enérgicamente por el camino y atravesó la verja hasta el patio, el vestíbulo y la calle, donde le esperaba su chófer. Se alejó en su automóvil.

A media mañana, un camión atravesó la amplia verja trasera que se abría desde la calle lateral y se detuvo frente a los garajes. El conductor se acercó al cuarto de plancha, donde Micaela estaba encorvada sobre la tabla de planchar. Al verla, preguntó:

—¿Dónde quiere que ponga esta cama? Micaela volvió a poner la plancha sobre el brasero de carbón, luego el viejo brujo avanzó cojeando por el pasillo y llamó a la puerta de Libia. Libia bajó del taburete que utilizaba para alcanzar uno de los cuadros de Emeralda. Había empezado por el de la esquina, con la esperanza de que fuera el que menos probabilidades tuviera de pasar desapercibido. Abrió la puerta con el cuadro en la mano y escuchó la pregunta de Micaela.

—Doña, ¿dónde está el hombre para poner la cama?

Se le apareció a Libia, la cama, una compra. Volvió por la puerta que comunicaba con su habitación, abrió la puerta del cuarto del escritorio que daba al pasillo y sonrió víctoriosa:

—Dile al hombre que la traiga aquí. Los ojos de áspid de Micaela brillaron desde el cuadro hasta la cara de su ama, ojillos perversos que eran, llenos de rencor, pero asintió con la cabeza.

Figura 18 B

La Casa de Adobe de Enor con Su Nueva Propiedad

Figura 18 C

Cinta de la Bandera de Costa Rica
iStock.com/PeterPencil. https://www.istockphoto.com/vector/costa-rica-flag-
ribbon-set-vector-stock-illustration-gm1337195075-418165107

CAPÍTULO CUATRO

Señora de la Casa

Marzo de 1925

ABÍA CORRIENTES SUBTERRÁNEAS DE SERVIDUMBRE, pero tras su primera semana de estancia en la casa, Libia sintió que los criados se habían reconciliado, al menos exteriormente, con su gestión. Eran ordenados y cumplían con sus obligaciones puntualmente.

El siguiente viernes por la noche, Rosa estaba inclinada sobre el fregadero; sus trenzas casi tocaban la espuma caliente mientras fregaba los platos. Era más tarde de lo habitual y estaba cansada. Inconscientemente y luego conscientemente, se percató de otra presencia y, al mirar por encima del hombro, se sorprendió al ver a un extraño enmarcado en la puerta. Era un personaje regio, con una blusa negra ceñida al cuello y las manos cruzadas con tranquila pulcritud en la cintura. Rosa se secó apresuradamente las manos en el delantal y se dispuso a dirigir a la desconocida a la sala de estar. Pero la pragmática y grave persona levantó un dedo de contención y preguntó con voz hueca:

—¿Por qué sirves a esa mujer?

Figura 19 A

Esmeralda Constante

Rosa respondió tartamudeando:

—Pero, pero si es la nueva ama.

La anciana sacudió lentamente la cabeza y replicó:

—No, en esta casa la señora soy yo. Con estas palabras se dio la vuelta y, haciendo crujir su larga falda de tafetán, se marchó. El sonido de la falda pronto se mezcló y se perdió en el viento. Misteriosa, Rosa asomó la cabeza por el marco de la puerta preguntándose «¿por dónde se había ido?». Pero de repente el viento era fuerte y ya no oía los pasos. Terminó en la cocina, apagó la luz y bajó a las dependencias del servicio, donde la vieja Micaela ya estaba en la cama, con su gran bata blanca envolviendo su pequeño y retorcido cuerpo negro. Lorita parpadeó somnolienta desde lo alto de la cama.

Todavía perpleja, Rosa tanteó los botones de su vestido y musitó distraídamente:

—Me pregunto por dónde se habrá ido, y no hay nadie en casa delante para hacerle compañía.

Micaela, que parecía no dormir nunca, se levantó curiosa:

—¿Quién?

Rosa respondió mientras inclinaba la cabeza hacia la cocina:

—El desconocido.

—¿Qué extraño? —insistió Micaela.

Rosa explicó:

—La señora morena que se detuvo en la cocina hace unos minutos.

—¿A quién quería? —preguntó Micaela.

Rosa se encogió de hombros:

—No quería a nadie. Sólo me dijo que era la dueña de la casa.

Al decir esto, Micaela se zafó de las ropas de cama, con los ojos encendidos, las zarpas levantadas, arañando y tirando de los hombros de Rosa; garabateando las palabras suplicó:

—¡Qué aspecto tenía, dime, qué aspecto tenía! No era probable que Rosa olvidara pronto una actuación tan peculiar.

Respondió con presteza:

—Era de mediana edad, pero recta como una vela y de aspecto severo, eso es todo.

Jadeando y agarrándose a los brazos de Rosa, Micaela jadeó:

—¡Ven, ven conmigo! —Y medio arrastrando a la figura más alta y corpulenta cruzaron el patio, y atravesaron el vestíbulo hasta la sala de billar, una parte de la casa que hasta ese momento Rosa no había visto. Encendiendo la luz, Micaela apuntó su blanca garra alada a la pared mientras exigía—, Ahora dime, ¿qué ves?

Rosa miró a la misma mujer de aspecto sombrío y severo que no hacía mucho había estado hablándole y exclamó:

—¡Es ella, a ella me refiero, estaba aquí!

Borboteando de emoción, Micaela llevó a la estupefacta Rosa de vuelta a su habitación, la empujó hacia la cama, se encaramó sobre la suya mientras sus ojos seguían clavados en el rostro de Rosa y balbuceaba:

—Era doña Esmeralda, mi doña. Ha vuelto. ¿Preguntó por esta vieja? ¿La doña me quería a mí? —Rosa sacudió la cabeza sin comprender. Micaela continuó—, No lo entiendes, pero lo entenderás. —De nuevo tiró de la joven mientras su pequeña y encorvada figura flotaba alegremente en la brisa del patio. Empujando y agitándose contra la puerta del almacén, pesada por los plátanos amontonados contra ella, finalmente se metió y luego tiró de Rosa. De pie en la gran habitación, susurró—, doña Esmeralda viene aquí siempre a rezar. Esta era su pequeña iglesia. El altar estaba allí arriba. —Y señaló a través de la penumbra hacia el otro extremo—. Era tan buena, tan piadosa, tan católica, siempre pensando en los miserables. Siempre los tenía aquí para la misa y los regalos en Navidad. —A Rosa no le resultaba difícil imaginar que se trataba de un lugar de culto. Las pequeñas y altas ventanas arqueadas dejaban entrar rendijas de luz de luna a través de las rejas. El suelo de piedra estaba frío a sus pies mientras seguía a Micaela hasta el otro extremo oscuro y sombrío. Micaela seguía susurrando significativamente—, Ahora, ahora entenderás.

Los ojos de Rosa distinguieron primero el contorno, y luego sintió el alto póster de una cama. De repente, sintió el impacto de lo que había visto y de lo que estaba a punto de ver. Se volvió para correr, pero Micaela, extrañamente fuerte, la sujetó con su pequeña garra apretada mientras siseaba:

—Mira la cama, su cama. —Levantó un gran ramillete de flores de cera que yacía en el centro de la cama, bajó la extensión y reveló un colchón desnudo con una mancha negra en el centro. La voz de Micaela no cesaba de susurrar—, doña está en el cielo, es un ángel. Puede volver, como ha hecho esta noche. Murió justo en esta cama, teniendo a su último bebé, un niñito muerto. Me cogió las manos y gritó de dolor: «Micaela, ayúdame». El bebé vino, la sangre corrió por el suelo. Mi dulce doñita murió así, tomada de mis manos. Rosa se soltó de la mano de Micaela y huyó medio tambaleándose, chillando mientras corría por el patio de cemento y volvía a su habitación. Sacó una funda de almohada de su almohada de plumas, se metió detrás de la puerta y cogió sus dos vestidos del clavo, buscó a tientas sus zapatos debajo de la cama, los metió en la funda, y llorando, sollozando y farfullando de histeria se echó la chaqueta sobre los hombros, metió la funda de almohada bajo el brazo y salió rápidamente por la puerta de atrás. Micaela se quedó en la puerta de su habitación con una sonrisa maléfica en la boca. Le habló a su loro:

—Lorita, ha vuelto doña Esmeralda. —luego, más audiblemente, llamó a la oscuridad—, doñita, ¿dónde estás? Aquí estoy, ¿dónde estás? El viento soplaba con fuerza y golpeaba y gemía en las ventanas del almacén.

Ahora en su propia habitación pequeña y con una cama de tamaño normal, Víctor se despertaba cada mañana cuando el repartidor pulsaba el timbre para que el diadentro recogiera el pan fresco depositado en la puerta. El diadentro, que se levantaba antes que los demás criados para poner la mesa y empezar a limpiar, siempre traía el pan. Para cuando Libia se vestía para ir a misa, Víctor ya la esperaba, limpio y con el pelo alisado por la raya en zigzag. Los dos caminaban juntos por la calle lateral hasta la capilla claustral, frente a la esquina más alejada de su propiedad. El niño rara vez hablaba, pero Libia disfrutaba observando sus ojos negros y húmedos como bayas al despertar por la mañana. Aunque la naturaleza misma de Libia se rebelaba y clamaba contra la asistencia a esta iglesia, reconocía el imperativo social de la misma. Estaba cerca y se consideraría rehuirla si no acudía a la capilla fundada por Esmeralda. El dinero de Esmeralda la había construido y Esmeralda legó los bancos y el altar de su capilla privada a su muerte.

Luzare nunca fue con ellos. Una vez, al principio de su matrimonio, Libia le preguntó de improviso si iba a acompañarla, pero él le espetó «Tú ocúpate de tu alma, que yo me ocuparé de la mía». Y por lo que ella pudo comprobar, Luzare nunca había puesto un pie dentro de la pequeña capilla.

Después de misa, hacía las compras de la mañana en las pulperías. Siempre compraba sólo lo necesario para un día, porque de otro modo no podía hacer frente a los robos de los criados. Luego, lo que sobraba de la cena, dejaba que la cocinera lo embolsara y se lo llevara a casa a sus hambrientos hijos. Pero la sirvienta no se limitaba a lo que sobraba, sino que también se llevaba los alimentos básicos. Libia también tenía que comprar alimentos básicos a diario. Primero iba a la pulpería a por azúcar, arroz, sal, jabón y té. Luego iba a la verdulería a por verduras, patatas, lechuga, tomates, maíz y, a menudo, tacacos. Se dio cuenta de que, cuando el criado desgranaba los tacacos, Víctor siempre estaba cerca para reventar las membranas flexibles de las vainas. Era todo un experto en deslizar la membrana desde su espinoso exterior, soplándola con cuidado hasta que se hinchaba y, en su expansión, parecía una rana hinchada. A veces mordía accidentalmente la membrana y su sabor, amargo como la hiel, le hacía fruncir la boca en graciosas expresiones. Entonces ambos se reían juntos por ello.

En la carnicería se paraba a por la carne, que colgaba de cuerdas suspendidas del techo. El carnicero pedía la medida, alzaba la mano, desenganchaba el trozo de carne, espantaba las moscas con un gesto de su largo cuchillo, luego sacaba la cantidad y cortaba lo que Libia deseaba. Víctor siempre observaba con ojos fascinados cómo el hombretón lanzaba la carne por el tocón y la cortaba.

Luego Libia contrataba a un chiquillo para que le llevara a casa sus compras y ella y Víctor volvían a desayunar con Luzare. Después de sus huevos y su zumo de naranja, Víctor salía a jugar al jardín delantero. Libia siempre esperaba con impaciencia la hora de comer todos los días. Al oír el tintineo de la campana, Víctor correteaba por el jardín hasta la puerta principal, luego aminoraba la marcha y recorría todo el pasillo de mosaico hasta llegar al comedor. Con

Luzare dedicando sus días enteros a la tienda, Libia podía tener a Víctor para ella sola. Estaba decidida a que aquel niño no fuera un aborrecible engullidor en la mesa. Víctor no respondió abiertamente, ni tampoco se resistió. Era dócil, su anterior petulancia hacia ella había desaparecido. Comenzó sus lecciones explicando que cuando los niños crecen dejan de tener hábitos de bebé. Se esperaba que tuvieran cuidado con la comida. Nunca masticaban demasiado rápido. Debían tragar cada bocado antes de llevarse el siguiente a la boca. Tampoco empacaban el tenedor con el cuchillo. Durante la primera lección, Víctor escuchó, con la cabeza agachada, pero comió con menos prisa. Al día siguiente, de pie detrás de su silla y colocando sus manos sobre las pequeñas de él, les guió en sus manipulaciones de los pesados instrumentos, haciendo una especie de juego, todo el tiempo canturreando «carga el tenedor, arriba el tenedor a la boca, ahora abajo el tenedor». Víctor cumplió obedientemente durante las semanas siguientes. Mientras ella inventaba los juegos, él los representaba. En esos momentos era el amo de la casa. Le retiraba la silla, la ayudaba a sentarse a la mesa con gentileza, luego se sentaba y ejecutaba su almuerzo según sus instrucciones, con modales pulidos y acabados. Por la noche, en la mesa, empezó a lanzar miradas a la cabeza inclinada de su padre sobre el plato, a sus rápidos movimientos, a su boca atiborrada. Una vez Libia sorprendió a Víctor dirigiéndole una mirada casi empática.

Al limpiar la habitación de Víctor todas las mañanas, el criado siempre hacía comentarios sobre el niño limpio y bueno. Excepto su cama, que era siempre una masa revuelta y enredada de ropa de cama, no había realmente nada que limpiar. Nunca usaba la bacinilla colocada cada noche para su comodidad en el armario de la cama. Nunca tocaba el vaso de agua de la mesa. Atrincherado en sus pequeños patrones y costumbres, apilaba sus libros exactamente en el mismo orden y descansaban en el mismo ángulo sobre su escritorio. Su balón de fútbol estaba siempre bajo los pies de la cama, apoyado en la pata exterior. Cada mañana se ponía la ropa que Libia le había tendido sobre el pecho la noche anterior. Nunca tocaba el interior de sus cajones. La ropa yacía en capas planas, tal como la había colocado la criada.

Cuando empezó el colegio en marzo, entraba en casa a las tres de la tarde, colocaba los libros en el escritorio, se quitaba la chaqueta, cogía la pelota, se la metía bajo el brazo y salía al jardín. A Libia le dolía el corazón al ver al extraño y solitario chiquillo que salía a raspar y patear su pelota, primero pateando y luego corriendo para recibirla. Al no haber tenido nunca compañeros de juego para sus ratos de ocio, hacía tiempo que Víctor sabía jugar a dos bandas. Cuando Libia se fijó en las manchas desnudas y desiguales que se extendían por la hierba y en las ramitas de arbustos rotos, sonrió. El jardín había sido la alegría particular de Esmeralda. Lo había diseñado con gran esmero. Aquí, al menos, había un lugar que había desafiado abiertamente a Esmeralda. Al anochecer, no fue necesario llamar a Víctor. Venía sin ser llamado, volvía a poner su pelota bajo los pies de la cama, regresaba al baño y se lavaba las manos y la cara, luego leía en su habitación hasta que sonaba la campana de la cena. Siempre se presentaba puntual en el comedor. Después de cenar, a veces se sentaba con ellos o, más a menudo, volvía a su habitación. Y cuando pasaban de camino a la cama, la luz siempre estaba apagada.

Los domingos eran días revueltos para Libia. Ella y Víctor iban a misa temprano. Luzare siempre se vestía, iba a la barbería a afeitarse y luego se sentaba en el Parque Nacional a observar a los domingueros. Se sentaba ociosamente a cortar una rama tierna con su estoque, más afilado que una navaja, que había desenvainado de su bastón. Luzare sentía que este objeto valía todo el tiempo que había pasado en Europa, donde lo había conseguido. Era un bastón negro, delgado y brillante, con una empuñadura de oro ricamente ornamentada, debajo de la cual había una pequeña liberación, astutamente forjada, casi imperceptible. Pero al presionarlo, el estoque se separaba instantáneamente de su vaina. Luzare pasaba las mañanas de los domingos admirando su bastón y, mientras miraba a los asistentes a la iglesia, a veces reflexionaba sobre la meditación bíblica, *Tu vara y tu cayado me sosiegan*. Este bastón, fresco y suave al tacto, ligero y robusto, sentía sus vibraciones y, en un sentido peculiar, formaba parte de él. Le daba una sensación de seguridad, por no hablar de un sentimiento de elegancia que siempre saboreaba en él. Siempre razonó muy cuidadosamente para sí mismo que un hombre adquiere el gusto por un bastón de forma bastante natural. El bastón fue el utensilio más antiguo de la historia de la cultura humana y el hombre primitivo lo tomó para reforzar la fuerza natural de su brazo, ya fuera para atacar o para defenderse. Fue la primera arma y luego se convirtió en símbolo de soberanía. Incluso los dignatarios eclesiásticos utilizaban un bastón, una maza, como enseña de su autoridad. Y Luzare tenía un apego poco común a su emblema de fuerza y dignidad. Nunca iba desarmado. Durante los días laborables llevaba una porra pequeña y flexible encajada entre el estómago y el cinturón, bajo el abrigo, e incluso los domingos llevaba su bastón. Al mediodía abandonaba el banco del parque y volvía a la calle para la gran comida del día. Siempre caminaba alegremente, haciendo girar el bastón con desenfado, cantando una alegre y cadenciosa melodía cuya letra nunca recordaba. Los transeúntes se maravillaban de la ligereza de don Constante en cuanto a la naturaleza de su letra. Luzare cantaba siempre en francés y las más de las veces las únicas palabras que podía doblar eran «Hijo de puta, oh hijo de puta» que encajaba en cualquier estrofa musical que se le antojara.

Los domingos, después de comer, se ponía su gorrito negro que le protegía las finas manchas del cuero cabelludo de los insectos y las moscas. Siempre se sentaba en su profundo y cómodo sillón cerca de la ventana del salón y escuchaba cantar a Libia, luego leía el periódico y se quedaba dormido en su sillón forrado de cuero. Siempre dormía con la boca abierta. De vez en cuando se le posaba una mosca en la cara y se despertaba sobresaltado, le daba un manotazo con un sonoro «*Caramba*» y en unos instantes volvía a dormirse.

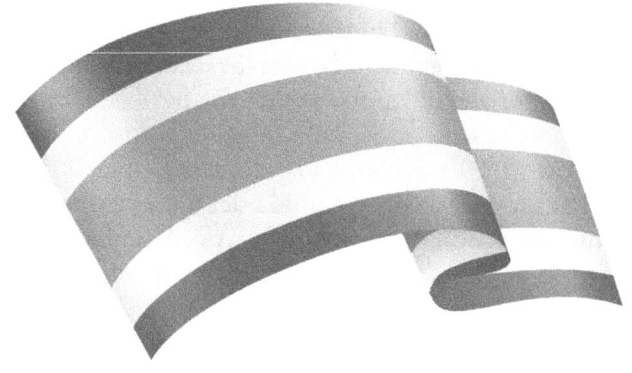

Figura 19 B

Cinta de la Bandera de Costa Rica
iStock.com/PeterPencil. https://www.istockphoto.com/vector/costa-rica-flag-ribbon-set-vector-stock-illustration-gm1337195075-418165107

CAPÍTULO CINCO
Ricardo, Diana y Arturo
1926

F INALMENTE, CUANDO TODOS LOS DETALLES de la construcción contaron con su aprobación conjunta, Ricardo y Diana se mudaron a su nueva casa de al lado. Era tan moderna como el último pensamiento arquitectónico europeo en sus líneas sencillas. Era una casa larga de hormigón, pintada de amarillo. Aunque no era tan ancha como la casa de Luzare, tenía la misma longitud y se yuxtaponía a la suya en el solar. Los suelos de toda la casa eran de madera noble y estaban muy encerados, y las paredes eran de suaves colores pastel. La primera habitación a la izquierda del estrecho pasillo que se extendía desde la parte delantera de la casa hasta el patio era la sala de estar, al fondo de ella, el salón, grande y abierto con amplias ventanas chapadas que daban a la casa de Luzare. El salón estaba adornado con las figuritas de Diana de su viaje de luna de miel por Europa. En un lateral, junto a la puerta del vestíbulo, se encontraba la pianola, un fino piano que se tocaba solo y que había sido importado de Europa. Profundos sofás estaban cubiertos de satén de fondo marfil y bordados en apagados y antiguos diseños

Figura 20

El Nuevo Hogar de Ricardo y Diana

mandarines bañados en oro. En la pared, sobre la pianola, Ricardo había aportado su toque, un retrato de su padre y su madre vestidos de boda. Luzare, a los veintidós años, era un hombre apuesto, de pelo negro y aspecto maduro. Esmeralda, con su vestido blanco de cuello alto, se había visto dulcemente sedosa con un peine alto en su cabello oscuro. Junto al salón había una gran cocina cuadrada, no muy distinta de la de Luzare, salvo por los fogones. A Ricardo le gustaban los aparatos eléctricos y había instalado una cocina eléctrica. Sin embargo, la electricidad era insegura y a menudo se cortaba a horas intempestivas, por lo que tenía una pequeña cocina de carbón de dos fuegos para usar en caso de emergencia. Detrás de la cocina estaban las dependencias de la servidumbre y cada sirviente tenía su propia habitación privada. En un entorno tan perfecto, a Ricardo le resultaba impensable que imperaran condiciones sociales imperfectas. Primero estaba la habitación de Francisco, luego la de Micaela y después la de Dolores. Al fondo de aquel lado de la casa, Ricardo había pensado también en un cuarto de juegos para su hijo, planeado de modo que recibiera sol por tres lados.

A la derecha del vestíbulo de la parte delantera de la casa había un primer dormitorio grande, que pertenecía a Ricardo y Diana. A continuación había un dormitorio más pequeño para su hijo, conectado con un baño alicatado con una bañera baja y estanterías en las paredes. A continuación del cuarto de baño había una gran despensa con armarios esmaltados en seco para las grapas y un gran frigorífico. A continuación, el comedor, que estaba al otro lado del pasillo de la cocina, era una espaciosa habitación iluminada por el sol, con techos abovedados y arqueados y dos lados sin nada más que cristales chapados. La sala contenía una mesa de esbelta y fina elegancia que sostenía candelabros de plata forjados a mano.

Junto al comedor estaba el lugar de exposición especial de Ricardo, una copia directa de un jardín interior que había visto en París. Los tres lados estaban tapiados de cristal del suelo al techo, delante de los cuales se apilaban jaulas sobre jaulas, una auténtica pajarera de canarios. En el centro del suelo de baldosas había una fuente hundida en la que abundaban los peces de colores raros. Aquí Ricardo llevaba a sus invitados importantes para tomar un cóctel y holgazanear en las tumbonas.

El patio de los aposentos traseros de Ricardo estaba conectado con el de Luzare y su propiedad común era un enorme pabellón cementado. El garaje de dos puertas que había junto a la calle lateral, en el patio de Luzare, era compartido por ambas familias.

Diana estaba por toda la casa y, como era una persona de huesos pequeños, su pulcra ropa de maternidad hecha a medida apenas dejaba ver la protuberancia de su enceinte. Llevaba el pelo negro y liso peinado hacia atrás, apartándolo de su rostro aniñado, y sus ojos grandes y oscuros estaban siempre llenos de la eterna admiración por todo. Pero, en contraste con sus ojos, sus labios eran finos y estaban primorosamente unidos como un ojal bien cosido. Primorosamente se fruncían pensando, primorosamente aceptaban, primorosamente rechazaban, primorosamente besaban y primorosamente comían. Ella compraba la ropa bonita que su boca primorosa elegía; ella seleccionaba los perfumes caros que su boca primorosa saboreaba. Reflexionaba con primor, rezaba con primor. Se paseaba por su inmaculada casa en su eterno safari en busca de polvo.

Francisco, hermano de Enor, era sólo un concho, pero un muchacho inteligente, de ojos brillantes, bien desarrollado para tener quince años, moreno, bajo y musculoso, con una fea nariz de pub. Hablaba bien y escribía legible. Después de recortar los setos, cortar el césped y lavar las ventanas durante todo el día, se bañaba y salía todas las noches con un par de libros metidos bajo el brazo hasta la escuela de oportunidades para los pobres.

Micaela y Dolores en su gloria terrenal bajo el mismo techo que Ricardo servían sin cesar. Luchaban contra la suciedad inexistente, fregaban la ropa sin ensuciar, fregaban las ollas sin usar, siempre ocupadas en complacer a la hipo nerviosa Diana. A menudo se decían entre ellas, «doñita Diana marcará a su bebé si no deja de preocuparse tanto», pero luego, temerosas de que algún vástago de Ricardo naciera con alguna mancha, se apresuraban aún más distraídas para evitar semejante maldición. Diana iba de habitación en habitación, abriendo los cajones de la plata para ver si había aparecido algún deslustre desde su última inspección, o echando un vistazo a las jaulas de los pájaros para comprobar si Francisco debía

Figura 21

Diana Constante

raspar de nuevo los fondos, o examinando el césped para decidir si había crecido notablemente desde la última vez que lo había mirado. Micaela tenía que administrar bien su tiempo para poder hacer hueco a sus visitas subrepticias a la otra casa. Los nuevos criados nunca se quedaban mucho tiempo en casa de doña Esmeralda. Ella se encargaría de ello.

Cada faceta del ser de Ricardo se había iluminado con su matrimonio. Diana era su alma gemela. La llamaba cariñosamente *Mamita* en previsión de su próxima maternidad, prevista para el mes siguiente. La miraba con más afecto ahora que se acercaba el momento de dar a luz a su heredero. El gusto impecable de Diana, sus sentimientos por lo sutil y lo delicado reforzaban sus propias ideas de superioridad. El hecho de que ella fuera de buena cuna, de un entorno económico importante y de que su educación incluyera numerosos viajes al extranjero no disminuía su aprecio por ella. Eran una pareja espléndida, pensó. Ella adornaba su casa, era la esmeralda de la amabilidad cuando sus amigos de negocios entraban en ella.

Después de dos meses solo en París, Arturo volvía a casa. Aunque Luzare nunca había mostrado preocupación exterior por el hecho de que el chico estuviera tan lejos, sin embargo, sintió cierto alivio ante la noticia de que pronto volvería a casa. Las opiniones de Ricardo nunca parecían importantes cuando se decían, pero siempre quedaban grabadas en la mente de Luzare. El juicio de Ricardo en los negocios era casi profético y a Luzare no le gustaba no tenerlo en cuenta en los asuntos familiares. Dieciocho años eran poco para estar tanto tiempo fuera de casa.

El día fijado para la llegada de Arturo, Luzare acordó con Ricardo que toda la familia se reuniera para cenar en honor de Arturo. Libia esperaba con impaciencia su llegada. Su habitación, contigua a la sala de estar, estaba limpia, bien ventilada y a la espera. El barco atracó en Puerto Limón al amanecer y el viaje por el campo fue tedioso debido a las carreteras. Era media tarde cuando llegó el automóvil y Arturo se apeó. Sus largas piernas subieron rápidamente por el camino. Era un muchacho alto, de rostro abierto, cabeza larga con el pelo corto, orejas pequeñas, frente alta, ojos grises y amistosos y una sonrisa fácil. Su cara siempre le recordaba a Libia la de un

Figura 22

Arturo Constante

sátiro, por la forma en que su pelo formaba dos cortos bucles en forma de cuerno a lo largo de la frente. Era afectuoso con ella en sus saludos, más hablador, se reía con facilidad y siempre enseñaba sus dientes blancos y restregados mientras su nariz recta se movía como si acabara de hacer un comentario ingenioso.

Libia temía la cena familiar. Ricardo y Arturo se despreciaban con tal vehemencia que el aire estaba siempre cargado de su odio. Sin embargo, Ricardo nunca se había mostrado tan cordial como aquella noche. Sentado junto a su esposa, volvió a comparar a las dos mujeres. Diana era, sin duda, la más guapa. Su cara de muñeca de colores tenía el aspecto maduro y rico de una ciruela. Su gordura contrastaba agradablemente con la de Libia, que tras su segundo aborto tenía un aspecto cetrino y demacrado, las mejillas hundidas y hambrientas y ojeras de cansancio. El vestido de Libia era poco inspirado, mientras que Diana iba elegantemente vestida y lo sabía. Era encantadora, excitante, y no paraba de burlarse de Arturo sobre sus aventuras en sus viajes, riéndose a menudo con su aguda voz chillona.

Después de cenar, Libia se excusó de la compañía de Arturo y Diana en el salón y cruzó el pasillo hasta el dormitorio en busca de un pañuelo. Su presencia sorprendió a Luzare y Ricardo, que enrojecieron tan culpablemente como ladrones sorprendidos con su alijo. Estaban acurrucados junto a la caja fuerte negra, Ricardo con una bandeja de joyas en la mano. Luzare se volvió, con el rostro aún rubicundo, para explicar a Libia:

—Libia, como tú llevas joyas con tan poca frecuencia, y a Diana le gustan tanto los anillos, voy a dejar que Ricardo se lleve algunas de las cosas de Esmeralda. —Libia se quedó de pie, sorprendida al encontrarlos allí y demasiado confundida para responder. Ciertamente, no tenía ningún interés en las posesiones y ni siquiera sabía de su existencia. Pero su silencio obligó a Luzare a añadir como gesto pensativo—. Y Libia, estos medallones, quién podría apreciarlos más que tú. Son para ti.

Ricardo, con aire de magnanimidad, también ofreció:

—Y el crucifijo de mamá. Considéralo tuyo también, Libia, —mientras hacía un gesto hacia la pared—, Además, —añadió en voz baja—, eso no encajaría en la decoración de Diana de todos modos. —Libia murmuró su gratitud. Ricardo tocó hábilmente un diamante de buen tamaño y un par de anillos más, eligió el diamante, volvió a meter la bandeja en la caja fuerte y dijo—, Estas otras cosas puedes quedártelas hasta que Arturo y Víctor tengan edad suficiente para interesarse por ellas, papá.

Arturo entraba y salía de casa inquieto durante el día, jugando al fútbol delante de la casa con un grupo de otros adolescentes, con la camisa abierta, los pantalones caqui y las zapatillas de tenis puestas. O competía lanzando cuchillos a la línea. Pero al final de la primera semana, ya estaba recogiendo su ropa de abrigo, sus pesadas zapatillas de escalada, su equipo de caza y estaba haciendo planes para ir al refugio de su tío en la lechería. Paulo poseía una vasta extensión de bosques y tierras lecheras en la ladera del volcán Irazú. Luzare accedió al plan del muchacho y le dio permiso para usar su nuevo automóvil Buick que acababa de importar de Estados Unidos. Era una distancia agradable en coche y Paulo cuidaría muy bien de Arturo una vez que llegara a la lechería.

A Arturo le encantaba conducir por los pintorescos parajes de montaña, donde las hermosas muchachas del pueblo se paraban con sus coloridas vestimentas y saltaban como cervatillos asustados al oír el claxon. Luego se volvían y sonreían tímidamente bajo los párpados al llamar su atención.

Cuando llegó a la lechería, la lechería de su tío, charló con interés sobre el ganado y la industria láctea. Paulo era un Luzare más joven, en apariencia y en su forma de pensar. Y su forma de hablar era idéntica a la de Luzare en sus frases entrecortadas y su manierismo de utilizar la mano como una hoja de hacha para cortar la fuerza de sus palabras a sus oyentes. Se había apresurado a utilizar métodos progresistas americanos en su trabajo lechero y empleaba la electricidad para el ordeño. Para complacer a Paulo, en vez de cazar jaguares o pumas, como era su deseo, Arturo pasó el resto del día paseando y admirando las nuevas ideas de su tío. Al despedirse de Paulo, mencionó casualmente:

—Creo que mañana echaré un vistazo al viejo Irazú.

A la mañana siguiente, Arturo se levantó cuando aún había luna.

Las estrellas estaban bajas y brillantes, el aire frío y vigorizante. Se deslizó hasta el establo para buscar una mula y comenzó a cargar su provisión en ella. Pero Paulo se le había adelantado y un concho estaba en cuclillas fumando silenciosamente junto a una mula que ya esperaba. Arturo maldijo e hizo señas al hombre para que se quedara allí. Pero tan terco como la mula que montaba, el concho sólo movió la cabeza e indicó que se fuera. Las mulas se alejaron de su refugio y salieron al sendero, que era un canalón formado por años de lluvias torrenciales, donde de vez en cuando las laderas se elevaban escarpadas y más altas que sus cabezas. La subida pronto se hizo bruscamente ascendente. De vez en cuando, al llegar a un pequeño claro, podían oír el ladrido lejano de un perro o las voces de los madrugadores que estaban ocupados en hervir el sirope. El aire fresco y limpio que bajaba de las alturas desprendía un olor acre y azucarado. El pequeño cañón no tardó en dejarles sentir el aire fresco de la mañana para volver a encerrarles en sus estrechos confines. Después de subir durante un rato, salieron de su sendero para contemplar todo el tramo de la Meseta Central de Costa Rica. Varios miles de metros más abajo se extendía desde Cartago, al norte, hasta Heredia, Alajuela y San José, una distancia de setenta millas de grandiosidad que se extendía en color aguamarina a la luz de la luna. Y los pueblecitos brillaban como joyas. Arturo se sintió exultante y pleno de su propio ser, un conquistador solitario que acababa de poner los ojos en una tierra nueva. Empezaron a subir de nuevo. Las mulas empezaron a sudar sus cálidos olores animales, el cuero de las monturas crujía y gemía de vez en cuando, y la áspera camisa tejida se pegaba a la espalda del silencioso guía, que no miraba ni a izquierda ni a derecha, sino que cabalgaba medio dormido, con la cabeza gacha. No había emitido ningún sonido durante la marcha. La luz de la luna se desvanecía poco a poco y daba paso a la dura y deslumbrante luz de primera hora de la mañana. A esta altitud, moviéndose como motas contra la ladera de la montaña, podían ver el Turrialba coronado de blanco. Entre las dos montañas, capas de nubes flotaban como perezosas manchas de algodón. Arturo sintió un escalofrío a través de sus capas de lana. En esta tierra de pastos, con sus largas praderas ascendentes, los árboles eran escasos, los

prados rocosos y desde las alturas el viento soplaba sobre ellos fríos
vendavales. Las dos mulas se inclinaban de lado contra su impacto.
Pequeñas rocas y guijarros crujían, se movían y se esparcían bajo
los pies de las mulas. Ahora la luz del día los cubría de un blanco
sombrío. Se trataba de la sección habituada de la lechería de Paulo,
donde los trabajadores se arremolinaban, algunos mezclando queso
en bolas y otros acarreando cubas de leche. Arturo saludó y pasó
de largo sin detenerse. Pronto se adentraron de nuevo en las zonas
boscosas y comenzaron la empinada subida por la selva. Aquí
estaban los bosques de altura, profundos, enmarañados, húmedos
y colgados de nieblas. Musgo y orquídeas cubrían los árboles,
mientras que enredaderas y lianas bajas y enmarañadas colgaban de
las ramas más bajas y se arrastraban por el suelo. Los contrafuertes
de los grandes árboles y las enormes raíces retorcidas dificultaban el
paso de las mulas y, bajo sus pies, los pequeños pozos y sumideros
se comían cada movimiento de las mulas. Los animales resbalaban,
se arrastraban y se aplastaban en el barro cenagoso. De repente, la
lluvia cayó con fuerza sobre ellos y el guía sacó un saco de arpillera
de debajo de la silla y se lo puso sobre los hombros. Arturo se puso
el chubasquero y se abrochó el botón superior del cuello. Entonces,
tan repentinamente como había llegado, la lluvia desapareció. El
cielo estaba bañado, despejado y sin nubes y ellos estaban más altos
que el resto del mundo. Estaban sentados en la cima de Costa Rica,
mirando y divisando horizontes lejanos desde su altitud de más de
once mil pies.

El guía no tardó en hacer señas a Arturo para que desmontara.
El suelo estaba cubierto de matorrales espinosos; los mirtos
florecían y se agolpaban en el borde mismo del cráter. Arturo
avanzó apresuradamente, se echó boca abajo y puso la mano sobre
el borde. Deseaba fervientemente pasar aquel momento a solas.
Impaciente, lanzó una mirada por encima del hombro e hizo un
gesto al concho para que se alejara. El guía retrocedió un poco
y volvió a ponerse en cuclillas. Arturo quería estar a solas con
aquel poder monstruoso para sentir una íntima comunión con él.
Miró despacio alrededor de los lados rayados del cráter, veteados y
manchados de rojo leonado y naranja, un deleite visual, todo eran

Figura 23

Volcán Irazú, Costa Rica

iStock.com/Mario Sergio Andrioli

https://www.istockphoto.com/photo/irazu-volcano-costa-rica-gm1489587318-514465943?clarity=false

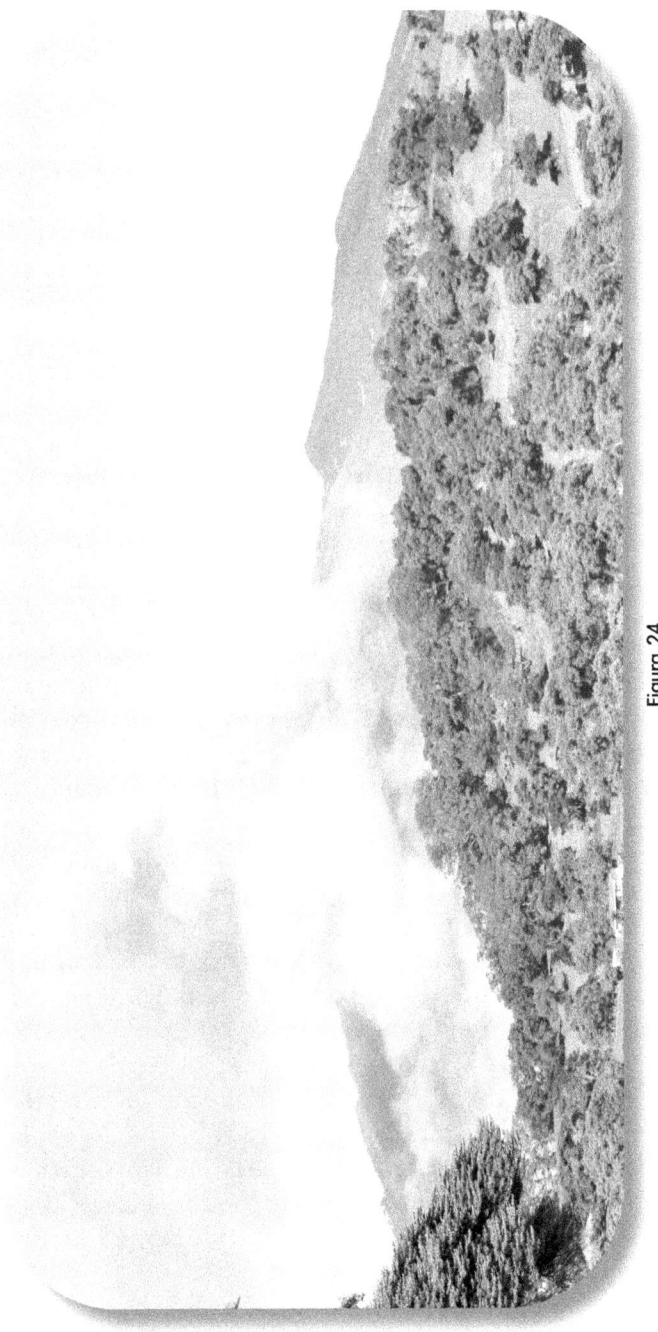

Figura 24

Erupción del volcán Turrialba en Costa Rica vista desde la ladera del volcán Irazú.

iStock.com/Radoslaw Kozik

https://www.istockphoto.com/photo/eruption-of-turrialba-volcano-in-costa-rica-seen-from-the-slope-of-irazu-volcano-gm1077302382-288562420?clarity=false

fuertes colores primitivos brillantes, como pintados por un dios salvaje. Algunas de las rocas eran de color bronce, otras de color pizarra o rosa chocolate, y de nuevo aparecía una oleada de amarillo. El viento reprimido aullaba y gritaba rebelde, y en el fondo del cráter, la boca del volcán se asentaba como un cáncer. Hoy el viejo y rugoso Irazú estaba inquieto, burbujeando, gorgoteando, refunfuñando por lo bajo mientras sorbía los pesados líquidos sulfurosos verdes en ebullición. De vez en cuando eructaba rencorosamente sus vapores y rocíos amarillos. Arturo sintió la emoción de su horror y arrojó algunas piedras, viéndolas caer muy, muy abajo. El concho se sintió de pronto vivo de miedo. Tiró del hombro de Arturo y le suplicó:

—Déjalo, no, por favor, no. ¡Hoy está loco, loco! Déjalo. En ese momento, el volcán emitió un amenazador y ominoso estruendo y lanzó un géiser de rocío amarillo y rocas que alcanzaron el borde del cráter, para luego retroceder con un ensordecedor rugido atronador. Arturo se apartó de un salto, débil por el susto, y se acercó, se sentó y tomó café con el mozo de mulas. Había visto lo que había estado deseando ver y ahora ya estaba harto. Subió inmediatamente a su mula y emprendió el camino de regreso montaña abajo, deteniéndose en el alto claro para contemplar de nuevo la meseta central y dejar que sus ojos observaran el mar Caribe a su izquierda y el océano Pacífico a su derecha. En un momento eran visibles y al siguiente estaban ocultos por la niebla.

De nuevo en la posada, Arturo agradeció a Paulo su hospitalidad y le pagó las tarifas de la posada como si fuera un extraño, porque Luzare y Paulo siempre manejaban sus asociaciones familiares en términos de negocios. Arturo prometió a Paulo que volvería pronto a cazar con él, luego metió su equipo en el automóvil y regresó a casa. Como el viejo Irazú, sentía que debía seguir moviéndose, moviéndose, moviéndose o explotaría en una explosión gigantesca.

Durante el día Arturo jugaba como un niño con los mayores, mientras el pequeño Víctor se quedaba al margen observando. Por la noche, después de cenar, pasaba mucho tiempo en el cuarto de baño, duchándose y limpiándose. Una vez vestido y con corbata, se dirigía a la puerta principal. Luzare, que le observaba, le preguntaba a veces:

—¿Adónde vas esta noche, hijo?

Pero Arturo siempre respondía con evasivas:

—Ah, al cine. Quizá al parque.

El domingo siguiente, cuando los torrentes del sábado lo habían apartado de su expedición de caza, en busca de entretenimiento y placer, Arturo caminó hasta el Parque Central. Eran más de las cuatro y Cuerdas estaba en marcha. La banda en el centro del parque arriba de su kiosco con columnas estaba tocando *Glow Worm*. Alrededor del quiosco de la banda, sobre el colorido mosaico del malecón, se movía un elegante y fluido desfile de jóvenes. Aquí se mezclaban casi sin freno los estratos sociales de San José. Conchitas y muchachas de alta cuna caminaban al mismo tiempo. Las conchitas que habían venido de las colinas y habían conseguido trabajo como empleadas domésticas, se balanceaban con sus voluptuosos cuerpos envueltos en las ajustadas faldas abiertas a los lados para mostrar destellos de sus piernas color cobre. A veces sus cabellos oscuros y ondulados colgaban sueltos; otras, se recogían con una cinta alegre. Algunas de las muchachas llevaban el pelo teñido de rubio y las orejas adornadas con grandes pendientes tintineantes. Incluso las jóvenes de las familias más refinadas disfrutaban de estos paseos, conteniendo su vivacidad ante la mirada de sus acompañantes. Las chicas paseaban en parejas, cogidas del brazo al ritmo de la música. Las chicas iban en sentido contrario a las agujas del reloj en el círculo exterior mientras los caballeros desfilaban alegremente a su lado en el sentido de las agujas del reloj en un círculo interior. Si una chica se sentía atraída por un chico, sonreía de forma discreta pero sugerente, un movimiento, un guiño o un encogimiento de hombros para mostrar su aceptación. Si un chico se sentía atraído por una chica poco dispuesta, ella hacía un gesto de escupir o volvía la cabeza con desdén. El chico seguía caminando hasta emparejarse convenientemente. Pareja a pareja, mientras sonaba la música, se alejaban, se sentaban en los bancos que había repartidos por el parque que ocupaba la manzana. Podían mirar hacia la catedral, que siempre tenía las puertas laterales abiertas, y observar a las mujeres de oscuro velo que entraban a rezar. O podían cruzar la calle para tomar algo. Alrededor de la plaza, los escaparates de las tiendecitas estaban repletos de mercancías extranjeras y cigarros. Por las calles paseaban los conchos con sus alegres carros y maldecían a sus mulas obstinadas.

Arturo se sintió atraído por una curvilínea criatura que, evidentemente, no hacía mucho que había llegado de las colinas. Caminaba incómoda con sus tacones altos, pero sus pechos estaban echados hacia arriba, su cabeza hacia atrás de una manera indómita y briosa. Sus ojos aceptaron rápidamente su mirada. Sus sensuales labios pintados de rojo sonreían con sensual insinuación y placer. Pronto los dos estuvieron juntos, cogidos del brazo, mientras cruzaban la calle en dirección a la cantina para tomar una copa. Mirando la oscuridad arremolinada de los ojos de la muchacha, Arturo se sintió atraído por el mismo poder extraño y horrible que le había hecho querer saltar a la caldera verde e hirviente del viejo Irazú.

Figura 25 A

Cinta de la Bandera de Costa Rica
iStock.com/PeterPencil. https://www.istockphoto.com/vector/costa-rica-flag-ribbon-set-vector-stock-illustration-gm1337195075-418165107

CAPÍTULO 5

Figura 25 B

Fiesta

Figura 26

Fiesta por la Noche

Figura 27

Más Días de Fiesta

Figura 28

Más Escenas de Fiesta

Figura 29 A

Fiesta al Mediodía

Figura 29 B

Más Fiesta

Figura 29 C

CAPÍTULO SEIS

El Mal de Arturo

1926-1927

A MEDIDA QUE PASABAN LAS semanas, Libia no dejaba de tener nuevos sirvientes. Apenas tenía uno nuevo entrenado, Micaela se escabullía por los rincones y volvía a casa de Ricardo informando de que Libia no se interesaba por la casa de doña Esmeralda. Luego, uno a uno, los criados se irían, dando su excusa: «Demasiado trabajo» o «No hay suficientes noches libres». Era cierto que no daba permiso a las sirvientas para salir más que una noche a la semana y a Luzare le molestaba que tocaran el timbre para dejarlas entrar aunque no permitía que ninguna sirvienta tuviera llave de la casa. Siempre refunfuñaba al volver a la cama después de dejar entrar a una sirvienta, «Pues está preñada. Son como perras en celo. No puedes dejarlas salir. Si salen siempre vuelven preñadas». Pero Libia sabía que su problema con las sirvientas continuaría mientras el colchón ensangrentado permaneciera como mudo testimonio de los susurros de Micaela.

Una vez, se acercó a Luzare con:

—ojalá me dejaras deshacerme de ese desastre insalubre y

mugriento del trastero.

Pero Luzare se puso lívido de furia y bramó:

—Ocúpate de tus tareas domésticas. ¿No tienes bastante que hacer sin meter las narices donde no te llaman? Así que allí se quedó. Y cómo podía explicar ruidos extraños a oscuras mentes suspicaces cuando el viento aprisionado, atrapado en el patio, sacudía los cristales de las ventanas y gemía en tonos agudos para ser liberado. A veces ella también se estremecía y los gritos sonaban tan humanos.

Suspiraba mientras el polvo se formaba en su piano, pero practicaba su gimnasia vocal con más brío, siempre ejercitándose, purificando sus tonos y analizando su voz. Pero siguió cantando.

En uno de sus viajes por la casa, Arturo se detuvo en la puerta del salón, con la frente perlada de sudor y dijo admirado:

—¡Caramba, eso suena a ópera en París! Luego se fue silbando el estribillo por el pasillo. Libia se recostó en el asiento del piano, enormemente complacida.

Un día, la nueva señora de la lavandería se acercó a Libia con dolorosa desgana:

—Niña Libia, nunca había visto esto en la ropa interior de un joven, pero me parece antinatural. Libia examinó las manchas amarillentas de pus y rosadas de sangre que manchaban los calzoncillos de Arturo. No era natural. Debatió consigo misma si debía pedir consejo a Luzare o encargarse ella misma del asunto. Pero conociendo el deseo de Luzare de ocuparse de todo lo que pudiera implicar al mundo exterior, se quedó con los calzoncillos sucios y habló con Luzare aquella noche, después de cenar.

Luzare cruzó el pasillo con las pruebas en la mano, abrió la puerta de Arturo y lo abordó con:

—Hijo, ¿tienes alguna llaga?

Arturo se hundió, contento de encontrar algo de alivio, aceptó a su padre como aliado sin mirarle a la cara tormentosa y contestó:

—¡Papá, me duele tanto orinar que casi grito!

Luzare resopló:

—Dios mío, esta cosa es mala. Ponte la ropa. Llevó inmediatamente al niño a ver a su abuelo, el doctor Muran, quien, tras echar un rápido vistazo a las lesiones, asintió a Luzare que el niño tenía una enfermedad enquistada. El doctor Muran pidió una habitación en la clínica para ocuparla inmediatamente y Luzare volvió solo a casa. Libia esperaba, preocupada, y su buen agudo sentido ya le decía la respuesta. Luzare entró en casa humeante de rabia, bramando:

—¿Lo ves?, ¡Tú tienes la culpa de esto! —Mientras Libia recuperaba el aliento, él continuó con su furia—, tú tienes la culpa, toda la culpa. Ni una sola vez intentaste detenerlo cuando corría por aquí de noche tan salvaje como un libertino. Es deber de una madre saber lo que hacen sus hijos cuando están fuera. Y como siempre, cuando Luzare lanzaba duras acusaciones, Libia se quedaba sin palabras. Cómo podía explicar que Arturo nunca escucharía las amonestaciones de su *nueva madre*, sino que sólo resentiría sus intromisiones en sus asuntos. Era amargo de soportar. Pensó con cansancio en su hermana, Marie, ahora monja en Francia, viviendo una vida de alta contemplación espiritual, una existencia rigurosa y estricta con toda su ocupación en el bienestar de su alma. Tristemente pensó, «Verdaderamente, caminamos en vanas sombras de lo que queremos ser». En momentos de frustración como este se sentía como si estuviera tocando un órgano. Pero no importaba cuán sensiblemente tocara el teclado de su vida, los mismos sonidos apresurados de un animal enloquecido rasgaban el aire. Los registros no funcionaban. Su alma anhelaba pulsar las teclas y hacer resonar por los tubos aleteos aflautados y una música suave y arrulladora, insoportablemente dulce.

Libia sabía que la entrada de Arturo en el hospital se había llevado con la mayor discreción, y rezaba para que los criados no se enteraran lo suficiente como para cotorrear a la casa de al lado. Sin embargo, Ricardo no parecía sentir curiosidad por la enfermedad de Arturo. En su casa, Diana acababa de dar a luz a su hijo, y aunque fue un parto fácil y sin problemas, Diana debió de ver un eclipse de luna durante su embarazo, porque el niño estaba débil y con la boca abierta como una olla, siempre llorando.

Libia se hizo cargo ella misma de la enfermería de Arturo tras su regreso del hospital. Acogió su incumbencia como una penitencia, agradecida a Dios por poder expiar su pecado de omisión. Pues, al examinar con honestidad su propio pensamiento, reconoció que la reticencia era su debilidad y que el miedo a ser atrevida siempre refrenaba sus emociones. En los momentos que la desafiaban, nunca había sido franca, por mucho que deseara ser una influencia espiritual. Es cierto que siempre había rezado por la pureza de corazón y, al hacerlo, se había excusado de ver pensamientos impuros en los demás. Pero esto, ahora lo comprendía, no era más que una credulidad ciega y, al pensar en otras personas, nunca quiso realmente anticiparse a lo que pudiera ocurrir.

Mantenía a los criados alejados de la habitación del enfermo, traía y vaciaba ella misma las cuñas, continuaba con las medicinas de Arturo y lo entretenía con conversaciones y libros. De vez en cuando, Arturo le dedicaba una sonrisa gratificante, pero la mayoría de las veces estaba sumido en un negro mal humor y en pensamientos atormentadores que hacían que Libia sufriera con él. Ver su rostro joven, transparentemente pálido, tan joven en su enfermedad de la edad, sus ojos grandes y a menudo abatidos, le hacía aceptar de buen grado toda la culpa. Un poco más de orientación podría haberlo evitado. Al entrar en el cuarto de baño, pensaba siempre en los insólitos diseños arquitectónicos de Esmeralda para esta casa. En lugar de colocar los baños cerca de los dormitorios, los había agrupado todos juntos, como para tener toda la obscenidad en un solo lugar y no pegada entre las habitaciones. Estaba el primer cuarto de baño que contenía un lavabo, una ducha, una bañera y el taburete. Lo utilizaban sobre todo los chicos. Detrás de él, conectado por una puerta de un cuarto de baño al siguiente, había una habitación con una bañera y un taburete. Y detrás de esta, pero sin puerta de conexión, había una habitación con ducha y taburete. El lavabo de esta habitación estaba justo fuera, en la pared del patio, y la habitación y el lavabo eran para uso de los criados. En cada habitación Luzare había colocado su accesorio, un gran reloj.

Frente al cuarto de baño, en la pared transversal, como para desviar la atención de la puerta del cuarto de baño, Esmeralda había diseñado un papel pintado que llegaba desde el techo hasta el suelo, un auténtico edén de flora. En medio de la masa de flores, dos pavos reales desplegaban con gran vanidad sus plumas, plumaje de esmeralda, oro y carmín reluciente.

Una noche, durante la enfermedad de Arturo, después de que la casa se hubiera retirado temprano, se oyeron de repente fuertes golpes y estruendos. Libia, aturdida y sólo medio despierta, agarró su bata, enhebró los brazos en los agujeros mientras corría hacia la puerta y cruzaba el vestíbulo al oír el ruido. Arturo estaba sentado en la cama, pálido y asustado, con los ojos desorbitados, mientras los escombros se esparcían por la cama y el suelo. Un perro grande, aullando de dolor, salía de debajo del montón de yeso caído y cojeaba lloriqueando. Al parecer, la perra, Princesa, había estado paseando por el balcón de arriba, en la parte inacabada del techo, que nunca se había reforzado. Su peso sobre una tabla débil había hecho que el techo cediera. Arturo no resultó herido, pero estaba visiblemente conmocionado. Lo repentino del suceso le había producido una fuerte conmoción. Luzare ni siquiera preguntó por Arturo, sino que estaba más preocupado por el perro. Agarró al gran animal bajo el brazo y se lo llevó a las dependencias de la servidumbre para que la medicara. Le tenía cariño al perro y, desde la enfermedad de Arturo, había adoptado la actitud de que cualquier cosa que le ocurriera al muchacho era sólo su merecido.

Libia tranquilizó a Arturo y por fin lo calmó lo suficiente para poder apagar la luz. Durante un rato había estado tan ocupada que ni siquiera se había dado cuenta de que el pequeño Víctor estaba de pie detrás de ella, tiritando en su largo camisón. Cuando se percató de su presencia, le explicó el percance y le llevó suavemente de vuelta a la cama. En un momento de ternura olvidadiza, se inclinó hacia él y le besó. Él le susurró al oído:

—Mamá, me alegro de que fuera Princesa. Cuando oí el ruido pensé que te habías hecho daño. La casa volvió a acomodarse y, adormilándose de nuevo, Libia sonrió. ¿Cómo la había llamado Víctor? Víctor había dicho *mamá*. Por primera vez, Víctor la había llamado *mamá*.

A pesar de la debilidad de Arturo, enervado por las drogas, debilitado por la enfermedad, Luzare hizo empacar la ropa del niño y el primero de septiembre llevó a toda prisa a su hijo a la escuela. Cuando Arturo se marchaba, sonreía con valentía, pero sus ojos estaban llenos de lágrimas. Libia también lloraba, Inglaterra estaba muy lejos y Arturo le parecía ahora tan terriblemente joven.

La casa estaba tranquila por las mañanas, con Víctor en la escuela. Libia se sentaba en el porche lateral enrejado y leía o cosía. A veces se sentaba a contemplar la veranera. Era una flor preciosa. Los pétalos estaban separados como alas de mariposa y los estambres eran como antenas. Con la brisa, las flores levantaban sus alas de pétalos fucsia y solían volar lejos de las enredaderas que las sujetaban como cadenas al enrejado.

En febrero Luzare, como era su costumbre, se tomaba unas cortas vacaciones, dejando la tienda unos días cada vez. Esta vez eligió San Isidro de Coronado, donde le atrajo la colorida fiesta del 16 de febrero. Toda la gente del campo en kilómetros a la redonda, y qué multitud más variopinta, se reunió como invitada del cura. Los campesinos trajeron sus alegres carretas de bueyes, muy decoradas y de ruedas macizas, para ser bendecidas. Había música de marimba, petardos, comida pesada, licores fuertes, tortillas y tamales. Víctor disfrutó enormemente de todo el carnaval, pero Libia estaba fatigada. Dos días de alegría tan acelerada eran demasiado para ella y este carnaval chillón sólo le parecía una parodia para su pesado corazón. Pronto comenzaría su segundo año con un hombre al que no podía apreciar, y la ocasión también le traía un sentimiento de culpa. San Isidoro, conocido como el Arador, había sido singularmente destacado en la historia eclesiástica de la Iglesia. Se suponía que había nacido en la España del siglo XII, en lo que más tarde sería Madrid. Llevó una vida de piedad tan consagrada que, cuando descuidaba sus campos por causa de sus devociones, los ángeles bajaban y araban por él. Libia no podía avergonzarse de tanta maravillosa sencillez de corazón.

Toda el alma de Luzare y la mayor parte de su pensamiento eran su tienda y se resistía a renunciar a su dominio sobre ella, ni siquiera por un día. Toda su vida se había dedicado al comercio, y no podía pensar en otra cosa que en comprar y vender. Su pasión por la justicia en los negocios, por la justicia en el gobierno, era innata, nacida y propiciada por generaciones de hombres que habían alimentado a sus familias con pan honrado.

Sentía el mismo desprecio por las mercancías de mala calidad y falsificadas que Lucien Constante, su abuelo, había sentido en 1849 cuando yacía enfermo de cólera en un hospital de París. La atmósfera fétida del lugar apestaba a hileras de catres con sus ocupantes febriles y delirantes. Pero todos los rostros débiles tenían en ese momento sus ojos atentos a la figura que se erguía en medio de la habitación. Era un personaje de apariencia insignificante, disfrazado con un uniforme de general de trenzas doradas y gruesas charreteras. Su postura de piernas cortas y cuerpo largo era un ridículo remedo de su tío. Los enfermos escuchaban sus lentas y tortuosas entonaciones germánicas del francés; su rostro no era muy distinto del de un loro melancólico. Párpados pesados velaban unos ojos que miraban fijamente con extraña falta de vida. Su largo bigote ennegrecido, teñido y encerado reflejaba la luz al mover los labios. Su perilla imperial, como la de un actor cómico, se mecía arriba y abajo de forma idiota. Todos los demás pacientes, impresionados por la austeridad del momento, miraban fijamente al hombre. Pero Lucien volvió a recostarse en la almohada, débil y asqueado de nuevo por el asco que le invadía. Luis Napoleón, presidente de Francia, llamaba solícito a los hospitales de París que atendían a las víctimas de la peste. Respiraba el aire sudoroso de la fiebre como si fuera inmune a las enfermedades humanas. ¡Presidente! Francia volvía a tener un emperador, ¡y este oscuro pretendiente era el jefe del Estado francés! Lucien era un pensador lúcido, poco dado a aceptar las opiniones comunes de la calle, que sabía bien que Luis Napoleón no era débil ni falso como algunos querían hacer creer. Lucien podía leer en el rostro de aquel hombre una inscrutabilidad, una taciturnidad y una inflexibilidad. Era un hombre decidido, un hombre que crearía un imperio a su imagen y semejanza, y la burla que Lucien contemplaba era el clímax de todos sus sueños de democracia, una burla a todos sus años de esperanza. Su espíritu por la emancipación de Francia quedaba arruinado para siempre. La generación de su padre provocó la Bastilla por una nueva libertad y, desde entonces, Francia se esforzó una y otra vez con nuevas primaveras y nuevas savias de libertad. Sólo un año antes Metternich y su sistema habían sido desterrados, pero Lucien se daba cuenta ahora de que el sistema no dependía de su fundador. Sus sueños de una nueva Francia se disiparon para siempre con la mirada de Luis Napoleón. Lucien le devolvió la mirada despectivamente.

Lucien no era más que un pequeño comerciante que nunca había albergado esperanzas milenaristas y sólo quería seguridad y un moderado sentido común en el gobierno. Era un realista que se había educado en los adoquines de París, cada piedra no había sido más que una página de un libro de lecciones para él. Aunque pobre, había asistido a los museos, acudido a las galerías superiores de los teatros, leído y conversado con sus compañeros de oficio. Pero por mucho que despreciara el pensamiento, sin embargo era cierto, tal como Balzac lo había descrito en su *Comedia Humana*. Francia no era más que una lucha por la riqueza con *La ética de una cesta de cangrejos*.

Con semejante actitud, Francia escucharía promesas utópicas que estaba demasiado ansiosa por creer y cedería sus derechos a un hombre que pronto se quitaría su máscara fingida y revelaría su verdadero carácter napoleónico. Lucien, al llegar a esa decisión, se prometió a sí mismo y a su Dios que, si podía vivir para sacudirse la enfermedad, abandonaría esta tierra que ya no podía tolerar y buscaría un país donde pudiera entregar su corazón y depositar su confianza.

Tan pronto como salió del hospital, empezó a liquidar sus pequeñas propiedades y al año siguiente se embarcó para el pequeño país llamado Costa Rica, que se había liberado del yugo de España en 1821 y, finalmente, tras varias aventuras con otros tipos de gobierno, se constituyó en República en 1848.

Figura 30 A

Resumen de la Bandera de Costa Rica. iStock.com/khvost
https://www.istockphoto.com/vector/costa-rican-flag-wavy-abstract-background-vector-illustration-gm1287181758-383457866

Figura 30 B

El Nuevo Hogar de Lucien en Costa Rica
iStock.com/Mlenny
https://www.istockphoto.com/photo/natural-beach-palm-tree-gm184965831-
19043677?clarity=false

Figura 30 C El Nuevo Hogar de Lucien

Figura 30 D

CAPÍTULO SIETE

Annabella y Margarita

1928

EN SEPTIEMBRE DE 1850, LUCIEN y su familia desembarcaron en el pueblo pesquero y comercial de Puerto Limón. Fue en ese mismo mes de 1502 cuando el propio Colón, en su cuarto y último viaje al Nuevo Mundo, fue empujado por una gran tempestad a la hermosa bahía de Cariari, donde se encuentra Puerto Limón. Colón envió a su hermano Bartolomé a explorar la costa, divisó montañas a cincuenta millas tierra adentro y regresó para contar lo que había visto. Los indios visitaron a Colón a bordo de su barco y éste los describió como «apuestos y pacíficos» y quedó impresionado por sus baratijas y adornos para las orejas.

Lucien partió de inmediato para alejarse de la costa con su baja y turbia elevación de solo once pies. Quería huir del clima húmedo y de los pantanos de la costa, pero los mosquitos encontraron su víctima en el diminuto Jerome, su hijo menor, que no tenía resistencia a la malaria. Lucien hizo una pausa en su viaje para cavar una fosa en la arena movediza para enterrar a sus muertos. Con cada palada de barro que sacaba de la tierra, el agujero se llenaba de agua antes de que pudiera volver a meter la pala en el fango. El sendero que conducía al interior era a menudo impracticable por la maleza de los pantanos, o los carros se empantanaban hasta los ejes cuando caían los torrentes. Tenían que detenerse y esperar a que las crecidas de los ríos amainaran en sus orillas. Avanzaron con dificultad por los toscos caminos de las regiones bajas, cruzaron el rugiente, espantoso y tortuoso río Reventazón, ascendieron por la meseta, de tres a cuatro mil pies sobre el nivel del mar y, luego descendieron gradualmente, a través de un bosque alto, enmaderado y primitivo, hasta la antigua capital de Cartago. Sobre ellos se alzaba el volcán Irazú, con el humo de su cráter flotando blanco en el cielo. Era octubre cuando por fin llegaron a esta ciudad habitada. Cansado por el dolor, con la mujer enferma y temeroso de perder otro hijo, Lucien entró en la ciudad agradecido por encontrar refugio y con la esperanza de ser acogido como un nuevo ciudadano. Allí estableció su hogar y su comercio. Pero en 1859 volvió a mudarse, siempre queriendo estar a la sombra de su gobierno. Entonces también pensó que significaría un negocio más saludable, ya que San José seguramente crecería más rápidamente, siendo la sede del gobierno. Su único hijo, Louis, se había casado con Amelia, la niña de pelo lino y cara dulce con la que él, a los doce años, había jugado a bordo del barco en su viaje desde Francia. Lucien vivió lo suficiente para ver su semilla sembrada en cinco nietos en el suelo de su país de adopción. Y siempre se fijó especialmente en Luzare, el mayor, que a los doce años, tras la prematura muerte de su padre, se hizo cargo de la gestión de la tienda de arroz y velas de la familia. Luzare y Paulo siempre habían trabajado. Cuando Luzare tenía quince años, por ser el mayor, le dejó a Paulo toda la gestión de la pulpería, mientras él salía a buscar otro trabajo para ganar más dinero. Se convirtió en cajero del Dr. Muran, que había ganado su dinero profesionalmente, pero le gustaba mantenerlo en crecimiento invirtiéndolo en pequeños negocios. De este modo, el doctor se convirtió en un hombre de grandes propiedades y riquezas.

Luzare era hábil y rápido con los números, así que el Dr. Muran le confió el dinero de la tienda. Cuando Luzare sólo tenía dieciocho años, el Dr. Muran le dio una participación en la tienda y le envió a Europa para que aprendiera más sobre comercio y estableciera contactos en el sector. Antes de cumplir los veinte, Luzare ya era un financiero. Pero por esa época, un anciano solterón de origen francés de San José, que había sido amigo del padre de Luzare, murió sin dejar familia. Había visto la lucha de Luzare por mantener a su familia, así que le dejó en herencia al chico su propio local modesto de productos secos. Luzare estaba tremendamente orgulloso de su nuevo estatus. Por fin tenía algo propio. Pidió prestado dinero al buen Dr. Muran para ampliar su tienda y se ocupó de su nueva propiedad.

Muchas noches visitaba a su viejo amigo el doctor, cuyas delicadas y estéticas facciones siempre se encontraban hojeando un libro en la biblioteca de su casa. Su hija, Esmeralda, siempre entraba en silencio para escuchar a los dos hombres hablar de libros. Luzare leía con avidez, como si ya hubiera perdido demasiado tiempo y a partir de ahora su tiempo se limitara al ámbito de la literatura. Su madre, Amelia, estaba encantada con su avance cultural. Siempre había instruido a sus hijos en el fino arte de los modales y les había dado pinceladas de su educación siempre que estaban en casa el tiempo suficiente para escuchar. Era nieta de un duque y la mera idea de que sus hijos llegaran a la edad adulta sin haber estudiado en los libros la angustiaba. Además, con el resto de su familia entrando y saliendo del manicomio, era un consuelo ver estudiar al muchacho.

La hija del Dr. Muran, Esmeralda, se sentaba y miraba con oscuras miradas de celos el libro que sostenía Luzare. Durante dos años, se sentó y miró con malos ojos hasta que finalmente se convirtió en la novia de Luzare y se dedicó felizmente a diseñar la casa más grande que pudiera imaginar en uno de los terrenos que su padre le regaló como regalo de bodas.

Luzare se ocupaba de sus propios asuntos en su tienda y al principio se propuso llegar al bolsillo del trabajador medio, por lo que abasteció su tienda con ropa para el uso duro. No satisfecho con la durabilidad de la ropa, importó y montó su propio taller de costura en la parte trasera de la tienda para producir prendas de trabajo más resistentes. En casa, Esmeralda rara vez le consultaba sobre su nuevo hogar y la construcción de la sala de billar era una asignación que hacía con un humor caprichoso.

Pero Esmeralda era una mujer extraña, con una apariencia que engañaba su verdadera naturaleza. De rostro adusto y aspecto solemne cuando en realidad era dada a ataques de temperamento que a veces duraban una semana. En esos períodos, disfrutaba recordándole a Luzare que una de las hermanas de su madre era una mujer enloquecida por el amor a su propio cuerpo y lo demostraba en cada acto social a menos que se la contuviera. En estas desagradables discusiones, Luzare decía palabrotas y despotricaba, pero en pocos minutos se iba de casa. A veces casi le volvía loco pensar en la familia de su madre. Cuando repasaba cómo los tres hijos mayores, ambiciosos y codiciosos, se habían apoderado de la parte de la riqueza familiar que le correspondía a su madre, le hervía la sangre. Siempre le venían a la memoria los recuerdos de cuando, en su tierna infancia, las hermanas habían pasado por allí en sus elegantes carruajes y se habían reído de la tienda de velas y de los dos diminutos propietarios descalzos, absurdos en su cutrez, ocupados en atender su tienda.

Pero mientras Luzare caminaba y se refrescaba, siempre razonaba que ya habían recogido su cosecha de maldad. Elena, la hermana mayor, con el pelo dorado hasta la cintura, estaba loca de contenta con su propia belleza. Una vez mató a un hombre en su habitación de hotel en París, mientras estaba de gira en uno de sus papeles operísticos. Ahora permanecía la mayor parte del tiempo en el manicomio, apartada del mundo exterior y de su dinero y de lo que debería haber sido el dinero de su madre. Helena también se había vuelto loca, aunque sólo de codicia. Después de repartirse el dinero de Amelia con su hermana, se casó con un mexicano que la abandonó tras robarle la mayor parte de su fortuna. Y a Albert, el hermano, no le había ido muy bien con sus millones. Estaba tras los muros de la penitenciaría en la isla de San Lucas, en la boca de la bahía de Puntarenas. Nunca más gastaría su dinero. Estaba en una isla desolada custodiada por los hambrientos tiburones vigilantes que pululaban por las aguas del Pacífico. Y allí permanecería el resto de sus días cumpliendo condena por un delito de violencia.

Aquellos tres habían sido los que se rieron de los niños sin zapatos de Amelia. Gracias a Dios, su madre nunca había tenido que pedirles un peso, ni tendría que recurrir a ellos. Él y Paulo se encargarían de eso. Pero Esmeralda era la mujer con la que tenía que vivir, y le recordaba vivamente a las hermanas de su madre.

Así, habían vivido juntos, Luzare y Esmeralda. Ella había sido una mujer de intensas pasiones, le había dado tres hijos y había muerto en el cuarto parto, cuando su cuerpo envejecido, a los cuarenta y nueve años, no pudo soportar más aquella exigencia suprema. Al quedarse viudo durante dos años, Luzare se alegró sin límites de encontrar a su nueva compañera.

Durante los dos años siguientes, Libia se sintió mejor que desde que estaba casada. Poco a poco iba recuperando las fuerzas; su voz adquiría más color, dramatismo. Su profesora, Luira, hablaba de vez en cuando de los planes de Libia para pasar unos meses en Italia con un viejo profesor con el que ella misma había estudiado. La voz de Libia, decía, era incomparable incluso con la de las prima donnas de gira que se presentaban de vez en cuando en el Teatro Nacional. Con la madurez, su timbre era más pleno, más resonante. Pero Libia siempre negaba con la cabeza, conocía tan bien a Luzare que ni siquiera le planteaba el asunto.

Entonces, en agosto, volvió a darse cuenta de que estaba embarazada. Luzare se alegró, como siempre, por las perspectivas y fue considerado al ver que la casa estaba bien dispuesta para sus náuseas. Caminaba por las calles con aspecto de una nueva prosperidad. El hijo de Ricardo, por débil y nervioso que fuese, al menos era un niño, mientras que él, un hombre aún viril, no tenía nada que mostrar de su matrimonio.

Víctor había estado observando el estómago de Libia últimamente mientras estaban sentados juntos en el asiento del piano. El joven tenía oído para las melodías y podía elegirlas con un dedo. Ella le había enseñado piezas sencillas. Un día le cogió la mano, se la apretó contra el vientre y le dijo:

—Víctor, dentro de mi cuerpo hay un bebé que crece cada día. En abril será lo bastante grande y fuerte para nacer. Y entonces lo daré a luz. Pero Víctor sólo se sonrojó y ella se dio cuenta de que, una vez más, había empezado sus instrucciones sexuales demasiado tarde.

A medida que se acercaba su hora, temía el parto. Sus abortos habían sido terriblemente dolorosos. A Luzare también le preocupaba que alguna desgracia volviera a arrebatarle la paternidad e insistió en que Libia fuera al hospital a tener a su bebé. Pero Libia se sentía confiada. Su madre le había asegurado que conocía a una comadrona capacitada que estaba perfectamente informada sobre la esterilización de instrumentos y la limpieza en general. Y podía confiar en ella. Además, a su modo de ver, era indecoroso que una mujer saliera de casa para dar a luz.

Una tarde lluviosa de principios de abril, sintió una aguda punzada. Llamó a su madre, que enseguida trajo a la comadrona con agua caliente y toallas. Libia se desnudó, se puso la bata más grande y se sentó encorvada junto a la cama. Las contracciones eran continuas. En una hora dio a luz a su hija, una niña regordeta que ya se chupaba el dedo con voracidad. La comadrona terminó los detalles del parto, limpió al bebé, lo envolvió en una manta y lo colocó junto a Libia en la cama. Libia yacía somnolienta por el cansancio, pero sintiendo la emoción de haber logrado algo. Había hecho frente a las exigencias de la naturaleza y había traído al mundo a su bebé sin sufrir ningún daño. Luzare se apresuró a entrar, se inclinó para ver al bebé y, con más ternura y orgullo que nunca había visto en sus ojos grises por ella, le besó la frente. Trajeron la vieja cuna de Arturo de la habitación de invitados que había bajo las escaleras y la colocaron junto a su cama.

Víctor siempre se mostraba tímido cuando lo sorprendían jugando con Anabella, pero se deleitaba escuchando sus carcajadas y gorjeos. Luzare acariciaba el cabello rubio y sedoso y se inclinaba para acariciar el rostro querúbico, pero la niña miraba a su padre con sus ojos ágata y claros, ausentes de afecto, y a Luzare le costaba acariciar a su hijita. Aparte de las atenciones normales de un bebé recién nacido, Anabella no daba problemas. Amamantaba bien. Dormía bien. Pero Libia siempre estaba cansada y con total abatimiento aceptó el hecho de que de nuevo su cuerpo estaría incubando.

Pero la más complacida de todas con la gorda bebé Anabella, era

Figura 31

Annabella

la madre de Luzare, Amelia, que comprendía el gran orgullo de su hijo por su hombría, por su paternidad. Vieja, frágil y temblorosa, cabalgó con el regordete bebé en su regazo hasta la iglesia para bautizarlo. Y su delicado rostro de huesos pequeños se inclinó cerca de Libia mientras susurraba:

—No sientas que Luzare quiera bebés. Necesita a tus bebés para completarse. Es la única manera que conozco de decirte lo que significas para él. —Y su fina vocecita se entrecortó un poco al añadir—, Luzare tiene sus defectos, pero es un gran hombre. Desde que era pequeño, siempre supe que Luzare sería un gran hombre. Tres meses más tarde, Amelia murió tan silenciosamente como vivió, y los grandes hombros de Luzare pesaron con tristeza por su madre.

El siguiente mes de abril, Libia respondió a un timbre urgente en el teléfono del vestíbulo. Escuchó la noticia de que su tío, su dulce tío, había muerto. Le vino a la mente la última vez que lo había visto sentado en su despacho, sin pretensiones. Recordó lo mucho que se había parecido a su madre, con la diferencia de que tal vez el suyo era un rostro más amable, de porte humilde, accesible a todos, desde el más humilde conchero descalzo hasta el más alto funcionario al que había prestado oídos, un hombre incorruptible, un católico acérrimo. Pero ahora estaba muerto. Costa Rica había perdido al presidente de sus siete millones de habitantes, pero ella había perdido a su amable amigo. Giró sobre sí misma y agarró una púa del árbol del sombrero. Su mano se apoyó en su copa de mármol en busca de apoyo. Estaba siendo zarandeada por olas furiosas. Subían más y más. El agua oscura y fría parecía surgir y resurgir, absorbiéndola. Lanzó un grito y se hundió en el suelo. Los recios brazos de Luzare la levantaron y Víctor la llevó arrastrando los pies. La tumbaron en la cama. Retorciéndose y desvariando enloquecida por las altas fiebres y el shock, no se dio cuenta cuando su bebé nació, una pequeña y prematura masa de arrugas. Estuvo en cama más tiempo del que había estado nunca, desanimada, apática, observando a Luzare en torno a la cuna del enfermizo bebé. Sostenía su brillante y calva cabeza cerca del bebé y parecía sentirse feliz cada vez que podía consolar sus cólicos o aliviar su dolor. Estaba tan ocupado con el extraño, oscuro y enjuto gnomo que no prestó

Figura 32 A

Margarita

ninguna atención particular a su negocio, sólo le dedicó su más seria consideración a finales del otoño, después de los lejanos estruendos de la quiebra de Wall Street, en aquel año de 1929. No era más que un hombre corpulento de cincuenta y siete años que se sentía fuerte en su propio cuerpo y deseaba dar de algún modo parte de su fuerza a su débil hijo. Cargaba a la pequeña sobre sus hombros y la llevaba por toda la casa. Y cada vez que ella emitía sus débiles y maullantes sonidos de llanto, él acariciaba su cuerpo, que no era más grande que su mano. Empleaba a una nodriza y siempre ponía al bebé al pecho de la mujer para que la boquita pudiera mamar. Pero nada más mamar, la pequeña escupía un líquido amarillento, cuajado y de olor agrio. Luego volvía a lloriquear y no paraba hasta que Luzare la levantaba con sus dedos rechonchos, la mecía suavemente y le hablaba. La pequeña y arrugada elfa, a la que habían bautizado con el rimbombante nombre de «Margarita Cecilia», distorsionaba sus facciones de forma ridícula y parecía dar respuestas patéticas mientras Libia la observaba a menudo con puro asombro. Luzare amaba con profundo afecto a aquella masa de tres libras de rojez y rezaba, por su bien, para que el pequeño ataúd que aguardaba en el almacén no tuviera que ser utilizado.

Figura 32 B
Día de la Independencia de 1821
https://www.istockphoto.com/vector/independence-day-in-costa-rica-
gm1337554914-418396210iStock.com/Andrii Kalenskyi

CAPÍTULO OCHO
Edwin
1931-1937

AUNQUE ERA INEXPLICABLE CÓMO SEGUÍA viviendo, el bebé lo hacía, con una obstinación que debía de ser mucho mayor que su pequeño ser. Vivía pero no prosperaba y padecía trastornos estomacales y renales e incluso al año sus piernas eran tan débiles que nunca hizo ningún esfuerzo por gatear o moverse por sí misma. Pero tenía un carácter dulce y sonreía angelicalmente. Sus ojos oscuros eran tan suaves y húmedos como los de una cierva. Libia contrató a una conchita para que le levantara a los bebés y, mientras se sentaba por las tardes con sus dos hijos a sus pies y Víctor correteando sobre sus largas y rápidas piernas, con los hombros empezando a mostrar músculos, pensaba en todos sus hijos. Anabella había nacido sin angustia. Y en cuanto a Margarita, ni siquiera se había enterado ni preocupado cuando aquel bebé había hecho su pequeña entrada en el mundo. Pero el parto de Víctor fue un parto largo y doloroso. Y el cordón umbilical de amor que unía a Víctor con ella no se había cortado, sino que se hacía cada vez más fuerte. Sus dos propios hijos se habían alejado de su vientre hacia sus propios seres.

A última hora de la tarde, los automóviles empezaban a llegar y a aparcar delante de la casa de Ricardo. Los que habían estado antes utilizaban el pabellón trasero para aparcar. Comenzaba la algarabía en los saludos mientras las mujeres vestidas de gasa subían flotando por el paseo delantero. Libia podía oír la voz aguda y chillona de Diana entre risas. Eran fiestas a las que ella no asistía, ni nunca había sido invitada. Sin embargo, en cierto modo se alegraba. Diana se estaba encargando de una fase del negocio que ella misma nunca habría podido hacer. Luzare nunca llevaba a sus socios a casa y de eso se había librado ella. Si tenía que ocuparse personalmente de algún asunto, a veces se quedaba a cenar en el Club Unión, del que era socio. Por lo demás, confiaba en Ricardo, que se enorgullecía de sus sentimientos hacia los costarricenses, de su diplomacia. Mantenía relaciones agradables con los extranjeros residentes, las oficinas consulares y diplomáticas, los comerciantes y plantadores locales, y todos los agentes de empresas internacionales.

En raras ocasiones, Ricardo invitaba a Luzare los domingos por la tarde a conocer a sus amigos americanos. Luzare se enorgullecía de la magia de Ricardo, sus trances hipnóticos y su lectura de cartas. Incluso Luzare sentía un extraño escalofrío cuando Ricardo miraba fijamente con ojos dilatados a su sujeto y proyectaba su poder sobre él. En estas visitas, Libia siempre se excusaba diciendo que no entendía el inglés y que le resultaba incómodo estar rodeada de gente de habla inglesa. Se quedaba en casa y se relajaba en tranquila soledad, leía o cantaba, o miraba a los niños mientras jugaban.

Y los días pasaban felices. En cierto modo, a Libia le costaba darse cuenta de que habían pasado cuatro años y Arturo había vuelto de Inglaterra. Esta vez era la persona que Libia había conocido en la luna de miel, un chico simpático pero reacio a hablar. Se movía por la casa como si fuera un extraño. Para complacer a su padre, pasaba parte del día en la tienda; si no, se quedaba arriba, en la habitación de invitados, leyendo las cajas de libros que había traído de la escuela. Sin embargo, cuatro años no le habían cambiado físicamente; pesaba algo más, pero era guapo. A veces, ante la insistencia de Víctor, llevaba a un grupo de muchachos a la habitación vacía contigua a la sala de planchado, de la que se había apoderado y a la que había equipado con sacos de boxeo. Con una impresionante voz profesional, explicaba el arte de los puñetazos a los jóvenes, que esperaban ansiosos por probar la lección. Todos los chicos golpeaban y golpeaban hasta media tarde y luego paraban a tomar té y galletas con Libia. Era en ese momento del día cuando Libia encontraba el mayor placer de su maternidad; podía sonreír a los rostros de sus dos hermosos hijos. Y las niñas adoraban a Víctor, que sólo se burlaba de ellas con suavidad.

Arturo salía de vez en cuando por la noche, pero no parecía tomarse en serio las funciones sociales. Fue una sorpresa cuando, nueve meses después, trajo a una muchachita morena y anunció a Luzare y Libia que era Sara, la chica con la que quería casarse. Sara sonrió vivamente, sus ojos verdes brillaron en su rostro luminoso y enseguida se ganó su aprobación incondicional. Después de que la joven pareja se apresurara a salir camino de una fiesta, Luzare se explayó en su placer. Conocía bien a la familia de la muchacha, que era bastante influyente en el sector inmobiliario y agrícola. Sara había sido educada con esmero y, si Luzare hubiera elegido a la chica para el propio Arturo, no podría haberlo hecho mejor.

La boda se celebró en la iglesia de Sara con Anabella, como portadora del tren, paseando su pequeña y rubia seriedad. Su hermana mínima, Margarita, al verla en el cortejo nupcial, gritó y se revolvió por el banco hasta que Libia se vio obligada a sacarla de la iglesia. Libia comprendió que Margarita también quería formar parte del espectáculo, pero a sus dos años aún no podía andar ni hablar. Libia llevó a la más pequeña de vuelta a casa para comprobar los preparativos de la recepción. Sería una fiesta encantadora, como lo había sido la suya. Antes de que llegara la multitud, dejó que la pequeña Margarita eligiera un puñado de los pasteles más hermosos de la bandeja y bebiera una taza de ponche, y luego la metió en la cama.

La luna de miel de Arturo se prolongó, lo que dio a Luzare la oportunidad de preparar el nuevo hogar de la joven pareja antes de su regreso. También estaba construida con líneas modernas, grandes y de cemento blanco. Arturo, zalamero, de voz suave y diplomática, tendría que entretener mucho. Era ventajoso que tanto él como su mujer fueran lingüistas. Luzare sentía amor por Arturo, pero siempre habría en su corazón un sentimiento de desconfianza, como quien ha sido traicionado. Mientras que, para Luzare, Ricardo era como un clavo en un lugar seguro sobre el que arrojar sus cargas.

La torpeza de Margarita molestaba a Libia igual que le había molestado a ella ver cómo le salía leche por la boca cuando era un bebé pequeñito. La niña se arrebujaba en los muebles, farfullaba las palabras al revés y a veces se le cruzaban los ojos. Siempre parecía tan sencilla que los parientes que miraban a las dos niñas juntas comentaban, «Anabella va a ser una niña preciosa», y luego sacudían la cabeza desesperados mirando a Margarita. Sin embargo, ella era la niña más afable, siempre sonriendo a su madre con su mejor sonrisa, con la esperanza de desterrar los ceños fruncidos de su madre. Libia odiaba su forma de pensar y a menudo rezaba para tener más paciencia.

A causa de su débil espalda, Libia dejó por completo de ocuparse de los niños y utilizaba a la conchita para todas sus necesidades. Un día, mientras la criada y Margarita estaban sentadas en una mesa del porche lateral, Margarita, riendo y bromeando, se cayó, la criada fingió que no había pasado nada pero Libia, al examinar el frágil cuerpecito, se dio cuenta de que el pie izquierdo ya empezaba a hincharse. Catalina, como en todas estas emergencias, fue llamada e inmediatamente envolvió el pie en arcilla, lo empapó en vinagre y se hizo cargo de los tratamientos de la niña. Cada día sacudía la cabeza y comentaba:

—Si esta niña recibe otro revés, nunca aprenderá a andar. Cada tarde, cuando el pie empezaba a curarse, se acercaba y colocaba una botella bajo el pie de Margarita. Luego, con una dureza espartana, obligaba a la niña a hacer rodar la botella de un lado a otro bajo el empeine.

Cuando su pie se fortaleció, Margarita por fin empezó a andar y Luzare la elogiaba escandalosamente, pero Libia sólo podía pensar para sí, «Ya era hora». Margarita tenía casi cuatro años cuando, por fin, empezó a hacer excursiones por el pasillo y, al descubrir que podía dar pasos veloces, no tardó en trotar de un lado a otro. Un día, mientras Luzare la observaba, corrió hacia la puerta principal con la intención de demostrar su valentía saliendo al porche. Se lanzó hacia un punto de luz y se desplomó de dolor. Luzare levantó a la niña, que sollozaba y lloriqueaba:

—Papá, había dos puertas. No sabía por cuál ir. Aquella tarde la llevó al optometrista, que le puso gafas y comprobó que tenía visión doble. Ahora Libia tenía la preocupación adicional de que si la niña se caía se rompería las gafas en los ojos.

Así que la pequeña Margarita estuvo en casa hasta los ocho años, antes de que su madre considerara que estaba lo bastante fuerte para empezar la escuela. Anabella ya le llevaba tres años de ventaja, pero, a pesar de que de vez en cuando se le escapaban las palabras, Margarita era brillante y pronto alcanzó a Anabella. Por primera vez en su vida, alcanzó un ritmo normal. Las niñas volvían a casa todas las tardes con sus grupos de amigas, todas ellas balanceando los zapatos en la mano. Siempre se quitaban los zapatos y vadeaban los canalones que rebosaban con el chaparrón de primera hora de la tarde. En la otra mano llevaban un apretado ramillete de flores de tallo corto que habían recogido de varios bordes de patios vecinos. Sus voces sonaban alegremente en la quietud de la tarde y, en cuanto llegaban a su propio paseo, se separaban de la multitud, entraban corriendo en casa, se cambiaban el uniforme del colegio por un vestido, cogían una galleta y se ponían en camino hacia la capilla de Esmeralda para escuchar el rosario, retorciéndose y riéndose por lo bajo. Al terminar, cantaban sus cancioncillas a la Virgen y entregaban sus flores marchitas y robadas al cura para que las pusiera delante de la Madre María. En cuanto los despedían, corrían a jugar por la calle lateral hasta la hora de cenar.

Un día Libia dio órdenes estrictas a las niñas de esperar en el Parque Nacional, en un banco determinado, hasta que ella viniera a recogerlas. A medida que se acercaba al parque, podía oír las voces de sus hijas burlándose, «Mírala. ¡Está loca! Mira qué paraguas más raro». A toda prisa, Libia se cruzó con el objeto de sus burlas. Era una anciana vestida con un atuendo estrafalario, un traje de época de faldas largas y pesadas con un chal sobre los hombros. Un gran sombrero negro daba sombra a un rostro arrugado y empolvado de blanco, cuyos ojos desorbitados estaban muy maquillados con rímel y cuya boca hundida era un borbotón de rojo. Blandía su paraguas amenazadoramente y gritaba a los niños que corrían burlonamente cerca de ella y luego huían de sus ataques.

Libia indicó a las niñas que se acercaran a un banco del parque y ella misma, con voz excitada, las regañó:

—No volváis a decirle nada a esa vieja. Es verdad. Está loca. Mirad cómo canta, habla y juega en la calle. ¡Prometedme que no volveréis a hacerlo! Las niñas lo prometieron, pero se extrañaron del nerviosismo de su madre.

Aquella noche, mientras estaban tumbadas en la cama, Margarita oyó la voz de Libia hablando con Luzare en la habitación contigua:

—Los niños se burlaban y reían de Elena hoy en la calle. ¿Cuándo salió? Luzare respondió brevemente:

—No lo sé. Pero todo su dinero no puede ayudarla. No estará fuera mucho tiempo.

Toda su vida una persona puntual, durante las últimas noches, Víctor había llegado tarde a cenar. Luzare estaba furioso con la tardanza de su hijo y siempre despotricaba cuando tenía que esperar para comer. Cuando el niño llegaba arrastrándose, le gruñía inquisitivamente, «¿Adónde has ido, Víctor? ¿Saliste de la tienda antes que yo? Esto tiene que acabar». Libia quería salvar al muchacho de la ira de Luzare, pero sabía que no debía hablar. Luzare siempre había considerado a Arturo un libertino por su falta de disciplina.

Una noche, cuando Víctor llegó al paseo, la familia ya estaba comiendo. Margarita, sin embargo, se asomó para advertir a su hermano:

—Será mejor que te des prisa. Papá ha sacado el látigo. Le he visto cogerlo. Cuando Víctor entró en el comedor, Luzare empezó a despotricar, soltando las palabras hasta que se quedó tan sin aliento que apenas podía hablar. Agarró el látigo que estaba apoyado en la pata de la mesa y colocó el látigo trenzado de cuero sobre la espalda del muchacho hasta que las rayas gotearon y sangraron por los hombros de Víctor, y Luzare se quedó sin aliento para seguir azotando. Víctor se quedó allí, un hombre más alto y más grande que su padre, y apretó los dientes mientras los latigazos le cortaban la espalda.

Entonces Luzare soltó:

—Ahora, vete a tu cuarto. Víctor se dio la vuelta para irse, pero al hacerlo miró por encima del hombro a su madre, que estaba sentada apretando los puños. Al leer ternura y simpatía en los ojos de Libia, sollozó y corrió por el pasillo.

Pero Luzare no podía elegir ningún agravio con Víctor por las malas notas. El muchacho había terminado el bachillerato con excelentes notas y sus profesores del Liceo de Costa Rica lo ensalzaban ante Luzare. Una mañana, cuando Libia salía de su habitación, notó que la falda roja de Yolanda se movía y desaparecía alrededor de la puerta de Víctor. Luego la puerta se cerró suavemente. Libia se detuvo un momento, esperando que la puerta volviera a abrirse, pero la puerta permaneció cerrada. Más furiosa que nunca, Libia cruzó la puerta y la abrió de un tirón. Yolanda yacía estirada junto a Víctor, con la cabeza medio oculta bajo el pelo alborotado de él. Estaban tan inmersos en su beso que no la oyeron. Libia gritó:

—¡Yolanda, sal de aquí, sal! —Yolanda se levantó, se encogió de hombros desnudos y su rostro brillante como una tetera de cobre miró con desprecio a Libia mientras se balanceaba a su lado—. Así que había sido Yolanda quien había vuelto la foto de la prometida de Víctor a la pared, y ésta era la razón. Ella había pensado que se trataba de una de las travesuras de la niña, pero ésta era la razón. Víctor sonrió avergonzado y se fue al baño por el pasillo.

Libia ya tenía un motivo justo para despedir a la muchacha; su ropa blanca no había dejado de estropearse desde que la chica la contrató, pero Libia lo consideraba un pecadillo. Todos los sirvientes eran sirvientes oculares, a los que había que vigilar constantemente. El juego había consistido en mantener sus objetos de valor fuera del alcance de la criada. Libia llamó a Luzare y le explicó el robo de la chica. Luzare envió a un detective que saqueó las posesiones de la chica, pero no pudo encontrar nada más que varios pares de pantalones cortos de seda de Víctor que habían sido amontonados para formar una semblanza anudada de un cuerpo con varios mechones de pelo castaño de Víctor enmarañados en la cabeza, y alfileres habían sido clavados en el cuerpo de la misma. Libia no informó de la naturaleza completa del incidente a Luzare, puesto que éste ya mostraba una severidad medieval hacia Víctor. Hacía poco que había vuelto a azotar al chico cuando lo sorprendió fumando en el baño. Luzare nunca tuvo una palabra amable para su hijo menor.

Todas las tardes, después del colegio, las niñas jugaban en la calle, frente a la casa. Libia se sentaba en el emparrado del porche lateral y escuchaba con placer sus ruidosos gritos y chillidos. Observaba a sus hijas, una con el pelo negro azulado y la otra rubio lino, mientras saltaban y bailaban como ninfas, con sus cortas faldas volando y sus largas piernas colgando momentáneamente en el aire mientras revoloteaban jugando a la pelota. Las chicas se alineaban a un lado, los chicos al otro, y se lanzaban la pelota con todas sus fuerzas. Eran fuertes, delgados y se movían con facilidad sobre las piernas. En comparación con algunas de las chicas de piernas caídas y estómago gordo, o con las flacas y altas de piernas arqueadas, las suyas eran elegantes. Anabella empezaba a desarrollar unos pechos altos y redondos. Margarita seguía siendo aniñada y recta, pero crecería. Teniendo en cuenta sus pobres comienzos, Margarita no era una niña sin pretensiones. La gente solía hacer comentarios sobre sus bonitos ojos, pero Margarita bajaba la cabeza, se metía las gafas por la pequeña nariz y esperaba a que cambiara la conversación para volver a levantar la vista.

Una tarde, una de las niñas, Virginia, se acercó a Margarita y siseó:

—Mira, ahí está el chico del que te hablé. Es un chico americano. Viene todos los días. No entiendo por qué no te has fijado en él. Margarita se quedó mirando. No era un chico alto, pero caminaba a grandes zancadas, como si balanceara un bocadillo envuelto en papel de estraza.

Virginia, sabelotodo, explicó:

—Va a llevarle el almuerzo a su madre todos los días a la oficina del gobierno. Que Anabella haga que Roberto hable con él y le invite a jugar con nosotros.

Roberto, el voluntarioso esclavo de Anabella, hizo lo que se le había ordenado y se acercó al chico mayor la tarde siguiente con un:

—Eres bienvenido a jugar con nosotros si quieres, y se quedó esperando una respuesta dubitativa.

El chico de dieciséis años sonrió y sus ojos verdes brillaron mientras se encogía de hombros con indiferencia:

—Claro, jugaré con vosotros. Me llamo Edwin, y con eso sonrió ampliamente, mostrando las membranas rosadas de su corta nariz hasta el fondo de las oscuras cavernas.

Figura 33 A Parque Nacional. (Actualidad)iStock.com/Eric
Broder Van Dyke
https://www.istockphoto.com/photo/empty-play-
area-in-parque-nacional-in-san-jose-costa-rica-
gm664484198-120955195

Figura 33 B

Edwin

CAPÍTULO NUEVE
Rio Segundo
1938

Todos los días, después de jugar, los jóvenes corrían al patio trasero de Virginia, donde los chicos habían construido un rancho. La madre de Virginia, contenta de tenerlos fuera de casa, les permitía poner discos, bailar y hacer zumo de naranja. De vez en cuando, durante su locura por la música, volvían a su más tierna infancia, saltaban por la puerta de la casa club y se columpiaban o balanceaban en el patio. Edwin mostraba su preferencia por Margarita sacándola a bailar aunque ella no supiera y a menudo la acompañaba a casa después de la sesión de juegos de la tarde. Una tarde, cuando llegó la hora de volver a casa, Margarita buscó a Anabella, que seguía en el club con Roberto. Virginia estaba de pie en los escalones de su casa y coreaba a la puerta del club, «Bésala antes de que cuente cuatro, uno, dos, tres, cuatro».

Margarita saltó por la puerta hacia la salita, pellizcó a la mayor por la oreja y gritó:

—¡Vuelve a casa, no dejes que ese chico te bese!

Roberto se apartó de Anabella y sonrió:

—No pasa nada. Yo beso a mi madre, ella me besa a mí. No pasa nada.

La veloz respuesta de Margarita fue:

—Sí, pero que beses a mi hermana, eso es diferente. Anabella, ¡vuelve a casa! La joven alma de Margarita estaba poseída por un diablillo y una santa, y a menudo la santa se dejaba ver.

En Navidad, Edwin le regaló a Margarita una caja de artículos de papelería, pero cuando ella levantó la vista para darle las gracias, él ya no estaba. En enero, los cuatro estaban sentados en el porche lateral, al fresco de la parra, Anabella con Roberto, Margarita con Edwin, todos con la auspiciosa excusa de leer.

Edwin se subió al banco y se colocó junto al hombro de Margarita, tirando de su libro. Finalmente, se lo arrebató burlonamente. Margarita agarró el libro, él se resistió y ella se lo arrancó de los brazos. Pero en ese momento de feroz lucha, él la besó firmemente en los labios. Ella arrojó el libro al mosaico y gritó:

—Fuera de aquí, sucio cerdo. Luego se dio la vuelta y huyó a la casa, cerró de un portazo la puerta de su habitación y se arrodilló junto a su cama, suplicando que le quitaran de su alma la mancha de suciedad. Sin embargo, después de tres o cuatro notas arrepentidas de Edwin, ella cedió y consintió en dejarle volver a la casa.

Una noche, después de organizar la treta con Edwin y Roberto, las niñas engatusaron a su madre con:

—Mamá, ¿por qué no vais tú y papá al cine esta noche?

Siempre agradecida por las atenciones especiales de sus hijas, Libia respondió de buena gana:

—¡Vaya, mis dulces niñas, qué bien que lo hayáis pensado! Luzare, vamos.

Luzare, que nunca había dejado de maravillarse con los avances del entretenimiento moderno y que a menudo recordaba los tiempos en que los espectadores llevaban consigo sus sillas a las antiguas películas mudas, siempre disfrutaba del lujo de la comodidad del cuero tapizado. Emitió algunos gruñidos, se levantó del periódico y de la butaca y dijo:

—Muy bien, voy a sacar estas canas a airear. Luego entró en el dormitorio y se cepilló el flequillo de pelo todavía negro como el charol.

Libia miró a sus niñas antes de irse. Con las sábanas hasta la barbilla y sus caras angelicales, como si acabara de caerles una bendición, eran tan dulces que Libia se inclinó hacia ellas y les dio un suave beso en la frente. Al cabo de unos minutos, ella y Luzare salieron de su dormitorio y, en cuanto las niñas oyeron el portazo y los pasos de sus padres resonando más débilmente por la pasarela, saltaron de la cama y empezaron a cepillarse el pelo furiosamente. Se alisaron las arrugas del vestido cuando el sonido «cockle-do-oo» flotó inquietantemente en el aire nocturno. Luego un más extraño «cockle-do-do» en un tono medio bajo, medio tenor. Era Edwin. Las chicas sacaron sus chaquetas del armario y se escabulleron por el sombrío vestíbulo. Fuera, el porche estaba oscuro; el criado siempre bajaba las persianas a las seis. Margarita se sentó cerca de Edwin y se hizo un pequeño nudo frío. Edwin hablaba, pero ella no escuchaba. Tenía los ojos puestos en su hermana, que disfrutaba con los besos de Roberto. Margarita susurró roncamente a Edwin:

—La besó veinte veces, veinte veces. Las he contado.

Edwin, irritado, contestó:

—Oh, déjalas en paz. Habla conmigo. —Arrancó una flor de veranera de la espaldera y se la clavó en el espeso cabello, luego arrancó una rosa Margarita y contó su fortuna con los pétalos—, ¡Me quiere, no me quiere, me quiere! —Volviéndose hacia ella, le susurró suavemente al oído—, Margarita, la rosa dice «sí». Le arrancó un beso de los labios, pero Margarita retrocedió asustada. Su promesa a la Virgen había sido rota. Le había prometido a la Virgen que esto no volvería a ocurrir. Frenética, abofeteó sonoramente la cara del muchacho. Edwin y Roberto se alejaron apresuradamente por encima de las barandillas. Sus zapatillas aterrizaron con un ruido sordo y desaparecieron en la oscuridad.

Margarita corrió por el pasillo hasta el cuarto de baño, se frotó los dientes y la boca con todo lo que encontró en el armario. Luego volvió al dormitorio para enfrentarse a una Anabella enardecida que siseó furiosa:

—¿Por qué has hecho eso?

Margarita contestó con seriedad:

1938

—Vas a ir al infierno. Eres mala, dejando que el chico te bese de esa manera.

Anabella se encogió de hombros impaciente:

—No seas tonta. Ya somos mayorcitas, deja de comportarte como una niña tonta. Se puso la bata y pronto se durmió. Pero Margarita se revolvía angustiada, lloraba y rezaba mientras el rostro triste y encantador de La Virgen parecía mirarla desde arriba, decepcionada y abatida. La joven suplicó agónicamente perdón y volvió a prometer que no repetiría el pecado. Finalmente, se durmió entre sollozos.

Edwin controló su ardor a partir de entonces, contentándose con hablar y estudiar con Margarita, que trasladó el anillo de rubí de su abuela Catalina al tercer dedo de su mano izquierda y se consideró prometida a él.

Una noche ocurrió lo increíble. Con un grupo de juerguistas, Víctor se puso báquico, sacó del garaje la nueva limusina Buick de su padre, la llenó de pesadas piedras, botellas de cerveza y whisky y se paseó salvajemente borracho por el pueblo lanzando botellas y piedras contra las cristaleras de los edificios, los escaparates de las tiendas e incluso las casas cercanas al pueblo. A la mañana siguiente, Luzare recibió una llamada de la cárcel y bajó a pagar a su contrito malhechor fuera del encierro y a resarcir a los comerciantes por los daños causados a su propiedad. No dirigió ni una sola palabra de reproche a Víctor, ni volvió a levantar su látigo contra él.

Cuando Víctor anunció su intención de dejar la universidad y casarse antes de terminar el último curso, Luzare no intentó detenerle. La futura esposa de Víctor era una sencilla dependienta llamada Olga con la que llevaba saliendo varios años y cuya foto siempre había tenido colgada en la pared de su dormitorio. Olga era alta y de color sueco, tan rosa y blanca como los dulces que su madre horneaba en su pastelería. Sus rasgos eran sencillos, pero siempre tenía un aspecto pulcro y fresco y su cuerpo tenía unas curvas maravillosas.

El día de su boda, Olga llevaba un chal a modo de velo sobre la cabeza, una fina obra de arte tejida a mano que le había regalado Víctor. La ceremonia, poco elaborada pero de buen gusto, incluyó todo el ritual tradicional. Víctor entregó las monedas al sacerdote, quien a su vez las entregó a la novia, trece monedas. Los dos jóvenes se arrodillaron a los pies del sacerdote con un cordón blanco anudado al cuello, el cordón que simbolizaba el yugo del matrimonio. Todo el ser de Libia se estremeció de dolor emocional. Su largo parto con Víctor había terminado, y ahora el cordón umbilical se cortaba y se ponía alrededor del cuello de Olga. El sacerdote bendijo la vela y pronunció su bendición, y los invitados arrojaron arroz y bailaron alrededor de los felices esposos a la salida de la iglesia. Libia les ofreció una recepción en su casa. No había escatimado gastos y fue una fiesta maravillosa. A medida que avanzaba la velada, el viejo cura empezó a sentir el embriagador champán. Luzare le había invitado a asistir a la ceremonia porque Luzare apreciaba mucho al cura rural, que se abnegaba por completo en su devoción a la iglesia. Luzare siempre había comentado sarcásticamente de los sacerdotes de la ciudad que ninguno de ellos sufriría nunca los estigmas. El padre Marino se paró sobre una de las sillas de la sala de estar e hizo un pequeño baile, con sus viejos hombros encorvados por la túnica remendada, pero con la copa en alto mientras se echaba arroz por encima de la cabeza canosa y proponía un brindis por el joven matrimonio. Su voz tenía un tono tembloroso mientras hablaba, «Jóvenes, y es tan maravilloso ser joven, alegraos de ser jóvenes y vosotros dos que acabáis de casaros. También es maravilloso estar casado. Sois tan felices, tan despreocupados, podéis vivir en tal abandono de amor. Yo digo que viváis plenamente, hasta el borde, como este vaso. Mírame, un viejo que no ha vivido más que esto», —y se tocó la manga negra—. «¿Crees que un sacerdote no es humano, que no tiene sentimientos? Yo también tengo sentimientos, yo...», pero no llegó a terminar la frase. Ricardo y Arturo lo ayudaron con cuidado a bajar del estrado y en pocos minutos estaba en el automóvil, donde lo llevaban. Libia había estado de pie en la puerta del salón, con la mano anudada sobre la boca para contener los gritos.

Sus hijas pequeñas, que escuchaban detrás de ella, no dejaban de susurrar:

—Mamá, ¿por qué ha actuado así? Un cura no debe bailar. ¿Por qué bebió champán?

Libia respondió lo mejor que pudo con palabras de su propio corazón enfermo:

—Porque es una recepción. Intentaba demostrar que estaba contento y feliz por el mar... —Pero las lágrimas empezaron a fluir y se metió en su habitación. Escuchó las voces que reían y pensó histérica—, ¿Por qué el tiempo tiene que seguir y seguir y nadie quiere irse a casa? Nadie quiere irse. No quieren irse.

Después de que Víctor se fuera de luna de miel, Libia sintió dentro de sí una gran hendidura. Algo se había alejado de su ser y se sentía sola, una extraña soledad como si estuviera en una tierra árida y seca, una tierra agrietada, y el despiadado y árido desierto se extendiera sin fin a su alrededor. Su alma tenía sed, y Dios estaba lejos. Su alma clamaba, pero Dios estaba tan lejos que no podía oír su llamada.

En febrero, cuando Luzare le sugirió que se llevara a las niñas a Río Segundo, donde él había alquilado una casa de vacaciones, ella acogió con agrado el cambio. El lugar estaba a pocos kilómetros de la carretera principal de San José a Alajuela. Estaba espléndidamente situada, de modo que se podía llegar a ella en treinta minutos en coche desde la ciudad. Cuando las chicas llegaron a su casa de vacaciones, saltaron del automóvil con gritos de hurra en el delirante placer de explorar la anticuada casa de madera. Libia se sintió insensible, como si no hubiera nada que sentir. Pero en este rústico lugar ella podía existir en un vacío de tranquilidad.

Catalina había venido a ayudar con las niñas y, como siempre, era la dominación personificada. Mandaba a las niñas a la cama o husmeaba en la cocina con su vieja nariz aristocrática en cada olla que hervía sobre el fuego. Siempre estaba exigiendo a la criada que abriera el horno en forma de colmena para poder echar un vistazo a la cocción del día. Catalina era asidua por naturaleza y cada acto lo realizaba con una diligencia incesante. No tenía edad, era infatigable, incansable, atenta a cada detalle y no toleraba menos en sus sirvientes. Libia vivía en un trance opiáceo, dejando la casa de vacaciones a Catalina que, más pequeña de lo que parecía con su espalda recta, estaba en todas partes. Sin haber olvidado nunca que había sido una belleza hispana, vestía de negro sólo porque la costumbre la obligaba. Pero su vestido siempre estaba adornado con volantes negros de encaje, y siempre llevaba perlas. Su toalla estaba orlada de encaje. Su cabello, tan negro como cuando tenía dieciséis años, siempre estaba ondulado y sujeto con horquillas invisibles, como una peluca perfecta. Llevaba la cara ligeramente espolvoreada con polvos perfumados; sus tobillos, bellamente torneados, sólo visibles de vez en cuando con el movimiento del vestido, estaban envueltos en medias negras transparentes y, en los pies, siempre llevaba zapatos de tacón de cabritilla negra.

Después de que las niñas cenaban a última hora de la tarde, apenas podían esperar a que la noche turquesa las encerrara. Les encantaba deslizar muñones de velas, ablandar el sebo, sacar sus abejones de la cajita de seguridad. Luego untaban el duro lomo negro de los escarabajos con el sebo, clavaban un hilo en el centro del montículo, presionaban y daban forma a la pizca de sebo alrededor del hilo y lo encendían. Disfrutaban viendo cómo las antorchas vivientes se arrastraban lentamente por el suelo en digna procesión y luego subían por la pared. Una noche, un ingenioso abejón se descontroló y escapó por los visillos. Al momento siguiente toda la ventana estaba en llamas. Al oír los gritos asustados de las niñas, Catalina entró corriendo, cogió una manta de la cama, la echó sobre las cortinas ardientes, las bajó de un tirón, las asfixió y las pisoteó. Una vez pasada la excitación, Catalina se dio cuenta de que se había quemado gravemente las manos y los brazos, pero el dolor de la quemadura no le resultó tan terrible como darse cuenta de que sus hermosas manos patricias, con sus venas azuladas, posiblemente tendrían cicatrices. Se las engrasó y anduvo por el suelo toda la noche agonizando. A la mañana siguiente, caminó hasta Río Segundo, tomó un autobús a San José y fue al Hospital de San Juan para recibir tratamiento. Al día siguiente estaba de vuelta, con los brazos y las manos vendadas, pero Catalina se sintió considerablemente aliviada de que las quemaduras no le dejaran cicatrices.

Incluso Libia empezó a sucumbir al hechizo de relajación natural y satisfacción que le ofrecía este pintoresco lugar con sus macetas de helechos creciendo delante y colgando de las ventanas. Algún alma bondadosa del campo había plantado hierbas alrededor del jardín pensando en futuras enfermedades. Manzanilla, eneldo y menta crecían en pequeños ramilletes verdes. Las orquídeas florecían entre los líquenes del tejado. En el interior de la fresca y sombría casa, los suelos de madera noble brillaban con el acabado frotado a mano e incluso el ladrillo rojo cocido al fuego del gran horno de la cocina era colorido.

Por las mañanas, Libia leía. Por las tardes se animaba y caminaba con sus hijas descalzas de rostro rojizo hasta Alajuela. Las niñas, con sus monos arremangados hasta las rodillas, subían entablilladas y a la carrera por el estrecho camino rural a lo largo del cual los setos bajos estaban cargados de rosas y florecían las plumosas y delicadas hojas de la madre de café de flores rosadas. El sol se filtraba y aplicaba a la tierra a través de los árboles que la cubrían. Había helechos delicados como encajes y miríadas de flores de aroma ceroso a ambos lados del carril. El suelo estaba cubierto de polvo suave y fino de ceniza volcánica, de un gris lavanda pálido. La alta colina que subieron justo antes de llegar a Alajuela fue vigorizante y Libia esperaba el refresco alto y fresco con tantas ganas como los niños. Era un ritual vespertino mirar en todos los escaparates de camino al parque y las niñas siempre corrían hacia el verde parque para elegir en qué banco querían sentarse. Se sentaban retorciéndose, recuperaban el aliento y obligaban a su madre a contarles de nuevo el cuento de Santamaría. Libia siempre empezaba el cuento poniendo la moraleja por delante y afirmando, «Mirad la cara del niño, no era muy mayor, y sin embargo era un héroe. ¿Y ves que era indio? Así que el valor no tiene color. ¿Y por qué sostiene ese pitillo en alto?». Las niñas no respondían a ninguna pregunta porque querían oír la historia contada de principio a fin. Libia daba un largo suspiro y se sumergía en su relato:

> «Este pueblo estará siempre agradecido a aquel muchacho humilde y sencillo. Nunca fue rico; nació de los padres más pobres. Y cuando era pequeño, era tan travieso que nadie sabía qué hacer con él, así que lo metieron en el cuartel

militar. Todos los soldados se reían de él y le llamaban «Erizo» porque su pelo ensortijado le hacía parecer un erizo, como se puede ver en la estatua. Y como sólo tenía diez años, no era lo bastante grande para ser soldado de verdad, así que se hizo tamborilero. En 1856 -véanlo ahí escrito- el presidente Juan Rafael Mora consideró que era deber del país ayudar a Nicaragua a derrotar a William Walker, un político norteamericano que era un mal hombre. No era más que un aventurero, un intrigante que quería crear problemas. Así pues, Santamaría, que entonces era un hombre joven, se dirigió con las demás tropas al norte de Nicaragua, a la ciudad de Rivas. Descubrieron que Walker y su ejército se habían visto obligados a refugiarse en una armería.

El general de las tropas costarricenses pidió voluntarios. Gritó, «¿Quién me ayuda a incendiar la armería?». Santamaría dio el primer paso y dijo «Yo lo haré». Cogió los fagots, avanzó sigilosamente con cuidado, esquivando el fuego enemigo. Finalmente llegó al edificio y, pegándose a las paredes todo lo que pudo, corrió de ventana en ventana lanzando los petardos encendidos. El ejército de William Walker fue derrotado, pero Santamaría perdió la vida. Ahora es hora de volver a casa.»

Ante la gloriosa muerte del soldado, tanto Anabella como Margarita suspiraron tristemente y comentaron, «Santamaría era valiente como la abuela». En unos minutos se levantarían, listas para ponerse en marcha de nuevo. Dejando el pueblo y volviendo a casa, las jóvenes bajaban siempre corriendo la colina, ahora de color malva, y se detenían sin aliento al pie para esperar a su madre. El sol ya proyectaba largas sombras violáceas mientras ellas volvían por el camino. Cuando llegaron a la casa, Catalina estaría en la cocina discutiendo y alborotando sobre la cena, mientras la anodina y dócil cocinera se arrastraba descalza por el suelo de barro para cumplir las órdenes de Catalina. Las niñas comían vorazmente y luego salían corriendo a perseguir a los patos bajo la casa o a dar palos a los cerdos que gruñían. El tiempo era terriblemente importante para ellas entre comer, lavarse los pies y ponerse la bata. Normalmente hacían falta unos cuantos regaños de la afilada lengua de Catalina para que dejaran de reírse y finalmente sucumbieran a las sábanas y empezaran a respirar regularmente el fresco aire nocturno.

Figura 34 A Iglesia de Alejuela. (Actualidad) iStock.com/Gianfranco Vivi https://www.istockphoto.com/photo/aerial-view-of-the-alajuela-church-in-costa-rica-gm1868401218-52898451

Figura 34 B

Estatua del héroe nacional Juan Santamaría en Alajuela - Costa Rica, Centroamérica
https://www.istockphoto.com/photo/statue-of-the-national-hero-juan-santamaria-in-alajuela-costa-rica-
gm1764690154-545199131?clarity=false

Figura 35

Estatua de bronce de Juan Santamaría Primer plano
iStock.com/Gab13
https://www.istockphoto.com/photo/statue-juan-santamaría-costa-rica-gm1349271017-425948128?clarity=false

Figura 36

Volcán Arenal, Alajuela Costa Rica
iStock.com/MarkGabrenya
https://www.istockphoto.com/photo/arenal-volcano_0086-gm95187090-7028614?clarity=false

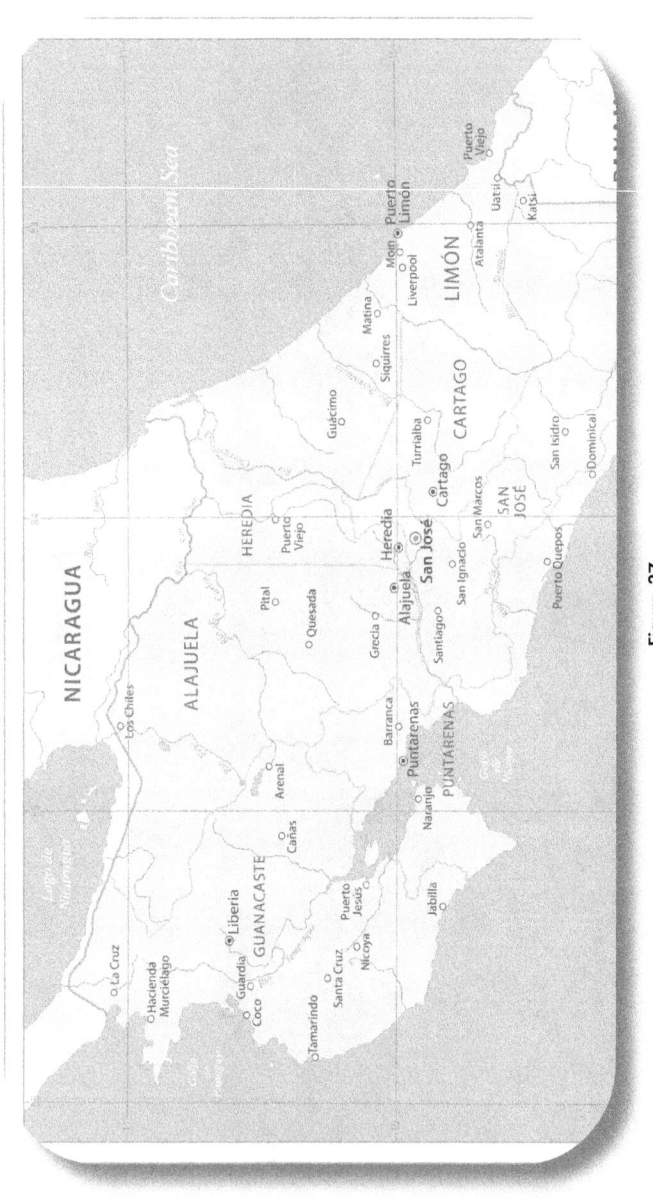

Figura 37

Mapa de Costa Rica

https://www.istockphoto.com/vector/costa-rica-map-highly-detailed-vector-illustration-gm1497457744-519819294?clarity=false iStock.com/dikobraziy

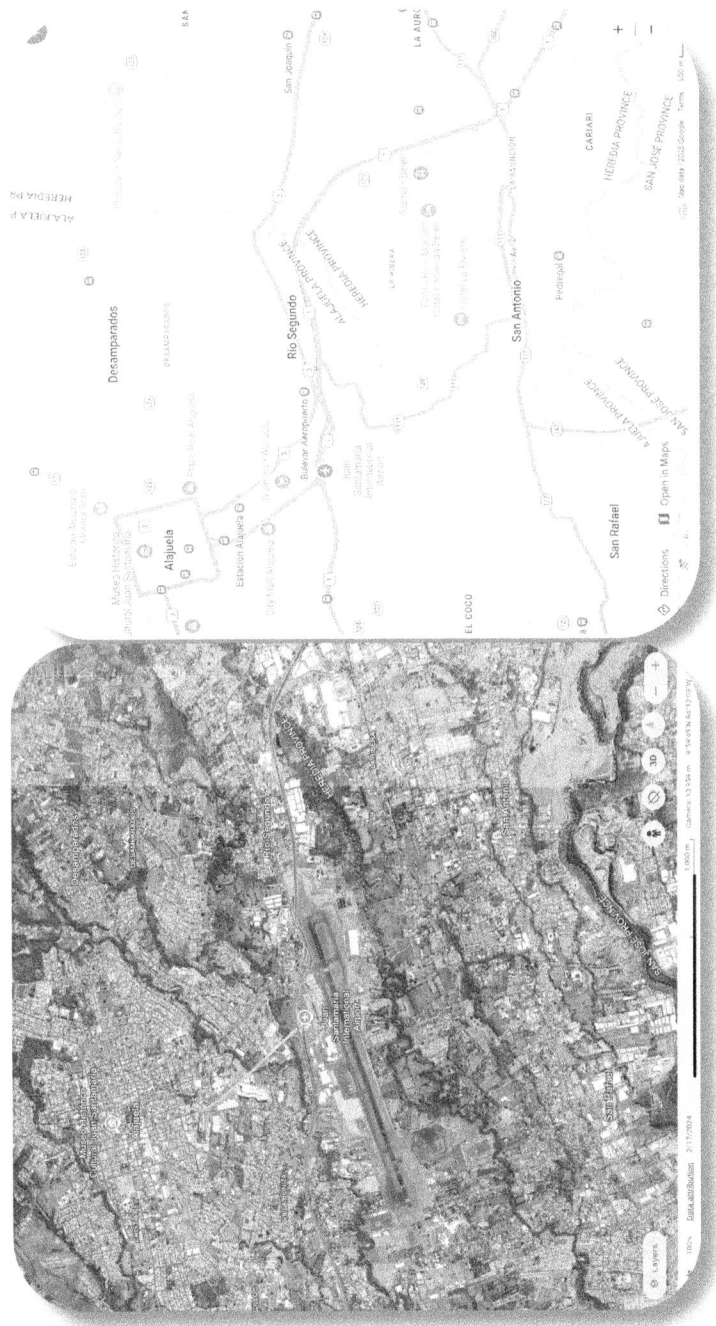

Figura 38

Río Segundo, Costa Rica - Incluye datos de Google, Airbus y Google Maps

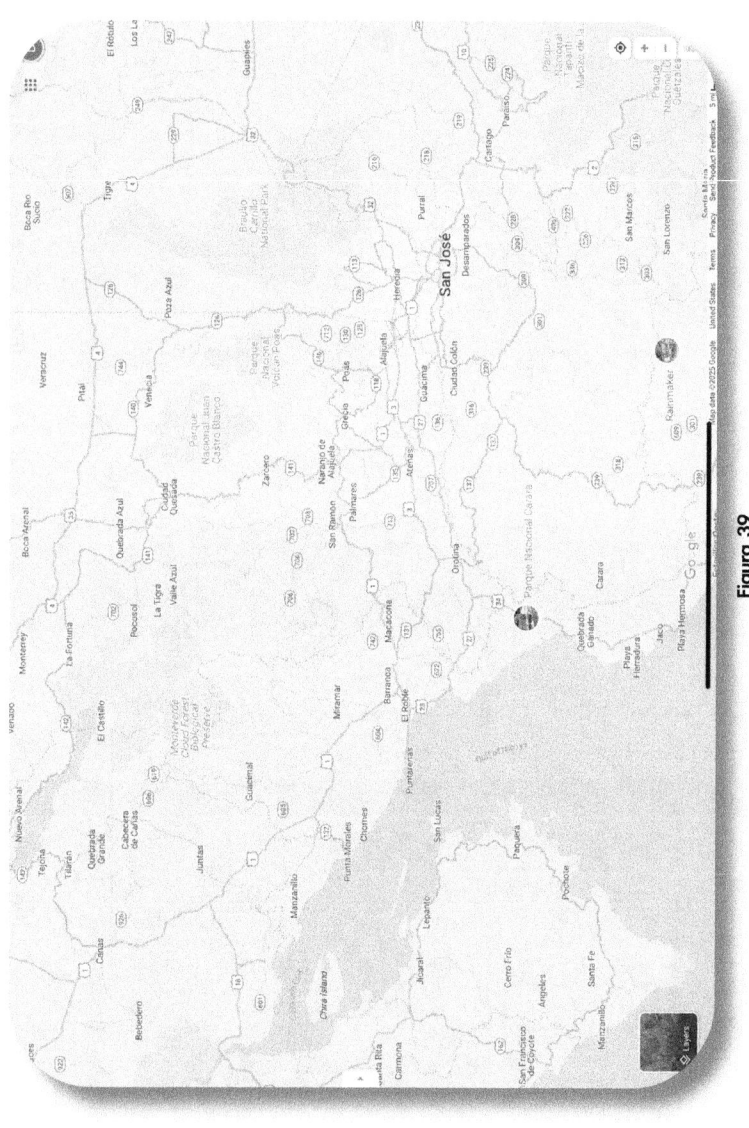

Figura 39

Río Segundo, Costa Rica - Incluye datos de Google y Google Maps

CAPÍTULO DIEZ
La Traición de Luzare
1941

Figura 40
Leon Cortés Castro

LOS FINES DE SEMANA, LUZARE nunca se relajaba durante el poco tiempo que pasaba con ellos. Su mente estaba demasiado llena de preocupaciones, así que paseaba por el sombreado lugar del condado maldiciendo en voz baja. Desde las elecciones presidenciales del año anterior, había reflexionado, insatisfecho con el hombre al que había ayudado a llegar al poder. El mandato presidencial de León Cortés Castro, de 1936 a 1940, había sido el de un gobierno fuerte y robusto, completamente libre de grupos alborotadores. León Cortés Castro era un hábil administrador,

Figura 41

Rafael Ángel Calderón Guardia

ingeniero y abogado. Había sido funcionario del Ferrocarril Eléctrico del Pacífico antes de su elección y había llegado al cargo con una abrumadora mayoría de votos y había llevado las riendas del gobierno como un experto jinete, sensible a las emociones de su caballo ciudadano. Antes de que terminaran sus cuatro años, se había insistido en que se sucediera a sí mismo en el cargo al expirar su mandato, pero aplastó la sugerencia de ignorar la Constitución con un «Nunca me convertiré en un tirano». En febrero del año anterior, 1940, cuando Cortés estaba a punto de dejar el cargo, expresó su convicción de que Rafael Ángel Calderón Guardia sería un buen presidente. Calderón Guardia obtuvo la mayoría de los votos sobre Octavio Beeche y asumió el cargo como un hombre seguro de sí mismo. Tenía fama en San José de ser un excelente médico, de tener un corazón magnánimo para los pobres y de no haber mostrado nunca ninguna inclinación comunista. Pero una vez en el cargo, el país entero no tardó en darse cuenta de su error. Calderón Guardia no tenía madera de presidente. Le faltaba algo que no podía ser sustituido. Era ineficaz, no tenía iniciativa y escuchaba a los asesores equivocados. E incluso en el primer año, el pueblo empezó a criticarle con la misma libertad que tuvo al darle su apoyo. Costa Rica siempre había luchado contra las injusticias y las presiones con su prensa libre y franca, de lengua cáustica y cortante como el ácido de Archer le decían a Calderón Guardia sus errores. Poco a poco fue dejando de apoyar al comité. No eran más que un grupo minoritario, un pequeño sindicato sin fuerza pero con el respaldo presidencial dejarían de ser los ignorados para convertirse en los dictadores. Luzare hablaba y pensaba de política todo el día. Sus astutos y viejos amigos, legisladores y pensadores todos ellos, acudían a la tienda de Luzare, en la residencia presidencial, para comentar los sucesos del día. Siempre terminaban sus conversaciones moviendo la cabeza con tristeza. No veían ninguna esperanza de alivio para el resto del mandato de Guardia. Sólo podían rezar para que no fuera de mal en peor.

Los fines de semana, Libia dejaba a Luzare con sus propios pensamientos. Lo entendía lo suficiente como para saber que cualquier preocupación consumía todo su pensamiento hasta que podía desprenderse de ella y nada de lo que ella pudiera decir disminuiría la intensidad de lo que sentía.

Una mañana, Catalina trajo un sobre con una dirección muy cuidada. Sorprendida por recibir correo lejos de casa, Libia miró asombrada la letra desconocida antes de abrir el sobre. Dentro, el contenido de la carta era aún más extraño. En un simple papel blanco estaban escritas las palabras, «Abre los ojos. Otra mujer utiliza tu dormitorio como nido de amor». A primera vista, Libia casi se ríe. ¿Quién

Catalina

Figura 42

sería tan necio como para suponer que Luzare, un hombre de sesenta y nueve años, se dejaría engañar por un joven? Sin embargo, Luzare..., Luzare, Luzare no tenía edad. Su cuerpo era tan robusto y vigoroso como el de un animal. Sin embargo, era posible, era incluso probable. Nunca antes Luzare había encontrado una razón para separarse de su familia. Aquí, a solo treinta minutos de la ciudad, le era imposible estar con ellos salvo los fines de semana. Pero, ¿quién era su anónimo aliado? Sus propios criados en casa podrían ser lo bastante observadores, pero no sabían escribir. Alguien cercano a la familia, pero ¿quién? ¿Ricardo? Desde luego que no. No era una carta suya, ni siquiera disfrazada; además, él nunca se casaría con ella, cualesquiera que fueran las circunstancias. Libia entregó la carta a su madre, que en el mejor de los casos nunca contuvo muy bien su curiosidad y que, en ese momento, se crispaba de interés. Catalina leyó el mensaje y explotó. Mientras hacía pequeños golpes con el peine en el pelo, hablaba rápidamente:

—Bueno, no te quedes ahí sentada. A veces haces el tonto. Levántate y vete a casa. Dos meses es demasiado tiempo para estar ausente en primer lugar. Lo que puedes encontrar para hacer en este lugar abandonado

Figura 43 A

Renato

CAPÍTULO 10

siempre ha estado más allá de mí. Llama a Ricardo para que nos recoja. Date prisa, tendré el equipaje hecho antes de que vuelvas.

A primera hora de la tarde, Ricardo llegó en el automóvil. Libia había sonado tan alterada por teléfono que esperaba que una de las chicas estuviera enferma. Su hijo, Renato, un muchacho larguirucho de quince años, parpadeaba con ojos de búho tras sus grandes gafas de montura de cuerno. Inquieto, no paraba de rascarse, estirarse el cuello o morderse las uñas. Estaba sentado cerca de su padre en el asiento del coche y rara vez volvía la cabeza para mirar a las dos chicas, que estaban de mal humor, manchadas de barro por haber estado vadeando en busca de renacuajos en el arroyo del patio trasero. Su diversión había sido interrumpida. Catalina las empujaba constantemente hacia atrás en el asiento para que se sentaran de una manera más femenina. Su intención era aprovechar las vacaciones para enseñarles modales. En su opinión, en vez de chicas preparándose para la adolescencia, eran más bien chicos obstinados y mugrientos. Libia se sentó con el rostro pálido y tenso. No dijo ni una palabra de explicación a Ricardo, pero la suya no era antinatural. Cuando Luzare no estaba cerca, Libia sólo observaba las cortesías necesarias en el trato con su hijastro.

Al llegar a casa, las niñas saltaron del coche y se esparcieron por el paseo hasta el porche de mosaico y entraron corriendo en la casa. Libia y Catalina, que se acercaban a paso más lento, pudieron oír la voz de Margarita rebosante de calor y alegría mientras trinaba:

—¡Papá, no esperaba encontrarte en casa! Cuando Libia puso el pie en el primer escalón, sintió los ojos de alguien a su espalda. Miró por encima del hombro y vio la cabeza nudosa de Francisco, con el pelo tan corto como el seto que estaba cortando. Al verla, asintió con la cabeza. Francisco era una persona de confianza. Y así era la verdad.

Luzare estaba de pie en el vestíbulo arqueado como un toro furioso. Sus ojos brillaban, sus cortos dedos golpeaban su chaleco mientras resoplaba:

—Libia, ¿qué significa esto? ¿Por qué has venido a casa? Efectivamente, ¿y qué es tan urgente? Catalina iba de un lado a otro, volviendo al salón, corrigiendo a las niñas, espantándolas para que bajaran al baño. Ricardo se quedó esperando unas palabras con su padre, pero Luzare no era consciente de nadie más que de Libia mientras la miraba con una mirada hinchada de odio. La voz de Libia empezó a temblar con su creciente ira y descaradamente hizo su acusación:

—Luzare, en primer lugar, no sé qué mujer se rebajaría a convertirse en la amante de un viejo. Pero sea quien sea la arpía, no la quiero en mi casa.

Luzare habló bruscamente:

—Cállate. No sabes de lo que estás hablando.

Libia no iba a ser detenida. Siseó con voz amarga:

—Te lo repito. No es más que una ramera. Luzare blandió su pesado brazo y abofeteó a Libia con tanta fuerza que se tambaleó y habría caído si Catalina no la hubiera atrapado. Catalina la llevó al salón y la tumbó en el sofá. Ricardo sacó a su hijo a toda prisa. No es que odiara ver a Libia difamada, pero había una expresión de terrible incertidumbre en los ojos de su alto hijo, como si fuera a llorar. Asqueado de que el niño viera los pies de barro de su abuelo, hizo que Renato cruzara el patio trasero y entrara en su propia casa.

Libia, Catalina y las niñas fueron a casa de Catalina, donde Libia caminaba por el suelo, con la cara roja e hinchada. Se sonaba la nariz y se limpiaba los ojos constantemente, siempre medio rezando, con los dedos contando el rosario. Catalina, con su mayor fuerza en momentos de estrés emocional se mostraba dura, tratando de que Libia se controlara.

Mientras con un dedo daba vueltas y vueltas al collar de perlas, seguía razonando: —No lo has pasado tan mal en estos dieciséis años. Al menos es mejor que ser profesora de música, que es probablemente lo que habrías estado haciendo. Nunca te ha negado nada.

Libia escupió sus palabras de réplica:

—No quiero nada de él salvo el divorcio. No volveré a mirarle a la cara.

Catalina alzó la mano y peinó hacia atrás sus ondas negras como para tranquilizarse a sí misma. Luego suavizó su voz a una actitud más persuasiva cuando dijo:

—Libia, hablas como una colegiala. Luzare no es mejor ni peor que la mayoría de los hombres. Son propensos a esta debilidad, siempre embelesados por mujeres extrañas. A ti te corresponde ser fuerte. Además, se comporta como si le hubieran dado una poción. Yo creo que sí. Tal vez ella lo drogó.

Pero Libia se enfureció:

—No me importa. No puedo ni quiero vivir con un adúltero.

En tono solemne y recordatorio, Catalina respondió:

—No vivimos para este mundo sino para el otro, además... —e hizo una pausa antes de sacar su baza—, piensa en los niños. Eres proclive a entregarte a tu religión, demasiado egocéntrica, no debes ser egoísta contigo misma.

Los puños de Libia golpearon la almohada en distraído desafío:

—Sí, lo sé, y fue en esta misma habitación donde me dijiste que me casara con él. Hundió la cabeza en la almohada y lloró amargamente. Al ver que los argumentos no servían de nada, Catalina dejó a su hija abandonada a sus lágrimas.

Mientras Libia sollozaba, pensó que ése era su destino. «¿Por qué?»—se preguntaba—, «¿tengo que estar siempre luchando contra este horrible monstruo con cabeza de hidra que se levanta en mi vida?». El sexo, para ella, el más repugnante de los vicios, y estaba aquí para luchar.

Aquella noche, mientras Libia dormía con sueño intranquilo, su conocida pesadilla volvió a asaltarla. El rostro del anciano Juan Quitituy estaba sobre ella, sus ojos malvados y lascivos la miraban. Podía sentir su aliento caliente sobre su cuello. El rostro repulsivo y siniestro se acercaba cada vez más, como aquel día en que ella era una niña pequeña. El extraño de cara floja había venido y le había metido caramelos a través de la reja de su patio y le había medio susurrado mientras le hacía señas, «Ven conmigo, pequeña, y encontraré más caramelos para ti».

Cuando la fiel sirvienta infantil, Laura, se había acercado saltando a la valla, él le había dicho, «No pasa nada. Soy su tío.» Después de abrir la verja y dejarla salir, Libia deslizó su mano en la de él, de buen grado, con confianza. Había dejado su fresco y picante jardín y había caminado a su lado hasta el adobe agrietado y desmoronado donde varias niñas, sucias y golfas, se sentaban a jugar en el suelo de arcilla.

La enjuta figura de Laura se había quedado fuera, en medio de la miseria, y había llamado a su pequeña protegida, «Libia, ven aquí, sabes que no debes estar ahí».

Pero Libia le gritó, «Vete, quiero que mi tío me dé más caramelos». Las delgadas piernas morenas de Laura la llevaron tan rápido como el viento de vuelta a casa de la madre de Libia. Dentro de la casa corrió, jadeante.

Catalina la miró y le dijo bruscamente «¿Qué haces aquí, Laura? No debes dejar sola a Libia».

«Pero doña Catalina», —estalló la niña—, «el tío se ha llevado a Libia y no me deja entrar a cuidarla».

Catalina se erizó, toda atención y preguntó, «¿Qué tío? Libia no tiene ningún tío aquí». Se dirigió a la puerta principal y echó un vistazo en busca de Libia, luego se volvió alarmada, agarró y zarandeó a Laura, «Dime, dime, Laura, ¿cómo era? ¿Adónde se la llevó?».

Balbuceando y señalando, Laura corrió hacia delante, mostrando el camino, explicando una y otra vez. «No llevaba zapatos, pero dijo que era el tío de Libia. Era un hombre anciano, sucio, andrajoso». Catalina lo siguió, medio corriendo, hasta la choza baja y mezquina. Empujó y se lanzó a través de la puerta hacia la habitación de donde procedían los gritos de Libia. En medio del piso, Libia se defendía y luchaba salvajemente, retorciéndose y forcejeando con el anciano Juan, cuyas manos incrustadas de mugre agarraban y tiraban de sus braguitas blancas. El viejo Juan había sido encarcelado, pero su rostro nunca abandonó su memoria, el miedo nunca abandonó su corazón.

Figura 43 B

Cinta de la bandera de Costa Rica
https://www.istockphoto.com/vector/costa-rica-flag-ribbon-set-vector-stock-illustration-gm1337195075-418165107?clarity=false
iStock.com/PeterPencil

CAPÍTULO ONCE

Rafael

1942

A INSTANCIAS DE CATALINA, LUZARE vino a recoger a su familia al día siguiente. Metió a las niñas en el automóvil y se volvió para llamar a Libia desde su dormitorio. Se quedó en la puerta de la habitación esperando, con cara de dejar lo pasado en el pasado. Pero Libia estaba igualmente decidida, por una vez en su matrimonio, a que Luzare se humillara ante ella. Y así esperó, en silencio, con arrogancia. Los dedos rechonchos de Luzare contaban los botones de su chaleco, su voz era suplicante con un sonido peccavi, pero su rostro era duro y firme mientras hablaba:

—Libia, siento haberte hecho daño. Quiero que sepas que nunca he dejado de quererte y que lo que pasó no tuvo nada que ver con nuestro matrimonio. Libia se quedó atónita, estupefacta, boquiabierta y se preguntó cómo responder a ese tipo de razonamiento. No dijo ni una palabra, pero salió de casa de su madre y entró en el automóvil con la sensación de adentrarse en un caos indescriptible.

Sin embargo, una vez de regreso en su casa, una carga se le quitó del corazón. Se sintió más ligera, más libre de lo que nunca se había sentido en esta casa, más segura. Ya no era la impostora. De algún modo inexplicable, ella era el hogar y Luzare era el intruso. Luzare, sintiendo que sus poderes patriarcales menguaban, era dominante con las niñas, tiránico, irrazonable y, sin provocación, se enfurecía repentinamente. En lugar de la campana de plata con su tintineo, traía a casa una gran campana que golpeaba con un gong entre jadeos exasperados mientras juraba *Caramba, Caramba* al compás de la campana. Su cabeza calva brillaba, perlada de sudor, y con furia esperaba a que las chicas ocuparan sus puestos en la mesa. La campana, una mortificación para Libia, se oía fácilmente en la manzana de al lado y ella tenía visiones de sus vecinos cocinando a fuego lento y comentando sarcásticamente, «don Luzare Constante está invitando a cenar a su familia». Luego, cuando estaban sentados, golpeaba la mesa con el cuchillo, se le ponía roja la cara, azules las venas de su brillante cabeza mientras los miraba y maldecía: «Caraja, Caraja». Pero en cuanto le servían la sopa, se ponía a comer inmediatamente. Gruñía lacónicamente a las preguntas de Libia y las alegres réplicas de las chicas se convertían en amotinamientos y medio murmullos en la mesa. Incluso desarrollaron un sistema de farsa y conversación rápida con los dedos que utilizaron mientras su padre tenía la cara enterrada en su cuenco.

Después de cenar, Anabella y Margarita, una vez dentro de su habitación, solían caer en riñas y discusiones acaloradas sobre sus posesiones. Luzare era un jubilado prematuro y, si lo despertaban de su letargo, abría de golpe la puerta que comunicaba con el dormitorio, entraba rugiendo en la habitación ataviado con su gran camisón, un gorro de media en la cabeza, pesados calcetines de lana y botines de punto, echaba hacia atrás las mantas y azotaba las piernas de las niñas con su fusta trenzada de caballo que tenía púas de acero en los extremos de las capas. Luego volvía arrastrando los pies a la cama refunfuñando sobre los diablillos, las *carajitas*. Las muchachas se tapaban con las mantas las piernas ardientes de rayas, que a veces quedaban marcadas con la huella del látigo durante tres o cuatro días. Y los pinchazos a veces hacían llagas.

Anabella y Margarita asistían ahora al Colegio María Auxilia

Dora, donde Margarita cursaba el quinto año con trece años y Anabella el sexto. Una tarde se encontraban frente a sus augustos portales enzarzadas en un acalorado intercambio de opiniones. Escupiendo torrentes de palabras salvajemente a su hermana, Margarita decía:

—Anabella, quiero saber por qué me delataste. No era asunto tuyo.

Anabella rebatía santurronamente:

—Sí era asunto mío. Cuando la hermana me preguntó si sabía quién había violado a las chicas, no tuve más remedio que decir la verdad. Eras tú quien no tenía por qué hacer estornudar a toda la escuela. ¿Por qué haces trucos tan estúpidos?

Margarita, al recordar toda la sala llena de niñas «choteándose» con tanta fuerza que nadie podía oír la voz de la monja, rompió a reír con ganas y se le devolvió el buen humor. Ella replicó:

—Oh, sólo estáis enfadadas porque nuestra clase se libró de aritmética y vosotras no. Pero abandonó el debate. Había sido el mejor truco de su vida, pensó para sus adentros. Anabella y ella se volvieron para unirse a las seis u ocho compañeras de clase que se quedaron respetuosamente a la espera de que las hermanas pusieran fin a su discusión. Subieron por la acera como niños sueltos, riendo a carcajadas, chocando y sacudiéndose de un lado a otro. En la esquina se detuvieron antes de girar hacia el Paseo Colón y, como era su ritual diario, colocaron sus carteras sobre el bajo muro de piedra y comenzaron a saquearlas en busca de pintalabios, peines y polvos que se untaron en la cara con espesura. Remataban su rito de embellecimiento arrancando las rosas más tiernas de los jardines colindantes y metiéndoselas ingeniosamente detrás de las orejas. Se inflaron las blusas blancas almidonadas y se examinaron con ojo crítico las cintas del cuello. Cada muchacha suspiraba a su vez por la deplorable blusa azul abotonada en los hombros, las faldas plisadas que acampanaban sus rollizas personitas en proporciones de bañera y sus zapatos negros planos de carnicero. Esto era una condena a su belleza. Sus heroínas de cine nunca habían llevado nada tan horrible. Pero siguieron paseando por el Paseo Colón, una calle tranquila, antigua y digna, con algunas de las mejores residencias de la ciudad, agitando coquetamente sus faldas mientras caminaban para distraer la atención de sus feos zapatos. Cuando llegaban a la Avenida Central, Anabella se colocaba siempre detrás de Margarita para observar sus coqueteos. Muy despacio se encaminaron, con cuidado de no llegar al Parque Central un minuto antes de las cinco. A las cinco en punto San José vaciaba sus edificios, y todos los empleados de oficina y asalariados masculinos miraban y silbaban socarronamente a las muchachas que pasaban. Las muchachas siempre daban dos vueltas por el Parque Central y a veces levantaban la cabeza con desdén. Un momento después guiñaban los ojos escandalosamente, se acercaban a la esquina y se separaban. Margarita y Anabella siempre cogían el tranvía de San Pedro para volver a casa y entraban hambrientas a cenar.

Una noche Margarita leyó en el periódico que Errol Flynn, el actor de Hollywood, venía a San José, que lo esperaban en un avión la tarde siguiente. Esa noche, en la cama, ella y Anabella hicieron planes para salir de la escuela al mediodía del día siguiente, hacer novillos e ir al aeropuerto.

El plan funcionó a la perfección. Al día siguiente, por la tarde, se asomaron al balcón de la terminal del aeropuerto y miraron al cielo y a la tierra en busca del avión retrasado. Anabella había atraído la atención de un chico de pelo negro, ondulado y grasiento que no dejaba de seguirla. La siguió por el vestíbulo de la terminal, entró en la cafetería, volvió a salir y subió las escaleras. Ahora estaba apoyado contra el edificio, un chico delgado con pantalones blancos y una camisa blanca limpia con el cuello abierto. Se burlaba de la desdeñosa Anabella, hablándole a la espalda, diciéndole:

—¿Por qué esperas a ese mariquita? Las estrellas de cine no son más que mariquitas.

Anabella le replicó por encima del hombro:

—Oh, vete. Sólo estás celosa porque él es tan guapo y tú tan flaca.

El chico soltó una breve carcajada burlona y resopló:

—¿Quién... yo, celoso? Al menos yo me parezco a mí mismo y los actores no. Se maquillan como una mujer. No son naturales. Las chicas ignoraron al chico y hablaron entre ellas. Pronto llegó en picado un gran avión, aterrizó y se detuvo rugiendo. Todo el mundo salió corriendo hacia el avión. De la nada se agolpó una multitud de gente. Anabella y Margarita, dándose cuenta de que podían ver muy bien desde su percha, se quedaron mirando. Fueron unos minutos de silenciosa expectación. Todos desembarcaron del avión menos la estrella. Entonces, un hermoso caballo salió trotando hacia el avión. Se oyeron fuertes gritos y chillidos. Errol Flynn agachó la cabeza por la puerta del avión, se subió al lomo del caballo y saludó a la multitud. Su pelo rojo y su bigote brillaban a la luz del sol. Todas las jóvenes se volvieron locas, salvajes, enloquecidas, al verle. Saltaron alrededor del caballo, hablando y saludando. El gallardo personaje cabalgó hasta la fachada del edificio de la terminal para posar ante uno de los edificios más bellos de toda Centroamérica. Finalmente desmontó y entró en el vestíbulo, un escenario con puertas y vigas de techo de caoba maciza tallada a mano, rejas y barandillas forjadas. El hombre perfecto se situó en medio de la multitud y firmó autógrafos. Anabella y Margarita intentaron abrirse paso entre la muchedumbre que las admiraba, pero era tan densa que se vieron obligadas a esperar de pie hasta que el actor abandonó el edificio.

El joven se paró en el escalón por encima de Anabella y se

Figura 44   Rafael

inclinó cerca de su cabeza para preguntarle:

—Déjame llevarte a casa.

Anabella se encogió de hombros y contestó con brusquedad:

—No, tú no eres Errol Flynn. ¿Cómo podría ir contigo después de ver a ese hombre tan guapo?

El chico contestó obstinadamente:

—De acuerdo entonces, pero quiero verte el domingo en el parque. Me gustas mucho.

Anabella levantó su pequeña nariz puntiaguda con altanería:

—No seas ridículo. En comparación con Errol Flynn, no eres nada. Pequeño flacucho. Las dos niñas se fueron a casa advirtiéndose mutuamente que no le dijeran nada a mamá. Porque a mamá no le gustaría que supiera que se habían escapado del colegio.

Pero durante la semana, el ardor de Anabella por el actor de cine se desvaneció y el domingo siguiente ella y Margarita fueron al parque a jugar a las cuerdas. El chico del pelo negro ondulado estaba allí y pronto se emparejó con Anabella. Se sentaron en el banco del parque con Margarita de carabina y después se fue a casa con las chicas. Dijo llamarse Rafael Valverde. Antes de llegar a casa, las chicas le hicieron dejarlas. Anabella explicó, no son crueldad:

—Lo siento, pero mi madre cree que soy demasiado joven para tener un novio de verdad. Nos veremos algún día en el parque.

Al día siguiente, en el colegio, Ester, una prima lejana de Anabella que también estudiaba en el colegio, se encontró con ella en el pasillo y la arrinconó contra la pared, furiosa:

—¿Por qué intentas robarme a mi novio? Rafael es mío.

Anabella se balanceó alrededor de la chica más corpulenta y replicó:

—Yo no lo he robado. Él vino a mí. Pero a partir de ahora le veré cada vez que él quiera que le vea. —Ester agitó sus rizos con furia, pero Anabella se limitó a reír—, Ya lo verás, a partir de ahora.

Y era verdad. A Anabella no le impresionaba Rafael. No era bueno y ella tenía un sentido innato de la cultura. Era gente común, su familia era de clase baja, lo más parecido a un concho. Ella estaba enamorada de Roberto, pero Roberto, ella lo sabía, tenía otra chica. Y en su interior le dolía darse cuenta de que Roberto sólo la utilizaba

Figura 45 A

Anabella a los 16 Años

para darle celos a su verdadera chica. Sólo era una chica guapa para que su chica le quisiera más. Pero se preguntó si podría utilizar a Rafael de la misma manera. Si ella sentía alguna atracción por Roberto, lo enloquecería ver a otro chico rondando por ahí.

Figura 45 B

Puesta de sol en Cartago. (Actualidad)
iStock.com/Dennis Alberto Gonzalez Salas
https://www.istockphoto.com/photo/sunset-in-the-city-of-cartago-with-a-colorful-sky-gm2208911258-626039959

CAPÍTULO DOCE

Barrio Escalante

1942

CON LA DECLARACIÓN DE GUERRA a Japón, el 8 de diciembre de 1941, y a Alemania e Italia, el 11 de diciembre, San José había desarrollado un aire de tensión. El antiguo placer de caminar por las calles había desaparecido. La gente se movía con una prisa tremenda y el Presidente había mostrado abiertamente su verdadera naturaleza. En 1942, los comunistas eran temibles. La Guardia les daba todo el poder y el apoyo que necesitaban. Su bandera de lucha era «Las Garantías Sociales», un código laboral que utilizaba como reclamo las vacaciones pagadas, la seguridad social para los trabajadores y el seguro médico para ganar y difundir su propaganda.

Guardia dio abiertamente a los conchos empleo en el gobierno, destituyendo a los que expresaban cualquier crítica a su régimen y sustituyéndolos por comunistas elegidos a dedo para ocupar importantes puestos en el gobierno. La ciudadanía tomó represalias por todos los medios a su alcance. Cuando el presidente Calderón Guardia aparecía en actos públicos, partidos de fútbol o corridas de toros, la multitud se ponía en pie, le silbaba y abucheaba a él y a su séquito oficial. Calderón Guardia se limitaba a apartar su rostro de gran papada de la multitud y a entretenerse con su propio grupo hasta que comenzaba el espectáculo.

La Declaración de Guerra a Alemania, el 11 de diciembre, había dado a sus designios depredadores toda la libertad que necesitaban para confiscar las propiedades y las opulentas y ricas propiedades alemanas. Las familias de sangre alemana que habían adoptado Costa Rica como su hogar y que habían vivido sus vidas como ciudadanos leales y patriotas, construyendo sus fortunas en su suelo, fueron desarraigadas, expulsadas del país o enviadas a campos de concentración. Como el monstruoso tirano que era, los despojó de sus riquezas, sus hermosas casas, sus finos automóviles, sus plantaciones, y los entregó a los devotos de Guardia. Él y su grupo especial de comunistas formaron un Partido Calderó-Comunista que tenía como punto central de interés, tomar dinero del gobierno y gastarlo pródigamente en ellos mismos. En el enorme terreno situado detrás de la propiedad de Constante, Calderón Guardia compró toda la extensión que pertenecía a la hermana de Esmeralda, Lina, cuyo apellido de casada era Escalante. Surgió una nueva zona conocida como el *Barrio Escalante*, con magníficas casas de arquitectura colonial española, con mosquiteras en las ventanas, una innovación sorprendente. Los amplios jardines estaban repletos de flores y las anchas calles los separaban del resto de la ciudad. Todos los favoritos y parientes de Calderón Guardia estaban instalados como reyes en sus propias fincas palaciegas y se regodeaban en su propia opulencia.

Anabella y Margarita se asomaban al balcón de su casa al atardecer y veían cómo los hombres de la aduana revisaban grandes cajas y cubas de materiales de construcción que pasaban por la aduana, cemento y hierro forjado enrejado importado de España. Todo ello podía utilizarse en la construcción de viviendas. Las historias de los fantásticos lujos que disfrutaban los elegidos de Calderón Guardia estaban siempre en el aire. Historias que hablaban de habitaciones enteras revestidas de espejos y de cómo una persona podía enfangarse en las alfombras que se extendían por los tremendos suelos.

Por la noche, Libia permitía a las niñas ver a sus novios de siete a nueve, siempre que se sentaran a la vista de la ventana abierta del salón, mientras ella y Luzare se sentaban en la sala. Luzare, sin embargo, frunció el ceño ante el acuerdo. En primer lugar, no se fiaba de los chicos. Segundo, los tiempos habían cambiado. Uno no se sentía seguro ni siquiera en su propia casa. Todos los días oía informes de brutalidades infligidas por las sangrientas *Brigadas de Choque* de Guardia. Estos esbirros de las tropas de asalto de Calderón Guardia operaban con la verdadera deportividad comunista. Iban en grupos de tres o cuatro con sus cascos negros bajo el abrigo. Acechaban a un ciudadano que hablaba libremente en una calle desierta, lo acosaban y lo dejaban medio muerto para que lo recogieran sus familiares o amigos. Pero nunca se atrevieron a atacar a los ciudadanos en grupo. La Brigada nunca fue detenida porque la policía también había sido sustituida por los propios hombres de Guardia.

Una noche, en la mesa, Margarita oyó a su padre decir que esa noche iba a haber un comunista en la calle.

—Por favor, papá, —le suplicó—, déjame ir. Quiero ver a uno. Por favor, me gustaría ir, llévame contigo.

Luzare miró fijamente a su hija y contestó:

—No tenía pensado ir, pero quizá lo haga. Tengo que enseñarte de alguna manera que debes tener más cuidado. Después de terminar su comida, Luzare se levantó de la mesa, subió a su dormitorio, se acercó al lado de su armario de ropa dorada donde tenía un gancho especial para su bastón. Desenfundó el bastón y volvió al vestíbulo para esperar a que Margarita se pusiera el abrigo. A Anabella toda aquella expedición le pareció una tontería. Dijo que prefería quedarse en casa y sentarse en el porche con Roberto.

Las calles de San José eran aquella noche una multitud clamorosa, atestada de una chusma medio borracha que hablaba a gritos. Pronto un desfile de hombres bajó por la Avenida Central portando antorchas y la multitud empezó a disparar torpedos y a gritar. Los comunistas que rodeaban a Margarita y Luzare agitaban las manos y gritaban palabras soeces, vulgares, que Margarita no había oído nunca. De un lado a otro gritaban, «Cortés tiene el hígado enfermo. Tiene que beber Sal Uvina, para que no tenga bilis. Entonces no estará enfermo de bilis». —La ruda multitud hizo un cántico mientras gritaban—, «La madre de Cortés es una hija de puta. Cortés es un hijo de puta». Margarita se dejó arrastrar por la enloquecida muchedumbre y gritó con fuerza en la siguiente pausa:

—¡Diablos, os calláis! ¡Es un buen hombre! No digáis eso.

Un hombretón que apestaba a guaro, detrás de ella, se inclinó y le dijo amenazador:

—Más vale que te calles, chiquilla. Alguien podría hacerte daño. Nunca se sabe. Al ver al hombre demasiado cerca, Luzare levantó su bastón, lo golpeó contra el pecho del hombre y murmuró:

—Muévete. Muévete. El hombre mostró sus encías desdentadas en una mueca animal, pero se apartó. Luzare cogió a Margarita del brazo y la guió fuera de la multitud, de vuelta a las calles más tranquilas.

Margarita no paraba de delirar:

—Papá, quiero volver y luchar. ¿Por qué dicen esas cosas tan feas? Luzare sacudió su calva cabeza:

—No, todavía no hay que luchar. Pero llegará un día en que ese bandido ladrón de Guardia se comerá su propio estiércol. —Golpeó con fuerza el cemento con su bastón y, agarrando el mango dorado, chasqueó las palabras junto con el ruido del bastón—, Llegará un momento. Llegará un momento.

El nerviosismo de Luzare aumentó por otro suceso ocurrido poco después. Guardia había intentado colocar a una mujer comunista como directora administrativa en uno de los principales colegios de la ciudad, el Colegio Superior de Señoritas. Los alumnos se manifestaron y se negaron a asistir a clase. Fueron amenazadas, pero aun así se negaron a aceptar a la mujer como directora. Un día las chicas abandonaron el colegio en masa. *Brigadas de Choque* con sus cachiporras y látigos cargaron contra las indefensas chicas e intentaron conducirlas de vuelta al campus, golpeándolas y dispersándolas hasta que se refugiaron. Ese mismo día, los periódicos difundieron la noticia de la infamia perpetrada contra lo más granado de la feminidad costarricense. Después de esta gresca, el público estaba tan enfurecido que Calderón Guardia pasó la voz a su brigada para que se lo tomaran con calma durante un tiempo.

Pero Luzare seguía inquieto. Si sus hijas llegaban un poco tarde a la cena, Luzare ya no se sentaba a golpear la mesa con el cuchillo. Caminaba hasta la puerta y esperaba, o cogía su bastón y paseaba arriba y abajo por la acera de fuera. Poco después de que las chicas del colegio público fueran asaltadas, el colegio María Auxilia Dora celebró unos Ejercicios Espirituales, tres días de intensa concentración espiritual. No hubo clases regulares. Se instruyó a las chicas para que examinaran sus conciencias, hicieran sacrificios especiales en comidas y diversiones, ignoraran a todo el mundo cuando entraban y salían del colegio, y obedecieran estrictamente la regla del silencio durante los tres días. Las monjas pensaban que así recibirían un maná espiritual que fortalecería su ser en estos momentos de tensión. Las alumnas también fueron puestas a la tarea de componer una confesión general, recordando todas sus ofensas contra Dios durante toda su vida, escribirlas y tenerlas listas en la confesión para que el sacerdote las escuchara.

Luzare se preocupaba aún más. Temía que esta concentración espiritual pudiera interpretarse como una sutil unión, una represalia contra Guardia y su política. Durante los dos primeros días de los Ejercicios Espirituales, estuvo en casa temprano para ver que las chicas llegaran sanas y salvas. Una y otra vez preguntaba:

—¿Te ha hablado alguien por la calle? ¿Os ha pasado algo raro hoy? ¿Seguro que nadie os ha dicho nada? Anabella y Margarita podían mantener sus votos de no comer alimentos especiales, sobre todo porque almorzaban en el colegio y, de todos modos, esos alimentos no se proporcionaban. La regla del silencio era un voto que estaban obligadas a cumplir mientras estuvieran dentro de los muros de la universidad, pero en cuanto subían al tranvía, encontraban varias razones urgentes para transmitirse unas palabras y, para cuando llegaban a casa, se les había soltado la lengua por los dos extremos. Tras dos días de ansiedad, Luzare decidió que las chicas se quedarían en el colegio todo el tercer día y toda la noche, y durante varios días más, hasta que el ambiente le pareciera menos ominoso y aterrador.

1942

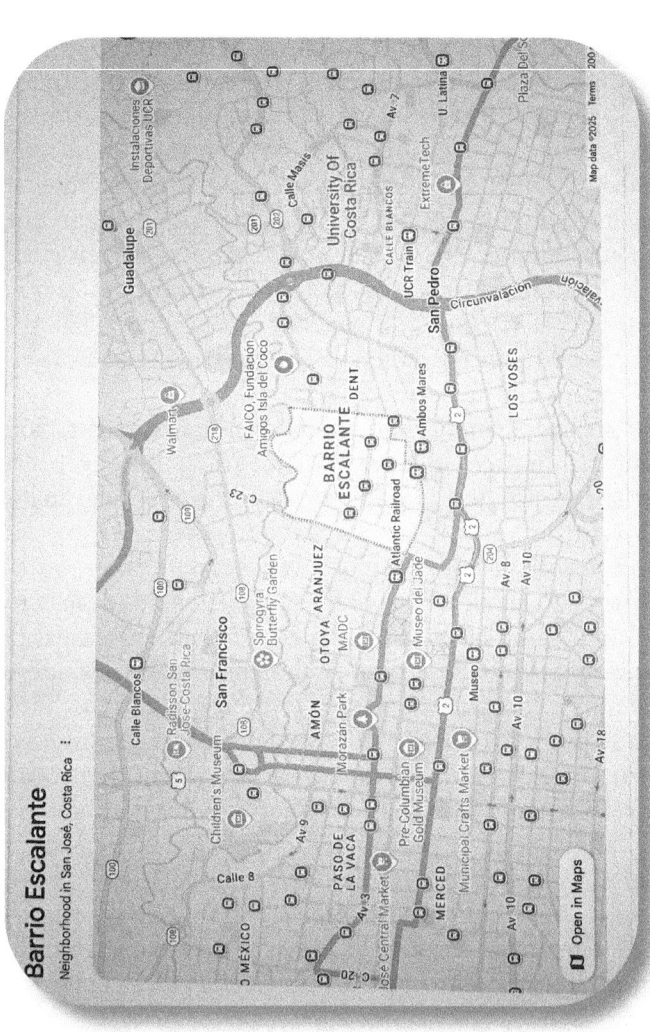

Figura 46

Barrio Escalante

Google Maps

CAPÍTULO TRECE

Navidad

1942

EN POCOS DÍAS EMPEZARON LAS vacaciones de Navidad, y las niñas estaban todo el tiempo en casa. La noche de Nochebuena, las niñas suplicaron que las dejaran ver a sus novios en el parque, pero Libia se negó, y esa noche ella y Luzare recorrieron la Avenida Central con las niñas. Todas las calles estaban abarrotadas de gente, el confeti flotaba en el aire, los globos volaban y estallaban. Fue una celebración magnífica. En el Parque Central, la multitud era tan numerosa que los chicos caminaban en el sentido de las agujas del reloj por las calles, mientras que las chicas paseaban en sentido contrario por la acera para formar su cuerda. Roberto y Edwin estaban allí, pero la multitud los arrastró, moviéndose, moviéndose en dirección contraria y cada vez que Edwin se acercaba a Margarita, era tan bajito que tenía que saltar para poder echarle un vistazo momentáneo antes de que se fuera de nuevo para dar la vuelta a toda la manzana. Anabella y Margarita volvieron a suplicar que las emparejara con sus novios, pero Libia negó con la cabeza. —Aún sois demasiado jóvenes, aunque sea una celebración, repitió.

Figura 47

Nochebuena en el Parque Central

Y así terminó todo. De camino a la iglesia, hablaban entre ellas de lo bonito que sería que les permitieran invitar a sus novios a su gran cena. Pero esto nunca se consideraría, así que se guardaron sus susurros para sí mismas. Libia cantó gloriosamente durante toda la misa, como siempre lo había hecho desde que Margarita y Anabella tenían memoria.

Después de la misa, la familia se fue a casa. Esta cena de Navidad era una comida de medianoche muy personal y se observaba de manera personal en todo el país. Cada familia se sentaba a su mesa. Incluso Catalina comió sola en su propia casa y no se unió a la familia de su hija. La mesa estaba cargada de comida, tamales, gruesos y casi tan largos como la propia fuente. Habían sido hechos por las propias manos de Catalina con su receta secreta de combinar pollo, cerdo, arroz, guisantes, garbanzos, pasas, pimientos, zanahorias y condimento. Cada ingrediente se había cocinado por separado y luego se había colocado en montoncitos sobre una fina masa de harina de maíz. La masa se enrollaba apretadamente, se envolvía en hojas de plátano y se ataba con un cordel. Una vez preparados todos los rollos, se metían en una enorme cuba de agua hirviendo y se cocinaban hasta que se cocían al vapor en su propio jugo. Todo el ritual requería siempre tres días de preparación y cocción, y cada tamal era una comida en sí misma. Había una fuente de pescado, un plato de pollo, café, fruta, una gran pila de manzanas que eran una rareza y un predilecto de la familia durante la Navidad, nueces, peras y uvas. Hubo pan dulce casero, pan dulce servido con los platos principales, y vino tinto. Luego hubo champán, pasteles y helados.

Después de que la familia comió, fueron a la sala de estar donde Libia había hecho un portal. Durante todo el tiempo que duró la Navidad, ella había dicho que, más que de mal gusto, le parecía una auténtica burla decorar un árbol de Navidad cuando había tanta tristeza y dolor en el mundo. Así que se había afanado en preparar la escena del pesebre con *must go*, una hierba seca y enmarañada, y formó las colinas y el suelo. Con trozos de madera teñida, construyó el pesebre. La escena se hacía más elaborada cada día, con todas las compras que podía encontrar. En el pesebre abierto estaban la Madre María, el Niño y Joséph, y una estrella colgaba en lo alto.

Los Reyes Magos ofrecían sus raros regalos mientras los camellos permanecían pacientemente a su lado. Los pastores se arrodillaban con sus humildes regalos y toda la tierra permanecía en actitud de culto y adoración. El portal completo cubría la mitad de la sala.

En silencio, la familia se envolvió los paquetes unos a otros y luego cada uno colocó los paquetes junto al portal y se fue a la cama. Al día siguiente, desenvolvieron sus regalos y soltaron una risita de placer. El día de Navidad era costumbre que algunos amigos del campo de Luzare le hicieran una visita. Personas con las que había entablado amistad en el pasado y que no habían olvidado ser agradecidas, venían con sus sencillos regalos. Un anciano traía siempre un tazón de tomalasado, un plato de maíz horneado. Otro traía un budín de maíz dulce, llamado Mazamorra. Y siempre complementaba su regalo con una jarra de chicha, una bebida elaborada por la gente del campo con zumo de piña o maíz, azúcar en bruto, agua y levadura, un queso fuerte. Este brebaje lo ponían en jarras de barro y lo taponaban con corcho. Luego lo enterraban en la tierra durante tres meses hasta que fermentaba bien. Luzare se reía diciendo que tenía el sabor de una mula, pero a él le gustaba y nunca le faltaba en ninguna celebración.

Una noche, no mucho después de Navidad, las chicas pidieron poder sentarse en el bordillo. Luzare se negó en redondo, pero Libia le suplicó:

—Ay, Luzare, las vas a poner nerviosas, siempre pensando que va a pasar algo. Deja que sean lo más normales que puedan. No son tiempos felices en el mejor de los casos.

Luzare refunfuñó:

—No sé ni por qué se molestan en preguntar, de todos modos siempre hacen lo que quieren. Cogió su bastón y bajó a su club a tomar unas cervezas con un amigo.

El grupo de jóvenes sentados bajo la farola, Margarita con Edwin, Anabella con Roberto, Nena, la chica que vivía enfrente, y otra prima chica cantaban alegremente, hablaban de películas y disfrutaban de la noche. De pronto, desde el otro lado de las vías del tren, llegó corriendo un hombre que pasó velozmente detrás de ellos por la acera. Se volvieron para observar a la figura que se movía rápidamente con un bulto bajo el brazo. Margarita susurró: —Apuesto a que es un ladrón. Justo cuando el hombre llegó a la otra esquina, arrojó el fardo con todas sus fuerzas contra unos setos y siguió corriendo.

Edwin dijo:

—Mira, lo ha tirado. Quizá sea algo bueno, si conseguimos encontrarlo.

Pero en ese momento llegó corriendo un policía y preguntó:

—Chicos, ¿habéis visto a un hombre corriendo hacia aquí? ¿Quizá con algo en la mano?

Figura 48 A

Roberto

Edwin señaló y contestó:

—Acaba de tirar algo por allí.

El policía hace señas a las chicas para que vuelvan:

—Será mejor que os quedéis aquí, chicas. Este hombre es peligroso. Acaba de matar a tres hombres. Anabella y Margarita sintieron que se les ponía la carne de gallina y se metieron en la casa. Edwin y Roberto fueron con el policía al lugar donde creían que había caído el paquete. Revolviendo entre los arbustos, sacaron un abrigo envuelto en una pistola. La manga del abrigo estaba ensangrentada. El policía murmuró:

—Esto es una prueba, ahora sólo tenemos que atraparlo. Se enderezó, dio un sonoro golpe con el silbato que traspasó la quietud de la noche y en pocos minutos seis o siete policías estaban reunidos a su alrededor. El primer policía señaló el camino por una calle oscura y, en un momento, todos habían desaparecido.

Anabella y Margarita se quedaron mirando desde la puerta de su casa. Les dolía la conciencia porque, poco antes, habían visto a su prima tomar esa misma calle oscura y ninguna de las dos le había ofrecido a su novio acompañarla a casa. Ambos eran demasiado celosos para dejar que los chicos se fueran solos con otra chica, pero ahora tenían visiones de su prima tendida en una cuneta con una bala atravesándole el pecho. Los policías alcanzaron rápidamente a la chica, que estaba presa del pánico, la detuvieron e intentaron calmarla. El policía que iba en cabeza le hizo la misma pregunta que a los otros jóvenes, y ella asintió «Sí», con los ojos estrellados de terror. El policía le dio una palmada en el hombro y le preguntó:

—¿Le has visto bien, acaba de pasar?.

De nuevo, ella asintió «Sí». Pero, sintiéndose por fin segura, sollozó:

—Acaba de pasar corriendo, me dijo «Si alguien viene y pregunta por mí, di que no has visto a nadie». Entonces rompió a llorar y corrió el resto del camino hasta su casa. El policía subió por la calle lateral donde ella había señalado y pronto encontró a su hombre.

A la mañana siguiente, los periódicos estaban llenos de noticias sobre Beltrán Cortés, que había confesado el asesinato de tres hombres, diciendo que su motivo para matar era la venganza. Hace tiempo, dijo, los doctores Echandi y Moreno Cañas le habían hecho daño y él quería ajustar cuentas. Los periódicos lo calificaron de complot comunista; Beltrán Cortés, dijeron, no era más que un instrumento. Asesinó porque le habían ordenado asesinar. El Dr. Moreno Cañas había sido un candidato seguro para las próximas elecciones presidenciales que se celebrarían en febrero. Era justo y recto, siendo director del Hospital San Juan de Dios. Había caído en manos de los comunistas, que deseaban eliminarlo de la escena política.

Beltrán Cortés, con un orgullo de maníaco, contó cómo había cometido sus actos de violencia. Dijo que había ido a casa del doctor Echandi y había llamado al timbre. Cuando el doctor salió a la puerta, le disparó tres veces en la cabeza. Luego, había ido a casa del doctor Moreno Canas, e hizo lo mismo. Llamó al timbre, y cuando el doctor Moreno Canas acudió a contestar, disparó y le atravesó la cabeza. Dijo que se volvió para correr, pero vio a un hombre al otro lado de la calle; teniendo cuidado de que no hubiera testigos del hecho, cruzó la calle y disparó contra el hombre, y éste cayó.

Los periódicos hablaron de la vergüenza que un acto tan ruin supondría para el nombre del país. El testigo había sido un americano, un hombre de negocios, influyente en los círculos comerciales, que se había casado en el seno de una acomodada familia española. El Dr. Moreno Cañas, lamentaron, no podía ser sustituido fácilmente. Era un hombre de carácter y aptitudes sobresalientes, cuya fama se había extendido como médico y que siempre dedicaba su tiempo sin escatimar esfuerzos. Incluso los pobres de las colinas le consideraban su médico de cabecera. Nunca un hombre había sido tan necesario en los asuntos de su país. Los comunistas habían asestado un duro golpe, y enviar a Beltrán Cortés a la isla de San Lucas para el resto de su vida, encerrado en un agujero de cemento, sin volver a ver la luz del sol ni las visitas, no compensaba en absoluto la pérdida.

A Luzare el incidente le tocó muy de cerca. No sólo sus hijas se habían visto implicadas, aunque fuera de forma involuntaria, sino que el americano era el marido de la hermana de Diana.

Figuras 48 B,C,D

La Persecución Policial

CAPÍTULO CATORCE

Vientos de Cambio

1944

En este año, 1944, Teodoro Picado Michalski era el candidato oficial del Partido Nacional Republicano, la parte del gobierno, y León Cortés Castro era el candidato de la oposición. El pueblo conocía y quería a Cortés, recordando su exitoso mandato de 1936-40. El 6 de febrero, Cortés celebró su mitin y tuvo su día de fuerza. Todo San José acudió a la cita. De todo el país, los seguidores de León Cortés Castro afluyeron a la pulcra capital. Fue un movimiento de hombres y una demostración de lealtad, con un desfile que duró cuatro horas y media. Caballos, banderas, camiones y un espectáculo como nunca antes había visto el pueblo. Una carroza mostraba a comunistas colgados en efigie. Más de 25.000 personas se agolparon en la plaza Cleto González Víquez para vitorear en un frenesí político. Fue una concentración pacífica, una oportunidad para que la gente reconociera públicamente su afiliación política. Pero ese mismo día, a las cinco en punto, justo cuando se estaban disolviendo, los comunistas con cachiporras y cuchillos entraron en medio de ellos luchando y agrediendo a la masa que se dispersaba.

El 13 de febrero, Picado, el candidato oficial, hizo desfilar a Vanguardia, el partido de izquierdas que le apoyaba, a sus funcionarios y a la chusma. Su desfile duró solo treinta y cinco minutos y fue un tumulto de borrachos.

El 20 de febrero se celebraron las magnas elecciones, en las que la mayoría del pueblo votó por León Cortés Castro, su viejo incondicional. Pero cuando se contaron los votos en la Casa Presidencial, los totales cambiaron. Picado fue proclamado presidente. Todos estaban furiosos, querían pelear. Locos y salvajes caminaban por las calles pidiendo luchar. Pero no tenían armas. Toda la munición concedida por el presidente Roosevelt para la guerra había sido escondida por el gobierno y nadie podía conseguirla. Los comunistas se dedicaron en serio a sus tácticas pandilleras, desfilando por las calles en grupos de cinco o seis y atacando a ciudadanos indefensos. León Cortés declaró al pueblo a través de los periódicos que la vida de uno de sus compatriotas significaba para él más que la Presidencia y les imploró que no opusieran resistencia en ese momento. Desde su semiretiro en su finca, Cortés hizo otro gesto contra el comunismo. Emitió un comunicado diciendo que había rescindido su diploma de abogado y declaró que no quería seguir ostentando tal título, ya que sus amigos abogados habían mostrado inclinaciones comunistas hacia Picado.

Acabada su dinastía de *Lo que el viento se llevó*, Calderón Guardia dejó el país en manos de Picado y se fue a visitar a su buen amigo Somoza, el dictador manchado y pecoso de Nicaragua. Otilio Ulate, ciudadano de fuerte mentalidad pública y propietario del muy popular *Diario de Costa Rica*, en represalia al fraude presidencial, declaró que no quería seguir existiendo en esta profunda chicanería. Anunció que, como acto de protesta, cerraba su periódico. Un grupo de jóvenes universitarios llamado *El Centro para el Estudio de los Problemas Nacionales*, muchachos de familias bien, le pidieron a Ulate el uso de su edificio y maquinaria. Ulate dejó en sus manos toda la propiedad del periódico y se fue a Londres. Estos estudiantes de la Universidad Nacional de Costa Rica operaron y publicaron el periódico dándose a la tarea de ofrecer una crítica constructiva al gobierno. El pueblo los consideraba una especie de politólogos y se referían a ellos como *Glosteras*. Picado comenzó su régimen como títere del caudillo comunista Manuel Mora Valverde, que manejaba todos los hilos, y las *Brigadas de Choque* fueron abolidas.

Una noche de principios de marzo, las chicas se sentaron en el porche con sus novios. Libia se sentó al piano y tocó a su manera desganada, de espaldas a la ventana. Luzare, sin embargo, nunca se fiaba de aquel arreglo y siempre se sentaba cerca de la ventana a escuchar la radio o a leer el periódico. Siempre se inclinaba cerca de la ventana para poder oír las voces de sus hijas. Siempre se sentaba completamente vestido, con todos los agujeros del chaleco abotonados, y de vez en cuando echaba un vistazo al porche. Una vez, cuando Libia le acusó de no confiar en sus hijas, él respondió, «¡Incluso entre santos, un muro fuerte!» Las niñas estaban inusualmente calladas esta noche y Luzare finalmente se levantó muy despreocupado y salió al porche por el pasillo. Ambas chicas estaban completamente embelesadas en los besos de sus jóvenes amantes. Luzare montó en cólera y juró ¡CARAMBA! Los chicos saltaron por encima de las balaustradas hacia los rosales mientras él rugía «¡Fuera de aquí, fuera de mi propiedad!» Se escabulleron en la oscuridad. En la puerta principal, Luzare bramó, «¡Y no vuelvan a acercarse a esta casa!» Los chicos ya se habian ido, pero Luzare seguia enloquecido. Sacó la escopeta y recorrió el paseo agitándola y maldiciendo. Margarita y Anabella se quedaron temblando dentro, apoyadas contra la pared del vestíbulo, esperando el feo azote del caballo que les parecía inevitable.

Pero cuando su padre llegó y se plantó ante ellas, se parecía más a un Jeremías calvo, con el rostro afligido por una Jerusalén que había sido destrozada por el pecado. Echó sus pesados hombros hacia atrás, se llevó las manos a la espalda y sus penetrantes ojos se clavaron en los de ellas, llenos de placer, antes de hablar. Sacudió la cabeza con pesar. Éstas son cisternas rotas que no contienen agua. Lamentándose, parecía pensar como el viejo profeta, «Planté nobles semillas, pero éstas son plantas degeneradas de una extraña vid». Sus ojos se nublaron de tristeza mientras escudriñaba afligido en los pozos más profundos de sus vergonzosos seres. Luego habló en voz baja, mientras sacudía la cabeza, «Estas no son señoritas que se comportan así». Giró sobre sus talones, entró en su dormitorio y cerró la puerta.

Así escarmentadas, las muchachas se reunían a veces con los muchachos y volvían a casa con ellos por las tardes, pero los chicos no se acercaban a la casa por la noche. Rafael estaba en la esquina del Parque Central casi todas las tardes para ver a Anabella cuando venía de la escuela.

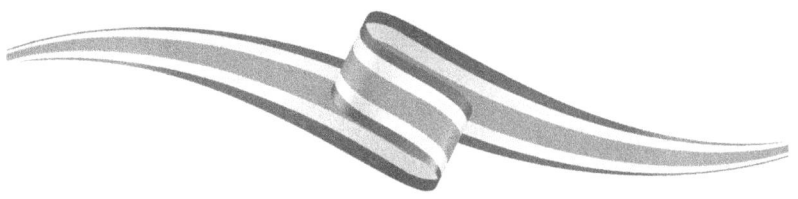

Figura 48 E

Cinta de la bandera de Costa Rica
https://www.istockphoto.com/vector/costa-rica-flag-ribbon-set-vector-stock-illustration-gm1337195075-418165107?clarity=false
iStock.com/PeterPencil

CAPÍTULO 14

CAPÍTULO QUINCE
Colegio Sagrado Corazón, Cartago
1944

ANTE LA PROXIMIDAD DE SU decimoquinto cumpleaños, Margarita le rogó a su madre que le hablara a su padre de su fiesta. Libia la llamó al día siguiente por la tarde y le comunicó que Luzare había accedido y que, como la costumbre también se había apoderado de él, no le sería fácil negarse.

En el trascendental día de abril, los jóvenes se afanaron desde primera hora de la mañana. Edwin y Roberto batían huevos para los pasteles, mientras Margarita y Anabella tejían cuerdas de rosas Margarita para adornar los pasillos y el porche. Engalanaron la entrada de la sala de billar y la convirtieron en un escenario con las amplias puertas plegables echadas hacia atrás. Margarita corría entusiasmada hablando de las selecciones musicales para la orquesta o preguntando si su vestido ya estaba listo. Libia trajo a la casa a una costurera de la tienda para que pudiera supervisar personalmente cada puntada. A las siete y media, la casa estaba cargada del aroma de las flores exóticas y grandes jardineras de exposiciones florales bordeaban el vestíbulo y se adentraban en el patio.

Margarita estaba de pie ante su espejo, arreglándose el velo de novia de encaje color crema de su madre sobre el pelo. Se tocó la parte delantera del vestido, incómodamente consciente de la espalda baja y redondeada que llevaba por primera vez. A las ocho en punto, la casa estaba abarrotada de jóvenes y, cuando la orquesta empezó a tocar el número principal, Margarita, nerviosa, buscó a Edwin. Pero en lugar de detener la procesión, empezó a caminar solemnemente por el amplio espacio con Roberto. Caminaba con su habitual paso juvenil, con las manos a los lados. Libia se adelantó y, cuando la pareja cruzó la puerta del comedor, pasó la mano de Margarita por el brazo de Roberto. Salieron por la puerta lateral del comedor hacia el porche lateral, rodearon el porche delantero y volvieron a bajar por el vestíbulo de mosaico. Esperaron a que se despejara la pista y la orquesta empezó a tocar el vals. Edwin, que esperaba junto a la pared del vestíbulo, la condujo a la pista y la hizo deslizarse. Pero ella se detuvo a mitad de camino, presa de la timidez, y llamó a los demás para que se unieran a ella en la pista.

La fuente de piedra del patio brillaba con luces de colores que se reflejaban en las aguas que caían en cascada. El patio inferior estaba engalanado con hojas de café y plátano, luces de colores, tumbonas, mesas y velas. A última hora de la tarde, Luzare, siempre receloso de los rincones oscuros, husmeó en los garajes y sorprendió a jóvenes parejas en sus abrazos.

Una vez terminada la fiesta, Margarita, soñadora de felicidad, oyó a su padre en la habitación de al lado retumbando a Libia, «La culpa es tuya, por disponer las mesas demasiado lejos de la casa. Podrías haber sabido que esto pasaría. ¿No aprenderás nunca?» Libia se tumbó en la cama y se estremeció, su bête noire, ¡otra vez el monstruo de muchas cabezas! Tan insidiosa e implacablemente serpenteaba por su vida. ¿Y de dónde habían salido doscientas personas cuando ella sólo había invitado a cien? Aunque la prédica de Luzare «El hombre es el fuego, la mujer la brasa, y el diablo viene y se abanica» resultaba cansina, la verdad estaba ahí. Había elementos en la juventud con los que no podía lidiar. Recordaba a las parejas que, sin ser observadas por sus madres, se separaban de la multitud en los picnics y se adentraban cogidos del brazo

Figura 49

La Fiesta del Decimoquinto Cumpleaños

en la sombría oscuridad. Siempre miraba a su alrededor con ojos asustados hasta que se aseguraba de que sus hijas estaban allí a salvo. «¡Oh Dios! ¿Cómo mantener a sus hijitas bien, tan bien como estaban en ese momento?».

Una tarde, poco después de su cumpleaños, Margarita, que aún disfrutaba del resplandor de su fiesta, irrumpió en el despacho de su padre. Una alta mujer jamaicana estaba inclinada sobre su escritorio, con los ojos brillantes y duros, como un águila sobre su presa, y su vestido de escote dejaba al descubierto la mitad de sus altos y apretados pechos. La mujer dirigió sus afilados rasgos cincelados hacia la joven. La voz de Luzare la incitaba:

—Margarita, tienes que dar las gracias a la señora del periódico por publicar una crónica tan bonita de tu fiesta. Tu foto también era muy grande, ¿verdad?

Margarita agachó la cabeza de un modo que sabía que irritaba a su padre y lanzó rayos de odio a la mujer. Era la misma cara que había visto en un automóvil junto a su casa el horrible día en que su padre había abofeteado a su madre. Se dio la vuelta y, sin responder, salió corriendo de la tienda.

Figura 50 La Amante de Luzare

En tres meses, Luzare hizo arreglos para que las niñas asistieran al Colegio Sagrado Corazón en Cartago. Libia no puso objeciones, ya que Cartago estaba a solo doce millas de distancia y las Hermanas de allí sin duda mantendrían a las niñas a salvo. Margarita sintió que esta era la venganza de su padre por su descortesía hacia la mujer y se enfurruñó durante los preparativos para ir. Mandó hacer una ampliación de la instantánea de Edwin y le juró amor eterno.

Y ahora, después de llevar tres meses en el colegio, Margarita no se había adaptado a despertarse a las cinco y media con el tintineo de una campana, agarrando las mantas en alto con una mano mientras mantenía la cabeza debajo e intentaba ponerse las bragas, las medias negras, largas y gruesas, y los elásticos. Siempre perdía una de las medias en la cama o se sentaba sobre los elásticos. De vez en cuando sacaba el brazo para pescar más ropa de su pelo. Todo el tiempo musitaba somnolienta el rosario que la hermana había subrayado a menudo que estaba dedicado a los misterios gozosos, dolorosos y gloriosos. Después del rosario, la monja dirigía las oraciones de la mañana. Al terminar las letanías, las niñas se ponían en fila para el laboratorio, cada una con su tosca bata de ducha blanca sobre el brazo izquierdo. Era una hazaña que Margarita aún no dominaba. La bata se le pegaba al cuerpo mojado y se sentía fea. Siempre cerraba con llave la puerta del armario y disfrutaba de la deliciosa sensación del agua sobre su carne. Por suerte, siempre había escapado a la detección. Al terminar la ducha, siempre mojaba bien la bata, se volvía a poner la ropa, abría la puerta y salía con la bata mojada en la mano. Al terminar sus abluciones, las chicas volvieron a formar su fila, todas vestidas con sus blusas de manga larga color crema y sus faldas de casimir azul oscuro. Con el pelo bien peinado hacia atrás, la cara lavada y brillante, y la bata de ducha mojada sobre el brazo, volvieron al dormitorio, hicieron sus camas y formaron de nuevo para bajar al comedor. Margarita, como era bastante alta, se colocó al final de la fila.

A esa hora de la mañana, desde el incidente con Dora, Margarita, de alguna manera inexplicable, siempre se sentía culpable y siempre estaba inquieta por salir del dormitorio, bajar las escaleras y llegar al comedor, solo para no recordar. Todo por culpa de Dora. Dora era una concha jorobada, de andar suelto con su uniforme largo y oscuro, una huérfana que llevaba toda la vida en el colegio haciendo trabajos de sirvienta para su sustento. Era una persona humilde, descalza, pero casi bonita por sus hermosos ojos azules que miraban al mundo, tristes y brumosos. Sus veintiséis años no habían sido más que monotonía.

Margarita había empezado a fijarse en la criada porque siempre le daba una ración extra en el plato. Para demostrar a la criada que apreciaba sus atenciones, Margarita rebuscó en su cajón y sacó un viejo par de zapatos Oxford que llevó a la cocina y le regaló a Dora. Desde entonces, Dora no había dejado de hacerle favores. Dora hacía el marketing diario del colegio y siempre traía una flor para Margarita.

Como a las niñas sólo se les daba cambio de ropa interior dos veces por semana, los jueves y los domingos, y cambio de uniforme sólo una vez por semana, por muy arrugada o despeinada que estuviera de tanto manipularla bajo las sábanas, un día Margarita le pidió a Dora que le trajera un par de bragas de más. Le explicó a la sirvienta que no le gustaba ponerse la misma ropa interior que acababa de quitarse.

A la mañana siguiente, mientras Margarita estaba ocupada con sus oraciones y vistiéndose con la cabeza en la cueva de las mantas, se sorprendió al sentir un tirón en la sábana. Entonces la sábana se apartó y de pie sobre ella estaba Dora, que con un rápido movimiento, deslizó la prenda de su peto delantal bajo la sábana hasta Margarita. Pero en lugar de devolverle la sábana a Margarita, que hacía esfuerzos por cubrirse, la chica se limitó a permanecer de pie y a susurrar:

—Estás muy guapa así. Estás muy guapa.

Desde el centro del suelo, los ojos de la hermana Carnación fueron testigos de la escena. Dejó de rezar y llamó bruscamente a la sirvienta:

—Dora, ¿qué haces aquí? No tienes nada que hacer aquí, vuelve a la cocina. Dora salió encorvada y con las articulaciones flojas. La monja llamó a Margarita:

—Ven, Margarita, enséñame lo que te ha dado Dora. — Margarita le entregó las bragas interiores y cuando la monja vio la naturaleza de la prenda, toda su cara se inflamó de ira, pero con voz controlada y lacónica la regañó—, Margarita, espera a cambiarte. No vuelvas a pedir cambios de más. —Y mirando a las demás chicas, les amonestó—, que esto sirva de lección a todas.

Figura 51

La Basílica de Nuestra Señora de los Ángeles y sus alrededores en una fría mañana de invierno en Cartago, Costa Rica. (Present Day) iStock.com/ Dennis Alberto Gonzalez Salas https://www.istockphoto.com/photo/aerial-shot-of-a-cityscape-of-the-basilica-of-our-lady-of-the-angels-and-its-gm2187780757-606341313?clarity=false

Nunca pidáis nada a los criados. —Cuando las niñas se pusieron en fila y salieron a desayunar, la sur Carnación puso la mano en el hombro de Margarita y la sacó de la fila—, Margarita, lo que te voy a decir probablemente no lo entiendas. Pero verás, —y sus ojos buscaron las palabras a su alrededor, luego continuó—, Verás, hay chicas a las que sólo les gustan las chicas. Y hay chicos a los que sólo les gusta la compañía de chicos. Esto no es bueno porque estas personas no son normales. Una chica como Dora puede hacerte cosas malas. Es mejor que no tengas nada que ver con ella. Ahora puedes bajar a desayunar. Margarita parpadeó sin comprender, lo meditó brevemente mientras bajaba las escaleras, pero incapaz de resolver tan intrincado acertijo, pronto desistió.

Sin embargo, no le importó la amonestación de la hermana. Se había mantenido alejada de la cocina y de Dora. Por mucha hambre que tuviera por las tardes de pan o galletas, que Dora siempre guardaba para ella en su gran bolsillo, no se acercaba a la criada. Un día, sin embargo, Dora se encontró por casualidad a Margarita saliendo sola del comedor. Tiró de la joven hacia el almacén y, mirándola fijamente a los ojos, le dijo con nostalgia:

—Ya no vienes nunca a verme. No puedo venir a verte. Lo tengo prohibido. Me echarían a la calle y ¿adónde iría? No tengo casa, nadie me quiere. Pero a ti no te importa. ¿Entiendes que te quiero, Margarita, que estoy enamorado de ti? El criado palmeó el brazo de la muchacha y empezó a acariciarlos hacia arriba. En el brazo de Margarita surgieron fríos escalofríos. Ella sonrió insegura y se retiró, prometiendo que vendría a la mañana siguiente a buscar la flor que Dora le traería de su mercadito. Pero desde aquel día, el miedo la mantuvo alejada de la sirvienta, aunque en realidad no entendía por qué estaba asustada. Y las monjas no tuvieron que regañarla para que se quitara la flor del pelo. Incluso se había convertido en costumbre que una de las monjas dijera, aun sin levantar la cabeza de su pupitre, «Margarita, quítate la flor del pelo y ponla en la capilla para la Virgen».

Desde el incidente de Dora, cada vez que Margarita hacía cola para bajar a desayunar, de alguna manera siempre esperaba que la monja alargara la mano y la sacara de la fila. Siempre lo esperaba a medias. No sabía por qué. Y mientras bajaba los escalones, siempre se preguntaba por qué alguien podía pensar mal de una chica tan sencilla como Dora, una chica tan amable y trabajadora, una chica tan dispuesta a hacer favores.

En el comedor, el sol empezaba a reflejarse en las largas y desnudas mesas mientras las muchachas permanecían de pie ante sus sitios en los bancos, con las cabezas inclinadas, dando gracias a Dios por su comida. El gran Corazón Rojo, en medio de la pared, parecía derramar perpetuamente su sangre sagrada. Sor Rosario puso la palma de la mano sobre la mesa y las muchachas se sentaron a la humilde y escasa comida de café, una naranja pelada y clavada en el tenedor, que se comía como si estuviera en un palo, y dos trozos de pan grueso y pesado. Luzare siempre proveía a sus hijas de mantequilla y miel para mejorar su comida, e incluso Sor Rosario, con su rostro pequeño y blanco y sus grandes ojos leonados, siempre sonreía agradecida cuando la miel llegaba a la cabecera de la mesa. Después del desayuno había otra pausa de gracias por la generosidad recién recibida y Margarita siempre pensaba con pesar, «Están dando gracias a Dios por la miel de papá». Entonces las niñas se ponían en fila y pasaban al salón, recogían sus velos de los armarios y se iban a misa. Margarita, hasta entonces concienzuda en sus devociones, estos días encontraba que sus pensamientos se desviaban hacia Edwin y se preguntaba si él también la echaba de menos. Mientras rezaba, tiraba distraídamente del cordón que sujetaba su velo bajo el cuello. Una y otra vez se preguntaba si Edwin podría venir el domingo con su madre.

La vista de la vegetación ante el altar le hizo recordar el día en que Edwin había trepado al árbol de mandarinas más alto. Su pueril figura se paseaba intrépidamente por las ramas lanzando las bolas amarillas a las manos de los niños. Uno de ellos gritó:

—Edwin, lánzasela a la chica que más te guste. Y le lanzó la mandarina. Recordó cómo se había quedado allí, con la boca abierta, tan sorprendida que dejó caer la mandarina entre los dedos y los demás se burlaron de ella por su timidez.

Después de la misa, las chicas se dirigían a sus armarios, colgaban sus velos y entraban en el largo dormitorio revestido de blanco para ordenar la habitación. Después había un breve período de descanso en el que, rodeada de sus amigas, Margarita las tenía embelesadas con relatos de su carrera romántica. Les gustaba especialmente la historia en la que, después de negarse a que Edwin la besara, éste se echó otra novia para ponerla celosa. Un día, mientras jugaban a la sortija, le tocó besar al que más quería. Se inclinó sobre Edwin, le dio una bofetada rápida y le susurró:

—Ahora me gusta. Ya no me enfadaré.

Pero él se burló de su afecto y le dijo secamente:

—¿Qué te ha hecho cambiar de opinión? Pero no me importa. Ahora tengo otra chica que me gusta igual de bien.

En ese momento, todas las chicas suspiraron con tristeza por el amor no correspondido. —Es verdad, —decían—, la virtud es en verdad su propia recompensa. A menudo, las chicas estaban tan embelesadas con las aventuras amorosas de Margarita que no oían a la monja de suaves almohadillas cuando se acercaba, y sólo las más jóvenes que merodeaban cerca, a una distancia que les permitía escuchar, daban avisos de tos. La empresaria cambiaba entonces de tema alterando el tono de su voz y no la pillaban. En la cola de las clases, Anabella se mostraba siempre petulante con Margarita. Nunca conseguía despertar el interés del público, por mucho que mencionara el nombre de Roberto. Fuera del aula, las niñas esperaban respetuosamente a que la hermana se sentara y les hiciera una señal con la mano antes de avanzar hacia sus pupitres, y luego se paraban junto a sus pupitres para un momento de oración. Margarita tendría un espíritu devoto y sinceramente concentrado mientras tuviera los ojos cerrados, pero no bien se sentaba ya se dedicaba a echar rápidas ojeadas a las niñas cercanas sobre el vestigio de nariz inclinada de Edwin que había sacado de entre las hojas de su libro. Edwin era doblemente ilustre, atractivo por ser un chico mayor y notablemente por ser americano.

Geografía, Historia, Filosofía, Física, Química, Aritmética, Astronomía, Latín, Francés, Economía Doméstica y así seguía la formidable lista de dieciocho asignaturas hasta completar su ciclo de clases de una hora durante la semana. Cada mañana, después de las tres primeras horas, el timbre anunciaba un período de descanso en el que Margarita se apresuraba a pasar por su armario, echaba los libros dentro y se dirigía al lavabo. Allí sacaba el frasco de aceite de ricino que siempre tenía bien escondido detrás de la pasta de dientes. Luego procedía a untarse los párpados, prestando atención a subir las pestañas con cada aplicación, lamentando siempre la ausencia de un espejo en ese momento porque no podía saber por el tacto si sus pestañas estaban creciendo. A continuación, acariciaba cuidadosamente las cejas con el lápiz, alargando sus líneas según lo prescrito por la última revista de cine que había leído antes de salir de casa. Después de este ritual secreto, volvía corriendo por el pasillo e invitaba a sus compinches a entrar en clase con ella. En un momento podía dibujar en la pizarra un enorme mapa de la mano con dedos espatulados. Mientras las chicas esperaban con la cabeza gacha, ella imprimía en cada dedo: AMOR, ODIO, MATRIMONIO, BESO, ADORO. Cada niña, sin mirar, podía elegir el dedo de su futuro. Al girarse, las niñas siempre ahogaban un grito de asombro, pero disfrutaban mucho con el jueguecito de pronóstico de Margarita, porque cada día cambiaba el futuro de cada dedo.

Tras una larga hora más de clase, Margarita pasó los siguientes treinta minutos de descanso en la capilla. El desasosiego y las travesuras de la mañana la hacían sentirse siempre con el estómago vacío, ella misma la más miserable de las pecadoras y merecedora del más terrible de los castigos. Pero al pensar en el castigo de lo alto, su corazón se contraía de miedo, y leía vorazmente todos los tratados religiosos que tenía a mano. Después hacía cola para comer. El almuerzo nunca era esperado con alegría debido a su monótona uniformidad. Aquí las comidas eran para mantener la vida, no para aplacar el capricho. Arroz con cebolla, frijoles negros, siempre frijoles negros, un pequeño trozo de carne, que solía ser bistec, patatas y plátanos, así solía ser el menú del festín. Seguían unos minutos de relax tras la comida del mediodía y de nuevo a misa. La costura siempre culminaba las tres horas de clase de la tarde. A esa hora las chicas se sentían vertiginosas y con un humor juguetón medio libre. Un día de la semana lo dedicaban a remendar su ropa de vestir; los otros días la monja les concedía generosamente que cosieran lo que quisieran. La mayoría de las muchachas tiraban y arrancaban con infinita paciencia, extrayendo hilos para preparar vainicas para los manteles de los almuerzos. Incluso Anabella pensó amablemente en su madre y se dedicó con esmero a batir encajes al cuadrado de lino para un pañuelo. Excepto Margarita, y aquí la hermana de túnica negra siempre contenía su consternación al ver a Margarita sacar el material de crepé fucsia que había cortado para hacer un vestido de cena ceñido que cosería con lentejuelas doradas. Después de la clase, las chicas se apresuraron a coger sus velos para el rosario de las cinco, y luego subieron al lavabo a lavarse para su última comida del día. Después de la cena se les permitió un breve momento para dejar que la comida se asentara y a las seis y media entraron en la capilla para las oraciones de la noche, para dar las buenas noches a Dios. Después de sus oraciones disfrutaron de un rato de recreo crepuscular, corrieron, jugaron y charlaron. A las siete se retiraban al dormitorio, se lavaban los dientes, se lavaban la cara, se desnudaban bajo las sábanas, extendían sus blusas y faldas sobre las sillas, se pusieron sus grandes vestidos blancos sobre la cabeza y dijeron sus oraciones. A las siete y media, su jornada había terminado, y la hermana Carnación les daba las buenas noches y apagaba las luces.

Un día, después del descanso para comer, Margarita y Flora, la mayor y la más alta del colegio, estaban tirando un limón que Flora había «cogido prestado» de la cocina. Sor Rosario las detuvo en su deporte y les tendió la mano pidiéndoles:

—Niñas, dadme el limón.

Refrescada con el almuerzo, Margarita volvió a ser la pícara que era, así que contestó:

—No, no hermana, cógelo si puedes, mientras se lo lanzaba a Flora por encima de la cabeza de la pequeña monja. Atrapada en el espíritu de la obra, Sor Rosario se inclinó y saltó para coger el limón. De repente, la Madre Superiora estaba en medio de ellas y Sor Rosario, de pie entre las dos chicas más jóvenes, parecía tan impotente, tan culpable y tan contrita como ellas.

Figura 52 A

Sor Rosario

Figura 52 B

Tla plaza y Basílica de Nuestra Señora de los Ángeles en la ciudad de Cartago, Costa Rica (alrededor de mediados del siglo XIX). Grabado vintage de mediados del siglo XIX. iStock.com/powerofforever. https://www.istockphoto.com/vector/plaza-and-basilica-of-our-lady-of-the-angels-in-cartago-costa-rica-gm1061401876-283739421

CAPÍTULO DIECISÉIS

Irazú

1910

MARGARITA Y ANABELLA SIEMPRE SE mostraban cohibidas e importantes cuando Libia les echaba un vistazo en sus visitas dominicales de treinta minutos. Víctor, que siempre llevaba en coche a sus padres a la visita, sonreía amistosamente y Luzare se sentaba, resoplando con la respiración entrecortada y contando los botones de su chaleco. Interrumpía la conversación periódicamente para preguntar, «Carrillos de Manzana, ¿estás comiendo lo suficiente?». Este domingo Margarita no pudo reprimir su decepción. Edwin no había venido.

Libia acunó la joven barbilla en la palma de su mano mientras la consolaba:

—Margarita, yo también siento que Edwin no haya podido venir, aunque eso me hubiera obligado a mentir sobre él a las hermanas. Pero ya ves, Baby, se ha ido esta misma semana a luchar a Estados Unidos. ¿No estás orgullosa de que vaya a ser un valiente soldado?

Margarita sollozó desconsolada:

—Ay, mamá, se ha ido. Y no he podido decirle adiós. Por favor, por favor, escríbele de mi parte y envíale un regalo. Algún recuerdo que pueda guardar siempre, para que no me olvide. Consíguenle una medallita, una medalla de San José. Libia lo prometió y se preguntó fugazmente cómo se hacía para redactar una carta de amor. Esta sería la primera.

Libia siempre esperaba con ilusión los paseos en coche de los domingos por la tarde, después de sus pequeñas visitas a sus hijas. Sus sentimientos por Cartago eran profundos porque ella había nacido aquí. Cartago no era más que un pequeño San José con edificios bajos y pulcros como fortalezas de hormigón, reforzados para los golpes. Se recostó y entrecerró los ojos recordando. Este no era el Cartago que ella había conocido y amado, porque ese Cartago ya no existía. Había perdido para siempre su sabor, su sencillez, su piedad, y era difícil siquiera imaginar que este lugar de aspecto nuevo era en realidad la ciudad más antigua del país y que hasta

Figura 53

Estatua de Juan Vázquez de Coronado, Parque Central, San José, República de Costa Rica
Paolo Reda - REDA &CO/Alamy Stock Photo

Figura 54

Parque dentro de las ruinas de una antigua iglesia destruida por un terremoto, en el centro histórico de la ciudad de Cartago. iStock.com/Salvador Aznar

https://www.istockphoto.com/photo/park-and-ruins-of-cartago-in-costa-rica-gm1440772311-480662074?clarity=false

1910

1838 había sido su capital. Fundada por Juan Vázquez de Coronado, el primer gobernador de Costa Rica en 1563, al que llamaban el gentil conquistador, un visionario capaz de ver la tierra poblada por pacíficos colonos procedentes de la madre patria, España. Cartago sería una ciudad española, con sus colonos, su ganado y sus hortalizas europeas. Así, tal y como Coronado imaginó, la ciudad había sobrevivido y el arte, la cultura, la tradición y la religión españolas se habían perpetuado, con la vieja ciudad acurrucada como un pájaro tembloroso contra las faldas del volcán Irazú.

En su caleidoscopio de recuerdos, Libia podía ver a una niña saltando arriba y abajo por sus calles empedradas y suavemente desgastadas, calles tranquilas que habían sido con la hierba creciendo a ambos lados. La niña jugaba con su hermano, se asomaba a las oscuras cavernas de las tiendas de adobe y se detenía a observar al herrero con su fragua y su chimenea, mientras un caballo esperaba pacientemente, espantando las molestas moscas con la cola. Las viejas casas coloniales, con sus tejas rojas profundamente curvadas que brillaban al sol, bordeaban las calles. Su propia casa, espaciosa, se alzaba tras su puerta enrejada, desde la que se podía contemplar un jardín inconsciente con sus retorcidas

Figura 55   Erupción de Irazú

enredaderas en flor, oler los naranjos y contemplar la pintoresca fuente de roca. La pesada puerta en pie con su extraño escudo de armas. Los ojos de Libia podían ver todas estas imágenes, aún eran vívidas y coloridas en su mente. Ésta había sido una ciudad apacible y somnolienta, somnolienta, graciosa para una niña que saltaba y brincaba sólo sobre las baldosas rosas de los paseos mientras su hermano saltaba sólo sobre las azules, mientras salían a las afueras de la ciudad donde los muros de piedra florecían siempre con profusión de rosas silvestres y moras que crecían y se entrelazaban en las piedras y los campos de maíz de olor fragante cargaban el aire con

Figura 56   Erupción de Irazú

sus dulces perfumes frescos. Allí, ella y su hermano se divertían, trepaban y corrían a lo largo de las murallas, luego se daban la vuelta, medio perdiendo el equilibrio, y volvían a correr a lo largo de la muralla.

Aquella tarde del 4 de mayo de 1910, ella y su amiguita habían estado jugando a las jotas delante de la puerta de su casa. Su madre la llamó para que se abrigara. Todavía podía oír la voz que la apremiaba, «Libia, ven a abrigarte, hace mucho frío. Se está haciendo demasiado tarde para que salgas, entra». Había venido arrastrándose aunque no había querido venir en absoluto; sin embargo, vino porque nunca podría desobedecer la insistente voz de su madre. Justo cuando entró en el pasillo, las baldosas bajo sus pies empezaron a hacer locos dibujos. En un abrir y cerrar de ojos, su madre la sacó de un tirón del pasillo, de vuelta al patio y al rancho, que había sido construido para ese momento. Libia recordó cómo la tierra se había estremecido en una violenta convulsión y tembló con las detonaciones de un gigantesco trueno que llenó y rodó por el cielo. Fueron solo unos segundos mientras afuera reinaba el caos. Dentro del rancho de bambú, con su madre y sus hermanas, se agazapó mientras la flexible estructura de caña se balanceaba y crujía, y las hojas de plátano caían sobre sus cabezas. Las zarandeaban y las hacían caer unas sobre otras. Y entonces llegó el silencio sepulcral, salvo por el incesante rugido. Esperaron, agazapados y acurrucados, aguzando el oído, escuchando, intentando oír más allá del rugido. Finalmente, Catalina se enderezó, se alisó la falda con una palmada fastidiosa y salió del rancho de bambú. Libia aún recordaba con qué fuerza se aferró a las faldas de su madre mientras salían a empujones. Todos los niños se aferraban desconcertados a Catalina, que levantó la cara para contemplar el cielo negro cargado de cenizas. Ante ellos, su hermosa casa, con sus enormes muros protectores, yacía hecha pedazos de ladrillos y tejas de color carmín. Saliendo al sofocante aire caliente, en la penumbra de humo y cenizas, contemplaron la pared frontal tal y como había sido arrojada con su terrible peso e impacto sobre el pequeño amigo cuya pequeña mano sobresalía entre los escombros, sosteniendo aún la pelota.

Un temblor y un estruendo habían arrasado la ciudad. Ya no existía. Sodoma y Gomorra no habían estado más completamente desoladas, más totalmente arrasadas. Era una ciudad desierta, enterrada bajo sus piedras y el polvo de sus propias moradas, un completo desastre. Sólo quedaba en pie la catedral inacabada. El Palacio de la Paz de Andrew Carnegie, casi terminado, yacía en ruinas. Aquí y allá, la tierra codiciosa se había abierto y succionado a sus víctimas, sin que su roja boca glotona se molestara en tragárselas del todo. Una cabeza, un brazo o una pierna quedaban grotescamente colgando entre las grietas. La visita de Dante al infierno no había sido más horrenda. Y el lodo venenoso e hirviente se arrastraba tanteando su camino, abrasando, abrasando y quemando, lamiéndose la lengua

Figura 57 Irazú El día después

en su destino de devastación.

En este limbo, la gente caminaba con miradas hipnóticas, enloquecida por el sufrimiento y la ansiedad, entumecida por un horror demasiado aterrador para que los seres humanos pudieran comprenderlo. El aire estaba cargado con los gritos de los conmocionados y los gemidos de los moribundos. En la oscuridad, la gente buscaba a tientas entre los escombros, escuchando los gritos de los sepultados, arañando la tierra con las manos para liberar a los prisioneros. Muchos quedaron atrapados ellos mismos por la caída de muros o en la oscuridad tropezaron con grietas de tierra. A través de la niebla ennegrecida, cada rostro que se encontraba con otro miraba esperanzado, lastimero, buscando a sus desaparecidos. A través del polvo negro y las cenizas hacia donde había estado la panadería, Catalina vio una pequeña figura oscura que avanzaba desde la penumbra de humo. Habían enviado al pequeño José a comprar una barra de pan. Tan pesado era el aire que casi pasó antes de que ella lo reconociera. Catalina lo estrechó en sus brazos sollozando, agradeciendo a Dios que todos sus hijos estuvieran ahora a salvo.

El niño luchaba por ser coherente, pero balbuceando repetía, «Mamá, mientras compraba el pan sentí que alguien tiraba de mí por el abrigo, tiraba, tiraba de mí hasta que estuve fuera, en la calle. Pero cuando miré no había nadie. Mamá, no había nadie».

Acurrucados, miraron a través de la bruma ennegrecida hacia Irazú, un hervidero que iluminaba el cielo de un rojo espeluznante y que hinchaba nubes espumosas, como monstruosas flores de pétalos, desplegando y desplegando sus coronas hasta el mismo cielo, en un esplendor y una belleza maravillosos.

Felipe yacía delante de donde había estado su consulta dental, con los ojos fijos, una expresión vacía e imbécil en el rostro. Lo llevaron de vuelta a su patio y allí se quedó sentado, inmóvil, apático y desganado.

A la mañana siguiente, con la claridad del día, el horror era aún más terrible de contemplar. Se organizaron partidas de rescate para buscar a los muertos y llevarlos a la Plaza para su identificación, una escena demasiado espeluznante para olvidarla jamás, los carros con sus cargas de cuerpos desgarrados y desmembrados mientras los seres queridos permanecían a la espera, a veces incapaces de identificar a sus muertos irreconocibles.

En los días siguientes, más de 1.500 cadáveres fueron sacados de las ruinas, víctimas del monstruo. Irazú no les había dado ninguna oportunidad. Cientos de heridos iban de un lado a otro buscando a sus desaparecidos y el Parque estaba abarrotado de heridos graves y moribundos que suplicaban ser atendidos. Las vías férreas yacían retorcidas y distorsionadas, y no se podían enviar trenes a San José.

Catalina, con Libia a la zaga, iba incansablemente de tienda en tienda, atendiendo a los enfermos y heridos y ayudando al sacerdote a dar la unción a los moribundos. Acompañaba a los afligidos en el entierro de sus muertos y cada vez daba gracias a Dios por haber salvado a su propia familia.

Sin embargo, no había sido mera casualidad que Catalina y su familia se salvaran, porque Catalina había oído la voz de Dios tan claramente como podía oír su propia voz cuando la voz había dicho, «Construye un rancho en tu patio, Catalina, porque el día de la destrucción está sobre ti». Y cuando ella levantaba la Biblia, siempre caía abierta en el mismo lugar. Sus ojos siempre se posaban en la frase «Y vendrá sobre ti la desolación que no conocerás».

Catalina llamó a sus sirvientes y les ordenó que talaran los pesados árboles que rodeaban el patio y lo dejaran desnudo. En el centro quería que le construyeran un rancho. Quería un pequeño refugio, hecho de caña de bambú atada con cáñamo y cubierto con hojas de plátano. Los sirvientes hicieron lo que se les ordenó, pero los vecinos miraban y se reían con caras como las de aquellos que se mofaban de la construcción del arca de Noé. Comentaron, «Catalina, si quieres un rancho, ¿por qué no te vas al campo?».

Pero ella sólo levantó la barbilla con más firmeza y respondió «¿Creen que soy un animal o un peón para ir al campo? No saldré de mi casa. Pero estaré preparada».

Con la palabra *preparado*, los vecinos se rieron aún más mordazmente y dijeron «¿Preparado? ¿A unas cañas levantadas contra el viejo Irazú le llamas estar *preparada*?».

Pero Catalina había seguido su camino, sin dejar de rezar para que le diera tiempo a meter a su familia en el rancho. Porque, desde principios de año, el desastre le parecía inevitable. Los cuatro meses enteros estuvieron llenos de perturbaciones, extrañas, antinaturales, comenzando cuando el 25 de enero, el Poás, pasando Alajuela, se activó fuertemente. Humo gris se elevó del cráter en gruesas columnas como árboles gigantes floreciendo sus ramas hacia el cielo, un espectáculo hermoso y aterrador. Todo el mundo se estremeció de miedo ante su estruendo. Las cenizas caían como lluvia y se esparcían como sal gris y polvorienta por todas las aceras, las calles, los suelos, en cada grieta de las casas, fuertes como la potasa, marchitando y matando las plantas y enfermando a los animales en los campos. La gente de entonces iba a lo suyo con el humo quemándoles los ojos y un sabor ácido y agrio en la boca. Catalina ya no podía colgar la ropa en el tendedero, porque las cenizas la agujereaban incluso cuando estaba colgada. Y sus preciosas begonias, geranios, gladiolos y arbustos de dalias se marchitaban y colgaban, demasiado pesados por el fino polvo para mantenerse en pie.

Pero para Catalina, incluso los cielos presagiaban algo ominoso. La cometa Halley había brillado en el cielo noche tras noche, y el tiempo era terriblemente caluroso durante el día, frío, demasiado frío por la noche. Entonces, justo sobre sus cabezas, Irazú se despertó en la mañana del trece de abril y se agitó, tembló y gimió como si fuera la respuesta a Poás. Desde entonces Irazú y Poás hablaron con sus voces gruñonas y rugientes. En la sede de la casa del Presidente en San José, los científicos se cernían ansiosos sobre el sismógrafo que registraba los temblores y movimientos.

Y esa noche del 4 de mayo, esa noche de muerte y cenizas, la placa de vidrio del sismógrafo saltó de su lugar y se rompió en dos pedazos, escribiendo el final de las amenazas del viejo Irazú. Aquella noche, en el cielo de Cartago, la cometa Halley brillaba con un fulgor desacostumbrado y su cola centelleaba y resplandecía, roja como la sangre. Así, ellos, la familia de la Esprilla, se trasladaron a San José, abandonando Cartago, después de haber permanecido allí como familia ininterrumpida desde 1573.

Mientras Libia cabalgaba en sus tranquilos paseos de domingo por la tarde, trataba de recordar sólo los días más dulces, los días en que ella y su hermanito gemelo, José, habían jugado sus jueguitos y hablado de sus prometedores futuros. José siempre quiso ser médico, pero había crecido desatento a sus libros y dado a vagabundear en ociosas ensoñaciones. Una vez recibió una coz de un caballo que intentaba ensillar y la gente murmuraba a menudo que eso le había hecho algo en la cabeza. Pero Libia, que comprendía a su hermano, sabía que José siempre había sido el mismo. José siempre seguiría siendo infantil y sencillo, en un mundo que le desconcertaba.

Figura 58 A

Erupción de Irazú

Erupción de Irazú

Figura 58 B

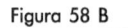

CAPÍTULO DIECISIETE

La Negrita

1944-1945

LOS DOMINGOS, DESPUÉS DE MISA, las chicas del dormitorio del Sagrado Corazón eran conducidas al otro lado de la ciudad, al Potrero, el prado de vacas propiedad del gobierno. Allí las niñas se repartían el almuerzo frío, corrían, jugaban a la mancha y charlaban. Margarita les contaba las cartas que Edwin le enviaba, transmitidas verbalmente a través de su madre. Siempre estaban apenadas y llenas de devoción.

Durante los últimos domingos, la Sor Rosario había observado a Margarita y a su grupito sentados aparte de los demás, interesados en sus propias historias. Un domingo, Sor Rosario se sentó a la sombra de un gran árbol y llamó a las niñas.

«Chicas», —dijo en voz baja—, «¿les gustaría escuchar una bonita historia?». —Todas las niñas asintieron, sin saber muy bien qué esperar—. «La historia que les voy a contar sucedió aquí mismo, en la ciudad de Cartago, y es verdadera. Es una historia maravillosa de pureza y pensamiento santo. Sucedió hace mucho tiempo, en el siglo XVIII, cuando Cartago no era tan libre ni tan abierta como ahora. En la época de este suceso había zonas de la ciudad por las que no se permitía pasar a los indios.

Y esto era muy malo, porque la muchacha de la que voy a hablarte era joven, no mayor que tú, y encantadora, pero no era más que una india improvisada. Se llamaba La Negrita, y vivía en una mísera choza en el bosque con su familia. Un día que andaba por el bosque recogiendo leña para el fuego, la vio un muchacho muy rico cuya familia pertenecía a los círculos gubernamentales. Desde aquel día, Carlos acudía a menudo a ver a la extraña y hermosa muchacha y, aunque La Negrita amaba a Carlos, era tímida y temerosa del noble joven, pues sabía que un amor así nunca podría realizarse en matrimonio. Ella era humilde y despreciada mientras que él era alto, y sin embargo lo amaba. Aquel día, mientras caminaba, vio en una roca una luz brillante que resplandecía más que el sol. Se sintió extrañamente atraída por la roca y se acercó a mirarla. Allí, en la roca, encontró una pequeña imagen, oscura como ella. La cogió, la acunó en sus brazos y le dijo, «¡Oh, muñequita! Te llevaré a casa para que no te sientas sola en el bosque». Sostuvo y acarició la estatuilla hasta que llegó Carlos y se la enseñó. Su cara estaba radiante de felicidad mientras le explicaba, «Mira, Niño Carlos, mira lo que he encontrado, una pobre muñequita, completamente sola».

Envolvió la muñeca en su chal, la llevó a casa y allí la metió cuidadosamente en un baúl. A la mañana siguiente, abrió el baúl con impaciencia para ver de nuevo a su muñeca, pero lo que

174

buscaba no estaba allí. Angustiada, llorando, buscó por toda la miserable cabaña, pero no pudo encontrar a su muñeca. Entonces corrió de nuevo por el bosque hasta el lugar donde la había encontrado por primera vez, con la esperanza de volver a encontrarla. La luz brillaba con la misma intensidad sobre la roca que antes, y ella se adelantó rápidamente y cogió la imagen que volvía a estar tendida sobre la repisa de la roca. Una y otra vez exclamó mientras abrazaba la muñeca contra su pecho «¡He encontrado a mi muñequita! ¿Por qué has vuelto a la roca? Te quiero. No vuelvas a dejarme. Espero que no vuelvas a escaparte». Esta vez, cuando llegó a su cabaña, envolvió la muñeca con cuidado y la puso en el fondo del baúl, luego cerró la caja y se metió la llave en la blusa diciendo, «Ahora estás a salvo. Te quedarás a esperarme hasta que vuelva de mi trabajo». Mientras recogía leña en el bosque, se encontró con Carlos. Llena de alegría, le dijo, «niño Carlos, mi muñequita, ¿te acuerdas de mi muñequita? Me la llevé a casa, pero volvió sola. La metí en el baúl, pero cuando la busqué, ya no estaba, entonces volví aquí, y la encontré otra vez».

El niño escuchó y supo que, efectivamente, se había producido algún fenómeno extraño. Le dijo, «Ve a buscar otra vez a tu muñeca, a ver si está allí». La niña corrió por el bosque hasta su casa. Cogió la llave, abrió el baúl y ¡he aquí! La muñeca no

Figura 59 La Negrita

estaba. Llorando, corrió a ver a Carlos, que le dijo, «No llores. Ve a ver al cura. Él puede ayudarte».

La niña corrió con su historia hasta el amable monje anciano, que la escuchó y le dijo, «Ve de nuevo, busca la muñeca donde la encontraste antes. Tal vez vuelva a estar allí». Y por tercera vez apareció una luz sobre la roca, brillante y resplandeciente. Cuando la joven recogió la figura negra, miró asombrada la llave que sacó de su blusa.

Ella susurró «Oh, ¿por qué te fuiste? ¿Cómo has venido aquí tú sola? Ahora que te miro, veo que eres un angelito y creo que perteneces a Dios. Pero no quiero que te vayas otra vez. Te quiero». La sencilla niña llevó la imagen al anciano monje, que la miró, dirigió los ojos al cielo y empezó a contar sus cuentas, pues sabía que la Madre de Dios estaba presente. Con ternura tomó la imagen y la colocó en lo alto de la repisa de la habitación contigua. Luego regresó y se sentó a hablar con la desconcertada La Negrita.

Pensando medio en voz alta sobre este descubrimiento demasiado maravilloso para creerlo, musitó a la dulce joven cara, «Esto, creo, es una señal del cielo para hacer la paz para las dos clases». Suspiró tristemente, «Dios debe de estar apenado de que los indios no puedan vivir en paz aquí. Se les prohíbe la entrada en la ciudad y se les trata vergonzosamente. ¿Y esta señal viniendo a una chica tan sencilla, sólo una pobre indiecita?». La miró atentamente, «¿Qué te pasa, pareces enferma?».

La Negrita le habló de su amor por Carlos, pero sollozó, «Nunca podremos casarnos».

El viejo monje le dio unas palmaditas en la cabeza y le ordenó, «Tráeme al niño».

Rápidamente, La Negrita encontró y trajo a Carlos, y el sacerdote preguntó, «Carlos, ¿por qué no hablas con tu padre? Dile que amas a esta chica y dile que no es una chica cualquiera que puede ver la luz de Dios».

En ese momento llamaron a la puerta. Entró el gobernador con el padre del niño para ver al cura. El cura contó la historia de La Negrita, haciendo hincapié en que la regla de la segregación debía ser abolida. Pero el padre del niño no creyó la historia y dijo, «Es imposible que ocurra algo así. No puedo cambiar la norma. No creo a este indio mentiroso». El cura alargó la mano hacia la repisa, pero la imagen no estaba allí.

Rápidamente, La Negrita dijo, «Sé dónde puedo encontrarla». Guiándoles por el camino, les llevó al bosque, justo al lado de la carretera sobre la que colgaba un gran cartel *Indios no traspasar más allá*. Pero no había luz sobre la ya familiar roca. La Negrita se arrodilló y rezó con lágrimas en los ojos. De repente, una luz celestial, una luz gloriosa brilló sobre la roca que todos vieron. Era una luz tan brillante, tan deslumbrante que casi cegaba a los espectadores. En la luz, las mariposas revoloteaban y levantaban sus alas amarillas bajo su resplandor. Allí, en medio de la luz, estaba la imagen oscura. Y con la luz, el cielo se llenó de voces como de ángeles, que cantaban de tal modo que toda la gente del campo oía en sus campos y se sentía atraída por su gloria. El monje cogió su rosario y toda la gente cayó de rodillas. La Negrita se cubrió la cabeza con su chal, juntó las manos como en oración y se acercó a coger a la virgencita.

Sonrió dulcemente y dijo, «Te he vuelto a encontrar. No te vayas nunca. Ahora todos creen en ti».

La multitud llorosa lo oyó, y el padre del niño se levantó, cogió a La Negrita en brazos y dijo, «Bienvenida seas a mi familia, porque eres muy buena. Eres un angelito y me has hecho comprender». El Gobernador se levantó de sus rodillas y se puso de pie con la cabeza inclinada ante el sacerdote.

Humildemente dijo, «Todo será diferente. Ya verás, haré que todo sea diferente».

El padre de Carlos llamó al niño, «Carlos, esta va a ser tu mujer».

El monje aceptó a la virgen de manos de La Negrita diciendo, «Gracias a ti, virgencita, todo va a salir bien. Vamos a construirte una iglesia». Y así lo hicieron, una magnífica iglesia justo en ese lugar, un santuario que ustedes conocen bien. Se llama la *Señora de los Ángeles* y de la roca donde está consagrada la virgen mana un agua natural con poderes curativos. La gente se lleva trozos de la roca a casa, pero la roca nunca se hace más pequeña. Todo forma parte del milagro de la Virgen».

Las chicas estaban inusualmente calladas ese domingo de regreso de su excursión.

Un domingo, mientras las monjas conducían a su rebaño de muchachas ataviadas con lentejuelas de vuelta por el pueblo, escogiendo las calles más tranquilas, Margarita estaba tan aburrida de su habitual visita a los pastos de las vacas, que ansiaba tan desesperadamente ver forma humana, que se envalentonó lo suficiente como para implorar a Sor Rosario permiso para dejarlas pasear por el parque. La hermana Rosario, no muy engañada por los ojos inocentemente levantados de la joven, cedió, pero no sin antes procurarse numerosas promesas de su pícaro semblante de que se portaría bien. Todos los chicos del parque se pusieron a la altura de las circunstancias, silbaron, catervaron y saludaron.

Figura 60 A

Basílica de los Ángeles en Cartago, Costa Rica. (Actualidad)
iStock.com/manx_in_the_world
https://www.istockphoto.com/photo/basilica-of-our-lady-of-angels-
in-carthage-costa-rica-gm1161604232-318355593?clarity=false

Lanzaron pesados suspiros a Sor Rosario y se burlaron:

—Abuela, quítese el velo, déjenos ver su cara bonita. Por el rabillo del ojo, Margarita vislumbró a Sor Rosario reprimiendo una mirada complacida y sustituyéndola por su máscara. Las monjas las condujeron rápidamente a una calle lateral y caminaron una delante y otra detrás de ellas para supervisar el camino.

Pero había un insistente acompañante en moto que dio un volantazo y se acercó a la acera y llamó suavemente a Margarita:

—Quiero volver a verte.

Margarita sacudió su velo enérgicamente, siseando:

—Vete, no tengo ninguna posibilidad.

El chico concluyó:

—De todas formas estaré fuera de las ventanas. Y se puso a jugar ruidosamente al putt por la calle.

Aquella noche, Sor Rosario convocó a todas las chicas ante ella. Su voz era seria cuando exigió:

—Niñas, quiero una confesión de la chica que llamó la atención en la calle esta tarde. —Sus ojos interrogaron cada rostro y Margarita sintió las miradas. ¿Se detuvieron más tiempo en su rostro? Pero no se movió. La voz de la monja tenía un tono provocador cuando continuó—, Una ofensa no debe quedar impune. Si la niña no reconoce su culpa, todo el colegio deberá pagar por ello.

Margarita, con la boca seca como el algodón, seguía sin hablar. Anabella pellizcó con fuerza el trasero de Margarita y siseó:

—Si no lo haces, se lo diré a mamá. Pero Margarita no se movió ni levantó la cara.

Se ordenó a todas las chicas que se volvieran hacia una pared en blanco y Margarita pudo sentir sus miradas acusadoras cuando, una a una, la fulminaron con la mirada. Aquella tarde, después del castigo masivo, Sor Rosario llamó a Margarita aparte. Sacudió la cabeza y habló en voz baja:

—Margarita, me has decepcionado. Esperaba que admitieras tu culpa. —La joven no levantó la vista. En un intervalo de larga eternidad, la voz de Sor Rosario volvió a sonar mientras inquiría—, ¿Has echado en falta algo de tus objetos personales?.

Los ojos de Margarita ardieron al dispararse hacia ella:

—Sí, mi foto, alguien me robó la foto de Edwin.

Sor Rosario volvió a sacudir su encantadora cabeza y corrigió:

—Nadie «robó» tu foto. La tengo yo.

Margarita imploró:

—¿Tú, hermana? Por favor, devuélvemelo.

Sor Rosario sonrió compasivamente, y su rostro bajo el emblema del Sagrado Corazón de su diadema era tan divinamente dulce como el de la propia Virgen, pero se negó diciendo:

—No, no debo devolvértelo ahora. Tu mente está demasiado en el aire. Me lo quedaré hasta que salgas del colegio y entonces podrás tenerlo.

Desaparecida su foto, las chicas hurañas con ella por haberlas obligado a soportar su castigo, Margarita estaba completamente condenada al ostracismo y las chicas la ignoraban fríamente. Sintió que tenía que ingeniárselas para recuperar su gracia y recurrió a Flora, que por ser la mayor y la más grande tenía prestigio. Margarita se alió con la mayor y la escuchó, obligada pero repelida por sus bromas soeces.

Un día Flora hizo señas a Margarita para que entrara en el lavabo, abrió el puño cerrado, le dio un cigarrillo y la empujó hacia el armario con:

—Ven aquí, nadie nos verá.

Mientras Flora le enseñaba a encender y a dar caladas, el humo rizado se elevó por encima del armario y salió al lavabo. De repente, se oyó la voz de la madre superiora gritando «¡Fuego!» y golpeando la puerta. Salieron las dos culpables, con Margarita mostrando lentamente su cigarrillo por detrás de la espalda. La madre superiora estaba horrorizada. Llena de justa indignación, se acercó al teléfono y balbuceó mientras hablaba con Libia por la línea:

—doña Constante, no puedo retener a Margarita por más tiempo. Es imposible y hoy es el fin. ¡Mi tolerancia ha terminado! Acosada y preocupada, Libia estuvo en el despacho del director a la hora siguiente. Al enterarse de la infracción, se sintió de alguna manera aliviada y razonó con la Madre Superiora para que le diera a su hija otra oportunidad, ya que el trimestre estaba tan cerca de su fin. La sabia madre se tranquilizó y se dejó convencer de que

Margarita tendría otra oportunidad. La chica era, en su opinión, esencialmente buena; sin embargo, Flora era mayor y con los modales de una Jezabel. Había sido culpable de minar la moral de una persona más joven. Esa era una ofensa que debía purgarse y la madre superiora expulsó a Flora ese mismo día.

Margarita cumplió su lloroso voto a su madre y a la superiora y no volvió a transgredir salvo una sola vez. Asistía a sus oraciones con un corazón contrito y consideraba instructivas las obras religiosas durante sus períodos de descanso. Durante el almuerzo y la cena, leía en voz alta en el comedor con intensa concentración y no refunfuñaba cuando se sentaba a comer judías frías. Incluso, a riesgo de sufrir un mayor ostracismo por parte de las chicas, se convirtió en ayudante de la hermana Carnación, anotando los nombres de quienes hacían ruido en el dormitorio.

En el desfile del ejercicio de fin de curso del 15 de noviembre, Margarita se colocó en su sitio, al final de la fila. Sigilosamente, sacó un trozo de papel crepé rojo de la manga de su muñeca, lo humedeció con la punta de la lengua y se lo aplicó en los labios. A continuación se dibujó las cejas con un lápiz de mina blanda y el último toque, la rosa, de un rojo precioso, la sacó de debajo del cuello de la camisa y se la colocó detrás de la oreja. Obedeciendo a un impulso instintivo de echar otro vistazo a sus pupilas, Sor Rosario divisó a Margarita en su adorno. Le ordenó que fuera al lavabo a lavarse la cara. Margarita se dio la vuelta y huyó por el pasillo gritando:

—¡No estaré en la obra con esa pinta!

En los últimos minutos antes de que Margarita se alejara del lugar donde estuvo internada un año, Sor Rosario sacó de entre los pliegues de su túnica un cuadro y se lo puso en la mano a Margarita. Luego acarició con ternura los dedos de la joven. Sus ojos grises estaban lúcidos por las lágrimas no derramadas cuando le dijo:

—Por favor, ven a visitarme siempre que puedas. Al oír la voz baja, suave y suplicante de la monjita, Margarita lloró más al salir de su encierro que cuando había entrado en él.

Cuando ella y Anabella volvieron a casa y desempaquetaron sus pertenencias en su antigua habitación, apenas podían esperar a verse la una a la otra en su desnudez. Se quitaron la ropa y Margarita hizo un gesto:

—Ven, Anabella, vamos a mirarnos en el espejo. —Se miraron sus jóvenes cuerpos y se miraron la una a la otra sin entender por qué tanto secreto para vestirse y desvestirse en el colegio. Margarita volvió a mirarse bien en el espejo y resopló—, Eh, no veo nada tan perverso en mi cuerpo de lo que siempre hablan las hermanas. Deben de ser tontas, eso es todo. Volvió a ponerse el vestido con un estado de ánimo más satisfactorio.

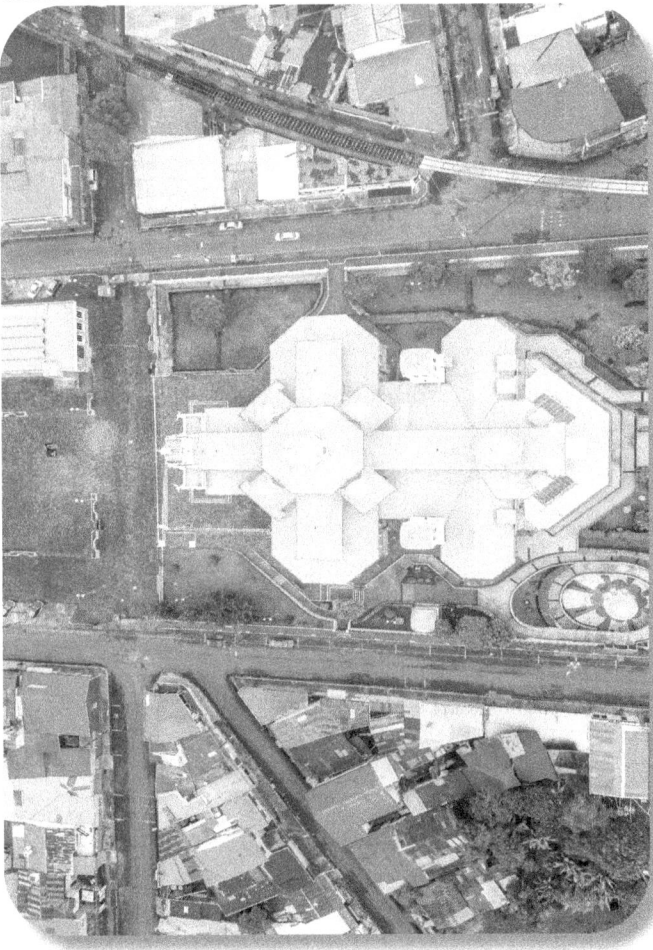

Figura 60 B Vista aérea de la Basílica de los Ángeles en Cartago. (Actualidad) iStock.com/ Dennis Alberto Gonzalez Salas. https://www.istockphoto.com/photo/aerial-view-of-the-basilica-of-our-lady-of-the-angels-on-a-cold-winter-morning-in-gm2187780771-606341322

Figura 60 C

Colegio Sagrado Corazón

Figura 60 D

CAPÍTULO DIECIOCHO

Nastalia Mora
1945

L A MAÑANA DEL 22 DE noviembre, muy temprano, antes incluso de que Luzare saliera para la tienda, llamaron a la puerta. En un momento Luzare entró en el dormitorio de Margarita, maldiciendo:

—Margarita, esa mujer Mora, está en la puerta. Te está buscando. Ten cuidado con lo que dices. Tiene la lengua larga.

Margarita se quedó sorprendida. Nunca había tenido ningún trato social con la madre de Eddy. En señal de protesta replicó:

—Pero papá, no puedo evitarlo. Yo no le dije que viniera.

Luzare espetó: —Bueno, ella tiene un pastel para ti. ¿Por qué lo ha hecho?

Nastalia Mora, una mujer pechugona con su vestido negro de crepé ceñido sobre sus pesados pechos y sus gordas nalgas, estaba de pie esperando a ser recibida. De mala gana, Margarita se acercó a ella. Pero en cuanto la mujer vio que Margarita avanzaba, gritó con fuerza:

—Hola cariño, ¿cómo estás? —Su voz aguda con tinte de concho

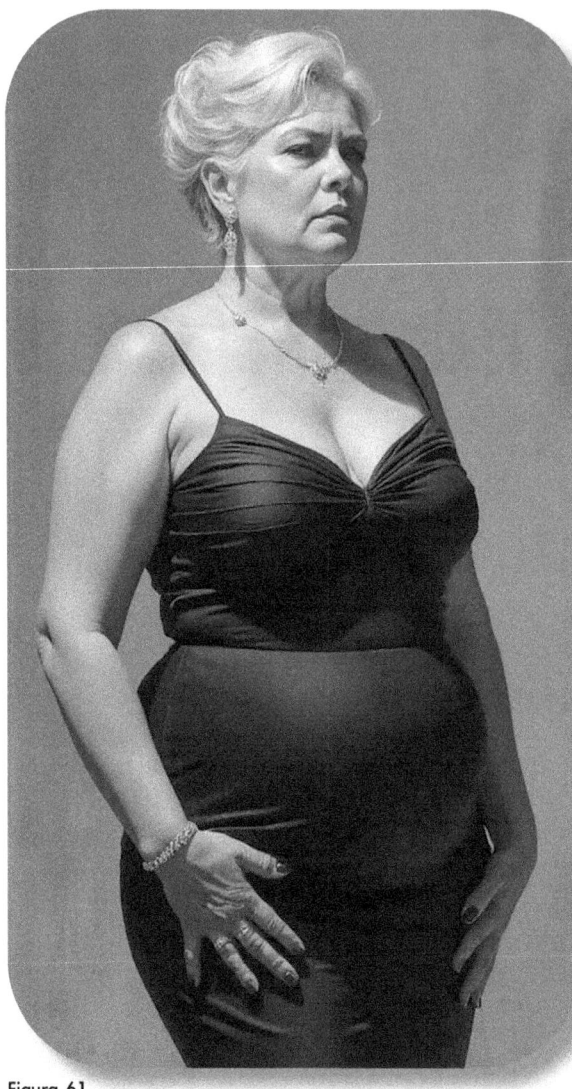

y con acentos de actriz de teatro afectada se extendió por toda la casa. En cuanto Margarita estuvo lo suficientemente cerca, la mujer le palmeó el antebrazo con cálida familiaridad diciendo—, Margarita, te he traído esto. ¿Pensabas que me había olvidado de ti porque nunca venía? No te olvido, mira que hasta me acordé de tu humanístico.

Rápidamente cayó en la cuenta de Margarita, hoy era el día de su Santa. Se llamaba así por Santa Cecilia. La

Figura 61

Nastalia Mora

lengua ocupada de la mujer continuó:

—Mira este pastel. He pagado demasiado por ella pero la quería bonita para ti. —Margarita miró. Era una tarta preciosa, grande con glaseado blanco y decorada en verde había dos ramas de palmera cruzadas. En el centro de la cruz estaban escritas las palabras *Amor para siempre*. En la punta de una rama estaba el nombre de Edwin. En la punta de la otra, Margarita. Margarita se quedó mirando. No extendió los brazos para recibirlo, sino que se quedó paralizada por el miedo, preguntándose salvajemente qué haría con él. No se atrevía a llevarlo a la casa, pero la mujer la empujaba hacia el vestíbulo y la obligaba a coger el pastel en brazos mientras la guiaba por el pasillo. Margarita se detuvo en la puerta del salón, pero la mujer la apremió diciendo—, No, no, llévame a la cocina, no me metas en el salón. Trátame como a una más de la familia. Eres casi mi nuera. —A Margarita no se le ocurrió ninguna respuesta. En la cocina, Libia daba instrucciones a la servidumbre para el día. Nastalia Mora se acercó a Libia como si fuera su amiga más cariñosa y habló—, Hola Libia, ¿cómo estás?

Libia se quedó mirando a la mujer durante un largo segundo antes de responder:

—Hola, señora —y girando sobre sus talones, dijo—, Disculpe, y salió de la habitación.

La mujer Mora miró a Margarita y le dijo:

—Tu madre lo es, levantando la nariz en señal de esnobismo.

En ese momento Margarita tuvo una idea. Preguntó:

—¿Quieres limón dulce, ven que te traigo un poco? Luzare, que no había salido a la tienda desde la llegada de la mujer, se sentó en el porche a tomar el sol. En cuanto los dos estuvieron recogiendo limones se levantó, forzó la vista para verlos mejor y ladeó la cabeza para escuchar. Mirando por encima del hombro a su padre en el porche, Margarita supo que estaba maldiciendo. Frenéticamente siguió recogiendo limones, para mantener a la mujer ocupada.

La mujer seguía hablando, pero Margarita no prestó atención a lo que decía:

—Tengo una casa para ti y Eddy. Os la voy a dar el día que os caséis. Y quiero ir a vivir contigo. —Sonrió cálida y descaradamente a Margarita y continuó—,Vas a ser mi nuera, eso me va a gustar.

Margarita balbuceó:

—Pero no somos novios, no es nada serio, no tenemos planes.

La mujer desechó las palabras con:

—Oh, no seas tímida.

A falta de algo más que decir, Margarita dijo:

—Le envié cigarrillos a Eddy. ¿Te ha escrito?

La mujer contestó:

—Oh, estuvo bien. No te hizo daño comprarlos. Tienes dinero.

Cuando el saco estaba tan lleno que estaba a punto de romperse, la mujer cogió los limones en brazos, se dio la vuelta para irse y dijo:

—Gracias. ¿Pero no vas a hacer una fiesta? —Luego, dándole un codazo a Margarita, prosiguió—, Una niña rica como tú, creo que va a dar una fiestecita.

Con cara sincera, Margarita contestó:

—No tengo planes de hacer una fiesta.

La mujer insistió:

—Hoy es tu día. He traído una tarta porque quiero ir a tu fiesta.

Margarita contestó con voz débil:

—No sé, está bien. A lo mejor me tomo una.

—Bien —dijo la mujer—, volveré por la tarde. Adiós, nos vemos hoy.

Cuando Margarita salió al porche, Luzare gruñó:

—¿Qué te ha dicho?

Margarita contestó con voz muy poco comprometida:

—No tenía mucho que decir. —Sabía que su padre se pondría furioso si tenía alguna idea de las intenciones de la mujer de volver. Volvió a la cocina y dijo—, Mamá, quiero hacer una fiesta esta tarde.

Libia la miró con cara de complicidad, pero replicó:

—Bueno, puedes hacer una fiesta, pero no invites a esa mujer. No la quiero por aquí. Margarita fue inmediatamente al teléfono e invitó a su abuela Catalina, porque Catalina siempre esperaba recibir la primera invitación a cualquier pequeña función.

Catalina, siempre con voz curiosa, inquirió:

—¿Por qué no contaste tus planes ayer cuando estuviste por aquí? Pero de todos modos estaré encantada de prepararte Suspiros y Cremitas. Durante la mañana, envió al criado con una bandeja de Suspiros, esponjosas claras de huevo batidas con miel y rellenas de almendras blanqueadas y luego doradas, también envió una gran bandeja de Cremitas y delicadas galletas de crema. Catalina vino a primera hora de la tarde para echar un vistazo a las mesas y añadir toques aquí y allá.

Pronto el salón y el jardín estaban llenos. Unas treinta personas en total, jóvenes y mayores, amigas de Margarita y algunas de sus tías. Su abuela también había invitado a algunas ancianas con las que charlar, pero Margarita no podía sentir el encanto de la ocasión. Todo su cuerpo estaba lleno de pavor y su garganta seca. Catalina estaba sentada en el salón con las señoras mayores tomando su café y sus pasteles cuando sonó el timbre. Luzare había decidido quedarse en casa ese día y se sentó con las señoras en el salón. Sonó el timbre, pero Margarita no se apresuró a abrir. Jugueteó con las servilletas hasta que su abuela le hizo un gesto impaciente con la mano. En cuanto Margarita arrancó por el pasillo sonó la voz:

—¡Hola cariño, siento llegar tarde pero el autobús!. Catalina salió al pasillo, con el cuerpo como una baqueta y la cara de piedra.

Nastalia Mora se torció hacia la anciana y le habló despreocupadamente:

—Hola Catalina, sin el respeto de «doña».

Catalina se incorporó y respondió con voz gélida:

—Hola señora.

La mujer entró a empujones en el salón, donde las mujeres mayores miraban, con las tazas en el aire, asombradas. Escucharon lo que decía la lengua de la mujer:

—Estoy haciendo planes para Eddy y Margarita cuando se casen. Quiero llevar a Margarita a Estados Unidos para que se case con Eddy. —Sin detenerse, echó un vistazo a las bocas abiertas y dijo—, Preséntame a tus amigos. —Hubo un momento de terrible silencio. Catalina se cruzó de brazos y no dijo nada mientras Margarita esperaba a su abuela. Al cabo de un momento la mujer dijo con una floritura—, Soy la futura suegra de Margarita.

Luzare estaba cerca, respirando entrecortadamente. Hinchado a punto de estallar, interrumpió:

—Nunca supe que mi hija fuera en serio con su hijo. Es sólo una jovencita y yo hago sus planes por ella. Discúlpeme. Y salió de la habitación. Catalina se dio la vuelta y salió y Libia, que había oído las últimas palabras, entró para estar con las mujeres.

Nastalia cogió a Margarita del brazo y la dirigió fuera de la habitación y hacia el vestíbulo mientras decía efusivamente:

—Quieres ponerme con las viejas. Me gusta estar con las jóvenes.

Tomó el codo de Margarita y la condujo al jardín donde Anabella y las amigas de Margarita estaban sentadas, esperando el regreso de Margarita, entonces levantaron la vista y la vieron acercarse, siendo arrastrada por la mujer retorcida.

En cuanto la mujer estuvo a distancia de hablar en voz alta, empezó:

—¡Oh, chicas guapas! —y mientras se acercaba, palmeó el brazo de Margarita y comentó—, Escuchad chicas, ¿sabéis que soy la madre del novio de Margarita? Es mi futura nuera. Está prometida, chicas. Las chicas lanzaron miradas a Margarita, acusándola de ocultar un secreto.

Todas murmuraron:

—No lo sabíamos. —Una a una se acercaron, pellizcaron a Margarita y susurraron—, ¿por qué no nos lo dijiste?

La mujer siguió señalando el pastel.

—Es verdad, ¿veis los nombres de la tarta? Las chicas miraron y sus ojos condenaron aún más a Margarita por ser egoísta con sus secretos.

Nastalia Mora fue la última en salir. Al salir de la puerta gritó:

—Quiero venir un día de estos a tomarte una foto para enviársela a Eddy. Tengo una buena cámara.

La familia estaba esperando cuando Margarita entró en el comedor. Luzare estaba sentado tamborileando con su cuchillo y maldiciendo. En cuanto ella se sentó, él habló:

—Escucha, si crees que vas a casarte con ese chico no eres mi hija, —sus brazos la apartaron—. No serás nada para mí.

Libia imploró:

—Pero Luzare, ella no está enamorada de Eddy. Esa mujer, ¡no la culpes por esa loca!

Luzare se volvió contra su mujer.

—¡Ya ves! Mientras estaban sentados en el porche siempre me decías: «No pasa nada, sólo son niños, es un buen chico». Pues mira.

Mira a lo que ha llegado.

Margarita se apartó las lágrimas y protestó:

—Papá, sabes que no estoy enamorada de ese chico.

Luzare prosiguió:

—Pues déjame que te abra los ojos. No es más que una puta, una simple puta, ¡esa mujer caraja!

Libia rápidamente le hizo señas a Margarita para que saliera del comedor y se la llevó al dormitorio para explicarle con palabras más amables lo que Luzare despotricaba. Libia se sentó en la cama y le dijo:

—Lo que tu padre quería decirte es así: Esa mujer se casó con un buen hombre, un americano, con poco dinero y él la llevó de viaje de novios a Estados Unidos. Vivieron un tiempo en Nueva York, donde nació Eddy, pero el hombre contrajo tuberculosis y lo internaron en un sanatorio. Nastalia se quedó sola con su bebé y empezó a prostituirse, pero por desgracia su marido se recuperó. Se enteró de lo que había estado haciendo e incluso dudó de que Eddy fuera su hijo, así que la abandonó y se divorció. Cuando Eddy, el pobre niño, tenía seis años, Nastalia lo trajo de vuelta aquí, pero para entonces, ya era conocida como prostituta. Toda su familia, y los demás son agradables, una buena familia, así que le dieron la espalda, y nadie le dirigía la palabra. Lleva en esa profesión desde entonces y ha tenido a todos los hombres importantes del país, a TODOS los hombres. En el rostro de Libia se reflejaba una mirada dura al enfatizar la palabra *TODOS*.

Pero ella continuó, mientras Margarita estaba sentada con los ojos muy abiertos, escuchando:

—Hace unos años Nastalia incluso se llevó a su sobrina, una sencilla campesina de San Ramón, una joven inocente, que acababa de llegar a San José. La tomó y le dijo que quería presentarle a un hombre rico y le explicó que tal vez la niña podría conocer a alguien que quisiera casarse con ella. Nastalia hizo planes con el hombre de antemano quien le dio 30 pesos y llevó a la niña a la habitación del hotel del hombre y le dijo «Quédate aquí, este hombre rico vendrá muy pronto. Vuelvo enseguida». Dejó a la niña allí y cerró la puerta. La niña estaba asustada. Pronto la puerta se abrió y entró el hombre, cerrando la puerta detrás de él y la niña gritó pero él dijo, «No te servirá de nada. Tu tía no va a volver. Me perteneces». La obligó esa noche, esa chica inocente, tan cruel. Entonces, la niña tenía miedo de regresar al campo después de su pecado y se quedó con la mujer Mora. Ella tuvo un bebé, pero no quería que nadie lo supiera, así que se lo dio a Nastalia porque dijo, «Fue tu culpa». La niña agraviada lo sintió. Ella le confesó al sacerdote, se puso el vestido de Abito y ahora la ves, con un vestido marrón y rosario. Ella ha regresado a Dios. Pero aun así, ella no tiene nada que ver con su propia hija porque le recuerda su pecado. Ahora ves por qué debes intentar mantenerte alejado de esa mujer. Ella haría cualquier cosa por dinero, incluso vender su propia familia.

En pocos días regresó Nastalia Mora. Esta vez tenía su cámara y una niña, una encantadora niña de pelo rizado a la que llamaba Eugenia. Ella le explicó a Margarita:

—Adopté a esta niña porque su verdadera madre la abandonó, pobre niña. Quiero ser buena con ella como una madre. ¿Conoces alguna buena escuela en la que pueda ponerla? Quiero que ella crezca y sea buena. Margarita miró con lástima a la niña y ofreció su mano para que la tomaran los dedos pequeños mientras cruzaban la calle. Al otro lado de la calle, Margarita posó para algunas fotografías mientras Luzare estaba parada en el porche y observaba.

Después de que la mujer se fue, Luzare volvió a reprocharle a Margarita con:

—Dile a esa mujer que no vuelva. No quiero que la gente hable de mi familia. Tu reputación quedará en el suelo, arruinada. ¡La próxima vez que venga le diré que salga!

Pero la mujer volvió. Margarita observó desde la ventana cómo la mujer Mora subía por el paseo, pero Luzare la cabeceó y Margarita vio a su padre decir algunas palabras, luego la mujer se dio la vuelta y se alejó. Cuando Luzare regresó a la casa Margarita dijo:

—Papá, ¿qué le dijiste?

Pero Luzare solo sonrió brevemente y respondió:

—Estoy segura de que no volverá, y Nastalia Mora nunca volvió.

CAPÍTULO DIECINUEVE

Jaime Aragón
1945

En la víspera de Año Nuevo, en el hermoso Teatro Nacional renacentista de un millón de dólares, las Josefinas más encantadoras de Costa Rica se vistieron con sus exquisitos vestidos abultados. Se deslizaron sobre los pisos brillantes, flotando arriba y abajo por las escaleras de mármol pálido y sólido, pasando junto a pinturas doradas y grandes espejos estriados con bordes dorados. Las niñas caminaron sobre alfombras de terciopelo rojo para formar su patio de belleza. Todos los pasillos de agosto estaban en llamas con decoraciones batidas y de bronce, brillando bajo el resplandor de los candelabros. Esa noche todas las jóvenes que acababan de cumplir dieciséis años, de buenas familias, hacían su reverencia formal ante la sociedad. Luzare se sentó majestuosamente con su nuevo traje a medida. Libia, siempre llena de gracia, sonrió y asintió con la cabeza hacia los transeúntes. Catalina, rígidamente majestuosa con su brocado negro, rebosaba de elitismo y parecía más la habitual del teatro original de París que su mera copia. En ese momento Catalina se quejaba de que estos asuntos, aunque

Figura 62
Fiesta de Nochevieja

Margarita en la fiesta de Nochevieja

Figura 63

suntuosos, carecían de la cultura y finura de las fiestas de su propia juventud, cuando el asunto de presentación se celebraba en el hogar y sólo asistía el selecto. Ahora, con tanta multitud, ¿cómo se podía saber quién estaba a su lado. Desprovista de escolta, Margarita estaba sentada entre su madre y su padre, su rostro joven bajo su peinado alto y sofisticado estaba hosco, sus ojos rojos e hinchados. Anabella, más ingeniosa en sus artimañas, no se había demorado en lamentarse por su propia difícil situación, sino que había guiñado un ojo perversamente a algunos jóvenes errantes y no se perdió entre los bailarines. A medida que el partido se volvía más gay, Catalina se descongeló perceptiblemente, especialmente después de su segunda copa de champán, e incluso se volvió sociable después de que el presidente de Panamá la tratara con tan singular cortesía. Ella estuvo de acuerdo en que la fiesta se comparaba favorablemente con otras a las que había asistido y ocasionalmente burlaba a la enfurruñada Margarita con:

—Deja de hacer caras tan feas. ¡Ahuyentas a la gente! Libia observó cómo el rostro de Luzare giraba en su atención hacia Margarita. Había en él una expresión de cálida ternura al contemplar los ojos de su hija brillantes por las lágrimas que nadaban. A lo largo de los años, A lo largo de los años, muy pocas veces, demasiado pocas veces, Libia había vislumbrado a aquel hombre oculto.

Cuando Luzare, como un viejo cortesano, dijo a su hija:

—Anhelo el honor de bailar con una chica tan encantadora. Margarita se agarró las faldas y huyó por el vestíbulo hasta el tocador.

Libia la siguió y, al contemplar en el espejo azul la absurda carita hinchada de su hija, sintió que las cuerdas de su corazón se desgarraban de compasión cuando Margarita sollozó:

—Mamá, quiero ser monja. Odio el mundo. Quiero ser monja. Libia sonrió en señal de consuelo cariñoso, tan violenta y furiosa tormenta pasaría pronto.

Desde que Víctor se casó, siempre que Margarita sentía un deseo especial de hablar con su hermano, lo visitaba en la tienda. A pesar de que vivía a la vuelta de la esquina, en un pequeño y luminoso bungalow, Margarita nunca iba allí. Sentía un distanciamiento, como si él no le perteneciera; sin embargo, cuando estaba en el balcón trasero de la tienda, recortando cuidadosa y meticulosamente los pantalones de trabajo que iban a coser las trabajadoras, o cuando se inclinaba sobre un trozo de tela con la boca llena de alfileres, era el Víctor amable y meticuloso que, durante toda su joven vida, la había levantado cada vez que tropezaba, le había cepillado las piernas y le había lavado las rodillas sangrantes y magulladas.

Un día, Margarita subió corriendo por las anchas escaleras traseras, sin aliento. Dio una palmada en el hombro de Víctor y jadeó:

—Víctor, escucha, quiero saber quién es el que vi.

La fina cara cincelada de Víctor sonrió caprichosamente y preguntó:

—¿A quién viste dónde, Linda?

Margarita siguió parloteando, inconsciente de los oídos aguzados de las costureras que estaban sentadas alrededor de sus máquinas, mientras decía:

—En la calle, lo vi cuando salía del cine, y es igualito a ti. Iba caminando por la calle con una vieja con aspecto de demonio, una vieja fea, con la cara pintada de negro y el pelo teñido de negro. Ella debería saber que es demasiado vieja para tener ese pelo. Iba agarrada a su brazo así, y Margarita tiró con fuerza del codo de Víctor mientras se burlaba del agarre posesivo de la mujer. Víctor miró a su alrededor a todas las caras que escuchaban, acompañó a su hermanastra hasta el balcón lateral y se inclinó con ojos desinteresados, mirando fijamente a los compradores del piso de abajo.

Habló con atención:

—Linda, ese tipo que has visto se parece a mí, como tú has dicho. Es porque somos parientes y es un buen hombre, un médico de la ciudad. No tiene nada de malo, pero la mujer que viste es su madre. Ella es Helena, tu abuela, la hermana de Amelia. Y las hermanas de tu abuela eran personas de comportamiento extraño. Esta Helena que viste no es tan mala como su hermana, pero está bastante loca. Se casó con un mexicano que le quitó mucho dinero, tuvo un hijo, y nunca lo deja ir con chicas. Va con él a todas partes, excepto a sus visitas por enfermedad. Ninguna chica quiere tener nada que ver con él por culpa de su madre y esa es la razón por la que papá nunca te dijo nada de esos parientes, están locos. Así que es mejor que sigas como si no lo supieras.

Margarita asintió con la cabeza comprensivamente, soltando una pequeña risit:

—OH HOH! Yo la he visto, a la otra hermana, recuerdo cuando era pequeña. Esa sí que está loca.

Victor sonrió:

—No es gracioso. Pero da igual que te rías de ello. —Se encogió de hombros y se dio la vuelta para volver al trabajo mientras añadía—, no se puede hacer mucho más.

Una tarde, Margarita recibió una llamada de una tía de Eddy, a la que acababan de notificar que Eddy había muerto en un hospital norteamericano a causa de las heridas recibidas en combate. Margarita se encontró dando el pésame a la familia, pero no sintió dolor en su corazón por la muerte en sí. Cuando regresó a su habitación sintió más bien una pesada melancolía, pena por una época perdida y nostalgia por un tiempo de encanto infantil que se había ido para siempre. Se cruzó de brazos y se sentó encorvada en la cama, pensando en tiempos felices que ahora sólo eran puntos brillantes en su memoria. Edwin había querido ser una persona limpia y decente a pesar de su madre. Recordó que una vez, antes de que ella supiera lo de su madre, mientras estaban sentados en el porche, él le dijo, «Margarita, algún día tengo que contarte algunas cosas que tienes que saber sobre mí y mi familia, pero no te las voy a contar ahora. Eres demasiado joven». Y así, la suya había sido una amistad que no se había visto realmente tocada por la sórdida vida de su madre. Margarita suspiró al pensar que sólo unos días antes, los periódicos llevaban en sus portadas el último ilícito de su madre, esta vez, la habían pillado con las manos en la masa. Nastalia Mora, decían los periódicos, se había llevado a Panamá a un grupo de sirvientas y había montado con ellas su negocio de prostitución. Cuando algunas de las chicas descubrieron su traición, se las arreglaron para volver a casa. Otras no tuvieron tanta suerte, quién sabía cuál sería su destino. El gobierno de Estados Unidos expulsó a Nastalia Mora del territorio panameño y le prohibió volver jamás. Margarita volvió a suspirar y se levantó de su cama.

Los domingos era costumbre de los jóvenes reunirse en la terminal del aeropuerto para tomar un refresco. Todos venían después de los partidos de fútbol que se jugaban en las llanuras lisas de La Sabana. La orquesta tocaba de 11:30 a 2:00 y había té y baile. Ese domingo, Margarita y su amiga americana, Claudia, estaban sentadas sorbiendo sus refrescos y esperando a que empezaran a llegar los chicos. Mientras Margarita charlaba, una camarera le tocó el hombro y le susurró confidencialmente:

—La llaman de la oficina. Margarita se levantó y siguió a la mujer vestida de blanco.

En cuanto se cerró la puerta de la oficina, la mujer le dijo:

—Hay un tipo ahí fuera que quiere que le presenten, quédese aquí y se lo traeré. Pero asustada por aquella intromisión en el decoro, que para ella era casi religión, Margarita se limitó a seguir a la mujer hasta la salida y se dirigió rápidamente a su mesa.

Había un hombre sentado en su lugar, con su propia cartera en las manos. Se levantó de un salto al verla y, erguido y arrogante como un conquistador, le explicó:

—Verá, le pedí a la camarera que nos presentara porque una vez fue mi enfermera, pero usted no quiso esperar. —Y, al notar sus ojos muy abiertos, continuó más suavemente—, pequeña, no debes tenerme miedo, no voy a morderte.

Inquieta por la alocución de *pequeña*, Margarita se irguió, se encogió de hombros extrañamente y resopló:

—Oh, no te tengo miedo.

Entonces el hombre dijo, mientras se volvía hacia Claudia:

—Acababa de presentarme a tu amiga cuando salías del despacho. Soy Jaime Aragón, un médico de la ciudad. Estaba sentado en la mesa de allí y por casualidad os vi sentados aquí. ¿Les apetece bailar?

Mientras bailaban, la voz de Jaime por encima de su cabeza decía:

—No es la primera vez que te veo y hace tiempo que quería conocerte. Te he observado desde lejos. ¿Me dejas que os lleve a casa? Esta era una decisión tan nueva y drástica para Margarita, que requirió consultar con Claudia en el baño.

Margarita gorjeó y tragó saliva mientras hablaba:

—¡Quiere llevarnos a casa, en su coche!

Claudia, siempre segura de sí misma y fría, más curtida en estos asuntos mundanos, asintió con la cabeza rubia y pulcra y contestó:

—Está bien. Estaré contigo. La joven no necesitó más insistencia y pronto subieron al descapotable del hombre alto y se alejaron del Edificio Terminal. El aire claro era chispeante y Margarita lo sintió suave y acariciador cuando le descubrió el rostro. Al otro lado de esta gran extensión llana de pradera, en las afueras de la ciudad, los chicos se reunían para jugar al fútbol, al golf o, de vez en cuando, al polo. Y aquí había aterrizado Lindbergh en su vuelo desde Managua. Por todos lados, como el telón de fondo de una ópera, las dramáticas montañas de surcos profundos y aterciopelados, con sus brillantes picos arrugados, amurallaban la vasta meseta. Las laderas inferiores de la montaña estaban salpicadas de campos de pasto y

Figura 64 A

Jamie Aragón

barrancos de un azul brillante. Era un páramo enérgico y Margarita siempre disfrutaba cabalgando por aquí. Sólo de vez en cuando echaba una mirada al conductor, que charlaba amenamente con Claudia, que respondía a todas las preguntas con facilidad y naturalidad. En ese momento comentaba que ser médico tenía sus inconvenientes en cuanto a la vida social, y apenas tenía tiempo para llamarse a sí mismo pero sentía que debía alejarse del hospital de vez en cuando. Margarita no habló, no se le ocurría nada que decir, así que fingió estar ensimismada con el paisaje. Al acercarse a la ciudad, pasaron por delante de pequeños bungalows con sus jardines delanteros llenos de flores rosas y blancas. Al ver estas casitas, Margarita siempre se preguntaba si las personas que vivían en ellas eran tan felices como indicaba su acogedora casa. De repente, el automóvil se adentró en la industriosa ciudad, por la Avenida Central, deteniéndose de vez en cuando detrás del tranvía. Claudia dio indicaciones para llegar a su apartamento y en pocos minutos estaban en la puerta de su casa. Saltó y se fue.

Cuando el automóvil arrancó de nuevo, sin volverse a mirarla, el hombre habló:

—¿Quiere ir al Sesteo esta noche a eso de las ocho? Te espero allí. Margarita contuvo la respiración. Nunca había ido a la lujosa coctelería llamada *Sesteo* y ¡pensar en ir con una cita de verdad! Ese había sido uno de sus sueños en su lejano futuro de adulta.

Tartamudeó:

—No creo que pueda.

La voz continuó:

—Bueno, de todas formas estaré esperando allí.

Cuando el coche se detuvo frente a su casa, Margarita se levantó del asiento antes de que el hombre pudiera abrir la puerta y se marchó sin despedirse. Más rápida que un pájaro a su nido en la montaña, cruzó el paseo y se dirigió a la puerta de su casa. Sin aliento, abrió de un tirón la puerta del dormitorio de su madre y exclamó:

—Mamá, un médico quiere llevarme esta noche al Sesteo, mamá, por favor, di que irás conmigo.

Libia levantó la vista de su lectura, toda atención, preguntando:

—¿Quién, Linda? ¿Quién quiere llevarte? ¿Qué médico? ¿Cómo sabes que estará allí? Su voz era sólo un tono más tranquila que la de su hija. Margarita le explicó su encuentro matutino con aquel hombre, describiéndole con todo detalle su rostro moreno con el gran lunar negro cerca del ojo izquierdo.

A última hora de la tarde llegó a casa de don Constant un ramillete de gardenias con la tarjeta adjunta, en cuyo reverso estaba garabateado en tinta verde, *Mi sueño se ha hecho realidad.* Con la prueba visible de que no había estado en un estado de alucinación, Margarita sostuvo la tarjeta ante los ojos de su madre afirmando:

—Ahora, ya ves mamá, sí quiere que vaya.

Aquella noche, en el Sesteo tapizado de cuero, Margarita, Libia y Jaime Aragón estaban sentados sonriendo amistosamente mientras tomaban sus copas. Jaime hablaba sobre todo con Libia y le preguntaba bromeando:

—¿Y qué se siente, señora Constant, al tener hijas en edad de salir?

Libia sonrió con su copa y contestó pensativa:

—Hay dos etapas en la vida de una mujer cuando disfruta. Cuando sale de chica, y luego cuando sale con sus hijas. Margarita se sentó y se sintió de algún modo terriblemente inmadura, a pesar de que llevaba puesto su vestido fucsia con lentejuelas doradas previsto para tal ocasión.

A la mañana siguiente, durante el desayuno, Libia hizo varios comentarios sobre la velada anterior. Elogió al joven ante Luzare, dijo que le parecía un tipo espléndido y que había disfrutado mucho de la velada. Margarita, avergonzada, le dijo a su madre que aquel joven espléndido no había pedido volver a verla.

Dos días más tarde, mientras caminaba por la calle, se oyó un fuerte chirrido de frenos y el reconocible descapotable con el espléndido joven que estaba sentado sonriendo y diciendo:

—Ah, pequeña, se me olvidó preguntarte cuándo podría volver a verte. Esperaba verte en la calle. Ven, date una vuelta conmigo. —Esta vez, antes de dejar bajar a Margarita del automóvil le pidió permiso para verla los jueves y los domingos y le susurró al dejarla en la puerta—, Estoy deseando conocer a toda tu familia el jueves.

Por fin llegó el jueves por la noche. En el salón, Luzare, Libia, Anabella y Margarita se sentaron como niños en una merienda alrededor de la pequeña mesa central con sus sillas rígidas. Margarita acariciaba con los dedos la blonda de macramé de ganchillo, trazando el dibujo de la estrella arriba y abajo de cada punta. Se preguntaba inquieta si su padre aprobaría a su pretendiente. Cuando, por fin, sonó el timbre y Jaime hizo su entrada, vio enseguida que su padre había quedado prendado de sus encantadores modales. Jaime le habló a Luzare de su trabajo, comentándole que formaba parte de la plantilla del Hospital San Juan de Dios.

En las reuniones que siguieron, Libia quedó más impresionada con Jaime cada vez que se sentaba a ver a los dos jóvenes en el cine o cuando bailaban. Sin embargo, últimamente, por las tardes, Margarita se escabullía para quedar con Jaime sin su carabina. Ante la insistencia de su padre, Margarita empezó en Castro Garazo clases de comercio, español, mecanografía y taquigrafía. Pero la máquina de escribir la frustraba, odiaba sentarse y mover los dedos, y la taquigrafía la desconcertaba. Así que le encantaba escaparse para encontrarse con Jaime y por la noche, si no salían, se sentaban en el porche frente a la ventana a escuchar la fantasía de canciones de Libia. Margarita podía sentir el eco en su corazón al vibrar de la voz cálida y sincera de Jaime. Hablaba a menudo de su familia, de su carrera, de su lucha en la facultad de medicina en México y de sus años de juventud en la pobreza.

Los días de Margarita eran tan sublimemente felices que apenas se atrevía a hablar con Anabella, cuyo delicado rostro pálido parecía de algún modo más de porcelana estos días. Desde la noche en que estaba sentada en el porche con Roberto y ocurrió la pelea.

Había sido una noche de luna brillante. Anabella y Roberto, Margarita y Jaime estaban sentados bajo la luz de la ventana del salón. Anabella lucía aquella noche una arrebatadora mirada de encantamiento pues, según le había confiado a Margarita ese mismo día en un susurro excitado, «Creo que Roberto me va a pedir matrimonio. He oído que está loco por Olivia. ¿Y no te parece que últimamente le gusto más?».

Margarita estuvo de acuerdo. Estaba enamorada y quería que su hermana también fuera feliz en el amor. Y mientras estaban sentadas, cantando y bromeando, una figura subió los escalones de la entrada y llamó a Roberto:

—Roberto, sé que estás aquí. Si no amas a Anabella, ven aquí. Roberto avanzó hacia la figura más delgada de Rafael. En un momento se abrazaron y empezaron a rodar por los escalones hacia el césped, agitando los brazos y golpeándose mutuamente.

Entonces Roberto, que era más corpulento, se desenredó, se levantó, tiró de Rafael por la camisa y le dijo:

—Deja de hacer el tonto. No quiero pelear. Puedes quedarte con Anabella. No estoy enamorado de ella. Amo a otra persona. Puedes quedarte con Anabella. Y con eso se alejó calle abajo dejando a Rafael sentado en los escalones, recuperando el aliento. Anabella se quedó un momento mirando la sombra de Roberto que se alejaba. Su rostro blanco tenía una extraña expresión de muerte. Luego entró por la puerta y no volvió a mencionarle el incidente a Margarita.

Figura 64 B

Bandera de Pincelada de Costa Rica
https://www.istockphoto.com/vector/costa-rica-brush-stroke-flag-vector-background-hand-drawn-grunge-style-costa-rican-gm1488973381-513993575?clarity=false
iStock.com/Ivan Burchak

CAPÍTULO VEINTE

Rafael y Anabella
1946

Desde hace algún tiempo, Margarita notaba dolores rápidos en el estómago después de las comidas. Pero últimamente los dolores eran más intensos y con calambres. A menudo, no podía terminar una fiesta si aceptaba refrescos durante la velada. Fue en una fiesta de boda donde se desmayó. La velada fue maravillosa, bebió champán por primera vez y bailó sensualmente cerca del esbelto cuerpo de Jaime. Pero de repente sintió unos calambres que le hicieron un nudo en el estómago. Jamie se la llevó a ella y a Libia a casa inmediatamente y quiso darle asistencia médica, pero ella se negó. Le parecía impropio que Jaime la tocara de manera profesional. El dolor disminuyó, pero seguía demasiado débil para hacer esfuerzos por vestirse al día siguiente. Aquella tarde Jamie la llevó a ella y a su madre a un especialista en estómago con el que había contactado y que, tras su examen, consultó con Libia.

—Su hija está muy enferma. Debería haber recibido atención antes. Tiene una úlcera en la boca del estómago que podría agravarse fácilmente hasta convertirse en un tumor. Advirtió a Libia que bajo ninguna circunstancia debía dejar salir de la cama a Margarita en los próximos dos meses, que debía beber un vaso de leche cada hora y que debía evitar cualquier tipo de excitación.

Después de la reclusión de Margarita en la cama, Jaime venía todas las noches con revistas para su lectura del día siguiente. A veces también traía flores. Libia, que siempre sintió la proximidad como una falta al decoro, colocó la silla de Jaime a una distancia satisfactoria de la cama, mientras ella misma se sentaba siempre en la silla del escritorio. Tampoco se desarraigaba, independientemente de la urgencia del recado, siempre despachaba a otra persona. En el dormitorio contiguo, Luzare escuchaba las noticias de cada hora por la radio, luego se levantaba inquieto, cruzaba la puerta abierta y entraba en el dormitorio de Margarita, charlaba unos minutos, salía por la puerta, entraba en el vestíbulo y volvía al dormitorio para seguir escuchando las noticias.

Este acuerdo se había mantenido durante unas dos semanas. Una noche de principios de mayo, los cuatro estaban hablando. Debido al frío que hacía, las puertas de los dos dormitorios estaban cerradas. Luzare, como era su costumbre cuando un asunto le preocupaba mucho, atacó cuando el hierro estaba caliente. Expuso su asunto sin adornos preliminares al pretendiente:

—Jaime, quiero contarte lo que he planeado para mis hijas. He decidido que es necesario que pasen un par de años en Estados Unidos para completar su educación. Luego, cuando Margarita regrese, podrá casarse si lo desea.

Jaime asintió totalmente de acuerdo y añadió:

—Margarita sí necesita terminar. Es demasiado inmadura en muchos aspectos. Margarita yacía resentida por la pronta aceptación de Jaime a que se marchara. Pero la idea de viajar la estimulaba a pesar de su petulancia. En ese momento, mientras los cuatro enclaustrados discutían los planes, Anabella terminó de empaquetar un baúl que Rafael había traído en taxi. Empujó el baúl hasta la puerta principal, donde Rafael aguardaba en las sombras, y se marchó con el baúl a su casa. Cuando Jaime se hubo marchado, Anabella volvió al dormitorio, se preparó para acostarse y se tumbó junto a la emocionada Margarita que, en su mente, ya había comprado docenas de bonitos vestidos y había organizado y ultimado los planes para el viaje. Rebosante de noticias, le susurró a Anabella su futuro. Pero Anabella sólo escuchaba. No dijo nada.

A la mañana siguiente, Anabella se levantó temprano vistiéndose para ir a misa de seis. Después volvió extrañamente eufórica, con una sonrisa secreta y maliciosa en el rostro, diciendo que había comulgado. Margarita y su madre intercambiaron miradas interrogativas, pues ni Margarita ni su hermana habían comulgado desde su última acalorada disputa, cuando ambas confesaron que se odiaban. Ignorando sus miradas de sorpresa, Anabella se encogió de hombros con indiferencia y replicó:

—¿Por qué no voy a comulgar? Ya no te odio. No puedo guardar rencor eternamente. Margarita derramó una lágrima al recuperar el afecto de su hermana. Más tarde, por la mañana, Anabella salió de casa comentando que iba a la modista para una prueba. Pero mucho después del almuerzo no había regresado. Libia, inquieta y presentida, incapaz de contener por más tiempo su ansiedad, fue en busca de su hija. Anabella había estado en un estado de ánimo tan peculiar durante las últimas semanas. En casa de la modista, Libia se enteró de que Anabella no había estado allí en todo el día. Libia, preocupada, regresó a casa. Después de que su madre la buscara, Margarita, siguiendo una corazonada, se echó hacia atrás las sábanas, salió de la cama y caminó hacia el armario de su hermana. Estaba vacío. Todo había desaparecido. En ese momento, Luzare volvió a la casa después de una revisión médica. En el camino fue saludado en la calle por un amigo que mencionó que había oído a Rafael alardear en las cantinas, diciendo que pronto tendría algo del dinero de Constant para gastar.

Luzare se sentó pesadamente en su dormitorio, tamborileando con sus dedos rechonchos contra el chaleco, con el rostro acosado. Libia cerró en silencio la puerta vacía del armario, tratando de pensar en alguna forma de hablarle a Luzare de su hija desaparecida.

A las dos en punto, el señor Patterson, marido de la tía de Libia, alto cargo del departamento consular, se presentó en la puerta principal. Dijo que deseaba ver a don Luzare por asuntos de índole personal. Margarita llevó el mensaje a su padre y Luzare resopló y siseó —Caramba, en voz baja. Aborrecía a aquel hombre diplomático, untuoso y aceitoso, y nunca antes había recibido una visita suya. Era demasiado inusual. Luzare cruzó el pasillo con el ceño fruncido de ansiedad.

Margarita se quedó escuchando detrás de la pared del pasillo mientras la voz sosa y despiadada hablaba:

—Don Luzare, —empezó, y luego vaciló, esperando a que le convencieran más. Luzare, sin embargo, esperó en silencio. El señor Patterson continuó—, no me gusta ser portador de malas noticias, pero su hija estuvo en mi despacho esta mañana y me pidió que por favor le dijera que se va a casar con Rafael Vargas. La mano de Luzare tembló violentamente mientras se agarraba al brazo de su silla. Pronunció unas palabras en su garganta que el señor Patterson aceptó como despedida, y se retiró de la casa. El grueso cuerpo de Luzare se desplomó en el suelo. Tenía la cara de un rojo negruzco.

Al ver caer a su padre, Margarita miró por un momento su rostro palpitante. Sus ojos buscaron desesperadamente a su madre, de quien sabía que había vuelto a salir en busca de Anabella. Corrió al teléfono del vestíbulo, llamó al médico y luego a la tienda para llamar a sus hermanastros. Sollozaba histérica:

—¡Ricardo, papá está en el suelo, enfermo, ven!

En pocos minutos los tres hombres estaban reunidos alrededor de su padre, levantando su pesado cuerpo y poniéndolo sobre la cama. Ricardo seguía reclamando impaciente:

—¿Dónde está el médico, por qué no viene? ¿Seguro que le has llamado? Entonces, sin esperar, trotó hasta su automóvil para traer de vuelta al médico. Pocos minutos después de marcharse, el viejo médico de cabecera entró jadeando, sacó a tientas un perdigón amoniacado de su cartera y lo rompió ante las narices de Luzare. Consciente de nuevo, Luzare resopló y sacudió la cabeza, tiró como un caballo de tiro, se soltó de los hijos que lo sujetaban, se puso de pie y forcejeó hasta el cajón del escritorio. Sacó su pistola y, con la boca espumosa por la espuma de un lunático, se puso de pie y disparó al techo, salpicando yeso con cada bala. Luego, como un animal en celo, salió de la casa gritando:

—Lo mataré por llevarse a mi hija, déjenme en paz. —Los hijos, todos hablando al mismo tiempo, intentaron calmarle, pero él salió al jardín y gritó al policía de la esquina—, Te mataré a ti también si intentas detenerme. Descalza y sin abrigo, Margarita trotó detrás de sus tres hermanos mientras imploraban a su padre. Entonces, tan repentinamente como una tempestad que se acaba, Luzare bajó los brazos abatido, la pistola cayendo de sus dedos inertes, los ojos fijos, aturdido e inseguro de su propósito original. Se dejó llevar dócilmente de vuelta a la cama. Agotado de energía y bajo los cuidados del médico, pronto se quedó dormido.

A las tres sonó el teléfono. El padre de Rafael, con su voz de concho, anunciaba congraciadamente:

—Su hija, señora, —y rodó la «r»—, acaba de casarse con mi hijo. Libia se quedó parada un momento, demasiado aturdida para colgar el auricular. Luego colocó el aparato en su gancho y se volvió cansada al fondo de la casa para gemir en privado.

A las once en punto, el sacerdote que había celebrado la ceremonia estaba en la puerta. Despertado de su opio por el timbre y la indestinción mumorosa de las voces, Luzare bramó:

—¿Quién es? Al no recibir respuesta, se sostuvo agarrándose a los muebles hasta situarse frente al sacerdote.

El representante de la iglesia, sintiendo la tensión del momento, expuso de inmediato su misión:

—Don Constant, he venido a obtener su bendición para el matrimonio que he celebrado hoy. No debe interponerse en el camino de estos dos jóvenes, si esta unión es para su felicidad.

Pero Luzare le interrumpió:

—Puedes hablar, pero no cambiaré de opinión. Mi decisión está tomada. Pierdes el tiempo.

El sacerdote continuó:

—Pero esto es por el futuro bienestar de tu hija, tal vez significaría su ruina si no se casara. —El rostro del sacerdote se volvió más preocupado mientras imploraba—, Escucha lo que intento decirte. Pero Luzare no escuchaba.

En lugar de eso, inspiró profundamente y con voz controlada y resonante habló con frialdad:

—No interfieras. Ocúpate de tus asuntos. Es un asunto familiar.

El nervioso sacerdote se secó las gotas de sudor de la frente y siguió hablando:

—Don Constant, yo no caso parejas cuando son menores de edad, salvo con una condición. Esta pareja vino a verme. Dijeron que tenían que casarse; tenían que hacerlo. Pero Luzare no oía.

Se inclinó muy cerca de la cara del sacerdote y su voz, que siempre había sido tan singularmente clara y firme, empezó a temblar. La vena del centro de la frente se le erizó en forma de cordón y de un azul intenso mientras se golpeaba el grueso pecho en dolientes palpitaciones:

—Usted no puede saber lo que siente mi corazón, porque he perdido una hija. Cuando se casó con ese muchacho, murió para mí. —entre grandes sollozos continuó—, Está muerta. Mira esta corbata. ¿Ves que es negra? He perdido a mi hija y la llevaré el resto de mi vida. Moriré llevándola. El anciano dejó de sollozar, respiró largamente, cuadró sus magníficos hombros y mantuvo la postura hasta que el sacerdote salió por la puerta. Entonces, tropezó ciegamente por el pasillo y cayó sobre su cama.

Al día siguiente vino a verle un primo de Rafael. La mujer, que sólo pertenecía a una generación anterior a la del concho de la colina, se presentaba con su atuendo barato y chillón. Baratijas y brazaletes cargaban sus brazos y su viejo sombrero negro colocado con recelo sobre su cabeza daba una expresión idiota a su rostro de facciones planas. Un sórdido vestido rosa, un abrigo verde y unos zapatos verdes completaban su atuendo de fanfarrona. Pero malpertada en su nueva importancia de haber sido elevada de la noche a la mañana de los estratos bajos a los acomodados, ella, en su patois concho asumió charlar con sus suegros. Cuando entró en la habitación, Libia, Margarita y todas las esposas de los hijos se giraron como marionetas mecánicas, como controladas por fantoches, y permanecieron congeladas de espaldas a ella hasta que la autodenominada parvenu se marchó.

Durante una semana Luzare no comió nada. Siempre un pensador honesto y muy capaz, ahora se sentaba en su habitación, contemplando un torbellino de oscuridad. De vez en cuando respiraba hondo, se alzaba sobre sus tambaleantes pies y comenzaba un alboroto de angustia, maldiciendo y agitando los puños en desafío a Dios y a los hombres. Debilitado por la actividad, volvía a sumirse en su trance de dolor. No hacía caso a nadie y gemía como quien se ha vuelto triste, arrastrando los pasos lejos de una tumba recién cavada. Una mañana bajó a su despacho y tomó precauciones legales para que Anabella no pudiera tocar ni un céntimo más de su dinero en toda su vida.

Cuanto más pensaba Luzare en el malogrado futuro de Anabella, más atento se volvía a Margarita. Miraba a su alrededor asustado si ella salía un momento de la habitación y a

El Prima de Rafael

menudo, durante el día, le ahuecaba la cara en su mano rechoncha y le suplicaba diciendo «¡Nunca harás lo que ha hecho tu hermana, prométeme que no lo harás!» —Y sin esperar a que lo tranquilizaran se ponía a lamentarse, golpeando su puño cuadrado contra su corazón exclamando—, «No puedes entender lo que ha hecho tu hermana, casarse con ese vulgar hijo de puta de concho. Ni siquiera tiene trabajo». Margarita siempre palmeaba el brazo de su padre y por un momento se tranquilizaba con su voz.

Jaime esperaba en un segundo plano, sin inmiscuirse demasiado en la agitación emocional de la familia. A veces se sentaba y hablaba con Luzare de asuntos impersonales. Su voz era siempre sincera, grave y comprensiva. Un día, y con tanta naturalidad como si hablara del tiempo, pidió permiso a Luzare para casarse inmediatamente con Margarita y poder llevársela con él a Estados Unidos, explicándole que tenía planes de estudiar otra fase de la medicina. Siempre temeroso ahora de aquella forma del futuro que le había arrebatado a una de sus encantadoras hijas, Luzare veía a Jaime como la salvación de Margarita y un rescate para su propia cordura. Fue un sursum corda para su ánimo, se sintió revivir. Llamando a Margarita y colocando la mano de Jaime sobre la suya le dijo:

—Acabo de dar permiso a Jaime para que se case contigo.

Margarita, aún enferma y débil, estaba graciosamente feliz. Empezó a ir de compras a la ciudad, compró un enorme ajuar y habló de una gran fiesta.

Pero Libia se dio cuenta de que Margarita y Luzare estaban demasiado excitadas y les reservó un hotel en Alajuela. Margarita estaba demasiado delgada. El asedio de una neumonía, contraída mientras corría descalza el día de la fuga de Anabella, había minado todas sus fuerzas. Ambas necesitaban tranquilidad y comidas especiales y Libia rezó para que un cambio de aires significara para Luzare un cambio de corazón.

En el hotel resort, Luzare y su hija holgazaneaban. Margarita escuchaba a su padre cuando se sentía expansivo o descansaba en su habitación cuando se sentía cansado. Los viejos amigos de Luzare, de las plantaciones de café y los ranchos ganaderos cercanos, se reunieron cuando supieron que estaba allí. Después de ver a Margarita con Jaime, se interesaron vivamente por el noviazgo. Uno tras otro, los amigos contaron historias a Luzare, todas sobre la deshonestidad de Jaime, su inestabilidad. Decían que sabían de qué hablaban porque el hermano de Jaime vivía allí mismo, en Alajuela. En uno de los relatos, Jaime había estado haciendo uno de sus quijotescos viajes a México, y había llevado un abrigo de piel para cambiarlo, pero ni había traído otro, ni había devuelto el abrigo a su demasiado confiada dueña. Otro contaba que a Jaime le habían dado 5.000 pesos para comprar en México un frigorífico que escaseaba en la guerra, pero ni el frigorífico ni los 5.000 pesos llegaron a su legítimo propietario. Otros contaban historias en las que chicas jóvenes habían sido abordadas en la misma oficina de Jaime. Pero lo peor de todo era la política de Jaime. Jaime era un conocido comunista y había sido amigo íntimo de Calderón Guardia, quien financió sus últimos años de estudios de medicina en México. Ya enfermo del corazón, Luzare se preguntaba por qué tenía que ir de mal en mal y por qué en sus últimos años su alma tenía que estar tan atormentada. Exasperado y magullado se sentía por dentro, herido y lleno de llagas putrefactas para las que no podía haber ungüento calmante. Mientras Luzare escuchaba, siempre le enfurecían más las hazañas de Jaime en los negocios y su amistad con Guardia que las cuestiones inmorales. Aun así, sus amigos lo acosaban con consejos. El aire estaba lleno de rumores y advertencias. Asqueado y descorazonado, Luzare sostuvo el rostro de Margarita entre sus manos temblorosas y le suplicó:

—Margarita, abre los ojos. Este hombre deshonesto y corrupto no puede ser un buen marido. Yo también estoy decepcionado de él. Te lo ruego, aquí, ahora, detén la relación. No vuelvas a ver a ese hombre. No soporto verte tomar el mismo camino que tomó tu hermana.

Margarita levantó sus ojos oscuros hacia su padre y contestó:

—Papá, le quiero y si esas historias son ciertas o no, no lo sé. Lo único que sé es que le quiero. —Y bajando los ojos añadió—, Sé que no puedo quedarme aquí sin verle. Pero tengo miedo. Mándame lejos. Mándame a los Estados Unidos.

A pesar de sus solemnes promesas de mantenerse alejada de Jaime, se escabullía a su encuentro cada vez que él esperaba en el vestíbulo. En su último encuentro con él, la anfitriona se encargó de informar a Luzare del visitante, describiendo con gran precisión los rasgos caballerescos de Jaime.

A la mañana siguiente, mientras Margarita mullía las almohadas

1946   213

de su padre, él la cogió de la mano y ella se sintió hechizada por su mirada cuando preguntó:

—¿Cuándo va a venir otra vez, hija mía, tienes que decírmelo? —Al contestar, Margarita habló como quien no posee voluntad propia al responder—, Vendrá otra vez el jueves.

El jueves por la noche Luzare estaba sentado en el vestíbulo esperando con Margarita cuando entró Jaime, de paso rápido y maneras desenvueltas. Fresco y sonriente, salió al encuentro de su amada. Luzare se levantó y encaró al joven alto. Había pensado sus palabras muchas veces, ahora salían en el orden conciso que había deseado:

—Jaime, no debes volver aquí. Mis amigos de confianza me han contado demasiadas historias de tus hazañas y tengo buenas razones para dudar de ti. No vuelvas a venir. Jaime abrió la boca para hablar, pero al ver el rostro pálido de Margarita, lleno de preocupación por su padre, ejecutó una pequeña y rígida reverencia, se dio la vuelta y volvió a cruzar la puerta.

Margarita lloró en silencio y regañó a su padre:

—Papá, ha estado mal hacer eso. Pero Luzare era inamovible una vez que su mente estaba decidida.

Negó con la cabeza:

—No, hija mía, lo sé con mis ojos. Nunca podrías ser feliz con él. —Y acariciando sus cabellos oscuros, añadió suavemente—, Ya vendrá otro mejor. Ya lo verás. Ahora prométeme que no pensarás en casarte con ese hombre ni volverás a verle. Margarita asintió con la cabeza.

Luzare, apenas audible, susurró:

—Gracias. Dios te bendecirá por ello.

CAPÍTULO VEINTIUNO

Los Ángeles
Septiembre 1946

DE REGRESO DE SU ESTANCIA en Alajuela, Margarita no podía salir de casa sin que el descapotable la siguiera. Su amor, más fuerte que su voluntad o su promesa, la obligaba a encontrarse con Jaime en el campus de la Universidad para cruzar unas palabras sin aliento. Perdida en el anonimato del bullicioso campus, siempre temía ser vista. Ricardo, obedeciendo las instrucciones de su padre, tramitó el pasaporte de Margarita y dio el visto bueno a todas sus credenciales de viaje.

Dos días antes de la fecha fijada para su partida, se reunió con Jaime en un momento apresurado. Le puso en la mano una fotografía suya. Él la apretó contra sí y le suplicó con ardor de enamorado:

—No te vayas, por favor, no te vayas, Pequeña. No me dejes.

Pero Margarita sacudió la cabeza y contestó:

—No tengo elección. Pero espérame. Espérame un año.

En la terminal del aeropuerto, sólo unos minutos antes de la hora de salida, Margarita fue llamada al teléfono. Al otro lado de la línea, la intensa voz de Jaime lanzaba sus súplicas del pasado:

—Por favor, escúchame, —suplicaba—, tengo a mi madre y a mi padre aquí a mi lado para hablar. Escúchales si no quieres creerme.

En un momento, una voz más vieja y gruesa le suplicó:

—¿Amas a mi hijo? Si es así, ¿por qué te vas? Quiero convencerte de que te quedes. Mi hijo te quiere. Ya lo sé. No te quedas porque tu familia desaprueba a mi hijo. Él no ha hecho nada malo.

Margarita interrumpió con voz aguda y nerviosa:

—¡No, no! Volveré.

Y de nuevo, la voz de Jaime lloraba sombríamente:

—Espérame. Esperadme. Ya voy. Sólo estoy a unos kilómetros. De pie cerca, observando las cambiantes expresiones del rostro de su hija, Libia supo quién era el que llamaba. En aquel momento, como una horrible pesadilla, el altavoz emitía el anuncio de la salida del avión.

La voz de Jaime sonó débilmente en el oído de Libia mientras cogía el auricular de la mano de su hija:

—¡Espera, espera, no te vayas! gritó la voz.

Libia habló fríamente:

Figura 66

Tipo de avión utilizado para salir de San José, Costa Rica.
iStock.com/MMADIA
https://www.istockphoto.com/photo/old-turboprop-
airplane-gm92407836-8340026

—Déjala en paz. Se va. Y colocó el auricular en su gancho. Los ojos de Margarita estaban fijos en la nada mientras salía y subía al avión.

El gran cuatrimotor despegó tan suavemente que Margarita no se dio cuenta de que estaba en el aire hasta que miró por la ventanilla y vio bajo ella la ciudad de San José tendida como un damero que los jugadores somnolientos habían dejado mientras dormían la siesta en aquella tranquila tarde de domingo. El avión hizo su picado de salida y se dirigió hacia el norte, subiendo más y más alto por encima de las gigantescas montañas arrugadas del norte y luego sobre Nicaragua, con sus profundos bosques verdes. La muchacha de diecisiete años se acostumbró pronto a la sensación de la tracción del avión y a sus temblores ocasionales, y empezó a echar un vistazo al interior del aparato. Pensaba distraídamente por qué Jaime no podía acompañarla. Algo de lo que había dicho en la última reunión le venía a la cabeza. Su mandíbula se había desencajado al responder a su pregunta, «No puedo decirte, pequeña, por qué no puedo verte en Navidad». Al ver el papel de carta que había en el respaldo

Figura 67

Ciudad de México (Actual)iStock.com/Joel
Carillet
https://www.istockphoto.com/photo/
mexico-city-skyline-at-dusk-gm511609492-
86740271?clarity=false

del asiento de enfrente, Margarita sacó un lápiz corto del bolso y empezó una carta para Jaime. La fechó *12 de septiembre de 1946* y empezó así, *Mi querido Jaime...*, pero de repente el avión rodaba, se tambaleaba, caía, luego subía, daba bandazos y cabeceaba. El auxiliar de vuelo estaba en la puerta de la cabina pidiendo a los fumadores que apagaran sus cigarrillos. Recorrió los pasillos comprobando los cinturones de seguridad y mientras tanto, con voz tranquila y tranquilizadora, hablaba de las pequeñas asperezas que solían producirse en ese momento del vuelo. Aferrándose a los brazos de su asiento hasta que los nudillos le brillaron de blanco, Margarita cerró los ojos y rezó. Sus labios se movieron en silencio en su rostro blanco mientras decía:

—Dios, si no me matas, prometo no volver a escribir a Jaime.

Se hizo de noche y abajo no se veía nada más que un parpadeo de luces de vez en cuando. Por fin, el avión aterrizó en Ciudad de México, para pasar la noche. Margarita se quedó fuera de la terminal buscando transporte para entrar en la ciudad. Finalmente, paró un taxi, metió la cabeza dentro pero, al ver que dos pasajeros ya estaban sentados, dudó. La voz sarcástica del taxista se tensó:

—Vamos, señora, no tenemos toda la noche. Entró a gatas, se hizo un nudo lo más pequeño posible en la esquina y observó a sus compañeros de taxi.

Una de las últimas advertencias que le había dado su padre fue, «Mantén siempre los ojos abiertos, piensa, y no subas a un taxi en el que ya haya pasajeros, especialmente hombres. Uno podría retenerte mientras el otro te roba». La chica, asustada, apretó contra su estómago el bolso que contenía los 300 dólares y se preguntó si los hombres sabrían que llevaba tanto dinero en efectivo. Pensó en su precioso ajuar nuevo siendo desvalijado. El hombre sentado junto al conductor se volvió para hablar con su compañero del asiento trasero, guiñándole un ojo. Margarita tragó saliva. ¿Se estaban haciendo señas? Observó la mano del hombre y retrocedió aliviada cuando los dos hombres se limitaron a reír y siguieron hablando.

En la habitación del hotel, con la puerta bien cerrada, Margarita entró en el cuarto de baño, miró detrás de la puerta, cogió el dobladillo de la colcha y miró por debajo. Satisfecha, se quitó la blusa y estiró la mano para subirse la falda por la cabeza. Pero en lugar de eso, se la bajó de un tirón. Se acercó, abrió de un tirón la puerta del armario y se asomó a su desnudez, luego volvió a mirar por toda la habitación. Finalmente, terminó de cambiarse. Se tumbó e inmediatamente se quedó dormida en una cama que parecía moverse y temblar como el avión bajo ella. De repente se despertó. Alguien llamaba a su puerta y la persona que estaba al otro lado preguntaba en voz baja:

—Señorita, ¿quiere algo? Los ojos asustados de Margarita se dilataron en la oscuridad. Escuchó, pero la voz no volvió a sonar. En un momento unos pasos suaves se arrastraron por el pasillo. Margarita saltó de la cama, encendió la luz y rebuscó en la maleta hasta encontrar la pequeña virgen que había metido en la maleta. La colocó en la almohada junto a su cabeza y, sintiéndose fortalecida por su presencia, volvió a dormirse.

A las once de la mañana siguiente, el avión descendió en picado

Figura 68

Los Ángeles (Actual)
iStock.com/Joel Carillet
https://www.istockphoto.com/photo/los-angeles-california-drone-aerial-gm2191776144-610084720?clarity=false

y despachó su carga en Los Ángeles. Al salir del avión y bajo el sol de California, Margarita sintió un calor sofocante. Entró en el vestíbulo de la terminal y se sentó a esperar, como su madre le había ordenado. Miró a todas las caras, sin saber qué tipo de rostro buscaba. Su madre había telegrafiado a un primo para que se reuniera con ella. Los altavoces anunciaban llegadas y salidas mientras los aviones aterrizaban y despegaban. La gente entraba y salía a toda prisa. Las horas se hacían interminables. Margarita empezó a retorcerse en su asiento, inquieta por el hambre, pero sin atreverse a abandonar su puesto de espera para no perder a su prima. Cuando la aguja del reloj se acercaba para marcar el número cinco, la cansada muchacha se levantó de un salto y se dirigió detrás del mostrador de billetes a la oficina de la compañía aérea. Sollozando descontroladamente y con gestos salvajes intentó explicar que quería a alguien que hablara español. Los empleados miraron su cara asustada con simpatía, preguntándose por su angustia y finalmente enviaron a buscar a uno de sus mecánicos en la línea que hablara español. El chico entró y escuchó un momento la historia de la angustiada Margarita, sus dedos grasientos cogieron el papelito que ella le entregó. Rebuscó en la pesada guía hasta localizar el nombre, marcó un número y pronto estaba explicando a alguien que había una chica recién llegada de Costa Rica esperando en el aeropuerto a que la recibieran. Colgó el auricular y empezó a indicarle a Margarita cómo coger un taxi hasta la dirección que aparecía en el papelito. La mujer de la dirección le dijo que no había recibido ningún telegrama. Con rápida eficacia, el mecánico y el taxista cargaron las ocho maletas de la muchacha y Margarita fue llevada de nuevo a un destino desconocido. A su mente ansiosa le pareció que viajaban durante horas. Se rascó el tejido de su traje y se preguntó cuáles serían las intenciones del taxista. Quizá no encontraba la dirección correcta. Quizá nunca la encontraría. Quería dar media vuelta y volver al aeropuerto. Sólo sabía que quería coger el próximo avión de vuelta a casa.

Finalmente, el conductor se detuvo frente a una gran casa blanca y un anciano salió cojeando hacia el taxi y señaló la puerta principal. Sin embargo, no hizo ningún gesto de bienvenida ni intentó levantar o cargar una maleta, sino que se quedó mirando mientras el conductor colocaba el equipaje en el porche y recibía el dinero de la chica. A pesar de estar acostumbrado a sus problemas diarios, el conductor sacudió la cabeza mientras se alejaba. No había habido ninguna señal de saludo, ninguna amabilidad para con la nueva chica extranjera. Y había una terrible mirada perdida en su rostro.

Una mujer pequeña, demacrada y amarillenta, con el pelo canoso, salió al pasillo. En un lastimero español le explicó:

—Le ruego que comprenda que mi relación con su madre es sólo de parentesco lejano. Dirijo aquí una pensión para veinticinco chicas de los países del Sur.

Figura 69   Amelia

Todas estas chicas pagan por adelantado. —Extendió la palma de la mano, pero añadió con una floritura—, Puedo esperar a que me pagues hasta que guardes tus cosas. Se dio la vuelta y condujo a la nueva chica a una gran habitación con cinco catres, señaló uno y salió, cerrando la puerta tras de sí. Margarita se quedó mirando a su alrededor. El único armario de la habitación estaba ya tan atiborrado de ropa y cajas que la puerta colgaba abierta, siendo ella misma un amasijo caído de zapatos, fajas, sombreros y unos cuantos slips manchados de líneas de sudor que se balanceaban en las uñas. Zapatos de todos los tamaños, condiciones y colores yacían bajo los catres, la cómoda y en el suelo. La cómoda estaba rodeada de cajones semicerrados sobre los que colgaban prendas sin doblar.

Septiembre 1946

Demasiado cansada para pensar o moverse, Margarita se tumbó en el catre que la mujer le había indicado y decidió que dejaría su ropa en las maletas. Se dirigió a las escaleras, con la intención de pedir algo de comer, pero desde lo alto de la escalera pudo oír la voz de la mujer quejándose hacia ella y supo que no tenía valor. Bajó lentamente los escalones. Al llegar abajo, un grupo de chicas se apiñó a su alrededor y, antes de aceptar realmente la invitación, se encontró de camino a una pista de patinaje. Después de atarse los patines, se acercó a los lados, sintiéndose débil por el hambre. Cada vez que se cruzaba con una de las chicas, esperaba que le sugirieran comprar algo para refrescarse, pero nunca hablaban de comida y ella no se atrevía a acercarse. Así que dio vueltas sin parar hasta que las chicas también se cansaron. Entonces volvieron todos a casa de la mujer. Pero, de nuevo en el vestíbulo, se dio cuenta de que no podría volver a subir las escaleras con el estómago vacío, así que se acercó a la mujer, llamada Amelia, y le preguntó:

—Por favor, ¿me da algo de comer?

La mujer inquirió:

—¿No has cenado nada?

—No —respondió Margarita—, No, tampoco cené ni almorcé. Mientras la hambrienta muchacha engullía sus trozos de pan untados finamente con pasta de untar para sándwiches, Amelia cogió el libro de contabilidad del armario de su cocina y anotó bajo el nombre de Margarita Constant, *Comidas, 13 de septiembre de 1946*. Margarita cogió su monedero, sacó tres billetes de cinco dólares y pagó a la mujer por adelantado una semana.

A la mañana siguiente, Amelia estaba en la habitación temprano quejándose y resoplando:

—Chicas, debéis mantener vuestra habitación más ordenada. Y lo digo en serio. Todas las chicas se echaron a reír en cuanto la gruñona mujer salió de la habitación. Terminaron de vestirse y bajaron a comer. Después de desayunar, de nuevo arriba, Margarita buscó un lugar para empezar a limpiar. La parte superior de la cómoda estaba desordenada y apilada con frascos y cajas de polvos. Se acercó, hizo una marca en el polvo con el dedo, volvió a su catre, extendió la funda, se agachó y cogió de sus maletas lo que necesitaba en ese momento, luego las dejó abiertas para su comodidad. Cuando terminó de vestirse, bajó las escaleras para estudiar la guía telefónica y ponerse a la tarea de encontrar una escuela. Tras numerosas dificultades por no saber leer en inglés, finalmente se matriculó en una escuela de oportunidades no muy lejos de donde se alojaba que una de las chicas le había mencionado. Al cabo de unos días, la escuela le gustó bastante. Muchos de los otros alumnos eran españoles recién llegados y eran más simpáticos que las chicas de la casa.

Sólo llevaba dos semanas asistiendo a clase cuando el hijo de Amelia murió en un accidente de automóvil. Toda la casa se sumió en un torbellino de condolencias y lamentos. Amelia mandaba a todas las niñas a misa todas las mañanas para rezar por su hijo muerto. Por la tarde, ella misma esperaba a Margarita para rezar el rosario por el niño. Sacrificaba la comida y no le apetecía cocinar, o bien se apresuraba a preparar concottic frío para el consumo de las niñas, un revoltijo demasiado poco apetitoso para comer. Margarita y una de las chicas de su habitación empezaron a comprar sus propios alimentos, latas de judías o sopa, y en el pequeño hornillo de la chica, que mantenían escondido bajo la cama, calentaban sus comidas. Un día, mientras Amelia husmeaba y husmeaba, encontró por casualidad unas migas de galleta. Atacó a Margarita:

—¡Si no te gusta mi comida, puedes largarte! Al fin y al cabo, lo hago lo mejor que puedo con los escasos sesenta al mes que me pagas.

La otra chica era mayor y no se dejó intimidar por los lloriqueos de la anciana, así que replicó:

—Nos vamos, en cuanto encontremos un sitio donde mudarnos. Después de que Amelia saliera de la habitación, Margarita se sentó y sacó la carpeta de papelería. En su mente angustiada por el miedo, que siempre acercaba a su madre, escribió las palabras, *Querida mamá*, hoy suplicaba, *Por favor, quiero volver a casa. La vieja de aquí está loca. Mi vida es imposible. Tengo que rezar toda la tarde. No me dejan ir a ninguna parte y las chicas se han llevado toda mi ropa.* Dejó la carta inacabada sobre la cama mientras contestaba a una de las chicas que le gritaba desde abajo.

Cuando regresó, Amelia y su hija la esperaban con los ojos llenos de odio y la carta inacabada en la mano de Amelia. La voz de la anciana era amenazadora cuando respondió:

—Veo que no aprecias la amabilidad. No estoy loca. No sabes nada de la muerte.

Margarita tartamudeó culpable:

—Yo, yo no quería decir eso.

Pero la anciana le arrebató las palabras a Margarita:

—Eres una mentirosa. Nunca te gusté. —Atraídas por la discordia, todas las demás chicas se reunieron alrededor de las caras asesinas. La mujer se enderezó y salió, diciendo por encima del hombro—, Me llevaré esta carta, voy a escribirle a tu madre un informe verídico. Pocos días después, Margarita recibió una atribulada carta de su madre que decía, *Margarita, ¿no tienes respeto por las casas ajenas? Esta mujer se ha hecho amiga tuya. Espero que te comportes bien mientras estés allí.* Margarita leyó la carta y sollozó. Sabía que no podía continuar en aquel tormento. De nuevo, cogió su carpeta de papelería. Salió una tarjeta con la dirección de Claudia en Nueva Orleans. Acepto la tarjeta como la mano de Dios y le comunico a Claudia que estaba en camino. Luego hizo una reserva en la oficina de billetes de avion, visito la oficina del consulado y se detuvo en una tienda para comprar dos pares de bragas. De todo su ajuar, toda la ropa interior que tenía eran las prendas que llevaba puestas. Claudia fue inmediata en su cordial réplica, *Adelante, telegrafía y nos vemos.*

Margarita volvió a la casa y buscó su sombrero en el armario. Mientras gateaba, Amelia entró preguntando:

—¿Y qué buscas?

Envalentonada con su propio secreto Margarita espetó:

—Mi sombrero.

La anciana resopló:

—Pues lo has perdido si no está aquí. No somos ladrones.

Margarita se levantó, sacó diez dólares de su bolso y con una voz más fuerte de la que había utilizado nunca con la mujer afirmó:

—Este es su dinero para el resto de la semana. Me voy. Los ojos amarillentos de Amelia parpadearon de asombro. Se quedó con la boca abierta. Pero Margarita no se molestó en dar explicaciones. Recogió las maletas, las bajó y, en su mejor inglés, pidió un taxi por teléfono y pronto se dirigió al aeropuerto. Cuando el avión rodeó el campo planeando su partida, Margarita miró hacia abajo, aliviada, y dio gracias a Dios porque por fin estaba en camino, ni quería volver nunca.

En el aeropuerto de Nueva Orleans la esperaba Claudia, tan fresca e inmaculada como siempre. Llevó a Margarita a la cafetería. Al ver cantidades de deliciosa y hermosa comida al alcance de la mano, esperándola, Margarita llenó su bandeja hasta tambalearse bajo su carga y comió hasta que no quedó ni un trozo.

Claudia asistía a un colegio católico cerca de la Universidad de Tulane y vivía con una anciana costarricense que mantenía su espaciosa casa tan limpia y silenciosa como un convento. Todas las noches, después de que el reloj del gran salón diera las diez campanadas, se podía ver a Sara Williams recorriendo el pasillo con su ondeante bata blanca, con una vela en forma de Virgen en la mano que brillaba débilmente bajo el resplandor de la luz artificial de las lámparas. Pero Sara Williams, buena y piadosa, interesada en sus hijas y en su Dios, llevaba su vela para buscar y quemar todo mal que pudiera estar agazapado en rincones sombríos.

Figure 70 A

Nueva Orleans (actual)iStock.com/Jeremy Poland
https://www.istockphoto.com/photo/aerial-view-of-jackson-square-along-
decatur-st-new-orleans-louisiana-usa-in-summer-gm2167456005-587518505

Claudia no tardó en matricular a Margarita en su propio colegio y los días de la joven fueron felices. Además, entabló amistad con una chica de Honduras. Y de las pocas palabras en inglés que aprendía en clase, pasó a hablar un español fácil y efusivo con Estrella en cuanto se encontraban en los pasillos o en el campus.

Figura 70 B · Claudia

CAPÍTULO VEINTIDÓS

De Nueva Orleans a Atlanta
Navidad 1946

D E LA ABUELA DE MARGARITA, Catalina, podría decirse que no necesitaba ninguna nube de día ni luz de fuego de noche para mostrarle el camino de la vida. Para ella la vida era limpia o sucia, y siempre escogía el camino con cuidado. Sus faldas levantadas nunca tocaban el fango. A menudo citaba su lema bíblico favorito, «*Y qué pide el Señor de ti, sino hacer justicia, amar la misericordia y caminar humildemente*». Por otra parte, hay que decir de Margarita que no sabía distinguir lo limpio de lo impuro. Si le ocurría un mal, lo consideraba un tipo de monstruosidad de feria y no era probable que volviera a encontrarse con él por casualidad. ¿Cómo podía evitar a los hombres malos si ni siquiera los reconocía? Sencillamente, desconocía el mal como fuerza y, por lo tanto, los lugares oscuros de la tierra no eran para ella moradas de crueldad. Si Catalina hubiera sido Dios, y después de sus primeros cinco días de creación nunca se hubiera escrito de ella que miró a su más alta creación y «*He aquí que era muy buena*». Porque Catalina habría percibido que se necesitaba un apretón extra aquí y allá, una palmadita más para quitar el polvo. Una mota de arena habría empañado su perfección a sus ojos. Pero para Margarita, la nieta de Catalina, todas las personas eran perfectas. Y todas las personas eran iguales. Ella no poseía un seleccionador, ni un aventador, ni un medio de discriminación y, por lo tanto, era incapaz de concebir la sordidez como tal.

Catalina siempre dividía a los niños en dos grupos, los que podían permitirse uniformes escolares y los que llevaban su propia ropa raída. Y el hecho de que el séquito de Margarita fueran siempre los conchos descalzos llevó a Catalina a hacer una vez la afirmación «¡Margarita, tienes gusto por la basura!». La afirmación en sí no era del todo cierta. No es que a Margarita le apeteciera la basura, es que los conchos nunca le opusieron resistencia. Nunca se fijaron en sus gafas. Nunca hacían comentarios ni se reían cuando chupaba la leche de un biberón con tetina en el colegio. Y nunca se rieron cuando confundió el nombre de su padre con «ion Cuzare» en vez de «don Luzare». Disfrutaba siendo la primera en todos los juegos en lugar de tener que esperar su turno como con el grupo de los uniformados.

La amistad de Estrella surgió fácilmente, sin necesidad de cultivarla. Floreció el primer día que charlaron. Los labios de Estrella se abrieron con facilidad en una sonrisa dulce y confidencial, mostrando sus pequeños dientes apretados. Daba muestras de sencillez y su oscuridad siempre provocaba que el ojo del espectador buscara joyas que nunca llevaba. Sus severos trajes se completaban con una camisa blanca a la cintura, cuyo cuello se volvía pulcramente hacia fuera por encima del traje. En los dos o tres días siguientes le contó a Margarita toda su historia. Ella misma llevaba sólo tres meses en Estados Unidos y dijo que venía de las mismísimas selvas de Honduras, un lugar horrible, prácticamente inaccesible salvo en avión. Su padre había tenido la estúpida idea de excavar en busca de minerales y petróleo, y lo único que había visto en su país eran trabajadores sucios y mugrientos, su padre y su pobre madre. —Y, —subrayó—, no puedo entender que mi madre renunciara a toda su vida para estar con mi padre. Él es tosco y simple, nada diplomático, siempre sucio, trabajando. Mientras que mi madre es hermosa, siempre vivió en la ciudad antes de casarse con mi padre, y ¡cómo odia mi madre esas tierras salvajes! Pero allí se queda, sólo va a la ciudad una vez al año y qué es una ciudad sino unas cuantas casas. Mi madre quería que viniera a Estados

Figura 71

Estrella

Unidos para alejarme de todo eso. Espera que conozca a alguien con dinero y me case, para no tener que volver allí. Mi madre es muy dulce, pero mi padre es estúpido, ¡simplemente estúpido!

En las semanas siguientes, la calidez de Estrella atenuó la autocontención de Claudia y su libro de español hablado. Margarita pasaba todo su tiempo libre con Estrella, cuyos problemas personales siempre la agobiaban. Las maneras acogedoras de Estrella, Margarita consideraba en la descripción de su madre a una chica ingenua, «una chica sencilla», y se sentía tanto más fuerte, cuanto más protectora y cuanto más complacida por las confidencias de Estrella

Poco antes de Navidad, recibió un telegrama de Costa Rica que decía, «Si todo sale bien te veré el día de Navidad. Con cariño, Jaime». Margarita se preguntó cómo había encontrado Jaime su dirección y también reflexionó sobre si se alegraría de verle. Finalmente, decidió que ni siquiera podía imaginárselo en Nueva Orleans. Él formaba parte de la tierra que ella había dejado atrás cuando se elevó de tierra en el avión y contempló la ciudad de San José. Ahora él era tan irreal como lo había sido la tierra bajo ella. Se sintió aliviada cuando recibió otro telegrama el día de Navidad que decía, «MIS PLANES CAMBIARON. TE VERÉ MÁS TARDE. TE QUIERO JAIME».

En enero, Estrella no volvió a matricularse en el colegio. Como le explicó a Margarita:

—Estas chicas de aquí me discriminan por ser extranjera. Quiero irme a Atlanta, donde puedo estar segura de que me tratarán mejor. Pero, —y hace un gesto de tristeza—, es inútil. Ahora mismo no tengo dinero y costaría mucho situarnos.

Margarita consideró su propia cuenta bancaria menguante e inquirió débilmente:

—¿Cuánto?

Los pequeños ojos de Estrella se arrugaron y entrecerraron los ojos, pellizcando peniques invisibles.

—Yo diría que 200 dólares, por lo menos. Margarita consultó su chequera. Había menos de cien dólares de saldo, pero tendría que encontrar la manera. No debía fallarle a Estrella. Su mente roía un nombre que su padre le había escrito en una de sus cartas desde que ella estaba en Nueva Orleans. Un momento de concentración le hizo recordar el nombre. Un tal Sr. Bonette, un viejo amigo de su padre, un acaudalado refinador de azúcar al que su padre había querido que buscara en cuanto pudiera.

Detrás de su brillante escritorio, el señor Bonette escuchó la lamentable historia de la joven, que se había quedado sin dinero y necesitaba lo suficiente para entrar en el segundo curso de la escuela. Se rió y dijo que estaría encantado de ayudarla. Luzare era un buen amigo y no había riesgo en prestar dinero a uno de sus hijos. Luzare siempre pagaba sus deudas.

De nuevo fuera, Margarita metió los 150 dólares en el bolso y se sintió ingeniosamente lista. Estrella no tuvo que preocuparse ni un minuto más.

En cuanto Estrella vio la floritura de billetes, ya estaba haciendo reservas de avión, enviando un telegrama y empaquetando ropa. A media tarde, después de comunicar a Claudia lo inadecuado de sus arreglos actuales, Margarita y Estrella estaban de camino a Atlanta, Georgia. Durante el vuelo, Estrella aseguró a Margarita la fiabilidad de Roy. Parecía disfrutar pronunciando el nombre de Roy y cada vez que hacía rodar la «R» sonaba como una carcajada.

—Roy es mi único amigo, aparte de ti, Margarita. Lo conocí en mi vuelo de Honduras a Atlanta, un azafato alto y guapo. Espera a verlo. Ya verás qué guapo es. En fin, cuando llegué a Atlanta, estaba completamente perdida y no sabía cómo llegar a Milledgeville a la escuela. Todo era tan extraño, tan diferente. Puedes imaginarte cómo me sentí, pero Roy fue tan dulce. Me acompañó a Milledgeville para matricularme en la escuela y vino todos los fines de semana mientras estuve allí. Era el único que entendía lo sola que me sentía. Y las chicas de allí me odiaban tanto. Me discriminaban igual que lo habían hecho las de Nueva Orleans, ¡y ya sabes lo feo que me trataban! —Margarita asintió con simpatía, aunque en aquel momento era incapaz de recordar ningún incidente de esa naturaleza ocurrido nunca. Pero Estrella continuó—, y cuando ya no pude más, Roy me propuso ir a Nueva Orleans. Y eso fue un golpe de suerte, porque de lo contrario no te habría conocido.

En el aeropuerto de Atlanta le esperaba Roy, un hombre rubio y enjuto con un recortado bigote amarillo canario. Besó cariñosamente a Estrella y condujo a las chicas hasta un viejo automóvil de aspecto oxidado, levantó la chirriante tapa trasera, colocó su equipaje en el interior y presentó a las chicas a su hermano, que estaba sentado en el coche. Después de conducir unas cuantas manzanas, se detuvo de nuevo, sacó las maletas de la parte trasera del coche y entró en una casa. En pocos minutos estaba de vuelta y las condujo a la ciudad.

En la habitación del hotel, en el octavo piso, Roy y Estrella estaban sentados en la cama, muy juntos. De vez en cuando, Estrella se zafaba del agarre de Roy, lanzaba unos chillidos de protesta y ponía los ojos en blanco en señal de asombro. Luego, en un momento, volvía a fundirse en su abrazo como la cera ante el fuego. Tratando de no mirar fijamente a la pareja, Margarita desvió su atención hacia el suelo y estudió el dibujo de la alfombra. El hombre jadeante y holgado, hermano de Roy, entró por la puerta trayendo bebidas y pronto comenzó un festín de convivencia. Margarita siguió sorbiendo el agua de whisky azucarada. Era tarde y estaba cansada. Miró la puerta del cuarto de baño con nostalgia, preguntándose cómo podría entrar en la pequeña habitación sin que se dieran cuenta.

Figura 72 A

Roy

Pero a medida que pasaban las horas, la fiesta se hacía más alegre. Roy y su hermano se daban palmadas en las rodillas y contaban chistes mientras Margarita tenía tanto sueño que no se atrevía a apoyar la cabeza en el respaldo de la silla. Consiguió llamar la atención de Estrella y bostezó.

Pero Roy, de mirada rápida, vio el gesto y le ordenó:

—Margarita, vete a la cama. Tienes sueño.

Margarita puso cara de asombro y preguntó en inglés:

—How do I go to sleep. ¿Estás aquí?

Roy sacudió su rubia cabeza y contestó:

—Bueno, ve a desvestirte. Yo me quedaré aquí esta noche.

Y el hermano de ojos sombríos, con un gran movimiento de su mano sonrió y dijo:

—Muévete, Margarita, estaré contigo.

Los ojos de Margarita chasquearon y su voz tembló al borde de la histeria mientras gritaba:

—¡Fuera, fuera!.

El hombre mayor retrocedió por la puerta tartamudeando:

—Oh, lo siento. Te confundí. Supongo que no entendí lo que

Roy me dijo. —Hizo una seña al acogedor Roy y le llamó—, ¡Venga, Roy vámonos!

Pero Roy sólo sacudió la cabeza atónito y contestó:

—Yo no, yo me quedo aquí. Margarita vio como la puerta se cerraba sobre el holgado hombre y se metió en el baño a ducharse. Como no tenía ropa para cambiarse, volvió a ponerse su arrugado slip y, mientras Roy estaba inmerso en otro beso, se metió en la cama más cercana, se echó las mantas al cuello y se asomó como un bebé curioso a la pareja que se abrazaba.

Con la boca todavía en la cara de Estrella, Roy abrió un ojo en dirección a Margarita, rompió el beso y regañó como a un niño:

—Margarita, duérmete. Estrella va a ser mi mujer. Demasiado asustada para no obedecer, Margarita dio la espalda a los amantes y, con la cara pegada a la pared, escuchó un rato la quietud, pero pronto se quedó dormida. Mucho después la despertó un silbido familiar. Dándose la vuelta, contempló el semblante moreno y despeinado de su amiga, sus ojos somnolientos y satisfechos, y escuchó cómo la voz preocupada y confiada susurraba:

—Margarita, mira, ¿qué voy a hacer? Está dormido.

Margarita, recordando, se incorporó en la cama, con los ojos grandes y medio asustados, medio asombrados, mientras preguntaba:

—¿Te ha hecho algo?

Estrella bajó los labios carnosos en una negación insultada:

—¡Claro que no! —Y metiéndose en la estrecha cama, levantó las sábanas, alzó su esbelto cuerpo y replicó—, ¡Mira, no hay sangre! Conociendo las ideas de Margarita sobre una unión virginal, ésta era sin duda una prueba concluyente. Luego levantó una pierna esbelta y lisa, flexionó los músculos exuberantemente, señaló con delicadeza el dedo del pie, haciendo hoyuelos en las marcas oscuras de la pantorrilla de la pierna, donde, como le había explicado a menudo a Margarita, la había mordido un perro cuando era pequeña. Siempre terminaba esta historia suspirando que era una pena que aquella mancha estropeara sus piernas, por lo demás perfectas.

Ante la inquietud de Estrella, Roy le pasó el brazo por encima de los pechos, bostezó, se levantó de la cama, se subió los pantalones por las delgadas piernas, se puso la camisa, se ajustó el cinturón y se tiró de la corbata hasta dejarla recta. Miró a Margarita, que observaba en silencio, se pasó el dedo índice por el bigote bien recortado y dijo:

—No digas nada. No pasa nada. Sólo eres una niña y no lo entiendes. Así que no digas nada. —Luego se peinó el pelo amarillo con su pequeño peine negro, se lo alisó con las manos y se puso el abrigo, se volvió hacia las niñas y comentó—, Tengo que ir a ganar un dólar. Nos vemos esta tarde. Os llevaré a comer fuera. Guiñó disimuladamente un ojo a Estrella y se marchó. Margarita pasó la mayor parte del día en la habitación. Su traje estaba desarreglado y su ropa interior se secaba en una percha del cuarto de baño. Aunque se había bañado dos veces, no se sentía bien. Volvió a ducharse y se comió el bocadillo que Estrella, que estaba de muy buen humor, le trajo del piso de abajo. A las seis, Roy estaba de vuelta. Llevó a las chicas a un café y trató a Margarita de una manera tan paternal que Margarita se sintió como una niña pequeña.

Figura 72 B

El horizonte actual de Atlanta sobre Parque Piedmont
https://www.istockphoto.com/photo/iconic-view-of-atlanta-skyline-over-piedmont-park-gm1482238845-509279640
iStock.com/Marilyn Nieves

CAPÍTULO VEINTITRÉS

Maurice, Barton y Barr
1947

DESPUÉS DE LA PRIMERA NOCHE, Margarita aceptó la presencia de Roy en la habitación a la hora de acostarse, pero cada mañana se despertaba interrogando a Estrella, que se desentendía divertida, «Claro que no, Roy es simpático. No me ha hecho nada». El gran problema de Margarita era que no tenía ropa y a Roy le resultaba demasiado incómodo ir a buscar la ropa por la noche, por lo que durante tres días las niñas no se cambiaron. La tercera noche vino su hermano, arrastrando las maletas, y la cuarta Roy se sentó con la guía telefónica entre sus delgadas piernas, buscando un lugar para que las chicas se mudaran. Después de hacer varias llamadas telefónicas de averiguación, finalmente se volvió y transmitió que había encontrado un lugar en Piedmont Avenue, un hogar de la iglesia para niñas a 7 dólares a la semana, que incluía comida, y que llevaría las referencias de Margarita para que la mujer las viera a primera hora de la mañana siguiente.

Al día siguiente, con la ayuda de Roy, las chicas se fueron del motel. Roy pagó la cuenta y las llevó en taxi al edificio de ladrillo

Figura 73

Parque Piedmont, Atlanta, Georgia (actualidad)
iStock.com/mphillips007
https://www.istockphoto.com/photo/atlanta-gm183801340-16205283?searchs
cope=image%2Cfilm

de la residencia, con sus amplios ventanales que daban al parque Piedmont. Mientras Estrella y Roy descargaban el equipaje, Margarita se quedó hablando con el ama de llaves y pagó el alquiler por las dos durante dos semanas. En cuanto se instaló en el dormitorio, se sentó y, utilizando la papelería de la casa, escribió a su padre dónde se encontraba, haciendo hincapié en el rigor de las normas. Era una característica que atraería mucho a Luzare. También pidió algo de dinero y, actuando con más prudencia de la que era habitual en ella, ese mismo domingo por la mañana depositó los 100 dólares que le quedaban en un banco para guardarlos para futuras matrículas escolares. Buscando en la guía telefónica, los recuerdos de su antiguo colegio la llevaron al Sagrado Corazón, la iglesia donde asistiría a misa a la mañana siguiente, su primer domingo en Atlanta.

Un tipo corpulento con la cabeza como un San Bernardo rubio y desgreñado se sentó en el banco de al lado. Sus miradas se cruzaron varias veces durante la misa y después, al salir a la calle,

Figura 74
Maurice Du Clerc

él se cruzó con ella, le sonrió cortésmente, se detuvo y le preguntó si no era extranjera. Ella asintió sonriendo. Él siguió charlando en español, paseando a su lado. Él mismo era descendiente directo de franceses, aunque había nacido en Nueva York y sólo estaba en Atlanta para estudiar en Georgia Tech. Explicó con un agradable acento que estaba en el penúltimo curso y que se llamaba Maurice Du Clerc. Margarita estaba tan encantada de oír su propia lengua que casi se olvidó de decirle su nombre. Cogieron un autobús en la esquina y se bajaron delante de la casa de la iglesia, pero el día era demasiado espléndido para entrar, así que caminaron hasta el parque, disfrutando del sol de enero.

El domingo siguiente Margarita volvió a encontrarse con Maurice en misa. Esa tarde, mientras paseaba con ella por el parque, él le habló de su futuro como ingeniero, de sus grandes ambiciones, y le pidió permiso para verla durante la semana. Margarita le llevó a conocer a la madre de la casa, que le dio su aprobación.

Así, las primeras semanas transcurrieron serenamente para Margarita en Atlanta. Sin embargo, una noche, justo después de terminar de cenar en casa, se sorprendió al levantar la vista y ver entrar a Estrella. La rutina de Roy era recoger a Estrella al llegar del aeropuerto, llevarla a comer y traerla de vuelta a la hora del toque de queda. En aquel momento, Estrella tenía el rostro abatido, los labios gruesos y caídos en un mohín, la voz preocupada y grave. Se lo confió a Margarita, que, conocedora ya de los síntomas, contó mentalmente su dinero.

—Margarita, siento pedírtelo, pero ¿podrías prestarme algo de dinero? Tengo que pagar la matrícula por adelantado para entrar en la escuela, y si no me matriculo antes del fin de semana me retirarán el pasaporte. El tiempo se acaba, pero la escuela me prorrogará el pasaporte si soy estudiante. Pero, ¿cómo voy a hacerlo? No tengo dinero y mi dinero de casa está vencido. Ya llegará, ya lo sabes, y entonces te lo devolveré.

Margarita preguntó vacilante:

—¿Cuánto necesitas?

—Cien dólares fue la rápida respuesta, que por algún golpe de exactitud justo coincidía con la cuenta bancaria de Margarita. Obsequiosa con Estrella, Margarita sacó el dinero que tenía guardado y se lo entregó al día siguiente.

Dos días después, Margarita se despertó dolorida y demasiado abatida para levantarse de la cama. Esa noche, Roy sugirió a Estrella que Margarita fuera a ver a un médico y escribió el nombre de uno en un papelito. Al día siguiente, Margarita se arrastró hasta el centro de la ciudad para acudir a la cita. Con voz de alarma, el médico indicó a la enferma que fuera directamente al hospital. Margarita no tenía dinero, pero Roy prometió al secretario del hospital que se ocuparía del asunto, y le permitieron ingresar. Durante dos semanas su estado neumónico fue crítico, y después, durante días, permaneció en un febril kef, una lánguida tranquilidad, demasiado débil incluso para interesarse por las revistas que Maurice dejaba junto a su cama con cada visita nocturna. La solitaria muchacha dependía de su gran presencia reconfortante al final del día. Cuando se marchaba, Maurice se paseaba por la habitación ajustando las persianas y las ventanas, moviendo la mano en busca de corrientes de aire. Luego iba al final del pasillo y traía una jarra de agua para ponerla junto a la cama. Si le dejaba una caja de caramelos, siempre agitaba el dedo en señal de prohibición y le decía, «Cuidado, no comas demasiado. Te pondrás mala». Cuando estaba a punto de marcharse, siempre le daba una palmadita cariñosa en el brazo y le decía con voz ronca, «Pórtate bien. Hasta mañana». Luego se inclinaba y le tocaba cuidadosamente la frente, la barbilla, las mejillas, formando la señal de la cruz.

Maurice sentía que el entretenimiento era esencial en sus visitas. Las enfermeras y los médicos que pasaban por delante de la puerta se acostumbraron a ver al hombretón haciendo gimnasia, a veces haciendo flexiones entre las sillas o caminando sobre las manos por el suelo mientras Margarita miraba con admiración. A Maurice también le gustaba la gente. A medida que pasaban las semanas, para amenizar las veladas, solía traer a sus amigos, para que Margarita pudiera sentir que realmente había recibido una visita. Una vez trajo a uno de sus profesores de la escuela y, en otra ocasión, a una pareja de costarricenses que había localizado a través del Club Latinoamericano.

Una noche, cuando las visitas se habían marchado, Mauricio se sentó junto a Margarita y le acarició la mano. Levantó la mano hacia su mejilla y le preguntó:

—Margarita, ¿te considerarías comprometida conmigo? Podríamos casarnos en junio del año que viene, después de mi graduación. Eres una chica maravillosa y me siento muy unido a ti. Quiero que me digas que te casarás conmigo.

Acurrucada entre las sábanas, envuelta en una cálida satisfacción, Margarita resplandeció ante la idea de estar bajo la custodia de Maurice. Susurró suavemente:

—Sí.

Aunque Maurice se sentía oficialmente autorizado a besarla, el tacto de sus labios era tan fresco y limpio como la menta, e incluso Edwin la había besado más fuerte y con más ardor cuando ella sólo tenía trece años.

Al cabo de cinco semanas, durante las cuales fue necesario telegrafiar a su padre 500 dólares para evacuarla del hospital, Margarita regresó al dormitorio. Demasiado débil para hacer algo más que sentarse, pasaba el tiempo en un estado de *dolce for niente*, deliciosa ociosidad. Como una comedora de lotos, en soñadora indolencia pasaba horas en el parque y por la noche salía de vez en cuando a montar a caballo con Maurice. Más tarde, cuando ella se hizo más fuerte, él la llevó a la legación americana, orgulloso de presentarla a sus amigos de allí. Una vez asistió a un baile de máscaras en casa de uno de sus amigos franceses. Vestida como una muñeca, se ató una ancha cinta de raso rosa bajo la barbilla, hizo volar los volantes de su gran bonete y rodeó su oscuro cabello, y arremolinó su corta falda salpicada de flores. La esponjosa camisa volaba burlonamente lejos de sus piernas. Al contemplarla, Maurice la cogió en brazos, sin hacer caso de la ama de llaves, y la llevó a su automóvil diciendo:

—Mirad todos, tengo una muñequita que no sabe andar sola.

Y por mucho que a Maurice le gustara estar entre la multitud, era algo remilgado con su vida personal. Aborrecía las residencias universitarias y, cuando empezó la universidad en Georgia Tech, se buscó un apartamento tranquilo, lo amuebló a su gusto y contrató a una anciana para que le hiciera la limpieza y le cocinara. Su ropa estaba siempre inmaculada y era meticuloso con los pequeños detalles. Si se le caía un envoltorio de caramelo en el coche mientras conducían, no se sentía tan tranquilo hasta que lo había recogido y sacado del coche. Era muy perfeccionista. Buscó en la ciudad un anillo de compromiso adecuado, no encontró nada de su agrado y decidió que prefería esperar a volver a casa de vacaciones en junio antes de comprarlo.

Un día Margarita recibió un telegrama de Ricardo desde Nueva York diciendo que había venido a buscar a Renato a la Universidad y que se detendría en Atlanta para verla a su regreso. Margarita, que sólo había visitado a Ricardo una o dos veces en toda su vida, a pesar de que vivía en la casa de al lado, estaba muy emocionada esperando su visita. El domingo siguiente por la mañana, Ricardo, Renato y Diana estaban en el pequeño vestíbulo de la casa de la iglesia y esperaban a Margarita. Se apresuró a saludarles efusivamente, pues eran el hogar de su corazón. La última vez que se dirigió a Renato fue para plantarle un beso, pero en lugar de eso se quedó mirando. La larga y delgada figura de Renato estaba encorvada hacia delante como la de un anciano. A los veinte años era la viva imagen de un alquimista medieval. Su larguirucho pelo oscuro le llegaba hasta los hombros, con unos rizos caídos sobre sus mejillas morenas y oscuras, y sus ojos ardían con extraña intensidad tras sus gruesas gafas de montura de cuerno. Una levita holgada cubría su huesuda figura y una gran corbata negra se anudaba descuidadamente a su barbilla. Sospechando una broma, Margarita soltó una risita y le miró burlonamente a los ojos, pero Diana, rodeando la cintura de Margarita con el brazo, le dio un apretón de advertencia y le ordenó con la mirada que no hiciera ningún comentario. Por un momento, Margarita se quedó paralizada al darse cuenta de que Renato, el gentil y brillante Renato, ¡estaba loco!

Apresuradamente Diana puso su aguda voz chillona con:

—Margarita, ¿te has fijado en mi bolso y mis zapatos? —Margarita siguió con la mirada los diminutos zapatos bellamente torneados de suave color marrón leonado, el bolso que tenía forma de bolsa y con parches de pelo más largo y oscuro. Diana rió y preguntó—, ¿Sabes dónde los conseguí? —Margarita negó con la cabeza—. ¿Recuerdas el puma que Ricardo mató de un tiro, el que merodeaba por el patio una noche? Mandé hacer esto con la piel. ¿No fue inteligente de mi parte? Diana volvió a reír a carcajadas.

Salieron a la acera y esperaron a que Maurice los recogiera en su automóvil. En cuanto Maurice bajó del coche, Renato se apartó de los demás, salió y se metió en el vehículo. Con su habitual perspicacia, Maurice no dio indicio alguno de ser consciente de la vestimenta escénica de Renato. Respondió a las preguntas de Ricardo mientras conducían señalando de vez en cuando los cornejos de las calles. Esta primavera, los cornejos estaban de una belleza inusitada. Como esbeltas jovencitas, agitaban sus bonitos vestidos de domingo rosas y blancos con una alegría primaveral y juguetona.

Diana escuchaba y sólo alzaba la voz en los momentos de silencio peligroso. Una vez, al pasar por delante de una frutería, gritó:

—¡Oh, mira, la piña, tan cómicamente pequeña!

Aparcaron el coche en el centro y las cinco personas se pasearon por la acera. Diana se quedó absorta mirando las galas de Pascua expuestas en los escaparates. Ricardo se asomó a los escaparates de los restaurantes, buscando con ojo meticuloso el ambiente adecuado. Pero Renato se sintió magnéticamente atraído por una librería de segunda mano, y empezó a aporrear la puerta de cristal, chillando con su fina voz de falsete

—¡Abre la puerta, abre la puerta!

1947   241

La voz de fondo de Ricardo, grave y engatusadora, decía:

—Hijo, es domingo, las tiendas abrirán mañana. Pero eso no hizo más que excitar aún más a Renato. Traqueteó, pateó y golpeó la puerta con mayor vigor hasta que el propietario, que estaba en la parte trasera de la tienda enumerando la mercancía, asomó la cabeza por una hilera de estanterías al oír el alboroto. Cuando Renato vio al hombre, apoyó todo el peso de su delgado cuerpo contra la puerta y volvió a golpearla con todas sus fuerzas. Luego dio un paso atrás, señaló al propietario, sacó dos billetes de sus bolsillos y los sostuvo en alto, señalando de nuevo al hombre mientras hacía un gesto de dar. El viejo se encogió de hombros derrotado, como si respondiera, «¿Quién puede rechazar el dinero?», y abrió la puerta. Una vez dentro, Renato se arrastró de rodillas por los rincones más oscuros, sacando de vez en cuando un volumen polvoriento de la estantería y hojeando las hojas envejecidas. Los demás, de pie a la luz de la ventana, charlaron con el dueño hasta que Renato terminó su búsqueda. Entonces dejó sus tres hallazgos sobre el escritorio, pagó la cantidad indicada por el comerciante, entregó los dos billetes extra que habían abierto la puerta, se dio la vuelta y encabezó la salida.

En el apagado ambiente dominical del restaurante, Ricardo intentó una o dos veces hacer comentarios sociables, pero Renato los interpretó como insinuaciones y alzó una voz insultante, luego levantó las manos por encima de la cabeza como si implorara a los dioses que hicieran llover castigo sobre sus enemigos.

Maurice puso tranquilamente su pesada mano sobre el delgado hombro del muchacho, señaló el plato sin tocar y con la autoridad de un alcaide de prisión declaró:

—Se te enfría la comida Renato, será mejor que comas. Renato se relajó de inmediato, y con dócil mansedumbre comió como un niño en su guardería. Margarita siempre había pensado en Ricardo como una especie de Dives y en su familia como el Lázaro de su rica mesa, aceptando las migajas de su atención y su férrea autoridad en todos los asuntos que su padre no regía. Ahora miraba la cara de Ricardo y sentía una gran lástima por él.

Para rematar la tarde de diversión, Mauricio les invitó al suntuoso

Teatro Fox para mostrarles su magnífico interior. Renato no se dejó impresionar en absoluto por el disonante y áspero estruendo de la orquesta de Spike Jones, que hacía su aparición en escena. Levantó su cuaderno por encima del hombro para captar el tenue contraluz. Mientras el público escuchaba una música que podría haber sido compuesta por Loki, él hacía anotaciones rasposas sobre psicología de masas en su pequeña libreta negra.

Después, en la nueva frialdad del final de la tarde, dejó a los demás de pie frente a sus recién adquiridos tesoros, no podía esperar ni un momento más. Y tampoco renunció a su cama, ni siquiera para comer los siguientes cinco días que su madre y su padre pasaron en Atlanta. Ricardo y Diana se despidieron de Margarita prometiendo dar un buen informe de su situación a Luzare. Ricardo incluso le dio un codazo en broma a su hermanastra y le dijo:

—Ten cuidado que no se te escape ese chico. Es muy simpático.

Margarita siempre iba a misa con Mauricio, pero durante los rezos sus ojos se veían frecuentemente atraídos por los bonitos tocados y los vistosos sombreros que lucían incluso las ancianas. Para ella nunca dejaba de ser pomposo acudir a la iglesia, pero Maurice le llamaba la atención y le susurraba con voz severa, «Se supone que estás rezando a Dios. Deja de mirar así». Ella agachaba la cabeza, pero de vez en cuando se olvidaba de nuevo y se quedaba absorta en el festival de colores vivos.

El Viernes Santo, con la ayuda de Estrella, Margarita despejó el tocador del dormitorio, lo cubrió de negro, colocó la estatua de la virgen y el Crucifijo en el centro, luego encendió una vela y rezó. Las otras chicas entraban y salían durante el ritual, susurrando en voz alta:

—Mira, están haciendo magia negra. Estrella escuchó algunos de sus balbuceantes comentarios, finalmente se levantó de sus rodillas y comenzó a planchar un vestido para su cita. Olfateando el alboroto, la ama de llaves entró en escena. Sus ojos sensibles bajo los apretados rizos grises comprendieron la naturaleza de adoración de Margarita. Se giró sobre las chicas y usó la lengua como un látigo:

—Qué vergüenza, chicas. Seguid con lo vuestro. No os vendría mal a algunas de vosotras rezar un poco. Ahora a lo vuestro. —

Después de que las chicas se dispersaran, consoló a Margarita, que tenía el corazón agitado—, No pasa nada, hija. No les hagas caso. —Y mientras salía, gritó por encima del hombro—, Cuidado con esa vela. Un fuego suelto como ese podría quemar el lugar.

Pero el ambiente de adoración se había roto para Margarita. Su alma estaba demasiado perturbada para permanecer en la casa. Buscó su refugio al otro lado de la calle. Eran las tres y el ruido y el estruendo de la ciudad continuaban sin cesar, y Margarita se encontró corriendo hacia el parque, lejos del estruendo y el estruendo. Su mente se preguntaba, «¿Es que no lo saben? ¿No les importa que Dios haya muerto?». Lejos del clamor, se sentó junto a las tranquilas aguas del estanque y se quedó mirando su fría profundidad. Como las aguas de Siloé, suavizaron su alma y pensó en su hogar. Hoy no circulaban automóviles por las calles y ni siquiera funcionaban los autobuses ni los trenes. Todas las tiendas estarían cerradas. La gente vestida de negro había ido a las once a la iglesia para oír un sermón sobre la traición de Jesús. Una imagen de Cristo con la Cruz era llevada por las calles y a lo largo de su predestinado recorrido la Samaritana ofrecía agua a Cristo, Magdalena se arrastraba a sus pies y los ungía con aceites preciosos. La Verónica limpió su patético rostro sudoroso de sangre, y su huella manchó su pañuelo. La Virgen María y Juan habían encontrado a su Señor.

Luego, por la tarde, hubo dos largos sermones y, a las tres, la imagen de Cristo muerto fue introducida en un sepulcro de cristal y oro y comenzaron los lúgubres cantos de la procesión. A lo largo de la procesión se empujaba sobre los hombros de los hombres fuertes a las niñas llevadas en andas, niñas vestidas con alas blancas y transparentes. En sus manos llevaban lemas con las siete últimas palabras de la Cruz. La Verónica había sido llevada a lo largo de las andas, sentada junto a una cruz desierta, y la Magdalena y la Samaritana, y un centenar de hombres así muy honrados con sombríos trajes negros llevaban el sepulcro. En último lugar llegaron los sacerdotes, la imagen de Juan y la dolorosa María. A lo largo del camino, las calles se llenaron de espectadores emocionados y llorosos que rezaban sus rosarios, pensando en aquel día cruel y en su Dios crucificado.

Margarita tenía el corazón demasiado lleno, a punto de estallar. Miró por el parque, encontró un árbol estéril, sin hojas, y allí se arrodilló, extendió los brazos hacia la cruz imaginaria y musitó los treinta y tres Credos. Muy cerca, un cornejo resplandecía con sus pétalos de color blanco nacarado y rosa pálido. Y para los ojos borrosos de Margarita, los árboles eran la Virgen, encantadora, gentil, meciéndose en sus inmaculadas vestiduras. Aquella era tierra sagrada.

La Pascua de aquel año, la primera semana de abril, fue un día primaveral gloriosamente templado. Después de misa, Maurice llevó a Margarita a cenar y, por la tarde, gritaron y chillaron en un partido de pelota en el parque Ponce de León.

Los dos meses siguientes fueron un sueño maravilloso para Margarita. Se sentía fuerte. Maurice siempre la llevaba a las multitudes y nunca le faltaba dinero. Bailaban en clubes nocturnos y salían a pasear en su automóvil. Maurice siempre hablaba con optimismo de su brillante futuro una vez superado el obstáculo del último curso. Su inglés era cada vez más fluido y articulado, mientras que el de Margarita seguía siendo entrecortado e inexacto. Mientras daban sus paseos, Maurice decía, «Ahora saca tu espejo. Cuida tu boca y di estas palabras», y cuando empezaba una lección de inglés, no paraba hasta que Margarita se volvía demasiado distraída para mirarse en el espejo.

A principios de junio intercambiaron fotografías, Maurice dio a la joven de dieciocho años su dirección de Nueva York y se prometieron escribirse a menudo. Maurice repitió su itinerario a Margarita para asegurarse de que lo entendía. Primero iría a Cuba y luego se quedaría en Nueva York hasta septiembre.

Pero tras la marcha de Maurice, el verano ocupó su lugar en el afecto de Margarita. Sólo tenía noticias suyas de vez en cuando y le escribía una tarjeta de vez en cuando. Iba a nadar con las chicas al parque, tomaba el sol y empezaba una vida de dormitorio cordial, despreocupada y fácil. Cada vez que pensaba en Maurice, era como una película bien recordada. Más a menudo, era con cierto alivio que él no estaba allí. Porque cada vez que pensaba en Maurice, invariablemente pensaba en su abuela y, si pensaba lo suficiente, Maurice asumía el vestido negro de su abuela Catalina. Pero el recuerdo de su pelo rebelde desordenaba todo el cuadro y a menudo tenía el impulso de decir, «Cepíllate el pelo, Maurice, mi abuela nunca se deja caer el pelo». Cuanto más pensaba, más ridículo le parecía todo, hasta que cada vez que lo recordaba le faltaba un sentimiento.

A excepción de la señora italiana, ahora no había ningún tipo de estímulo en la vida de Margarita. La italiana se había interesado por ella desde que la conoció en la legación americana. Siempre iba a visitarla, siempre le preguntaba qué pensaba hacer en el futuro. Fue a instancias suyas que Margarita fue a la escuela en marzo, al Central High School, para un curso nocturno de inglés. Pero la primera noche, después de matricularse, un chico chulito y musculoso con camisa de cuadros rojos y vaqueros la había acosado. Así que no había vuelto. Sentados en el aula, ella y la italiana, el chico rubio le preguntó su nombre, pero ella levantó la nariz y se negó a contestarle. Sin embargo, la italiana le proporcionó respuestas. A la mujer le encantó la idea de promover un romance y le ofreció el nombre de Margarita, su número de teléfono e incluso añadió:

—Asegúrate de llamarla porque no tiene novios.

El chico inclinó su blanca y rubia cabeza hacia Margarita y dijo:

—Bien, ahora puedo llamarte.

Pero Margarita contestó arquetamente en su mejor inglés:

—No te servirá de nada. No voy al teléfono y no hablo con hombres extraños.

La italiana le dio un codazo y le guiñó un ojo:

—¿Y ahora por qué te enfadas? No pasa nada. Eres como una vieja. Diviértete. Deja que te llame. Durante un par de días después, el chico telefoneó, pero Margarita no se acercó al teléfono, ni volvió al colegio, temerosa de volver a verle. Cuando llegó el verano, olvidó todo el incidente.

Después hubo un espacio de más de tres semanas en que Margarita no supo nada de su padre. Siempre esperaba recibir al menos cuatro cartas semanales de él, pero durante un tiempo no hubo nada, nada, por mucho que ella escribiera preguntando. Por fin llegó una larga carta de su padre en la que daba explicaciones.

«Mi querida hija», decía el gran garabato, «estoy seguro de que has estado preocupada. Por no poder oír. Pero los asuntos han sido tales aquí que es mejor que te los hayas perdido. Mi amigo Ulate, dueño del *Diario de Costa Rica*, le pidió a Picado que creara un tribunal electoral. Sugirió un consejo de tres hombres para contar los votos. (Esperamos que Otilio Ulate sea nuestro próximo Presidente). Ulate miraba hacia el futuro, intentando evitar lo que ocurrió en las últimas elecciones. Pero Picado se negó. Todo el país se declaró en huelga general. Todo estaba cerrado. No entraba comida del campo, nada se movía. Fue como el Viernes Santo. Era nuestra única manera de mostrar nuestro poder. El 2 de agosto, Roma Ida, las calles se llenaron de mujeres de todo tipo, maestras, chicas de las escuelas, un espectáculo como nunca habíamos visto. Fueron a la Casa Presidencial pidiendo el tribunal electoral. Picado habló desde su ventana, con su voz sarcástica «Pidan un milagro a la Virgen de los Ángeles». Pero al día siguiente cedió. «En febrero habrá un sistema diferente de dirigir las cosas. No te preocupes por nada. Durante la huelga no necesitábamos nada. Nuestro bando estaba bien organizado, nadie pasó hambre. Pero tu madre se quedó en la sala de billar todo el tiempo. Eran tiempos extraños».

La italiana no dejaba a Margarita sola en su perezosa tranquilidad. A continuación le sugirió un curso de belleza. La mujer le explicó:

—Una chica joven nunca sabe hoy en día cuándo va a tener que mantenerse. Más vale que aprendas algo que te pueda servir en el futuro. ¿Por qué no te haces esteticista? Un buen inglés no es necesario en esa profesión. Margarita le pidió a su padre 200 dólares para la matrícula y se fue a la Escuela de Belleza Powder Puff a matricularse.

Aquella noche, tumbada en la cama, pensó en su primera experiencia tonsorial. Podía ver a la vieja Lola, la lavandera, de pie sobre la bañera, fregando la ropa. Su pelo negro y áspero, liso como la crin de un caballo, le caía por la espalda en una pesada trenza. Las puntas estaban palmeadas y salpicadas de diminutos huevos blancos, y a menudo le caían del pelo liendres vivas, tenues y arañosas, sobre los hombros y la espalda. Se veía a sí misma como era entonces, una niña de diez años con las piernas largas. Recordó cómo sacó un taburete y unas tijeras grandes escondidas a sus espaldas, se colocó detrás de Lola y le dijo:

—Lola, déjame que te iguale las puntas del pelo. Sin prestar atención a la interminable cháchara de la joven, Lola asintió con la cabeza y la niña se subió y empezó a recortar. Las tijeras resbalaban y resbalaban, pero ella se agarraba con fuerza y tiraba de la cola mientras las tijeras le ampollaban los dedos, pero no paró hasta que, por fin, sujetó una larga mecha, ahora como la cola de un caballo. Lola miró por encima del hombro y gritó. Luego corrió hacia el espejo de cuerpo entero que Esmeralda tenía en el cuarto de servicio. Llevaba el pelo corto cortado en extraños mechones que sobresalían de su cabeza. Lola subió al vestíbulo gritando a Libia, levantó las manos hacia la culpable y la señaló con el dedo. Libia regañó a Margarita e intentó calmar a Lola.

Aquella noche, cuando el hombre de Lola pasó a recogerla al trabajo, se negó a dejarla salir del portal. Prefirió pensar que Lola, aquel día, había tonteado con otro hombre en una de sus borracheras y que otro amante le había cortado el pelo por venganza. Le dio una buena bofetada y se marchó. Al quedarse allí, Lola se volvió hacia Margarita, que la miraba:

—¿Lo ves? Pierdo a mi hombre por tu culpa. Al día siguiente Lola pidió el día libre para ir a la peluquería a cortarse el pelo de nuevo.

Pero una vez que Margarita empezó su curso de belleza, descubrió que estaba más interesada en la cultura de la belleza de lo que nunca había estado en ninguno de sus estudios. Pasaba allí todos los días de nueve a cuatro y no buscaba excusas para faltar a clase. Otra de las alumnas, Evelyn, le pidió que se mudara con ella a su pensión, ya que necesitaba una compañera de piso. Además, como ella misma señaló, también sería más cómodo para Margarita. La pensión estaba a sólo tres o cuatro manzanas de la escuela de belleza, a poca distancia de su nueva casa de la calle Washington. Era un edificio grande, desvencijado, de cinco plantas, en una calle a cuyos dos lados se agolpaban pretenciosas casas de huéspedes con fachada. Cada una de ellas era una reliquia de una época más grandiosa, con carpintería filigranada y estriada, algunas con austeras columnas, la pintura salpicada de manchas, en las que estaban clavados carteles de HABITACIONES AMUEBLADAS. Por la noche, la luz que se reflejaba a través de los bordes vidriados de las puertas de entrada se proyectaba extrañamente sobre los parches de césped bordeados por

setos matorrales y rasposos. Y el viento levantaba la basura, las cajas y los papeles contra la alambrada como si fueran espinas. Aquí y allá, un porche albergaba un bulto fantasmagórico de muebles a medio mover, un frigorífico o una lavadora. Las ventanas de los segundos pisos, sin cortinas ni persianas, estaban iluminadas con el resplandor amarillo de un cordón de luz.

Figura 75   Barton

Margarita no había dejado su dirección en la casa de la iglesia de Piedmont Avenue, sobre todo porque no se le ocurrió hacerlo en el momento de la mudanza y después, cada vez que se le ocurría llamar para preguntar por el correo, estaba demasiado ocupada o se le olvidaba.

En la escuela sacó la nota más alta en su primer examen y Barton, un estudiante alto, de cara femenina y pelo rojo dorado, le arreglaba el pelo, le daba masajes en la cara, le hacía la manicura en las uñas y todos los días la atendía de alguna manera diferente, como una doncella. Aunque Barton parecía bastante inofensivo, Margarita seguía teniendo reparos con las citas sin compañía, pero a veces tenía una cita doble con él.

Durante el día estaba bien. Estaba en el colegio. Pero por la noche las otras chicas de la pensión salían. Margarita encontraba las noches demasiado aburridas. Volvió a pensar en el colegio, más aún desde que el Central High School se había trasladado de la calle Pryor a la calle Washington. Pasaba por delante de ella todos los días y, además, cada vez que se encontraba con la italiana era necesario tener una excusa preparada de por qué no volvía a la escuela.

Una noche decidió que volvería a intentarlo. Mientras subía por el pasillo, su vestido verde se movía de un lado a otro con el contoneo de sus caderas redondeadas. De repente, detrás de ella se oyó un silbido significativo y luego él estaba caminando a su lado. El mismo chico, todavía aquí, su pelo brillaba como la seda platino bajo la luz artificial. Sus ojos verdes danzaban con una alegría atormentadora mientras exclamaba:

—¡Otra vez tú! ¿Dónde has estado todo este tiempo? Espero que hayas venido para quedarte un poco más que la última vez.

Margarita apoyó el dedo en la barbilla en actitud de meditabunda decisión. Sus ojos eran un despliegue de alegres luces pícaras mientras contestaba con descaro:

—DApende.

El chico, no mucho más alto que ella, saltó a su alrededor con entusiasmo mientras le preguntaba:

—¿En qué clase estás?

—Estoy en los principiantes —respondió ella, entonces se giró y le preguntó—, ¿En qué clase estás tú?

Él respondió: —Estoy en la misma.

Margarita se sintió burlada y comentó:

—No, ésta no es tu clase. Pero él la precedió dentro del aula y se sentó en el pupitre contiguo al suyo.

Figura 76 A

Barr

Cuando la profesora pasó por delante de los pupitres, examinó la solicitud del chico. Al ver que estaba programado para el 12º curso, le dijo:

—Vete a tu clase. Este no es tu sitio. El chico se negó en redondo y replicó:

—¡No, quiero quedarme aquí!

Con voz severa y didáctica, la profesora le explicó:

—Aquí sólo molestas. Esto es para principiantes, —pero al ver la terca mandíbula del chico, suspiró resignada ante las costumbres de los extranjeros y replicó—, muy bien, si te quedas aquí, tendrás que volver a rellenar tu carnet. El chico salió de la habitación pero no tardó en volver, blandiendo su tarjeta corregida para que se leyera «Habitación 101-Clase de principiantes». Estaba más allá de los simples rudimentos de los demás y por eso se sentaba al fondo de la sala a leer libros divertidos o a dibujar caricaturas. Durante las primeras noches, se limitó a pedir el privilegio de pasar los periodos de descanso con Margarita, pero al cabo de una semana pidió acompañarla a casa desde el colegio.

En la esquina de su bloque de la calle Washington siempre paraban en una pequeña cafetería a tomar un café. Barr sacaba su pequeño cuaderno e intercambiaba idiomas con Margarita. Ella escribía en español en su cuaderno. A menudo cantaba en español para divertirle.

Figura 76 B

El café de la esquina

CAPÍTULO VEINTICUATRO

Barr
1948

P ARA TENER DIECINUEVE AÑOS, EL rostro del chico era un duro estudio tallado en piedra. Había una amargura feroz y un desafío en sus ojos. Sus rasgos estaban pintados con un tosco e irregular descuido y, en todo el terreno, las emociones cambiaban: en un momento fruncía el ceño y al siguiente esbozaba una sonrisa encantadora. Sus cejas daban un atractivo caprichoso, blanqueadas de blanco sobre su piel de bronce. Pero la mayoría de las veces, el rostro completo era cínico, descansando en una tranquila mueca de desprecio. Margarita pronto supo que se enorgullecía de su dureza. Luchó por sus propios medios desde los trece años, cuando vivía con su familia numerosa, tres hermanas mayores y dos hermanos pequeños, en un sórdido piso de Dublín. Allí vendía verduras en un mercado. A los catorce años y medio se alistó en el ejército canadiense y luchó más en los barracones que en las arenas africanas durante la guerra. Tras su expulsión del ejército, regresó a casa. Pero siempre estaba metido en una trifulca o buscando pelea en las tabernas. Su madre, viuda y cansada de su comportamiento, pidió a una hija casada que le enviara dinero para viajar a Estados Unidos. Barr llegó a Atlanta y trabajó para su cuñado en un garaje. Para mantener al chico alejado de las travesuras, el cuñado le sugirió que fuera a la escuela nocturna. Al principio Barr rechazó la idea. Aún le quedaban recuerdos de sus piernas negras y azules administradas por los hermanos cristianos de Dublín que, si no podían impartir conocimientos a través de la cabeza del testarudo niño, a menudo lo intentaban a través de su cuerpo. Y aún recordaba el miedo a la escuela y a todas las escuelas Para él, la escuela era como una prisión una vez que las puertas se cerraban por el día. Los niños no tenían contacto con el mundo exterior hasta que se volvían a abrir las puertas por la tarde, cuando eran liberados para volver a casa. A pesar de que le hacía estremecerse mirar las piernas rayadas de Barr, Lucy Tully sentía que tenía que procurar que Barr recibiera alguna educación. Era demasiado inteligente y despierto para dejarlo suelto.

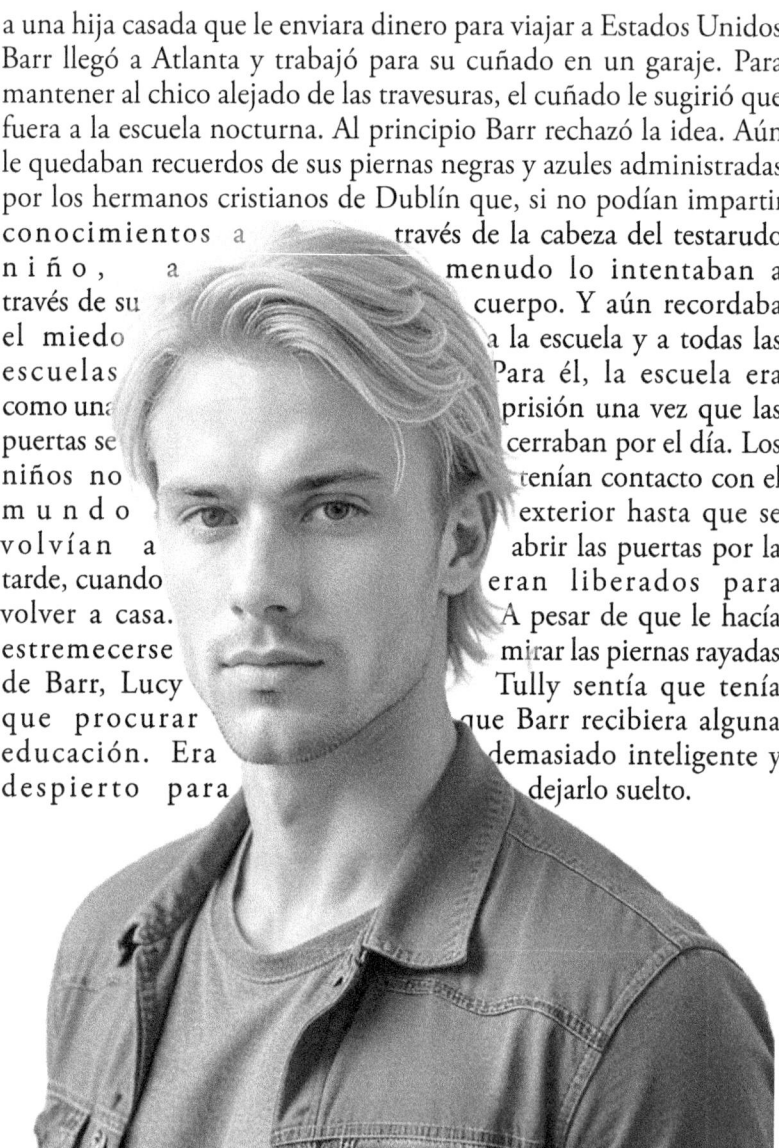

Figura 77 A   Barr

Así que Barr estuvo de acuerdo con su cuñado y fue a la escuela con la expectativa de pelearse con el profesor. En lugar de eso, le sorprendieron sus laxas normas y al principio se sintió tan libre que ignoraba toda disciplina, rechazaba las lecciones y leía los periódicos en clase. Luego, cuando los profesores parecían no darse cuenta ni preocuparse por él y lo ignoraban por completo, le molestaba que lo desatendieran. Se lanzó a la actividad intelectual y no tardó en pasar de la escuela primaria al duodécimo curso.

Noche tras noche, mientras Margarita escuchaba a Barr hablar con su grueso rebuzno, a menudo lo comparaba con Barton. Las manos de Barton eran largas y estaban cubiertas de flecos de pelo dorado. Las uñas eran pálidas y estaban muy bien cuidadas. Los mugrientos y cortos dedos de este muchacho tenían grandes nudillos y pequeñas cicatrices blancas brillaban en pequeñas medias lunas cuando anudaba los puños. Tenía las uñas roídas y ennegrecidas. Barton siempre olía a jabón desinfectante fuerte y sus uniformes estaban tan arrugados a las cinco como a las nueve. Las ceñidas camisas de Barr estaban raídas y rajadas en el canalillo por su duro pecho de barril. Sus pantalones, ásperos y secos, estaban subidos por los puños. Pero cuando Margarita pensó en Barton, le pareció insignificante en comparación, demasiado picantón, demasiado refinado.

Una fría noche de noviembre, mientras estaban sentados en la calle arqueándose como tortugas contra el viento helado, Barr no paraba de hablar. De pronto, su voz lanzó con fuerza la pregunta:

—Margarita, ¿quieres casarte conmigo?

La respuesta fue suave:

—Sí.

Él se volvió asombrado y se encaró con ella:

—¿Entiendes lo que quiero decir? Quiero decir que seas mi esposa.

Aún así, ella asintió:

—Entiendo, quieres decir ir al cura y casarte. Sí, me casaré contigo.

El chico se levantó, sorprendido por este giro de los acontecimientos:

—Santo cielo! Estamos prometidos. Esto merece una celebración.
—Cogidos de la mano, regresaron al café para tomar una cerveza.
Barr hizo planes rápidamente—. Mañana, —dijo—, compraremos
un anillo de compromiso. Al día siguiente, Margarita levantó la
vista y vio a Barr pidiendo permiso al profesor de la escuela para
salir temprano. Caminaron hasta el centro, y entraron en la tienda
con el anuncio parpadeante que decía *VE BRADSON, LLEVA
DIAMANTES*. Poco después salieron con Margarita luciendo el
diamante de cristal tallado más grande del estante de 7 dólares.
Luego cogieron un autobús y se dirigieron a un lugar que le resultaba
familiar a Margarita, el parque Piedmont. Allí, en un banco aislado,
empezaron a hacer el amor en serio.

Más tarde, mientras la prometida arreglaba su pintalabios
manchado, Barr le explicaba:

—Cariño, entiendes lo que significa el compromiso, ¿verdad?
Significa que no debes ir con nadie más que conmigo. Vienes
conmigo a todas partes. Margarita lo entendió y asintió. Sin embargo,
cortó la conversación porque estaba ansiosa por llegar a casa para
recogerse el pelo unos minutos. Barton iba a llevarla a bailar a un
sitio nuevo, y él siempre se fijaba especialmente en su pelo.

Así transcurrieron los días siguientes, sin embargo, un día en
la escuela de belleza Margarita olvidó quitarse el anillo. A través de
la espuma del lavabo, el gran cristal bailó y centelleó. Barton, que
estaba cerca, le sacó la mano de la taza, le arrebató el anillo y le
preguntó:

—¿Qué llevas en el dedo? —Luego añadió con sorna—, Confío
en que no sea un anillo de compromiso.

Siempre servil bajo presión, Margarita musitó:

—No, no. Es sólo un anillo.

Barton lo sostuvo entre dos largos dedos y la miró despectivamente:

—Pues no te lo pongas. Te daré buenas joyas de las que no te
avergonzarás si quieres llevar algo bonito. Pero no te pongas cristal.
Arrojó el anillo bajo el lavabo. En cuanto le dio la espalda, Margarita
se agachó y se metió el anillo en el bolsillo.

En algún momento de las Navidades, Margarita se pasó una foto
de Barr. Barton se aseguró de verla. Su único comentario posterior

fue:

—Espero que no estés pensando en casarte con ese chico. Es tan duro, tan feo, y tú eres tan mona y pequeña.

El día de Navidad fue una gigantesca gormandización para Margarita. Primero hubo una cena de pavo en la pensión y a Margarita le impresionaron especialmente los vasitos individuales de regalo llenos de caramelos de menta de colores y frutos secos. De alguna manera, le recordaban a la fiesta y al hogar, aunque nunca antes había visto nada parecido. Luego Barr la llevó a casa de su hermana para una cena familiar a las tres, pavo y pollo. Más tarde fueron a casa de un pariente del cuñado para la cena de Navidad. Barr la llevó a casa a las diez y media tan llena y feliz que se durmió enseguida, escuchando la pequeña radio portátil verde que le había regalado por Navidad. A partir de entonces, todos los días llevaba la radio colgada del hombro con su correa cuando iba y venía de la escuela y todas las noches se reunía con Barr después de las clases nocturnas.

A principios de enero, Luzare envió a Margarita 200 dólares para un cheque de vacaciones, indicándole que se llevara a su compañera de piso con ella de vacaciones. Luzare siempre había escrito cartas también a sus amigas, a las que mencionaba en las cartas que le enviaba. Como siempre le explicaba a Margarita, «Me gusta escribir a la gente que se porta bien con mi niña cuando está lejos de casa». Margarita se llevó a su compañera de piso y juntas se gastaron hasta el último céntimo del dinero en una semana en la playa de Jacksonville, Florida. Margarita no tardó en enterarse de que Barr se había largado. Ella le confrontó con la información que él no negó.

—¡Bien! —resopló ella—, si tú puedes salir, yo también puedo y, a partir de ahora, iré siempre que me plazca. Aceptó con frecuencia las invitaciones de Barton e ignoró a Barr en el colegio y no contestó cuando las chicas la llamaron al teléfono del pasillo.

Una noche, en la pensión, Barr le avisó de que la esperaba abajo para verla. Margarita le acompañó sin resistirse a la pequeña cafetería a tomar un café. La mano de Barr apretó como un tornillo de banco la muñeca de Margarita y murmuró:

—No vuelvas a ver a ese marica. ¿Me oyes? Margarita lo prometió.

1948

Le dolía el brazo. De regreso a la pensión, se preguntó por qué había dejado que la viera aquel chico tan bajo, mezquino y celoso. Nunca la piropeaba como hacía Barton. No toleraba ninguna de sus sugerencias y carecía por completo de modales. Cuando la dejó en la puerta aquella noche le dijo: —Te volveré a llamar cuando quiera verte.

Margarita terminó el curso de belleza el quince de enero y recibió un gran diploma con su nombre grabado en letras de pergamino que decía que había completado con éxito seis meses de formación en la Escuela de Belleza Powder Puff. Al día siguiente fue a trabajar junto a Barton a un lujoso salón de la sección de Buckhead donde Barton, que había terminado el curso una semana antes, ya le había conseguido un trabajo. Un uniforme verde de nylon plisado la esperaba, y su cajón estaba bien surtido de suministros. La mañana transcurrió rápidamente. Se sentía completamente a gusto. Era casi como estar en el colegio. Para el almuerzo de ese día y de los días siguientes, Barton la llevó al otro lado de la calle para una cena completa de verduras y carne.

Cuando llevaba unas dos semanas trabajando, una tarde recibió una llamada telefónica. Barton, que contestaba, dijo con su voz de tenor:

—Guapa, es para ti. Margarita se acercó el teléfono a la oreja.

El timbre de la voz de Barr resonó con claridad cuando le preguntó:

—¿Quieres casarte conmigo esta noche?

Margarita se conformó por el momento y por eso respondió:

—NO, con toda firmeza.

—¿Por qué? insistió la voz.

—Porque estoy demasiado cansada para casarme esta noche y, además, ¿cómo voy a casarme sin pensar? inquirió Margarita.

La voz de Barr volvió a la carga con un desagradable:

—Decídete. ¿Cuál es la respuesta, *si o no*?

Margarita se quitó el auricular de la oreja diciendo:

—Espera un momento, —y alzando la voz preguntó—, Barton, este chico quiere que me case con él. ¿Qué le digo?

Inmediatamente tenso, Barton se enderezó del pelo que estaba peinando. Se encaró con ella y le dijo:

—Di NO.

Con la misma voz, Margarita habló por teléfono:

—NO.

Pero tenazmente, Barr siguió hablando:

—¿Estás segura? Sé que te lo ha dicho ese mariquita de la belleza. Vale, cásate con él. No quieres casarte conmigo porque no tengo dinero. Bueno, adelante. Pero no puedes decir que no lo intenté. Tenía al predicador preparado y todo. Margarita colgó mientras él seguía enumerando sus preparativos.

Barton, que no dejaba de escuchar, agitaba el cepillo y el peine con movimientos de exaltación. Su voz se elevó de excitación cuando exclamó:

—¡Maravilloso, Margarita, vas a casarte conmigo! Vamos a celebrarlo esta noche. Es demasiado feo, demasiado vulgar para ti. Primero haremos una gran cena a las cuatro. Eso nos dará tiempo para ir a buscar un anillo. Luego lavó con champú y arregló el pelo de Margarita en un moño trenzado en forma de corazón sobre cada oreja y espolvoreó brillantes sobre el negro lustre.

Pero incluso mientras Margarita seleccionaba el diamante más grande que le mostraban, su pérfida mente imaginaba a un cura y a una pareja de pie ante él. Y el novio era Barr. Después de dar una fianza al joyero, Barton llevó a Margarita a su pensión y, mientras ella hablaba un momento con él en el coche, le dijo:

—Ahora, nos veremos todas las mañanas en la esquina de Peachtree, ya sabes dónde te dije que cogía el autobús, y podemos ir juntos a Buckhead. Ya no me importará ir en autobús contigo. Puedo dejar de conducir el coche al trabajo todos los días. Ahora vete, y no olvides ponerte una red esta noche.

Margarita estaba cansada. Había sido un día muy largo. Se quitó los zapatos, se quitó el vestido y estaba cogiendo la redecilla para cubrirse el pelo cuando una de las chicas la llamó por teléfono. Una voz masculina no tardó en explicarle que era amigo de Barr y, con tono dramático, le dijo:

—Margarita, Barr quiere hablar contigo. Tiene que hablar contigo en persona. Estamos a un par de manzanas. Por favor, deja que te vea.

Entonces la voz de Barr interrumpió con:

—Cariño, siento haber sido brusco esta tarde. Estaba enfadada, eso es todo. Y decepcionado, porque lo tenía todo preparado.

Margarita lo detuvo con:

—Pero no quiero casarme contigo.

Barr volvió a deslizar su voz nasal:

—¡Por qué no, si me quieres!

Margarita soltó enfadada:

—¿Que si te quiero?

La voz de Barr volvió a ser perezosamente confiada:

—Claro, —y alzando de nuevo la voz exigió—, ¿Qué te pasa? Quiero hablar contigo. Ven abajo.

Margarita protestó:

—Pero me estoy preparando para acostarme.

La voz de Barr sonó entonces suplicante:

—¿Puedes venir, por favor? Sólo un momento.

Margarita se había ido debilitando poco a poco ante su aluvión de insistencia, y ahora sucumbió por completo ante su mansedumbre:

—De acuerdo, pero tendrás que esperar. Tengo que volver a ponerme el vestido. Volvió a su habitación, se calzó de nuevo los zapatos y el vestido y, sin mirarse siquiera a la cara, bajó las escaleras.

Barr ya estaba allí, con el amigo al que saludó con la cabeza y dijo:

—Se llama Jack.

Fuera, en un jeep destartalado, una chica se bajó y le cedió su sitio a Margarita. Barr indicó a Margarita que se sentara. Se colocó a su lado y comenzó sus preguntas interrogantes con:

—Vale. Ahora contesta claro. ¿Me quieres?

Margarita se sintió estrechamente rodeada de hostilidad. La chica, May, que, con una desaliñada chaqueta de leñador, se apoyaba en la puerta del coche, hizo saltar el chicle y miró a Margarita con odio. Jack se sentó bajo el volante y tamborileó los dedos con impaciencia. Barr, cuyos fuertes dedos ya hacían que a Margarita le doliera la muñeca, apretó el agarre. En voz baja, ella respondió como deseaban:

—Sí.

Luego Barr prosiguió con voz tan grave como la de un juez:

—¿Quieres casarte conmigo esta noche?

Margarita se sintió asfixiada, estaban todos tan cerca, tan espantosamente cerca. Su mente pedía a gritos que la liberaran, su voz suplicaba tiempo:

—No estoy preparada.

Barr le apretó la muñeca con más fuerza, y su voz siseó acusadora:

—Te encanta ese marica de la belleza. —Margarita miró a su alrededor sin poder evitarlo, buscando la libertad. Entumecida por la fatiga nerviosa, forzó las piernas para intentar zafarse, pero Barr la empujó contra el asiento y la inmovilizó con el hombro mientras murmuraba con voz ronca—, Te quiero. Todo está listo. Si me amas no hay nada que te lo impida. Si no te casas conmigo esta noche significa que amas a ese otro tipo.

Al otro lado de ella, Jack, sintiendo sus sollozos silenciosos, habló tranquilizadoramente:

—Margarita, sabes que May y yo nos casamos hace un par de meses y somos felices.

Barr decía tajante:

—Si no te casas ahora, no vuelvo más. Esto es un adiós para siempre. —Aun así, no soltó su agarre de la muñeca de ella. Y sintiendo que toda la resistencia de Margarita se derrumbaba, con un profundo suspiro dijo—, Vale, sube a por los anillos y el camisón. Margarita fue como se le había ordenado, pero su mente estaba tan congelada en sus pensamientos que no pudo encontrar un camisón, así que en su lugar sacó un slip y lo metió en una bolsa de papel que cogió de la papelera. Sin molestarse siquiera en sacudir los corazones de las manzanas, enrolló bien el saco, se lo metió bajo el brazo y fue a buscar a la ama de llaves. Le dijo que quería pasar la noche con May, que estaba cerca escribiendo la dirección de su madre en el libro de firmas. Las dos chicas dieron las buenas noches a la amable mujer y salieron corriendo hacia los chicos, que se habían mudado y vuelto a estacionar en la cuadra, en la sombría oscuridad.

Las dos chicas subieron al jeep. Para la ocasión, Barr se había intercambiado el abrigo con Jack, que parecía más limpio. May sacó un pintalabios de su bolso de charol agrietado y se lo puso en la mano a Margarita diciéndole:

—Toma, píntate un poco. No tienes buen aspecto.

Bajando del jeep frente al estudio del ministro, Barr hizo recuento de su efectivo, finalmente contó los cuatro dólares y con eso todos avanzaron hacia la puerta. Tras llamar al timbre y esperar unos minutos, abrió la puerta un hombre alto y de aspecto serio que los saludó y los dispuso ante la chimenea. El resplandor de las brillantes luces del techo parpadeaba en sus gafas en peculiares y alargados patrones mientras leía el servicio, asintiendo de vez en cuando para dar énfasis a sus palabras. Margarita salió de su aturdimiento sonámbulo con un sobresalto cuando el ministro empezó a estrecharle la mano enérgicamente y a decir en tono efusivo:

—¡Felicidades, señora Tully!

Rellenó un certificado para Barr y le extendió una invitación para que asistieran a su iglesia. Torpemente, Barr buscó a tientas los cuatro dólares sueltos y los depositó en la palma de la mano del ministro.

De nuevo fuera, las dos parejas corrieron y saltaron al jeep, May y Jack fingiendo gran hilaridad mientras conducían hacia la autopista, a un autocine abierto toda la noche para comer barbacoa y cerveza. Barr y Jack se pusieron a pensar dónde pasarían la noche. Jack finalmente pensó en la casa de su abuelo, recordando que el viejo estaba fuera de la ciudad en ese momento.

Habían cortado el gas y la casa estaba fría. De pie en medio del oscuro salón, Jack asignó un dormitorio a la pareja de novios y otro para ellos. Barr, cogiendo a Margarita de la mano, la empujó bruscamente detrás de él hasta el dormitorio y cerró la puerta. Se quitó rápidamente la ropa y se metió en la cama. Margarita se quedó temblando un momento, con los dientes castañeteándole. Luego se deslizó entre las sábanas heladas hacia su joven marido, que esperaba impaciente.

Más tarde, cuando Barr ya estaba dormido, se quedó mirando la oscuridad. Las sábanas olían a humedad y a viejo. Barr gimió y se revolvió inquieto en sueños y, con una patada repentina, la hizo caer al suelo. Se levantó y, empujando a Barr, se metió en su lado de la cama y se durmió.

A la mañana siguiente se vistieron rápidamente. Jack cerró la casa y fueron a desayunar a una cafetería. Después Jack llevó a Barr y May al trabajo y los dejó salir. Se volvió y preguntó a Margarita dónde podía llevarla en la ciudad para coger el autobús. Margarita pensó rápidamente y dijo:

—Por favor, póngame en la calle Peachtree. Le indicaré dónde.

Salió a un par de manzanas de donde sabía que Barton la estaría esperando. Cuando se acercó a la esquina, pudo verle de pie, con el pelo brillando al sol de la mañana y un traje recién planchado. Tenía una arruga de ansiedad en la frente y los ojos fijos en el reloj de pulsera. Pero al levantar la cara y verla, sonrió cálidamente y los dos hoyuelos de sus mejillas se hicieron más profundos. Respiró aliviado y dijo:

—Llegas un poco tarde, pero aún podemos hacerlo. —Al fijarse más en ella, añadió—, ¡Tu pelo es un espectáculo! No te has cambiado de vestido. ¿Qué te pasa? ¿No dormiste bien anoche? —Sus ojos bajaron hasta la mano de ella y, cogiendo la muñeca con sus finos dedos, la levantó preguntando—, ¿Qué significa esto? ¿No me digas que lo hiciste? Su voz sonó aguda y por un momento como si fuera a sollozar. —Luego el tono se hundió y sonó cansado mientras hablaba—, Me pareció curioso. Anoche llamé varias veces. La asistenta me dijo que ibas a pasar la noche fuera. Pero no pude pensar en nadie que conocieras tan bien. —Luego, con un gemido enfermizo, añadió—, ¡Y así que estás casado! —Soltó una breve carcajada amarga, pero su voz terminó en una nota de desesperación—, ¿Qué has hecho?

Subieron al autobús de Buckhead, pero durante el largo trayecto hasta el suburbio él no dijo nada. Cuando se acercaban a la zona de negocios, volvió su rostro afligido hacia Margarita y dijo en voz baja:

—No puedo olvidar lo que me has hecho. Y después de lo que me prometiste anoche. Durante el día ninguno de los dos se dirigió la palabra. De vez en cuando, Margarita le sorprendía mirándola en el espejo. Se había quitado los anillos nada más ponerse el uniforme, pero de vez en cuando los ojos de Barton se desviaban hacia su mano desnuda.

Aquella noche, en la pensión, Margarita escondió los anillos en su caja de cosméticos y se dirigió al comedor. En la mesa, la dueña de casa la observó con preocupación y le preguntó:

—Margarita, ¡pareces agotada! ¿No lo pasaste bien anoche?

La joven se tragó un nudo y le costó mentir a aquella persona tan comprensiva. Respondió:

—Sí, lo pasé bien, ¡pero tenemos que madrugar para ir a trabajar!

La madre de la casa asintió comprensiva. La chica vivía bastante lejos, según la dirección que figuraba en el registro.

Durante sus horas de trabajo, Margarita apenas hablaba con Barton. Sólo veía a Barr en la escuela, un Barr frenéticamente posesivo, que pasaba del fondo de la clase al pupitre de enfrente y esperaba que ella no le quitara los ojos de encima. A las nueve, después de clase, la acompañó a casa. La cuarta noche después de su boda, Barr apenas pudo esperar hasta el período de descanso para darle la noticia:

—He encontrado una habitación y, si te gusta, podemos mudarnos mañana. Después de clase tomaron un autobús hasta la dirección, que estaba en un buen barrio, hecho en el que Margarita ni siquiera reparó, y cerca de un centro comercial, pero la habitación en sí no era más grande que un armario vestidor. Su contenido total era una cama, dos sillas y una mesita de noche.

La noche siguiente, después de las clases, Barr fue con Margarita a contárselo a la dueña de casa. Margarita se apresuró y balbuceó las presentaciones con tan poca gracia como lo hubiera hecho una conchita:

—Quiero presentarles a mi marido. Me casé con él hace cinco noches. Este es Barr. Barr Tully.

La corpulenta anciana se quedó un momento boquiabierta, pero consiguió preguntar:

—¿Por qué, hija, por qué no me lo habías dicho? —Sin embargo, apretó cariñosamente la mano de Barr, puntuando cada caricia con una frase de admonición—, Cuídala bien. Es una buena niña.

Después de trasladar todas las pertenencias de Margarita, entre maletas, cajas, una radio y ropa, la diminuta habitación de su nueva morada estaba tan abarrotada que Margarita no podía ni moverse por el suelo. Se sentó en medio de la cama y se desvistió, molesta porque Barr tardara tanto en ir a casa de su hermana con la misión de comunicarle su matrimonio y recoger su ropa. Barr volvió a las 11.30 explicando que se había retrasado tanto porque no sabía cómo decírselo a su cuñado, y que se habían enfadado mucho con él cuando por fin se lo dijo.

Tras dos semanas de matrimonio con Barr, Margarita se sentía desesperadamente cansada. El temperamento de Barr, díscolo y repentino, era inquietante y aterrador y discutían constantemente. Cada vez que ella hacía una compra en la farmacia o compraba alguna baratija en la tienda de diez céntimos discutían. Su nueva vida, en la que le pedían dinero, en la que no podía comprar lo que quería y cuando quería, era molesta y humillante. En cada desacuerdo, siempre se defendía con la burla acalorada, «Eres tan miserable, tan pobre. No puedes darme nada».

Una mañana su angustia la agobiaba de manera intolerable. Se dirigió a la espalda blanca de Barton.

—Barr no es malo, pero tiene un carácter terrible y además no puede mantenerme. Miró a la espalda en busca de una respuesta que llegó de inmediato. Barton se dio la vuelta, cogió el teléfono y en menos de una hora tenía a Margarita exponiendo sus quejas a un abogado.

El abogado la interrogaba para obtener información necesaria en el procedimiento legal.

—Señora Tully, —le preguntó—, ¿cuánto tiempo lleva separada de su marido?

Margarita levantó la vista de sus manos desconcertada:

—Separada, ¿qué significa eso? preguntó.

El abogado le explicó con esmerada paciencia:

—Quiero decir que debo contar el número de días que usted no ha vivido bajo el mismo techo, es decir, que no ha vivido en la misma casa con su marido.

El corazón de Margarita se contrajo de espanto. «¿Querían decir que ya no podía conocer el amor apasionado y tempestuoso de Barr, que no podía dormir con la cabeza sobre su hombro? No podían querer decir eso».

Pero al leer la angustia en su rostro, Barton le habló de forma reconfortante y tranquilizadora mientras le acariciaba el hombro. Le dijo suavemente:

—No te preocupes. Todo va a salir bien. Te acostumbrarás a estar sola y en tres o cuatro meses te librarás de él para siempre. Barton aseguró a la abogada que encontraría un lugar satisfactorio para Margarita y que ella se mudaría muy pronto. Margarita no dijo nada más a Barton durante el resto del día, pero en el autobús de vuelta a casa pensaba con tranquilo pánico, «Tengo que dejar ese trabajo. No puedo dejar a Barr».

A la mañana siguiente, Barton la saludó con cara de «adivina qué» y le dijo:

—Ya he encontrado una habitación para que te mudes. Puedes ir a verla hoy después del trabajo.

Margarita respondió débilmente:

—Me alegro. Ahora puedo mudarme. —Pero a media tarde el estómago empezó a retorcérsele en dolorosos nudos de preocupación y, como siempre que estaba bajo tensión, levantó la vista impotente. Temblando, le dijo a Barton—, ¡Estoy soiree pero me siento sieck! Quiero irme a casa.

Barton, incrédulo y desdeñoso, se encogió de hombros:

—Espero que no estés mintiendo otra vez, pero no me sorprendería. Seguramente cambiarás de opinión.

Margarita contestó con su voz de niña pequeña:

—Pero es verdad. Me siento sieck.

En casa Barr, en uno de sus raros y dulces humores, la estaba esperando y la apresuró para que se aseara. Quería llevarla a una buena cena y tal vez al espectáculo. Durante la cena le explicó a su mujer:

—Cariño, he estado pensando que quizá no sería mala idea que encontraras otro trabajo. Soy celoso. No puedo evitarlo. Sólo soy celoso. Y le dedicó una sonrisa encantadora y desarmante.

La joven esposa aceptó entusiasmada:

—Lo dejaré mañana. Puedo encontrar otro trabajo.

Cuatro días después estaba en otro salón de belleza del centro y en algún momento de ese mismo día, Barton buscó a Barr en el garaje y le dio las horquillas de Margarita y un libro que había dejado en el salón de belleza. Dejó las posesiones con el comentario de que suponía que Margarita no tenía intención de volver a trabajar.

Barr llegó a casa aquella noche cacareando divertido:

—¡Así que ése era tu novio! Cuando me dio la mano, la sentí como la de una mujer. ¡Ja! Ya no volveré a sentir celos de eso. Y con la vanidad de Barr apaciguada, la vida se ralentizó para Margarita. Barr consiguió un aumento de seis dólares a la semana, y ella misma ganó treinta y tres dólares a la semana. Por la noche volvían a ser como amantes. Iban al cine del barrio o a veces simplemente paseaban. A Margarita a veces le salían ganas de bailar, pero Barr no sabía hacerlo y despreciaba a los hombres que sí sabían. Sintiendo la necesidad de espacio, se mudaron a un apartamento de una habitación en el Boulevard y ahora, por fin, Barr se sentía completamente casado. Podía desayunar como le apetecía: patatas fritas, restos de la cena de la noche anterior, judías, tomates y mucho pan. Le gustaba ir a trabajar con el estómago bien cargado. La suya era una unión en la que cada noche se poseían el uno al otro y cada mañana se dejaban poseer por el mundo.

Figura 77 B   El salón de belleza del centro

1948   267

Caos en Costa Rica

Figuras 77 C, D

CAPÍTULO VEINTICINCO

Revolución en Costa Rica
Abril 1948

PERO EN EL PAÍS NATAL de Margarita, el derecho de posesión no se había resuelto tan sencillamente. En las elecciones de febrero, el editor derechista Otilio Ulate había sido el vencedor por votos electorales, pero el Presidente Picado, lugarteniente del líder comunista Manuel Mora, se negó a reconocer la mayoría. Azuzado por Mora, Picado entregó la votación al Congreso comunista, que anuló las elecciones y llamó a Calderón Guardia. Pero esta vez Costa Rica había estado esperando el fraude y silenciosamente José Figueres Ferrer había estado trabajando entre bastidores. Archienemigo de Calderón Guardia, había sido deportado por éste durante el régimen de los Guardianes porque había ido a las emisoras de radio y declarado al público las cifras exactas de robos en el gobierno. Lo metieron en la cárcel y al día siguiente, sin más pertenencias personales que la ropa que llevaba puesta, lo echaron del país. Pero el español Figueres supo esperar su momento. Ingeniero por el Maryland Institute of Technology de Estados Unidos, era un hombre de poderosa estrategia e ingenio. Durante la administración de Picado, Figueres regresó al país y puso en marcha la granja

Figura 78

Otilio Ulate

cooperativa «San Cristóbal», que pronto floreció con resultados de gran alcance como estudio sociológico. Con su dinero estableció un hospital, escuelas para los trabajadores y una pequeña comunidad. El 12 de marzo, Figueres en su lejana «La Lucha» organizó su ejército de liberación. Con un puñado de voluntarios, siete escopetas y algunos cohetes de festival prestados por una iglesia, entró en acción. Se apropió de TACA-DC-3 e hizo 19 viajes a Guatemala en busca de armas y munición. A través de la radio, hizo un llamamiento a sus compatriotas, «No finjáis que no tenéis armas. En la cocina más humilde hay un cuchillo y en cada finca una picana». De San José salieron todos los jóvenes capaces de disparar un arma.

Figura 79 A

José Figueres Ferrer

Se adentraron en la densa maleza y el espeso bosque, con sacos sobre la cabeza para protegerse de los insectos mientras se movían camuflados entre la maleza, al acecho de sus presas. A una hora de San José, en la «Colina de la Muerte», los jóvenes ticos se movían entre la maleza, se abrían paso a machetazos entre los enredos y se acuclillaban detrás de las rocas. Por encima, aviones de vuelo bajo intentaban seguir sus acciones. El gobierno utilizaba aviones TACA con latas llenas de dinamita que hacían rodar por la puerta lateral de la cabina tras el bombardero y tocaban su espoleta. Por toda la montaña resonaba la voz radiada «Nada nos detendrá». Figueres, un hombre pequeño y cuadrado con suelas elevadas en sus botas muy pulidas se movía de campamento en campamento con la intención de usar su cabeza en lugar de las vidas de sus hombres, ansioso de que no se desperdiciara ni una bala.

En la capital, Picado se sentaba protegido en su Casa Presidencial de tejado rojo mientras Mora, el jefe comunista, dirigía el espectáculo. Mora controlaba las armas y enviaba a campesinos y voluntarios a luchar contra el ejército rebelde.

Desde Nicaragua, Somoza, ayudando al gobierno costarricense apoyado por los comunistas, envió armas, municiones, aviones de combate, transportes y 400 guardias nacionales bien entrenados. En el aeropuerto de La Sabana, fueron recibidos por camiones y llevados al frente. Era una cuestión de negocios con «Tacho» Somoza y si Calderón Guardia perdía, salía perdiendo. Había estado vendiendo ganado nicaragüense en Costa Rica, en contra de las leyes de ambos países.

Durante estos días de lucha, las calles de San José estaban medio vacías y la gente se movía con sigilo. Cualquier sospechoso de poseer un arma era detenido por el gobierno y encarcelado. De los círculos gubernamentales llegaba la noticia de que el Presidente estaba enfermo, «Le sienta mal meter en la cárcel a tantos de sus amigos». Pero dentro de sus casas las mujeres preparaban frijoles y pan que podían enviar a sus hombres y por la noche llevaban sus provisiones a los combatientes que las esperaban.

Figueres enviaba sus mensajes por Western Union en clave, utilizando el nombre de las flores como palabras clave. El telegrama se entregaba en la ciudad a un trabajador que lo pasaba de palma en palma hasta que todos entendían el mensaje. Cuando se conseguía el número deseado de hombres, se los llevaba bajo el manto de la oscuridad al lugar donde se los necesitaba. Muchas mujeres seguían a sus hombres a zonas salvajes que, hasta entonces, habían permanecido inaccesibles, selladas por su propio aliento caliente y humeante, sus húmedos sumideros, sus serpientes, caimanes y seres reptantes y rastreros que repugnaban y expulsaban a los seres humanos. El bello rostro de Anabella sudó durante cuatro semanas sobre ollas hirvientes y sufrió los estragos de la selva para poder estar cerca de Rafael. Un día Rafael fue herido y capturado y llevado de vuelta a la ciudad, donde fue puesto bajo vigilancia. Era un confinamiento mugriento, tan abarrotado que los hombres tenían que acostarse por turnos en el suelo para dormir. Más de quinientos prisioneros habían sido hacinados en la pequeña cárcel de la ciudad y durante veintiún días la herida de Rafael se hinchó, se pudrió y formó una carne orgullosa mientras estaba sentado entre la masa de hombres.

Manuel Mora, malhumorado y de rostro agrio, astuto e inteligente a su manera, insistente, visitaba a diario la misma casa de campo en las afueras de la ciudad. Mora nunca se había casado. Había luchado desde sus humildes comienzos como hijo de carpintero hasta licenciarse en Derecho. Siempre luchó en el Congreso por un programa comunista y era un hombre inflexible que se negaba incluso a imaginar la derrota. «No transigiré ni tiraré por la borda nada por lo que he luchado estos veinticinco años. El pueblo debe sellar con sangre sus conquistas sociales», decía. Todos los días llevaba sus problemas a la canosa Carmen Lyra, que se sentaba en su salón y le daba consejos para su próximo movimiento contra Figueres. Pero Figueres no era un hombre que se dejara engañar en el salón de una mujer. Tejiendo a través de las selvas y rodeando Cartago forzó la mano de los comunistas y cuando la esperanza fue inútil Manuel Mora abandonó el país. Calderón Guardia también hizo su apresurada partida, aunque no sin un tajo rojo en forma de «L» que le habían tallado en el centro de la frente. El «Latrón», ladrón, llevaría la cicatriz de su infamia y se convertiría en un hombre perseguido y despreciado durante el resto de su vida, un paria para su propio país.

Tras las cinco semanas de guerra civil, José Figueres, con su pequeña y morena esposa americana a su lado, se convirtió en jefe de la Junta gobernante, hasta que se pudiera llegar a un nuevo acuerdo para colocar a Ulate en la presidencia que le correspondía.

Figura 79 B

Revolución en las calles

CAPÍTULO VEINTISÉIS

Embarazada
1948

OCO DESPUÉS DE QUE MARGARITA y Barr se mudaran a su apartamento del Boulevard, una tarde, mientras caminaban hacia la tienda de comestibles, una figura alta y bien vestida, con un gran mechón de pelo al viento, avanzó y, a la vista de Margarita, le tendió la mano. Maurice. ¡Era Maurice! «¿Sintió Barr que temblaba?», se preguntó Margarita al reconocer la gran figura. Pero, de pie justo delante de ella, observando su rostro de pedernal, sus ojos abatidos y los músculos flexionados del hombre engreído que estaba a su lado, Maurice dejó caer la mano a su lado. Habló despacio:

—Lo siento. Debo haberte confundido con otra persona. Dio un volantazo y pasó rápidamente calle arriba. La teatralidad de Margarita resultaba a veces muy convincente, pero Barr nunca había considerado la astucia como una de sus bazas. Y la sonrisa que le dirigió fue completamente deslumbrante.

Margarita nunca había escrito a sus padres para comunicarles su matrimonio, dudaba, no sabía cómo darle la noticia a Luzare, que le escribía concienzudamente cuatro o cinco veces por semana. Con el duro argumento de Barr de que su padre podría dejar de enviarle la pensión si se enteraba de su matrimonio, Margarita siguió a la deriva y apartó el molesto pensamiento de su mente cada vez que surgía.

Cuando nació Barr, su madre se debatía entre llamar al ácaro rojo «Begg», que significa *pequeño*, o ponerle su propio apellido, «O'Barr», que era un derivado del antiguo nombre del clan, «O'Barrie», un nombre antiguo y sólido, originalmente de la palabra gaélica «bearrgacht», que significa *diligencia*. Esa familia concreta de Iverossa, en la baronía del condado de Kenry, Limerick, había proporcionado jefes al clan ya en el siglo X. El lema del escudo de armas era francés antiguo y rezaba: «Bourex En Avant», «Bebe primero», un gesto de liberal hospitalidad. Lucy Tully siempre había sentido un orgullo feroz por su ascendencia, que a lo largo de los años se había ido diluyendo en malos cauces, pero seguía siendo un nombre que conservar, así que había llamado al bebé «Barr». Tully también era un buen nombre, formado a partir de las palabras gaélicas «maol», sirviente o devoto, y «tholl» o «voluntad». Significaba «descendiente de un devoto de la voluntad de Dios». Barr nunca había hecho caso a las chácharas de su madre sobre apellidos, pero cumplía admirablemente el lema de «Barr», *Beber primero*. Y al encontrar, desde su matrimonio, una fuente de riqueza de la que no había sido consciente, se sintió en privado muy satisfecho. Se sentía como un prospector que por fin ha dado con la mina, pero se guarda su descubrimiento para sí mismo, sin embargo, Margarita no tardó en mantener su matrimonio en secreto.

Un día llegó una carta de Libia anunciando que Luzare iba a venir a la clínica de Nueva Orleans y estaba haciendo planes para venir a Atlanta. Margarita se dio cuenta de que se acercaba el día de la verdad, así que se sentó y le escribió a Luzare sobre su matrimonio, diciéndole que temía su desaprobación y que por eso no le había escrito antes. Luzare le respondió con felicitaciones. Ricardo había hablado muy bien del muchacho rubio; Ricardo no podía encontrarle absolutamente ningún defecto. Era ambicioso, con un buen futuro profesional y, al parecer, de buena familia. Luzare dijo que estaba encantado con el partido. Ahora que era doblemente difícil dar marcha atrás, Margarita volvió a escribir a casa, explicando que su marido no era el mismo hombre que Ricardo había conocido. Esta vez Luzare indagó con cautela sobre la educación del muchacho, insistiendo en preguntas concretas sobre su profesión y su familia. Despojada de toda la fantasía que había construido en torno a Barr, Margarita expuso los hechos desnudos y sin adornos. Escribió que Barr no tenía estudios, ni nada, pero que le quería. Luzare seguía expresando su deseo de que ella fuera feliz, pero también mencionó que, puesto que estaba casada, dejaría de pagarle la pensión. Que, en su opinión, cada marido debía mantener a su propia mujer, y que él debía mantener a la suya. Margarita leyó con preocupación. Ya se había dado cuenta de que sus 150 a 200 dólares mensuales se iban alarmantemente rápido desde que se había casado. Barr vivía de una manera desenfrenada que no recordaba a la de un vendedor ambulante de verduras, salía dos o tres noches a la semana a jugar al póquer con los chicos del garaje y su borrachera era cada vez más frecuente.

Una tarde, no mucho después, mientras leía la carta de su padre con matasellos de Nueva Orleans, sonó el timbre. Bajó corriendo los dos tramos de escaleras y abrió la puerta mosquitera. La pesada figura de su padre se había desplomado en una mecedora. Su florido rostro estaba bañado en sudor y su enorme barriga se agitaba en una jadeante lucha por respirar. Levantó la vista de sí mismo con su sombrero gris. Margarita se acuclilló a su lado y, con lágrimas de felicidad, le besó las manos cortas y farfulló:

—Papá, no sabía que venías. Acababa de encontrar tu carta en el buzón. Ni siquiera he terminado de leerla, ¡ves! El anciano gruñó asintiendo con la cabeza, sus ojos apreciando la figura de ella en su sencilla bata de algodón.

Resopló entre palabras:

—Está bien, pero me preguntaba por qué no estabas en la estación. Pero no tienes buen aspecto, estás demasiado pálida. —Y luego, tocando la tela de su vestido, preguntó—, ¿Esta es tu ropa? ¿No tienes más vestido que éste? —Margarita se echó a reír y empezó a empujar a su padre mientras Luzare se esforzaba y tiraba de su peso para subir la barandilla de la escalera, peldaño a peldaño, y al llegar arriba se quedó sin aliento para hablar. Margarita le hizo señas para que entrara en su apartamento de una habitación. Luzare se quedó en el umbral, limpiándose la cara y el cuello, con los ojos clavados en el nido de yeguas, recorriendo la pequeña y cochambrosa habitación con su grasienta hornilla de aceite, una cama mullida y dos sillas inestables, y volvió los ojos interrogantes hacia su hija—, Pero Margarita, ¿qué es esto? ¿Dónde está tu casa? ¿Dónde vives?

De repente, Margarita se encontró convertida en una niña cansada que lloraba a su padre:

—Papá, ésta es mi casa, ésta es. Los ojos del anciano se llenaron

Figura 80 A

Apartamento de Margarita y Barr

de lágrimas. Se sonó la nariz con fuerza y luego se acercó a la silla y se sentó, jadeando sin dejar de mirar a su alrededor. Margarita bajó y subió las escaleras a toda prisa, subiendo las maletas de su padre y colocándolas apiladas contra la pared. Luego se ocupó de la mesa, primero empujando todos los muebles hacia las esquinas para poder poner la mesa en medio del suelo. Calentó rápidamente un poco de sopa de pollo y sirvió té. Luzare levantó el cuenco y engulló la sopa, resoplando que tenía hambre. No había parado a cenar en la ciudad. Tras consumir la sopa, se recostó para disfrutar de su té. Margarita estaba sentada, haciendo inventario del chaleco de su padre, recordando de su infancia todos los bolsillos con sus diversos contenidos. Allí estaba el mismo estuchito de cuero, en cuyo interior sabía que cabía la afilada hoja de un cuchillo que Luzare utilizaba para limpiarse y cortarse las uñas. Como siempre, estaba guardada en el bolsillo superior derecho del chaleco. En el otro bolsillo superior llevaba un juego de bolígrafo y portaminas. El gran reloj de oro, con su pesada cadena forjada a mano, estaba bien apretado en el bolsillo pequeño, aunque Margarita se dio cuenta de que su padre también llevaba reloj de pulsera. Leyendo sus ojos, Luzare le explicó que le resultaba tan difícil sacar el reloj del bolsillo que necesitaba una forma más rápida de saber la hora. Luego, bromeando, se dio una palmada en el estómago. Siempre había refunfuñado que llevaba todo lo que necesitaba en los bolsillos porque nunca encontraba nada en la casa.

El traje gris era nuevo. Luzare siempre había tenido predilección por los trajes y siempre tenía veinte o más a mano, pero nunca usaba más de dos, enviaba uno a la tintorería mientras usaba el otro. Los otros trajes pasaban de una temporada a otra sin ponerse hasta que los dos en uso se llevaban tanto como le gustaban a Luzare.

En ese momento entró Barr. Sin cambiar de postura, Luzare observó a su yerno y suspiró para sus adentros: sobre gustos no hay nada escrito. Sin embargo, saludó cordialmente a Barr, le estrechó la mano y le dio unas palmaditas en el brazo, pero siguió charlando con Margarita en su rápido español. Como un mocoso, Barr no dejaba de entrometerse preguntando a Margarita qué decía el viejo y Margarita, para evitar que Barr se enfurruñara, pasaba de uno a otro en rápida sucesión.

Después de que Luzare se tranquilizara, le dijo a su hija que estaba cansado y que quería una habitación de hotel y descansar. Margarita mandó a Barr que fuera al teléfono para hacer una reserva de hotel y también para llamar a un taxi. Poco después Barr estaba de vuelta. Ayudó a Luzare a bajar las escaleras mientras Margarita, dos pasos detrás de ellos, le recordaba a su padre que viniera temprano a la mañana siguiente. Quería hablar con él y esta vez le prepararía una buena cena.

Cuando al día siguiente Luzare se sentó a la mesa de Margarita, estaba claramente conmovido por lo que ella había hecho. Junto a un plato de pollo frito con patatas, Margarita se acordó de poner dos plátanos grandes, uno de los favoritos de su padre y que nunca faltaba en casa, y un vaso de leche que siempre tomaba con las comidas. Luzare nunca había probado el pollo frito, pero tras el primer bocado el obeso epicúreo se llenó la boca de su grasienta sustancia, dio manotazos e hizo gestos de placer ante su exquisitez. Repleto con la comida, Luzare se sentó con Margarita a charlar. Pero al anochecer empezó a temblar de frío y a toser.

—No soporto este clima. Tenía intención de quedarme más tiempo, pero veo que no puedo. Tomaré el tren por la mañana. Debes pedirle a Barr que te deje ir conmigo hasta Nueva Orleans para ayudarme en el barco. No me gusta viajar sola.

A la mañana siguiente, Margarita estaba con su padre en el cómodo Pullman. De vez en cuando le sacaba un plátano de la bolsa de papel o le servía té del termo que había traído. De vez en cuando Luzare interrumpía sus conversaciones de hogar y miraba a su hija por su estado:

—Estás embarazada. No tienes buen aspecto, demasiado cetrina. Cada vez Margarita movía la cabeza en rotunda negación.

El día y la noche en Nueva Orleans fueron un maravilloso regalo para ella. Era un lujo maravilloso tener toda la cama para ella sola. El ardor de Barr era constante y no le dejaba tiempo para especular si lo estaba disfrutando o no. Le resultaba agradable estar sola, como visitar a una amiga conocida a la que hacía tiempo que no veía. Antes de despedirse de su padre, éste le entregó un cheque de 50 dólares y le dijo:

—Esto es para mi nieto. Quiero ser el primero en hacerle un regalo a mi nieto. Luego la besó cariñosamente.

Ella, a su vez, besó a su padre agradecida y prometió:

—Lo guardaré, papá, sólo para el bebé. Pero al dejarle se fue rápidamente de compras y antes de que acabara la tarde se había gastado todo el dinero. Luego se detuvo en uno de los baños y vomitó.

Volvió a Atlanta y durante una semana escuchó la voz de su madre en los discos que su padre le había traído. La voz de su madre, gloriosamente atractiva, se hizo más suave, más tierna con los años.

Margarita trabajó dos meses más antes de ceder a la insistencia de Barr en que fuera al médico. Temiendo la verdad, no quería ir. Tras el examen pélvico, el médico se sentó detrás de su mesa de consulta y dijo:

—Está usted embarazada de poco más de tres meses.

A Margarita se le saltaron las lágrimas y gritó:

—NO, NO, no lo estoy.

La voz tranquila del médico reiteró:

—Seguro que lo está.

La joven paciente se levantó de un salto y se dirigió hacia la puerta, replicando por encima del hombro:

—Nos vemos el año que viene. No puedo mover los intestinos, eso es todo.

La doctora sonrió con leve diversión y replicó mientras salía:

—Volverá. Ya verás.

Durante todo el camino a casa discutió y se enfadó con Barr. Culpándole a él, con voz sibilante le dijo:

—Acuérdate de lo que usaste con el agujero del medio que dijiste que no importaba. Ves, ahora lo ves. Siempre eres tan listo. Te crees que sabes tanto. Barr se rió de su manotazo y la llamó «testaruda» por no hacer caso al médico. Pero interiormente Margarita sabía que estaba luchando contra la verdad y, desesperada, pensaba, «Pobrecita, ahora no tengo dinero para ti».

Al mes siguiente se sintió aún peor. Además, su barriga, siempre hinchada ahora, hacía que la ropa le quedara apretada y fea. Al quinto mes volvió al médico, que se rió a su entrada:

—Ah hah, sabía que volverías, —pero consciente de su semblante abatido añadió reconfortado—, Te alegrarás de que haya pasado. Cada semana volvía para hacer ejercicios, pero seguía sintiéndose mal todo el tiempo. Y su tamaño aumentó de 110 a 160 libras de peso.

A petición de su madre, ya había enviado su licencia de matrimonio protestante para que se utilizara en la publicación del periódico en San José. Cuando Barr recibió por fin su partida de nacimiento y por fin se casaron por el cura, ella también la envió a imprimir. A Libia le gustaba tener pruebas escritas de que su hija no estaba fuera viviendo ilícitamente, y ésta era una forma segura de evitar que las lenguas quisieran menearse.

Figura 80 B

El embarazo de Margarita

CAPÍTULO VEINTISIETE

José Figueres Ferrer
1948-1949

La víspera de Navidad Margarita fue a misa con el corazón encogido, convencida de que algún terrible mal se había apoderado de su familia. Desde el día doce del mes sólo había recibido dos cartas de casa, tan recortadas por el censor que carecían de sentido. Los periódicos de Atlanta mencionaban brevemente que se estaba produciendo una revolución en Costa Rica, aunque los detalles eran escasos, por lo que su imaginación estaba muy viva. Podía cerrar los ojos por la noche y ver a toda su familia masacrada, la casa y la tienda en llamas.

Pero estos tiempos eran tan extraños y diferentes en el pequeño país de Costa Rica, que habría sido imposible para la hija nativa imaginar una imagen real. La noche del 11 de diciembre, a la luz de una luna llena y brillante, una banda de invasores cruzó la frontera desde Nicaragua y se abrió paso ocho kilómetros hacia el interior, hasta el pequeño pueblo de La Cruz, en lo alto del país de Guanacaste, donde la gente vive en la silla de montar para desplazarse. Soldados con uniformes nuevos que llevaban parches en los hombros CCCR (*Comando Constitucional de Costa Rica*) se habían enfrentado a los boyeros amantes del placer y se habían mantenido en combate hasta que se avisó al corazón de la República, San José. A la mañana siguiente, las estridentes sirenas de San José sacaron a la gente a la calle para escuchar la noticia del ataque furtivo a su tierra. Figueres, de ojos brillantes y nariz de halcón, se dirigió al pueblo e inmediatamente reactivó su ejército de liberación.

Durante todo el día que duró la organización, Figueres fue llamando a su bien entrenado ejército de 1.000 hombres, a su fuerza policial y a sus bien disciplinados guardacostas. Los saludó a todos, les estrechó la mano y les dijo, «Manos a la obra». Durante toda la noche del sábado camiones cargados de hombres salieron de la ciudad hacia el norte, donde los invasores estaban cruzando la frontera nicaragüense y ya habían llegado desde la costa del Pacífico a la ciudad de Liberia, treinta millas tierra adentro. Los chicos y mujeres que quedaban en la ciudad iniciaron una acción de movilización, llenando sacos de arena y montando puestos de primeros auxilios en caso de ataques aéreos.

Uno de los miembros más activos de la organización para la defensa era el padre Benjamín Muriz, sacerdote educado en Estados Unidos y ministro de Trabajo de Figueres. El padre Muriz explicó al pueblo, «La autoconservación es uno de los principios del cristianismo y con la guía divina haremos retroceder a los invasores de nuestra alma, pero también necesitamos ametralladoras».

Figueres no esperaba esta represalia de Calderón Guardia. El 1 de diciembre, en una gran celebración pública, había entregado las llaves de la fortaleza de Bellavista al ministro de Educación. Había cogido un mazo y destrozado piedras del bastión de la fortaleza diciendo, «Los muchos cientos de miles de dólares que nos ahorramos por no tener ejército se destinarán a las escuelas públicas y a la educación». Afirmó que le ponía enfermo del corazón ver a tantos «militantes fanfarrones» apoderándose de las demás democracias americanas. A partir de ahora, el patio de armas se convertiría en un exuberante jardín tropical con un museo nacional.

Figueres subió con su ejército a hacer frente a los exiliados y seguidores de Rafael Ángel Calderón Guardia, quien instaba a sus hombres diciendo, «Con fe absoluta en el triunfo de nuestro rumbo, convoco a mis conciudadanos a seguirme. Mi objetivo es restaurar el estado de cosas destruido por un grupo de insensatos dirigidos por José Figueres, un aventurero legal y espiritual». Figueres sondeó a su verdadero enemigo. Había entre 800 y 1.000 hombres, de los cuales 100 eran auténticos exiliados costarricenses. El resto eran comunistas y tropas escogidas de la Guardia Nacional de Nicaragua, realmente nicaragüenses con una pantalla de exiliados. Y esto significaba una verdadera guerra. Sin embargo, no lanzaría un contraataque importante porque quería salvar vidas, así que apeló

Figura 81 A

Las tropas invaden

a Somoza para que llamara a sus tropas, quien contestó sin rodeos, «Si mi Guardia Nacional hubiera invadido Costa Rica el viernes, ya estarían en San José».

Los cables estaban calientes con flashes entre Washington y los dos países centroamericanos. El embajador de Costa Rica en Washington, Mario Esquivel, convocó una reunión especial de los Estados americanos y presentó su caso. Denunció que Nicaragua estaba realizando un ataque *Pearl Harbor* contra Costa Rica y recordó a los Estados que como tal invocaba el recién ratificado tratado de Río de Janeiro para la defensa del hemisferio. Era una violación directa del *Tratado Interamericano de Asistencia Recíproca*.

Somoza se mostró sorprendido al ser calificado de belicista. Comentó, «Me han dicho que Calderón Guardia invadió Costa Rica, pero eso es asunto suyo. Nosotros estamos cuidando nuestra frontera».

La Organización en Washington envió telegramas a Costa Rica y al gobierno nicaragüense diciendo que contaba con su plena cooperación para preservar el orden y mantener la paz. Y el polvorín que podría haber encendido a todos los países centroamericanos dejó volar sus chispas salvajemente, para luego apagarse en una brasa silenciosa.

Figura 81 B

Bandera de Costa Rica con textura de pintura con pincel
iStock.com/OnlyFlags. https://www.istockphoto.com/vector/
costa-rica-flag-with-brush-paint-textured-isolated-on-png-or-
transparent-background-gm1472932570-503160543

CAPÍTULO VEINTIOCHO

De nuevo en casa
8 de abril de 1949

E N ENERO, MARGARITA SE VIO obligada a dejar su trabajo porque el dueño de la tienda consideró que no merecía la pena depender de ella, ya que acudía a trabajar con demasiada irregularidad. Así que Margarita dejó de trabajar y se quedó en casa, en su cochambrosa habitación, haciendo pañuelos. Las otras esteticistas le habían hecho un baby shower sorpresa en diciembre y le habían proporcionado todo tipo de ropa de bebé. También le dieron 5 dólares para pañales. Ella compró una docena de pañales y se gastó el cambio en comida. Luzare nunca le envió otro cheque, pero Barr siguió viviendo como si los cheques se recibieran. Se enfadaba con facilidad y le daban ataques de mal genio cada vez que Margarita le sugería que se quedara en casa por la noche.

Un día llegó una carta de Luzare invitando a Margarita y a su marido a venir a casa. Libia quería conocer a Barr y, además, le preocupaba que Margarita estuviera tan lejos durante su reclusión. Margarita cogió los billetes y se fue a Nueva Orleans a arreglar su pasaporte. No lo había renovado al final de su estancia de un año en Estados Unidos y ya habían pasado dos años desde la fecha de renovación.

Después de atender las gestiones en Nueva Orleans, Margarita volvió a pasar una lujosa noche sola, sin que la enviaran por correo ni la molestaran. Pensó que con lo engorrosa que era Barr la dejaría en paz, pero ahora se preguntaba si alguna vez lo haría. Al regresar al día siguiente, le dijo a Barr que todo estaba en orden y luego se dedicó a regalar el pesado equipo que habían acumulado: su plancha, la aspiradora y el tocadiscos. Hicieron las maletas con sus efectos personales, se fueron a Nueva Orleans y pasaron el día fingiendo que eran ricos. Al día siguiente, Margarita marcó en su calendario como una fecha importante en su vida, el 8 de abril de 1949, cuando

Figura 82

Barco Turístico a Costa Rica

zarparon en un pequeño barco turístico de la United Fruit Liner.

Los doce pasajeros no tardaron en encontrar formas amenas de divertirse. En la segunda noche en el mar, Margarita sufrió calambres. Una de las pasajeras, una anciana que había sido comadrona en otros tiempos, se acercó a la enferma, le dio unos golpecitos en el estómago y convino en que era posible que Margarita estuviera de parto. Había oído que el movimiento del barco a veces provocaba un parto repentino. Los demás pasajeros se reunieron en el camarote del capitán para decidir un nombre para la niña. «Mar» de océano sería un buen nombre, pensaron, si era un niño, y «Marina» para una niña. El capitán, un inglés alto y sobrio, declaró con generosa elocuencia que si el bebé nacía en su barco en alta mar, tendría derecho a pasaje gratuito a bordo para el resto de su vida. Pero el dolor pasó, y a la mañana siguiente Margarita entró en el comedor y tomó el desayuno más abundante de todos los presentes.

Los tres días siguientes transcurrieron como los dos primeros, jugando a las cartas, celebrando fiestecitas en la habitación del capitán y haciendo bromitas sobre La Misteriosa, la extraña y misteriosa mujer que no respondía a ninguna pregunta sobre su nombre y que, con voz de zarza crepitando en el fuego, sostenía que era española. Pero a Margarita le recordaba mucho a la jamaicana del despacho de su padre, aunque la jamaicana tenía mejor figura. Este personaje llevaba los vestidos abiertos casi hasta la cintura, dejando al descubierto la mitad de cada pecho bajo y caído. Tenía cara de halcón, expresión de cansancio y siempre llevaba un pañuelo negro sobre el pelo ensortijado y grasiento. El resto de su cuerpo estaba vestido de amarillos y rojos chillones. Siempre reservada y apartada, se sentaba a comer en una mesa para ella sola, aparentando no entender el inglés que se hablaba a su alrededor. Sin embargo, una vez Margarita se topó con la mujer y el Capitán en una de sus pequeñas charlas y la misteriosa hablaba en un inglés muy fluido. En otra ocasión, ya entrada la noche, Margarita había visto a la figura negra dirigirse a los aposentos del capitán. Durante el día, el capitán mostró deferencia a la extraña criatura palmeando el hombro de Margarita en el comedor y diciendo con voz muy audible:

—¿Estás tratando bien a Trinita? Trata bien a Trinita. Y en

la mesa, para sí misma, Trinita esbozaba una sonrisa reservada y complacida.

Abel, el chico cubano, que era uno de los miembros de la tripulación, alegraba mucho a los pasajeros con sus encantadoras tonterías. Siempre inmaculado con camisa y pantalones blancos, bailaba mientras ponía las mesas y cantaba canciones españolas con su hermosa y potente voz. Parecía que le gustaban las rumbas y las palabras atrevidas, y con cada comida cantaba, «Mala mujer, mala mujer, no sé por qué te quiero como te quiero. Mala mujer, mala mujer, no sé por qué pienso en ti».

La comida era deliciosa y los manteles estaban siempre limpios. Por las tardes, los pasajeros se paraban en la cubierta superior a contemplar la puesta de sol. Siempre estaba el pintoresco anciano que llegaba el primero en su silla y que siempre ofrecía caramelos a todo el mundo. Abajo, en la cubierta inferior, se reunía la tripulación, y Margarita miraba hacia abajo y escuchaba a Abel cantar y rasguear su guitarra mientras los isleños tarareaban. A menudo, sobrecogido por la música, se levantaba y bailaba solo dando vueltas y más vueltas con el ritmo.

En la mañana del sexto día, Margarita vio salir el sol sobre el ondulante horizonte. Un millón de joyas, cada una de ellas inigualable, danzaban resplandecientes, brillantes por un momento, y luego, como adornos de hadas, desaparecían en la profundidad esmeralda sólo para que millones más ocuparan su lugar. A medida que aumentaba su excitación, Margarita quiso despertar a Barr, pero se contuvo. Barr, somnoliento, sólo miraba con ojos hoscos al pequeño centinela verde de una isla por la que pasaban y La Uvita, reluciente de verde y brillante, era como un soldado de juguete custodiando la entrada del puerto de Limón. El muelle estaba tranquilo. Las seis en el reloj de Margarita no eran más que las cinco y no había nada que hacer más que esperar a que abrieran las oficinas de Aduanas e Inspecciones, tal vez a las ocho.

El ánimo de Margarita se disparó. Tenía unas ganas terribles de compartir la gloria del momento. Estaba de nuevo en casa. Esta era su tierra. Bajó pesadamente las estrechas escaleras y despertó a Barr, que estaba sorprendentemente de buen humor. Se puso un jersey y unos pantalones y buscó sus zapatos debajo de la silla. De vuelta a la barandilla, señaló a los monos parlanchines que en ese momento eran el único movimiento en tierra. Ambos se rieron de los ágiles animalillos que trepaban y se balanceaban por los laureles de la India. Un gran perezoso negro se lanzaba de rama en rama haciendo crujir las pulidas hojas. Pájaros de colores, algunos rubí, otros topacio, destellaban de vez en cuando como seres encantados al sol y el Quetzal se elevaba verde brillante con su pecho escarlata, un pájaro de una belleza impresionante, que sólo vive en libertad y muere en cautividad. A medida que el sol se elevaba más alto, brillantes plátanos verdes colgados de pesadas manos comenzaban a ser cargados en barcos fruteros. Gigantescos trabajadores fornidos, desnudos hasta la cintura con sus abultados músculos moldeados en ébano, se alineaban desde el vagón de carga hasta la máquina de carga de la bodega del barco. A medida que uno izaba el plátano del vagón, se lo entregaba a otro que lo llevaba sobre su tremendo hombro izquierdo hasta la máquina, de un lado a otro trabajaban, un ciclo interminable.

La gente empezaba a moverse. Alguien en tierra no dejaba de saludarles y hacerles señas. Margarita, alegre y despreocupada, devolvió el saludo, pero al verlo reconoció a la persona. Era Rafael, un Rafael mucho más pesado y fuerte. Rafael sudaba y no paraba de levantarse el sombrero para limpiarse la frente. Seguro que no le habían enviado para representar a la familia. Pero ahora la estaban empujando y apresurando y no tenía más tiempo para pensarlo. Los pasaportes estaban en regla y pasaron rápidamente por las oficinas de aduanas e inspección, pero sus pesadas maletas, junto con las de los demás pasajeros, tendrían que ser inspeccionadas más tarde. Tomando sólo su bolso de mano, se abrieron paso entre la multitud y se encontraron con Rafael, que apestaba a cerveza. Los tres subieron por las callejuelas en dirección a la estación de tren, pero el único tren del día salía de Limón a las nueve. Margarita, pesada y torpe, le entregó el bolso a Barr y se abrazó el estómago, que le dolía al acelerar el paso. Los chicos seguían corriendo delante y luego se detenían a esperar su pesado avance. En la taquilla del ferrocarril, Margarita les cambió el dinero en pesos y se apresuraron a subir al estrecho tren en el que sólo cabía gente de pie. Margarita estaba de pie, con los pies separados, soportando el movimiento de la locomotora. Sus pies empezaban a hincharse a media mañana y el hedor de los isleños se mezclaba con un olor nauseabundo en el deprimente calor de las tierras bajas tropicales. Para distraerse del malestar estomacal, Margarita miró por la ventanilla el cambiante panorama. El tren parecía atravesar un jardín bien diseñado. Había hileras de palmeras, algunas señoriales y majestuosas, otras de tronco más delgado, otras colosales con anchas ramas en las que la «Barba de Viejo» colgaba en velos plateados y tenues. Ahora se alejaban de las llanuras oceánicas y se adentraban en los sofocantes pantanos de las

Figura 83

Tren a Cartago

plantaciones de plátanos y las viviendas de los trabajadores. Algunas de las viviendas se alzaban despintadas y desvencijadas junto a la vía férrea, mientras que otras destacaban con un asombroso y orgulloso encalado. Frente a todas estas viviendas, los isleños saludaban y hacían muecas mientras sus pequeños bebés desnudos se aplastaban y chapoteaban en la cálida lluvia matinal, que caía ahora con más fuerza, caliente, humeante, haciendo un túnel sobre el tren en una sábana verde. Tras unos momentos torrenciales, se convirtió en una cortés llovizna y la brillante niebla reflejaba y atrapaba el sol en preciosos arco iris. De vez en cuando, grupos de árboles de flores brillantes colgaban como ramilletes de flores entre el follaje.

Cuando Margarita pensaba en este ferrocarril, recordaba la descripción que hacía de él su padre, «Cada traviesa de ese ferrocarril es un cuerpo humano». Cuando era muy pequeña, se imaginaba cuerpos tendidos ordenadamente sobre los raíles y el tren corriendo sobre ellos. Recordaba cómo le hacía a su padre tantas preguntas tontas sobre los cadáveres hasta que un día él se sentó con ella y le contó toda la historia del ferrocarril. Describió con un sentimiento tan peculiarmente suyo, cómo la gente del interior había estado aislada de la costa durante muchos, muchos años. Su única comunicación con la costa atlántica era con mulas y carretas. Contó que un joven norteamericano, llamado Minor Cooper Keith, llegó a Costa Rica a los veintitrés años para ayudar a sus tres hermanos que intentaban construir un ferrocarril desde Puerto Limón a San José. Pero la fiebre de los pantanos palúdicos era un enemigo demasiado fuerte para ellos. Las primeras veinticinco millas desde Puerto Limón costaron 4.000 vidas, la mayoría hombres blancos, incluso los tres hermanos de Keith. Minor Keith se había hecho cargo del contrato para terminar el ferrocarril, y en un momento dado los trabajadores negros, blancos y morenos estuvieron sin cobrar durante nueve meses. Luzare, al contar la historia, subrayó que se habían tardado diecinueve años en terminar ese tramo de 102 millas y que, viéndolo desde el punto de vista del coste en vidas humanas, fue probablemente el ferrocarril más caro del mundo. Y no fue hasta 1890 cuando San José estuvo directamente conectada con la costa atlántica.

8 de abril de 1949   293

Una india esmirriada, al ver la corpulencia de Margarita, se levantó de su asiento junto a la ventanilla y le indicó que se sentara. Margarita lo hizo y agradecida. Ahora podía respirar mejor. El tren ascendía, dejando atrás el país de los plátanos, y el aire era cada vez más fresco. Ahora estaban en el valle del Reventazón, donde el truculento río Reventazón serpenteaba claro y danzante, saltando y gorgoteando en su camino hacia el mar. En el Codo del Diablo, Margarita sacó la cabeza por la ventanilla y miró a lo lejos, hacia el aterrador precipicio donde el río se arremolinaba, rugía y rodaba. Rieles retorcidos, víctimas mudas de la última torrencial justa del río con el ferrocarril, yacían medio sumergidos. Margarita trató de llamar la atención de Barr, pero él y Rafael se lo estaban pasando demasiado bien bromeando con unas chicas locales de pelo grasiento cerca del frente. Los puentes que abrían los precipicios eran más emocionantes que volar para Margarita. En un momento estaban en el suelo y al siguiente suspendidos en el aire.

Después de otro ascenso empinado por pedregales y praderas y otro descenso gradual, el tren llegó a Cartago. Margarita estaba muerta de hambre. Habían comido tortillas a las once en Siquirres, pero ahora eran las tres y su bebé saltaba y pataleaba de hambre. Quería indicarle a Barr los lugares de interés de Cartago, pero en vez de eso compró una bebida fría que las chicas que vendían a los pasajeros sacaron por la ventanilla.

Otros treinta minutos a caballo y el entorno le resultaba tan familiar como las líneas de su propia mano. Las calles que conocía de toda la vida pasaban junto a su ventanilla. Las ruedas del tren empezaron a chirriar al frenar. Margarita y Rafael se apresuraron a regresar al balcón de observación sobre la superficie oscilante del vehículo en movimiento. Cuando el tren, cada vez más lento, pasó por delante de la casa de Margarita, real, casi demasiado real, estaban allí, su familia, su padre, Anabella, con una niña pequeña a su lado y un bulto en los brazos, una tía, Diana y Sara. Todos estaban allí saludando. Y los pavos reales destacaban tanto como la gente, enmarcados a lo largo del vestíbulo, brillantes en sus colores del paraíso.

La estación de ferrocarril estaba sentada junto a las vías como un niño pequeño bajo un sombrero de tamaño masculino. Mientras Barr ayudaba a Margarita a bajar del tren, Rafael llamó a un conductor de carretón con su burro sonámbulo. El conductor cargó la maleta en la parte trasera de su carro enrejado, empujó la puerta trasera y azotó al animal de orejas batientes, que prefería quedarse quieto. Cuando empezó a caminar, Margarita sintió las piernas y los pies entumecidos, como patas de palo, pero la circulación hizo que empezara a hormiguear y pronto superó la distancia de dos manzanas que la separaba de su familia y se vio envuelta en cálidos abrazos y charlas. Finalmente, separándose del grupo del patio delantero, se encontró con Catalina, que con su voz quebradiza la saludó, le apretó la mano y le dio palmaditas en la espalda. Pero el cuerpo de la anciana nunca se acercó más allá de la distancia de un brazo. Se mantenía erguida y delgada como una aguja con su mejor vestido negro y perlas. Margarita atravesó la casa. ¡Qué fresco y fragante de flores y qué acogedor era todo! Cada habitación parecía saludarla con sus propios saludos y cada una la recordaba a su manera desde el pasado.

Margarita llegó hasta la cocina, salió al patio y lanzó una mirada escrutadora en dirección a las dependencias del servicio. Luego volvió a subir por el pasillo. Finalmente, empujó suavemente la puerta de la habitación de su madre.

Libia estaba allí sentada, esperando, demasiado llena, demasiado embargada por la emoción para que otros ojos la vieran, esperando sola a su hija. Con lágrimas en los ojos, se acercaron la una a la otra. Libia tuvo su llanto, se calmó y se empolvó la nariz y luego acarició y besó cariñosamente a Barr cuando Margarita lo trajo a la habitación.

Luzare los llevó a toda prisa por el pasillo y se quedó al pie de la escalera esperando a que volvieran mientras Libia los guiaba en una visita de inspección de sus nuevos aposentos. La gran habitación libre del piso de arriba se había convertido en un apartamento de tres habitaciones, acogedor, limpio y encantador. Las paredes azules aún olían a pintura. Junto a la cama había un moisés de gasa con una red en la parte superior y sujeto con una gigantesca cinta rosa. Catalina asomó su fina nariz por todos los rincones y finalmente asintió con su cabeza en forma de peluca en reconocimiento de un

8 de abril de 1949   295

Figura 84 A El camino hacia arriba

trabajo bien hecho. Abajo, Luzare estaba ansiosa por oír los comentarios y preguntó una y otra vez a Barr cuando bajó:

—¿Te gusta? ¿Estás seguro de que le va a gustar? Margarita se quedó arriba deshaciendo la maleta y cambiándose de vestido. Se sentía muy cansada. Anabella se quedó mirando cómo deshacía su hermana la maleta. Sus ojos voraces se clavaban en cada prenda que Margarita sacaba.

Insidiosamente comenzó su interrogatorio:

—¿Y qué te parece Rafael ahora?

Preocupada por deshacer su equipaje. Margarita contestó:

—¿Rafael? Ah, está bien. Ahora me cae bien. Todo el mundo estaba bien para ella en aquel momento. Su mente divagaba en un laberinto de felicidad.

Anabella preguntó de nuevo:

—¿Y cómo se portó en el tren?

Margarita contestó sin pensar:

—Oh, se portó bien. Se portó bien. Pero le vino a la mente la imagen de Rafael y Barr, de cómo se habían reído y coqueteado. Pero decir que Rafael se había portado mal era decir que Barr se había portado mal y a ella no le gustaba pensar que Barr no fuera bueno. De nuevo contestó, pero en voz más baja:

—Sí, se portó bien.

Los dedos de Anabella acariciaron con cariño las bragas de nailon de Margarita:

—No me lo creo, pero espero que se haya portado bien. Incapaz de soportar los ojos golosos de su hermana, Margarita se encontró entregando lo que había disfrutado como su mejor ropa interior.

De todas formas ahora no podía ponérselos, así que no importaba.
Estaba de nuevo en casa

Figura 84 B

Un barrio de Cartago. (Actualidad) iStock.com/DennisAlbertoGonzalezSalas
https://www.istockphoto.com/photo/landscape-overlooking-a-neighborhood-in-cartago-costa-rica-at-a-beautiful-sunset-gm218778075 9-606341312

Figura 84 C Vista panorámica de la actual ciudad de Cartago en Costa Rica. iStock.com/alexeys. https://www.istockphoto.com/photo/town-of-cartago-in-costa-rica-gm1131840226-299824816?clarity=false

CAPÍTULO VEINTINUEVE

Charlene
1949

EN LA CENA, EN HONOR a la ocasión, estaba reunida toda la ruidosa familia. Ricardo, Arturo, sus esposas, Víctor, su mujer y sus tres hijos. Estaban todos menos Catalina que se había excusado de cenar diciendo que existía una dieta especial. Pero Libia había comprendido hacía tiempo que su madre se sentía ofendida con los modales de Luzare en la mesa. Más tarde, después de la comida, Libia envió a uno de los criados por la parte de atrás con una bandeja para su madre. En su maullido de corrección y formalidad, Catalina levantó la servilleta de la bandeja gratuita, dio un mordisco al pastel y lo dejó en el suelo. Tal como sospechaba, Libia siempre escatimaba huevos en sus pasteles. Ella misma nunca mezclaba la masa de un pastel sin al menos ocho huevos. Luego, como era su costumbre, bebió un vaso de leche, volvió a guardar sus perlas buenas en el joyero, se desnudó y se puso su bata blanca plisada en el canesú.

Se sentó a los pies de su cama y levantó los ojos hacia el espacio que había en la pared, encima de la cabecera. Allí colgaba un magnífico rosario negro. Cada cuenta era tan grande como la articulación de un dedo. Las cinco estaciones y el crucifijo eran de plata forjada a mano. Originario de España, el símbolo del amor eterno y continuo estaba colgado de tres ganchos y el propio crucifijo, tan largo como la mano, había sido grabado con minuciosa precisión, una delicada e intrincada obra de arte.

A Catalina se le encogió el corazón. Mientras contaba las cuentas con los dedos, sus labios murmuraban rápidamente, pero su mente rezaba una ferviente oración de liberación por su hija. Porque sus viejos y sagaces ojos habían visto una fuerza violenta que deseaba el desorden y la destrucción. Catalina nunca había confiado en el hombre. Allí no había ayuda. Siempre recurrió a su Dios. Él era todo majestad, todo poder, y no se burlarían de Él.

Pero Catalina no fue particularmente extrañada en la casa Constant. Después de cenar, todos se reunían en el salón para hablar, reír y hacer bromas. Luzare, orgulloso del atento regalo que su hija le había traído de Estados Unidos, no paraba de enseñar a todo el mundo los calcetines de algodón acanalado que Margarita había comprado a veinticinco céntimos el par para utilizarlos como gorros de dormir. Nerviosa, Margarita vigilaba el consumo de aguardiente y al poco rato mandó a un criado a la pulpería a reponer la provisión que disminuía rápidamente. La gente seguía llegando, congregándose, curiosa por ver al marido de Margarita. Barr estaba apoyado en el respaldo de la silla de Margarita, con los músculos flexionados. No estaba seguro de que todas las miradas y sonrisas fueran de admiración. Pero las mujeres le decían a Margarita que era un marido perfecto.

Margarita temía ver a su madre tomar su segundo trago. Porque Libia siempre se convertía en otra persona, una persona difícil de reconocer para Margarita como su madre. Siempre entraba en un pequeño acto de imaginarse bruja. Rebuscaba un sombrero viejo, se lo colocaba cómicamente ladeado en la cabeza, se recogía los rizos hasta que quedaban amontonados sobre cada oreja, se quitaba el puente de los dos dientes delanteros, cogía un bastón y se paseaba por la habitación provocando la risa histérica de sus invitados. Pero Margarita siempre se sentía terriblemente avergonzada. Ver a su madre sacando la lengua por los espacios delanteros la repugnaba. ¿Por qué su madre disfrutaba haciéndose la fea cuando era una mujer tan hermosa? Sin embargo, Margarita había visto muchas veces a su madre representar la escena de la bruja.

Mientras los invitados seguían llegando, los criados se afanaban en lavar los vasos. En una ocasión, Margarita levantó la vista y ahogó una risita. Una matrona vecina muy correcta estaba sorbiendo una copa y comentando su delicioso contenido. Y el vaso era el de su padre, con montura de oro, que siempre había tenido en la mesilla de noche para los dientes. Todas las noches se ponían los dientes en aquel vaso con montura de oro. Todas las mañanas se frotaban bien con uno de los varios cepillos de dientes de Luzare antes de volver a metérselos en la boca. Toda la familia reconocía el vaso y muchas sonrisas se reprimían hasta que los invitados se marchaban.

Los días siguientes Margarita cosió ropa de bebé con materiales que Libia había ido a la ciudad, seleccionado y enviado a la casa. Libia no dejaba de pensar en más chaquetitas o vestidos que el bebé pudiera necesitar y el armario con percheros de pequeñas prendas. Cada visitante tenía que ser conducido al piso de arriba para ver las pequeñas prendas y los preparativos. Y mientras cosían, Libia y Margarita trataban de ponerse al día en sus conversaciones, sin apenas darse cuenta de que los ágiles dedos de Anabella se entretenían en el fondo. Libia explicó en voz baja:

—No hagas caso de la actitud de Anabella. Se siente distanciada porque Rafael no tiene trabajo. Y el chico bebe todo el tiempo. Anabella está muy ocupada con su pobre hijo enfermo. Ojalá te dejara echarle un vistazo. Imagínate, ya tiene dos meses y sólo pesa dos kilos.

Margarita oía los débiles gemidos cada vez que pasaba por delante de la sala de billar. Un día se levantó temprano de la mesa y se escabulló para echar un vistazo al bebé mientras Anabella seguía comiendo. Se asomó entre los pliegues de las sábanas para ver una cabeza arrugada no más grande que un picaporte, una criatura de muecas horribles como uno de los monos del Parque Bolívar.

La voz de Anabella detrás de ella la aprehendió en sus acciones. Margarita balbuceó el mejor cumplido que se le ocurrió, pero

Anabella, acalorada por la amargura, sólo gruñó:

—Sólo estás siendo amable porque el bebé está muy flaco. Crees que vas a tener un niño grande. ¿Cómo sabes cómo será?

Aunque resentida con Margarita, entraba y salía del pisito de arriba con el más trivial de los pretextos. Cada vez echaba una mirada envidiosa, luego sacudía los hombros con altanería y comentaba, «Es bonito, pero no me gusta por las escaleras».

Libia murmuraba la historia de Anabella poco a poco, mientras Anabella iba de un lado a otro cuidando de sus bebés. Intentó no divagar y, en su mayor parte, mantuvo una continuidad de los acontecimientos que Margarita se había perdido.

Empezó diciendo:

—Te escribí que Anabella se fue a la costa del Pacífico después de casarse. Rafael había encontrado un buen trabajo en Puntarenas haciendo trabajo de oficina, traduciendo inglés para una compañía bananera. Y por mucho que odie alabarlo, hay que darle al diablo su merecido. Dicen que el inglés de Rafael es absolutamente puro. Bueno, de todos modos Anabella se enfermó, ese clima bajo y caluroso y ella es tan frágil. No pudo soportarlo. Cogió la malaria y tuvieron que volver a San José, a casa del padre de Rafael. Pero ese hombre no gana lo suficiente para mantener a nadie más que a sí mismo, sólo es un empleado en una de esas pequeñas tiendas baratas. Además, tampoco tenía alojamiento para ellos. Allí dormían todos en la misma habitación. Después de dos semanas, se vio obligado a decirles que no podía seguir alimentándolos. Los envió a Grecia, a casa de la tía de Rafael. Esa mujer no es más que una trabajadora agrícola. Pero al menos hizo lo mejor que pudo por ellos, los mantuvo seis meses.

—Un día ella y Anabella tuvieron una gran discusión porque Rafael ni siquiera quiso ir al trabajo que le habían encontrado. Es demasiado bueno para el trabajo manual, ya sabes. La tía se enfadó y les dijo que se fueran. Así que allí estaba la pobre Anabella con sus maletas, su marido y su bebé nonato, en un autobús. Por las buenas o por las malas, se enteraron de que nos quedábamos en Alajuela. El corazón de Luzare estaba tan mal que lo convencí de alquilar un lugar allí para nosotros. Era una forma de sacarlo de la tienda. Bueno, en fin, un día fui a la puerta y allí estaba Anabella, pobre niña, miserablemente flaca. Lloraba y me suplicaba que la acogiera hasta que naciera el bebé. Pero Luzare tenía el corazón de piedra. Cuando le dije que Anabella estaba en la puerta, me dijo, «Bueno, dile que se vaya. Esto es lo que ella quería. Que se quede con hambre».

—Pero le supliqué, traté de razonar con él. Le dije, «Luzare, es tu hija y va a tener a tu nieto. Cuando nazca el bebé, veremos qué podemos hacer. Ve a ver a Anabella. Ahora no está en condiciones de irse. Además, ¿adónde iría?». Luzare no dijo *sí* ni *no*, así que llevé a Anabella al dormitorio de atrás y antes de que pudiera pestañear, Rafael metió las maletas y se quedaron allí. Y te digo que Rafael tampoco perdió el tiempo buscando trabajo. Sabía que era su última oportunidad. Yo le estuve dando la lata a Luzare hasta que le encontró uno mejor en una de las oficinas del gobierno y Rafael se prendió de inmediato. Y no podíamos estar en la misma casa, comer en la misma mesa y hablar. Debo decir esto en favor de tu padre, él trató de ser tolerante con Rafael e incluso me contó un pequeño secreto.

Me dijo, «Si ese chico demuestra que es digno de ayudar, lo perdonaré. Incluso lo aceptaré como uno más de la familia».

—Una noche, después de cenar, Anabella empezó con los dolores de parto. Temí que, al ser su primer bebé, pudiera excitar y alterar a Luzare, así que hice que Rafael la llevara a la clínica. El bebé nació esa noche, y ella volvió a casa en tres días.

—En general, las cosas iban bien en Alajuela, pero no podíamos vivir allí. Siempre estaba preocupada por la casa. No es bueno dejar un lugar desocupado. Así que, antes de que se cumpliera el año de arrendamiento de la casa en Alajuela, nos mudamos de nuevo aquí. Le dije a Anabella que tomara la sala de billar como dormitorio. Está más atrás que estos dormitorios delanteros, y si el bebé lloraba molestaría a Luzare. Sacamos la vieja cama Esmeralda del trastero. Por fin tenía una buena excusa para quemar aquel mugriento colchón podrido por el moho. Anabella pulió la cama hasta dejarla perfectamente hermosa. De todos modos, es un mueble fino, tallado a mano. Quería aprovechar la ocasión para descolgar el cuadro de Esmeralda de la pared, pero tenía miedo de estirar demasiado la vena bonachona de Luzare. Sin embargo, Víctor me resolvió ese problema cuando pidió el cuadro el otro día y Luzare se lo dio.

—Pero volviendo a Rafael. Su nuevo trabajo no le sentaba bien. Pronto se volvió inquieto y empezó a beber de nuevo. Por aquel entonces llegó la agitación de la revolución. Estuvo en la cárcel veintiún días sin comer más que pan y agua, salvo lo que Anabella podía colarle para verlo. Me extraña que no murieran todos los presos, estaban tan apretados. Después de su liberación, Rafael estaba muy delgado y apático. Ni siquiera se esforzó por encontrar otro trabajo, incluso después de que naciera el nuevo bebé.

—Así que pasa la mayor parte de las mañanas en esa vieja habitación junto al cuarto de planchar. Todos los días viene un isleño grande a ser su sparring mientras practica boxeo. No me importa porque cuando está allí, al menos Anabella sabe dónde está. Se preocupa mucho cuando bebe. Se vuelve tan diabólico, que ella nunca sabe lo que pasa cuando él está fuera de casa.

—Ricardo nunca se metió con Rafael porque, allá en su casa, tenían sus propios problemas con Renato. Y aquí Libia siempre bajaba la voz un tono para confesar casi lloriqueando cuando mencionaba a Renato. *Pobre Renato*. Después de que Ricardo lo trajo a casa, el pobre niño se encerraba en su cuarto de juegos acristalado y no dejaba que nadie se le acercara. Un par de tardes a la semana veía a Ricardo llevárselo en el coche. Luzare dijo que Ricardo llevaba a Renato a un psiquiatra, así que supongo que era allí donde iban esas tardes. Y eso duró varios meses, con Renato cada vez peor. A veces se le oía desvariar y gritar como un animal acorralado. Francisco me contó que Renato hacía eso cada vez que sus padres se le acercaban. Al final, Ricardo se dio por vencido. Compró una gran finca cerca de Alajuela. Tu padre dijo que era un lugar precioso y Ricardo contrató a uno de sus antiguos criados para que se ocupara de la casa y cocinara para

Renato. Así que se limitó a encerrar al chico allí, ¡pero ocurrió lo más sorprendente! Renato dejó de leer todos aquellos libros de filosofía y empezó a estudiar panfletos de agricultura. La siguiente vez que Ricardo y tu padre subieron allí, lo encontraron en caquis y sandalias. Ricardo apenas podía reconocer a su propio hijo. Estaba moreno y sencillo como un concho trabajando en sus tomateras y aporcando su maíz. Luzare dice que es extraño lo que sienten esos conchos por Renato. No lo sienten su amo, sino que lo sienten su amigo y no hay uno solo allá arriba que no moriría por él. Libia se rió entre dientes al concluir la historia con:

— ¡No sólo eso, sino que Renato ahora está produciendo unas buenas cosechas, ganando dinero!

Como Margarita parecía completamente insegura sobre la posible fecha de parto de su bebé, Libia llamó a una comadrona, la misma que atendió el segundo parto de Anabella. El sábado por la mañana, la mujer, fuerte y de huesos duros, con su uniforme blanco almidonado, vino a examinar a Margarita. Amasó con sus pesadas manos el monstruoso vientre de la niña, auscultó los latidos del corazón con su estetoscopio, luego dio unas palmaditas tranquilizadoras a Margarita y comentó:

—Todo tiene buen aspecto, nada de qué preocuparse. Puedes esperar el parto en dos o tres días. Aquella noche, Margarita se fue a la cama, agotada y cansada de estar tanto tiempo inclinada sobre la costura. Barr estaba fuera, pero prometió que éste sería su último buen rato hasta después de que naciera el bebé. A partir de ahora ahorraría su dinero para el bebé. No es que necesitaran para nada en casa de su madre, pero el dinero que Barr ganaba en el garaje se esfumaba al día siguiente de cobrar. Margarita se preguntaba distraídamente cómo haría Barr para conseguir comida suficiente durante su reclusión. Desde que estaban en casa, se levantaba temprano, freía patatas en la plancha o calentaba un plato de judías y tostaban plátanos como pan. Después, Barr bajaba a tomar el desayuno que los criados habían preparado a base de dos huevos, café y pan. Libia utilizaba más de una docena de huevos para sus tortillas en la comida del mediodía e hizo varias referencias angustiadas a la cantidad de huevos que se consumían a diario en la casa. Así que Barr se las apañaba con dos huevos en la mesa sin pedir más y por la noche le preparaba un tentempié extra antes de acostarse. Compró chorizo, un embutido largo que se compraba por metros. Podía cortarse en rodajas y comerse con pan, mantequilla y té, y constituía un agradable tentempié antes de acostarse. Margarita suspiró que su marido tendría que conformarse con las comidas de la casa hasta que ella pudiera volver a estar activa.

La despertó el tropiezo de Barr al subir la escalera. Entró dando tumbos, encendió la luz, miró a su alrededor con los ojos enrojecidos, se quitó la ropa, la dejó caer al suelo, apagó la luz y se tumbó a su lado en la cama, demasiado cansado para tocarla. Margarita soltó un aliviado «Gracias a Dios» y escuchó cómo en un momento él roncaba pesadamente, su aliento apestaba a guaro barato. Intentó volver a dormirse, pero pequeños y rápidos dolores le impedían relajarse. Sacudió a Barr y le habló al oído—:

¡Barr, despierta! Me encuentro mal.

Barr se despertó lo suficiente en su almohada para murmurar:

—Quizá comiste algo. Tómate un refresco. Déjame dormir. Margarita recorrió a tientas la habitación hasta el pequeño nicho de su cocina, mezcló una cucharada de refresco en un vaso de agua y se lo bebió. Pero de vuelta en la cama los dolores volvieron a atacar, con más fuerza. Luego, un gran dolor que la atenazaba y finalmente la liberaba débil y enferma de sus garras. Sintió frío y se estremeció por la tremenda presión que la rodeaba, sobre ella. Estaba asustada y terriblemente sola y presa del pánico.

Incapaz de oír el terror de su soledad, sacudió con fuerza a Barr y gritó:

—BARR, levántate. Será mejor que te levantes! Pero esta vez él estaba demasiado lejos bajo las capas de sueño para oírla siquiera.

Cambiando de postura, sintió la urgencia de orinar. Se levantó y bajó a tientas las escaleras hasta el cuarto de baño, pero apenas volvía a subirlas se veía obligada a bajar de nuevo. En el último viaje se paró en el último escalón y se dio cuenta de que no podía volver a subir. El dolor era ahora tan intenso, tan intenso que quería caminar, seguir moviéndose. Atravesó el salón, bajó por el pasillo hasta el comedor y volvió a subir por el pasillo, acelerando el paso, corriendo a su pesada y torpe manera. Al oír ruidos en el pasillo, Libia salió de su dormitorio, empujó a Margarita a una silla, encendió la luz y miró ansiosamente el rostro crispado de la muchacha mientras preguntaba:

—¿Qué te pasa, linda?

Margarita se agarró la barriga con ambos brazos y levantó las rodillas hacia la barbilla,

—Mi estómago, mi estómago, ¡mi estómago me está matando!

Siempre minuciosa, Libia miró el reloj y preguntó:

—¿Desde cuándo?

Margarita jadeó:

—Desde que el reloj dio las dos. Desde que llegó Barr.

Libia habló en un tono muy conversacional mientras se acercaba al teléfono del vestíbulo:

—Voy a llamar a la comadrona ahora. Pero pronto se enteró de que la mujer estaba fuera con otro caso y no podía ser localizada en ese momento. Libia dejó un mensaje y volvió a consolar a su hija. Le rodeó la espalda con el brazo, la llevó arriba, sacó a Barr de su sueño y lo empujó al pequeño salón, donde se dejó caer en el sofá y siguió roncando.

Colocando a Margarita en una silla, Libia se dedicó a sus preparativos con eficacia. Cambió las sábanas de la cama, colocó algodón, agua y alcohol sobre la mesilla. Margarita estaba sentada, angustiada. Sus largas uñas le desgarraban la carne de los brazos con cada dolor. En una hora llegó la comadrona. Su rostro cansado e insomne mostraba preocupación cuando colocó a la niña en la cama, presionó sobre su estómago, sacudió la cabeza a Libia y declaró:

—No tendré tiempo de ponerle el enema. —Separando las rodillas de Margarita, introdujo su fuerte dedo en la vagina y rompió las membranas de las aguas. Con un dolor punzante, Margarita sintió el chorro de líquido caliente cuando las bolsas de líquido liberaron su contenido. La comadrona entregó a Margarita dos grandes pañuelos de hombre anudados juntos y le mostró cómo pasarlos por encima de la rodilla y hacer fuerza. La mujer repetía constantemente mientras enseñaba—, TIRA, tira, tira, aguanta, haz fuerza con el dolor. Hacia abajo, haz fuerza hacia abajo. De pie junto a la cama, Libia vertió café negro por los labios hinchados de Margarita para fortalecerla. La agonizante muchacha movía la cabeza como loca. Tenía los ojos grandes y vidriosos por la intensidad de la agonía.

Libia le limpiaba la cara manchada de sudor mientras Margarita, enloquecida y delirante de dolor, gritaba:

—¡Quiero matarme! Quiero matarme.

Todavía medio borracho, pero incapaz de dormir por la conmoción, Barr se sentó a fumar, con la cabeza entre las piernas. De vez en cuando levantaba la cabeza lo suficiente para murmurar:

—¡Tranquilo! Tranquilo.

Enloquecida por el sonido de la voz de Barr, Margarita chilló con más fuerza:

—No me hables. Te odio. Te odio. Quiero matarte. Te odio.

Al ver la dilatación completa, la comadrona habló con firmeza:

—Empuja hacia abajo todo lo que puedas. El bebé tiene una cabeza grande. —Se produjo un gran esfuerzo hacia abajo y la respiración de Margarita se interrumpió con un nudo en la garganta cuando la cabeza coronó. Ante la mirada de la comadrona, levantó las manos excitada—, No lo aguanto. Es demasiado grande. La cabeza del bebé es demasiado grande. Hazlo lo mejor que puedas. ¡Depende de ti hacerlo! —La aterrorizada niña sollozaba entrecortadamente. El insoportable dolor no la liberaba ahora. Una gigantesca ola de contracción se abatió sobre ella, aumentando su potencia, haciéndose más extraña, más fuerte. Libia vertió whisky en la comisura de los labios de Margarita y le ató un pañuelo alrededor de las mandíbulas para contener la lengua. En su intensidad envolvente, el dolor parecía paralizarla. Margarita sintió que se desgarraba y cedía a la presión de la expulsión. La comadrona sujetó la cabeza del bebé con una mano, cogió unas tijeras con la otra, levantó los ojos al cielo y gimió—, ¡Dios me ayude! Voy a cortarlo. El cordón es demasiado corto. No puedo esperar. Asfixiará al bebé. En un momento, la comadrona levantó a un ser arrugado por los tobillos, le dio un sonoro azote y lo entregó a los brazos de Libia, que esperaba. Margarita sangraba profusamente. La comadrona presionó fuertemente con la mano sobre el vientre y, de un fuerte tirón, sacó la placenta. Tomando una aguja e hilo grueso para suturar, y sin pensar en ese momento en la esterilización, clavó y sacó la aguja a través de la carne desgarrada y sangrante. Cuatro veces se oyó un grito inhumano, lo bastante agudo como para que lo oyera Dios. Pero el trabajo de Margarita había terminado. Sintió que se hundía en la oscura paz del agotamiento.

A la mañana siguiente, Libia se levantó temprano y subió de puntillas las escaleras para ver a Margarita, que seguía durmiendo, y a la pequeña cosita roja, acurrucada y quieta en su moisés. Después fue a misa. De vuelta de la iglesia, al entrar por la puerta principal, se le acercó una criada. La pobre muchacha, angustiada, estrujó su pañuelo sucio y empapado y preguntó con voz entrecortada y avergonzada:

—Permítame hablar con usted, doña. —De pie justo dentro del pequeño escritorio, la sirvienta bajó la cara carmesí y en voz baja explicó—, el joven, marido de donita Margarita, entró anoche en mi habitación. Yo estaba dormida. Me despertó cuando se acostó a mi lado y no me dejó gritar. Ahora me voy porque no puedo quedarme más tiempo en esta casa ni volver a mirarle. Libia escuchaba estupefacta.

Cansada por la falta de sueño, demasiado cansada, Libia se sintió de repente fuerte, animada por su ira. Respiró hondo y se preparó para otra batalla contra el monstruo de múltiples cabezas. Esta vez estaba decidida a no ser la perdedora. Mientras Barr entraba en el comedor para desayunar tarde, Libia le hizo señas para que volviera al vestíbulo y, de pie donde acababa de estar su acusador, le espetó con feroz vibración en español y las pocas palabras en inglés que conocía:

—Barr, en tu estúpida borrachera de anoche entraste en una de las habitaciones de mi criada. ¿Crees que voy a tolerar eso en mi casa? Te metería en la penitenciaría ahora mismo si no fuera por Margarita. Está demasiado débil para preocuparse. Pero el resto del tiempo que estés en mi casa estarás vigilado. Si intentas otro truco te pondré en la calle. Barr no respondió y se dirigió al comedor.

Libia se dio la vuelta y subió a enseñarle el bebé a Margarita. Colocó al regordete y bajito bebé cerca de la almohada de su hija para poder examinar a fondo todos sus rasgos. La carita redonda estaba hinchada hasta que los ojos eran meras rendijas. El cuerpo era perfecto, regordete y de pecho redondo como el de una paloma. Pero la forma de la cabeza era como el reflejo de un espejo distorsionado: un lado estaba hacia dentro y el otro hacia fuera, formando un extraño pico curvado.

Libia esponjó al bebé con aceite, lo vistió con un vestido largo de encaje y se lo ofreció a Barr, que entró y se quedó mirando. Miró indeciso al bebé durante un momento, luego sacudió la cabeza y dijo:

—Me temo que se me caiga.

Figura 85 A Charlene

Figura 85 B Hermosa vista aérea nocturna de la Basílica de Cartago en la actual Costa Rica
iStock.com/GianfrancoVivi
https://www.istockphoto.com/photo/beautiful-aerial-night-view-of-the-basilica-of-cartago-
in-costa-rica-gm1433653854-475500637?clarity=false

312

CAPÍTULO TREINTA

Estrella
1949

Así, EL HOGAR VOLVIÓ A asentarse, pero parecía pivotar en torno a la nueva ocupante. En cuatro días la comadrona tenía a Margarita caminando en su habitación, pero el malestar de la niña hizo necesario que la comadrona pidiera que llamaran a un médico para que tratara los puntos infectados. Libia subía y bajaba las escaleras trotando todo el día. El dulce, un agua azucarada para la energía, uno de los tratamientos de la gente del campo en el que Libia tenía mucha fe, se lo daban a menudo. Todos los días se subían cuatro vasos grandes de leche, se cargaban en bandejas y se llevaban a Margarita copos de avena ricos en nata, carne, huevos, aceite de hígado de bacalao y pastillas de calcio. Con la cuidadosa supervisión de Libia, en una semana Margarita estaba abajo, disfrutando de las visitas que se dejaban caer para ver al bebé. La cabeza del bebé era tan fea que Margarita odiaba que la gente la mirara y además era un bebé inquieto. Había nacido con aftas. Tenía la boca tan infectada que el pezón le hacía daño en la boca. Toda la familia, incluida Catalina, que pasaba por allí todas las tardes de camino a tomar el té con una de sus seis hermanas, pensaba que el bebé parecía *polaca* y ser polaco no era, como mínimo, un cumplido.

Anabella siempre tenía una excusa preparada cuando la gente preguntaba por su bebé. Siempre estaba dormida. Pero, como medida de precaución, siempre escondía al bebé en el cuarto de servicio hasta que las visitas se marchaban. Al cabo de unas semanas, Anabella llevó a su bebé a la clínica para que le hicieran transfusiones de plasma. Entre sus visitas al hospital, no se molestaba en ocultar el desprecio que sentía por su hermana. A menudo decía con sorna, «Charlene está demasiado gorda. Creo que los bebés gordos son feos». Margarita, sin embargo, estaba orgullosa de exhibir a su bebé, aunque admitía para sí misma que el niño era feo. Sin embargo, su color era rubicundo y claro, sus mejillas gordas y rosadas. Y Margarita esperaba que la niña se pareciera a la pequeña enfermera que le había dado nombre, la que había sido tan buena con ella mientras había estado enferma en el hospital de Atlanta. Las dos hermanas discutían y se hacían reproches constantemente. Anabella tenía una amiga que la visitaba casi a diario y en presencia de Margarita mantenían una fatua conversación de fingimiento. Anabella se inclinaba expansivamente hacia su compañera y le preguntaba socialmente:

—¿Te acuerdas de los maravillosos palacios antiguos que visitamos en Inglaterra?

Y continuando el diálogo, la otra muchacha añadía:

—Sí, y aquellos días paradisíacos en Francia. Cómo me gusta viajar.

Margarita siempre se lo quitaba de encima con una carcajada:

—¿Por qué fingís esas cosas? Es una tontería. —Luego, con una generosidad desacostumbrada, añadía—, A lo mejor algún día tú también haces un viaje. ¿Quién sabe? Sin embargo, cuando la amiga se iba, las dos hermanas se volvían hoscamente complacientes y por la tarde Margarita invitaba a Anabella al cine. Anabella llevaba la ropa de Margarita mejor de lo que ella misma podía porque aún era desgarbada. Barr y Rafael se convirtieron en grandes compañeros de copas, frecuentando las cantinas y los bares, pero Barr no tardó en ser despedido de su trabajo por enemistarse constantemente con los demás trabajadores del garaje y, sobre todo, por buscarse como amigos a conocidos comunistas. Por aquel entonces Rafael encontró un puesto acorde con su inteligencia y lo aceptó. El caprichoso destino había cambiado su lealtad. Rafael y Anabella eran ahora los que podían ir, gastar y comprar, así que Margarita se quedaba a menudo en casa. Rafael también encontró otros amigos para sus borracheras.

Margarita se quejaba a su madre de Anabella. De vez en cuando le decía a su madre, «Mamá, Anabella me trata como si estuviera muerta o ni siquiera estuviera aquí. Nunca me pide que la acompañe a ningún lado, ni siquiera a misa». Libia no creía que la situación fuera como Margarita la pintó. En su opinión, ambas eran culpables de palabras rencorosas y odiosas.

Así que musitó la admonición del salmista, *Las palabras agradables son como un panal de miel, dulces para el alma y saludables para los huesos.* Pero las palabras de Libia no hicieron más que irritar aún más a Margarita.

Luzare se encargaba de que nunca sobrara un peso en la casa. Alimentaba a sus hijas para que no murieran de hambre y también a sus maridos, pues no le quedaba otro remedio. Sin embargo, dejó claro que no iba a proporcionarles dinero fácil para gastar.

Cuando Margarita se sentaba sola por las tardes, pensaba a menudo en Estrella. Cuantos más recelos sentía por su familia, más clara veía a Estrella. Recordaba las expresiones que de vez en cuando aparecían en el rostro de Estrella. Una vez, en mitad de la noche, Estrella recibió una llamada de larga distancia desde Florida. La ama de llaves llegó corriendo, preocupada y perturbada por las malas noticias para una de sus hijas. Pero Estrella se limitó a esbozar una extraña sonrisa y fue a contestar al teléfono. Cuando volvió, susurró en la oscuridad a Margarita, «Era Mario. Está en Miami. Quiere que baje a visitarle unos días, sólo el tiempo que va a estar allí. Acaba de llegar en avión».

Margarita recordó que nunca había oído a Estrella mencionar a Mario y preguntó, «¿Pero quién es Mario?».

Y Estrella susurró, «Es un ingeniero de la banda de mi padre. Mamá tenía miedo de que nos hiciéramos demasiado amigos, así

1949

que quiso que me viniera a Estados Unidos. No estoy enamorada de Mario, pero me gustaría volver a verle. Creo que cogeré ese avión mañana». A la tarde siguiente, justo cuando las dos chicas se disponían a salir del dormitorio, sonó el teléfono para Estrella y, con aquella misma extraña sonrisa en la cara, Estrella dijo, «Contesta tú, Margarita. Es Roy, lo sé. Dile que no estoy. Dile que me he ido a Milledgeville a pasar el fin de semana. Dile que ya me he ido».

Y Margarita aún podía oír la expresión dolida en la voz de Roy cuando dijo, «¿Por qué no me dejó llevarla a Milledgeville? No me dijo que quisiera ir. Yo la habría llevado encantado». Entonces la voz de Estrella sonó de fondo y Roy la oyó. Él dijo, «Margarita, creo que estás mintiendo. Oigo a Estrella. Es que no quiere hablar conmigo. Voy a salir ahora mismo».

Margarita recordó cómo había vuelto y le había contado a Estrella toda la conversación. Pero Estrella sólo se rió y dijo, «Vámonos. De todas formas ya es hora de que nos vayamos». Y mientras iban en el autobús camino de la ciudad, se encontraron con el coche de Roy, que conducía a gran velocidad. Ella y Estrella agacharon la cabeza y él pasó, sin darse cuenta de su cercanía. Estrella sólo sonrió y dijo, «Pobre imbécil. Roy es tan tonto». Mientras Estrella se iba a Florida, Roy salía y hablaba con Margarita.

Tenía una mirada acosada y demacrada mientras le suplicaba, «Dime la verdad, Margarita. Sé que no fue a Milledgeville. Odia ese lugar. ¿Adónde fue? La quiero, pero no confío en ella». Y apretó sus finos puños mientras continuaba, «Ése es el problema. Sabe que la quiero. Y me acuesto con ella porque la quiero. Quiero casarme con ella. Me pregunto si alguna vez se casará conmigo. Sólo me lo pregunto».

Estrella volvió de sus pequeñas vacaciones renovada y alegre, y en sus labios se dibujó la misma sonrisa secreta y extraña cuando preguntó:

—¿Dijo Roy que me echaba de menos? Luego se echó a reír, una risita peculiar y sin gracia, y no dijo nada más sobre su viaje.

Tan repentinamente como Estrella había hecho todo lo demás, un día hizo las maletas y al día siguiente se marchó. Ni Margarita ni Roy volvieron a recibir una palabra de Estrella, pero el recuerdo que indignaba a Margarita era la sonrisa. Estrella lucía esa misma sonrisa la noche que aceptó el préstamo de cien dólares. Y ahora que Margarita pensaba en ello, se daba cuenta de la astucia de la mente de la chica, de la sutileza de sus métodos y de lo insidioso de su ser.

Figura 86 A

Estrella

Figura 86 B

Banderín realista en 3D con bandera de Costa Rica.
iStock.com/grebeshkovmaxim
https://www.istockphoto.com/vector/3d-realistic-pennant-with-flagn-
gm1153505418-313313921?clarity=false

CAPÍTULO TREINTA Y UNO

Una Casa Propia
1949

UN DÍA MARGARITA SE AGITÓ tanto en sus pensamientos que escribió la vieja dirección que encontró en un sobre de Navidad que la madre de Estrella le había enviado a Estados Unidos. Quería que la carta fuera amistosa para que Estrella le contestara. También quería que fuera firme para que Estrella entendiera lo que quería decir.

Así que escribió,

Querida Estrella: Ha pasado mucho tiempo desde que dejaste los Estados Unidos. Espero que tú y toda tu familia estéis bien. ¿Qué hay de ti? ¿Estás casada ahora? ¿Y cómo ha ido todo? Estoy casada y tengo una niña. Es muy mona y tiene el pelo rubio como su padre. Nos gusta más estar aquí que en Estados Unidos. Pero sigue siendo muy difícil vivir. Me pregunto si podría enviarme algo de dinero. Lo necesito de verdad

y le agradecería mucho que me devolviera parte
del préstamo que le hice. Atentamente, Margarita

Lo publicó rezando para obtener algún resultado.

La casa estaba tranquila durante el día, pero por la noche se
animaba con las visitas. Una noche, un grupo de jóvenes estaba
reunido en el patio, bailando y cantando. Deseosos de captar toda la
atención de la multitud, Barr y Rafael se ataron los guantes de boxeo,
despejaron el centro del patio e iniciaron un amistoso combate
de exhibición. El público bromeaba, lanzaba pullas primero a
uno y luego al otro. Luego, algunos empezaron a gritar «¡Rafael!»
Otros, para hacer el combate más interesante, empezaron a corear
el nombre de Barr. Se sabía que Rafael no tenía competencia en
todo San José, pero el fornido desconocido era fuerte. Podían
ver sus músculos tensos y duros a la luz de la luna. Cesaron las
risas. Tensa y excitada, la multitud miraba mientras el impacto
de los guantes sonaba cada vez más fuerte. Rafael era un luchador
poderoso que había aprendido a hacer que sus puños obedecieran
a su mente. Barr era un luchador nato, veloz, rápido, loco, que se
defendía y aguantaba, hirviendo con un odio amargo que le escocía
y envenenaba y purificaba su ser desde que había estado en el país de
los parlanchines. Estaban perfectamente emparejados. Respirando
con dificultad, daban pasos y corrían de un lado a otro, esquivando
golpes, balanceándose, infligiendo cada vez que encontraban huecos.
Barr se sacudió un fuerte lametón de Rafael en la mandíbula, maldijo
en voz baja y entró a matar a Rafael, golpeando el labio cortado y el
ojo hinchados de Rafael. El siguiente golpe de Rafael en la nariz de
Barr trajo sangre que salpicó su cara. Luzare rugió:

—Detened a esos chicos. Se acabó la fiesta. Es demasiado duro.
Los amigos se cernieron sobre Barr y Rafael y se los llevaron a sus
habitaciones separadas. Al día siguiente, sin embargo, les obligaron
a comer juntos. Se miraron amenazadores, pero no hablaron. Toda
la familia comía a tragos apresurados, sintiendo que en cualquier
momento la mesa podría convertirse en una escena de matanza.

Cada vez que Rafael se encontraba con Barr en la casa, flexionaba
el brazo y sonreía lenta y maliciosamente en dirección a Barr. Barr

pasaba los días en el patio haciendo ejercicio y columpiándose en una barra que se había construido. A ratos paseaba con un rifle bajo el brazo, apuntaba a un pájaro en un árbol y lo abatía, luego miraba y captaba la atención de Rafael. En la calle, los dos hombres se disputaban la atención. Barr era como un gallo de caza pavoneándose, expandiendo su pecho hasta que sus camisas de jersey se estiraban hasta quedar ceñidas y Rafael se pavoneaba por las calles como un dios.

El aire estaba demasiado tenso para Luzare. Mirando a su alrededor, a los rostros ceñudos, se ponía en pie de un salto con cada comida. Con una rabia volcánica, maldecía y golpeaba el gong de la campana de la cena mientras vociferaba, «No soporto este lugar. Si no puedo tener paz en esta casa, voy a echar a todo el mundo. Esto tiene que acabar». Luego subía por el pasillo tan rápido como podía forzar su cuerpo. Luzare ya no era el mismo. Después de cada arrebato estaba tan temblorosamente débil que, una vez dentro de su habitación, se tambaleaba por el suelo y se caía sobre la cama. Además, había cambiado su costumbre de toda la vida de levantarse temprano. Ahora se levantaba de la cama hacia las diez de la mañana, desayunaba, leía hasta la hora de cenar y, a primera hora de la tarde, llamaba a uno de los chicos de la tienda para que fuera a recogerle en el coche. Cuando llegaba a la tienda, recorría los pasillos examinando toda la mercancía nueva, los expositores, y daba su opinión aquí y allá. Se abría paso hasta la oficina, donde se sentaba un rato con los libros. Su agudo cerebro sumaba las cuentas del día con la rapidez de una máquina. De vez en cuando señalaba alguna insatisfacción o error. Otras veces cerraba los libros con un gruñido, volvía a la tienda a grandes zancadas y le decía a un hijo con la cabeza que le llevara a casa.

Con voz pesada, Luzare habló una noche con Libia.

—Odio que Margarita se vaya, pero, que Dios me ayude, no tengo elección. Ella trajo consigo su propia perdición. No puedo soportar a ese cabrón engreído ni un día más. ¿Sabes lo que está haciendo ahora? Va por la ciudad haciéndose pasar por americano. No sólo eso, sino que el otro día alguien me dijo que lo vio con unos hijos de puta de la Guardia. Rafael le honra, concho diablo que es.

1949

Por lo menos tiene alguna habilidad, listo con los libros de negocios. Es un borracho, un maldito borracho, pero por lo demás da la talla. —Luzare recorrió el piso, sudó, balanceó sus pesados brazos y se retorció con su conciencia. Señaló con la cabeza hacia la sala de billar y continuó—, Escucha a ese bebé enclenque. No puedo sacarlo a la calle. Arrastrarlo lo mataría. Pero el bebé de Margarita es fuerte. Tendrás que pedirles que se vayan. No aguanto más. Me da igual cómo, dónde, qué, ¡pero que se vayan! —Y giró con ira en la voz para añadir—, Y fíjate en esto. Ni un peso de mi dinero va a sostener ese carajo. No lo olvides! Libia asintió con la cabeza. Ella había cargado con el secreto de la mala conducta de Barr y al hacerlo

Figura 87 A

Una casa propia

creció su odio hacia el muchacho cada día más. Su única intención era echar a Barr de casa.

Al día siguiente, Libia habló con Margarita de buscarse una casita propia. Mientras el panorama seguía atrayendo a Margarita, las dos se fueron a buscar casa. En las afueras de la ciudad, Libia encontró y pagó el primer mes de alquiler de una casita de tres habitaciones, un lugar sencillo con suelo de tierra y un interior ahumado y oscuro. Pero Libia no quería contratar más de lo que la pareja pudiera pagar si Barr encontraba trabajo, ni más de lo que ella misma pudiera pagar con los fondos de la casa, si se veía obligada a pagar el alquiler. Sobre todo, Luzare no debía saber que había ayudado en algo. Libia tampoco consideraba despiadado el acuerdo. Aunque su cruz nunca había sido la pobreza en el matrimonio, se había visto obligada a soportar todos sus agravios conyugales sin el bálsamo del amor. Soportó los temperamentos de Luzare y dio a luz a sus hijos, concebidos sin pasión, mientras que el matrimonio de Margarita, ella lo sabía, era de una pasión tremenda. Y con tal abandono de afecto, uno podía fácilmente perdonar, olvidar y vivir. Libia se proponía perdonar a Margarita todo lo que pudiera, sin consentir a Barr ni un bocado.

El primero de julio, Margarita se mudó a su casita, encaló todas las paredes y volvió a pintar los muebles que su madre les había mandado. Libia pagó y envió a una conchita, Gabriela, para que ayudara a Margarita con el bebé. Ella misma traía fruta todas las semanas y se encargaba de abrir una cuenta de crédito para las necesidades medicinales del bebé en la farmacia, con la condición de que la llamaran para verificar la cantidad y el artículo. Era una precaución que tomaba para evitar que Barr hiciera alguna compra.

Pero toda la ayuda que su madre podía prestar seguía dejando a Margarita haciendo su propia colada. La conchita era demasiado pequeña para esa tarea. Los pañales que en casa de su madre habían quedado blanqueados por la lavandera, pronto se tiñeron de amarillo. Y no pasó mucho tiempo antes de que Margarita tuviera las manos cortadas y en carne viva por manipular los acres trozos de carbón negro que alimentaban la pequeña estufa.

Ineficaz y totalmente perdida para las tareas domésticas,

Margarita no terminaba nunca desde que salía el sol hasta que se ponía. Barr iba de un lado para otro, pegaba un cartel fuera como cebo para los conchos en el que se leía *CLASES DE INGLÉS* y esperaba a los conchos deseosos de mejorar su estatus en la vida. El cartel atrajo curiosos y durante unas semanas seis o siete estudiantes dedicaron dos horas semanales a esforzarse con la lengua desconocida. Margarita enseñaba el alfabeto a los principiantes mientras Barr, el profesor, hacía pedagogía con los más avanzados. Gabriela también fue una bendición para Margarita. Por mucho que Margarita despreciara a aquella mujer alta, delgada, vieja y entrometida, no habría podido arreglárselas sin ella. Aquella criatura huesuda y de figura monótona, con sus pesadas medias negras de algodón, siempre madrugaba para llevar a los cinco hijos de su hija al colegio, hacer la colada diaria y, en cuanto terminaba su trabajo, se iba a echar un vistazo a la casa de Margarita. Siempre una anciana intensamente curiosa, señalaba la mesa o la silla y comentaba, «Me llevo esto si no lo necesitas». Al no recibir ninguna donación, atacaba los platos o la colada con sus manos nudosas y ajadas y pronto tenía la colada tendida. Fue su curiosidad la que la llevó hasta Margarita una mañana cuando, al no ver movimiento en la mísera morada de Margarita, asomó la cabeza por la puerta del dormitorio. Margarita estaba tumbada en la cama, ciega de vértigo. Al ver a la anciana, se esforzó por levantarse, pero en cuanto todo su peso estuvo sobre sus pies se produjo una súbita expulsión. En el suelo, entre sus piernas, yacía un horrible espectáculo nauseabundo, como vísceras de pollo ensangrentadas. Asustada por el desagradable montón, Margarita chilló:

—¿Qué es eso?

Gabriela empujó tranquilamente a la niña a la cama, le quitó las almohadas de debajo de la cabeza y se las puso bajo los pies, y luego se fue a cavar un hoyo en la parte trasera de la casa para enterrar el feto. Después regresó y dijo:

—No hay de qué preocuparse, sólo es un aborto. ¿No sabías que estabas embarazada? Pero ya no importa. Quédate en la cama hasta que dejes de sangrar. Eso es todo.

Margarita suspiró y pensó «Embarazada otra vez y el bebé de

sólo cinco meses. ¿Tendré siempre tanta suerte?».

Pensó enseguida en su madre, pero mientras pensaba se dio cuenta de que Libia no estaba en casa. Se había ido a Nueva Orleans la semana anterior para operarse de la vista. Enloquecida, Margarita se preguntó dónde conseguiría ayuda. Llevó a la conchita a la farmacia en busca de la medicina que Gabriela le había dicho que necesitaba, pero la niña volvió con las manos vacías. El hombre no vendería a menos que doña Libia Constant dijera «sí» y ¿dónde estaba doña Libia Constant? Barr no estaba. Se había ido a Puntarenas a buscar trabajo.

En su necesidad, Margarita pensó en Jaime, pero fue inútil. Recordó haber oído a alguien contar que Jaime Aragón se había ido a México después de la revolución. En realidad, no le habían obligado a salir del país como a muchos de los comunistas conocidos, pero había habido otra forma. Durante meses después de la revolución, mantuvo su consulta abierta, esperando a clientes que nunca llegaban. Un médico no puede tener una sala de espera vacía para siempre. Y se llevó a toda su familia con él. El hermano de Jaime se había casado con la hija de Paco Guardia, engendrada de un criado y criada por la mujer de Paco. Paco, el hermano de Calderón Guardia, era ingeniero. Toda la familia Guardia vivía en la riqueza y el lujo que se habían llevado de Costa Rica.

Durante una semana no hubo alivio para Margarita. Gabriela se quedaba con el bebé, lo bañaba, lo alimentaba con la leche que los otros vecinos traían y que les sobraba de sus propios hijos. A menudo, la anciana prescindía de su propia comida para llevársela a Margarita.

Mientras Margarita yacía en su lecho de enferma, pensaba a menudo en la ironía misma de vivir. Aquí era presumiblemente rica. Su padre tenía tanta riqueza que hizo que se fundara todo un pueblecito, con su iglesia. Y como conmemoración el pueblo fue conocido como *San Luzare*, sin embargo ella, su hija y su hijo, debían depender de las limosnas de las manos de los más humildes y miserables. ¡Qué extraños y tortuosos giros puede tomar la vida de uno! Pero para ser honesta en su propio pensamiento, Margarita tuvo que admitirse a sí misma que Luzare nunca consintió a sus hijas con lujos ni con demasiado dinero gratis. Hasta el día en que se marchó a Estados Unidos, todavía acudía a su padre con la palma de la mano extendida para que le pusiera un solo peso. Recordaba cómo solía decir exasperada, «Pero papá, ¿cómo pretendes que vaya al cine y me tome un refresco con medio dólar?».

Pero Luzare nunca cedía. Siempre se mostraba absolutamente firme en las transacciones de dinero. Siempre sacudía la cabeza enérgicamente y preguntaba, «Hija mía, ¿de qué tienes necesidad? Tienes ropa bonita, zapatos, buena comida, una casa grande. No está hecho para que uno tenga demasiado. El dinero estropea y destruye cuando está en exceso de su necesidad. Piensa en los miserables y avergüénzate de ti mismo. Ahora vete y deja de pedir más. Nunca te echaré a perder».

Y sobre el automóvil. A Margarita nunca le había sentado bien que en el garaje hubiera un Buick largo y elegante. Cuando cumplió dieciséis años y suplicó que la dejaran aprender a conducir, Luzare se negó. Margarita recordó cómo había lloriqueado, «Pero en Estados Unidos a las chicas se les permite conducir, ¿por qué a nosotras no?».

Su padre se limitó a gruñir. «Da igual. No estáis en Estados Unidos, y si no os gusta ir con chófer podéis coger un taxi o, mejor aún, podéis ir andando. Me da igual cómo llegues». En sus paseos dominicales, el chófer conducía como si fuera al cementerio y Margarita y Anabella siempre arengaban. Luzare sólo resoplaba y decía, «Sabes que me pone nerviosa ir rápido. Muy bien, si no disfrutas de estos paseos por el placer del paseo, me desharé del chófer. No voy a montar como si fuera a un incendio». Y eso fue exactamente lo que hizo. Despidió al chófer, y el Buick se quedó parado a menos que Víctor se apiadara y viniera a conducirlos de vez en cuando.

Un día llegó una carta con matasellos de Honduras y Margarita la rasgó en su ansiedad por abrirla. Era de Estrella y decía:

> Querida Margarita: Me ha alegrado saber de ti. De verdad, me alegré. Yo también estoy casada con un americano. Es como tu marido, rubio y se llama Johnny. Tengo un niño pequeño. Es

moreno. Le llamo Ricardo porque es el nombre de papá.

Tenemos nuestra casa y Johnny tiene un avión, aun así es muy difícil para mí enviarte dinero ahora, pero un poco más adelante lo haré. Nunca olvidaré lo que hiciste por mí. Tú me ayudaste y yo te ayudaré ahora que lo necesitas. Escríbeme pronto. Con cariño, Estrella. Mamá y papá te mandan recuerdos.

Figura 87 B

Bandera de Costa Rica en cinta ondulante.
iStock.com/Ekaterina Grebeshkova
https://www.istockphoto.com/vector/costa-rica-flag-on-waving-ribbon-gm2201236495-618901339

1949

Figura 87 C

El Escudo de Armas de la República de Costa Rica.
iStock.com/Bortonia
https://www.istockphoto.com/vector/republic-of-costa-rica-coat-of-arms-
gm1341560984-421263048?clarity=false

CAPÍTULO TREINTA Y DOS

Su Último Aliento
Diciembre de 1949

FINALMENTE, CON FUERZAS PARA CAMINAR hasta la pulpería, Margarita llamó a Ricardo a la tienda. Él escuchó su historia y finalmente dijo:

—Está bien. Puedes irte a casa siempre que Barr se mantenga alejado. Margarita reflexionó sobre lo que haría con Barr, que había vuelto de Puntarenas sin trabajo y hambriento.

Se lamentaba:

—¿Pero qué puedo hacer? No tiene dinero para alimentarse. No puedo dejar que se muera de hambre. Ricardo acabó cediendo hasta el punto de decirle que enviara a Barr a un pequeño hotel donde le esperaría una reserva para una semana. También dejó claro que la principal razón por la que le permitía volver a casa era para que le ayudara a cuidar de Luzare, que estaba en cama. Terminó la conversación diciendo que mandaría un camión a recoger los muebles. A última hora del día, Víctor condujo el automóvil hasta delante de la destartalada puerta, Margarita y su bebé, con su hatillo de ropa, subieron y en pocos minutos estaba de nuevo en casa.

Diciembre de 1949

De nuevo en su apartamento se sintió infinitamente más aliviada de su carga. Sin embargo, su padre estaba postrado en la cama y no dejaba de reclamar su atención durante todo el día. Siempre le habían gustado los baños frecuentes y no iba a negárselos ahora. No quería que una enfermera extraña le tocara el cuerpo y exigía que su hija le fregara todo el cuerpo a fondo y por completo cada mañana. Después del baño, cogía un extremo de la toalla con cada mano y se la pasaba por la brillante calva hasta que su fina y clara piel brillaba. Después quería que le pusieran su atuendo completo, su traje, con cada ojal abotonado, y sus calcetines y zapatos. Le gustaba darse un baño de esponja al mediodía para refrescarse. Por la tarde, Margarita se escabullía a Barr con un saco lleno de comida de la cocina. Y como se le había encomendado la tarea de comprar alimentos, tenía que pellizcar y escatimar para mantener pagado el alquiler de la habitación de hotel de Barr. No se desperdiciaba ni un trozo de comida. La cocinera se enfadaba con ella porque doña Libia siempre le había permitido llevarse las sobras a casa para sus hijos.

Nada parecía ayudar a Luzare. Perdía fuerzas sin cesar. Ricardo escribió a Libia para que acortara su propia convalecencia y volviera a casa. En Nueva Orleans, recién salida del hospital, Libia estaba eufórica por los contactos que había hecho. Después de escuchar su voz grabada, Radio City de Nueva York le había enviado un telegrama pidiéndole una entrevista. Pero la siguiente llamada fue de Ricardo diciéndole que cogiera un avión y viniera. Luzare había llegado a un estado de alucinación y Margarita no sabía cómo cuidarle. Cuando intentó darle de comer sopa, a él le pareció arroz. El arroz se convertía en pan y, cuando no sabía como parecía, se daba cuenta de que había gato encerrado, no quería saber nada de eso y empujaba la bandeja con rabia. Anabella rara vez entraba en la habitación de su padre. Se había marchado, como le había pedido Ricardo, al cuarto de la plancha con sus bebés llorones. Pero estaba furiosa porque Margarita no se había movido, tampoco ella, estando directamente encima de la habitación de su padre.

En primer lugar, Margarita no tenía intención de abandonar su acogedora reclusión en el piso de arriba. En segundo lugar, desde la expedición de rescate de las gallinas, tenía miedo de las

330

habitaciones del servicio. Incluso ahora, cada vez que pensaba en ello, se estremecía. El recuerdo estaba aún demasiado fresco en su memoria.

Una noche, poco después de que ella y Barr llegaran de Estados Unidos, hubo un terrible alboroto en el cuarto de servicio. Una gallina graznó con fuerza. Libia se volvió hacia Margarita y le dijo:

—Ve a ver qué le pasa a esa gallina ruidosa, ¿quieres, Linda? Algo la está molestando. De todas formas está nerviosa, ahí detrás intentando cuajar. Margarita fue a la habitación desnuda y vacía que había caído en desuso desde que Libia dio de alta a su criado. En una amplia repisa baja, en la penumbra, Margarita distinguió a la vieja gallina mientras se retorcía y graznaba obstinadamente.

Se acercó y deslizó la mano bajo la cálida suavidad del cuerpo de la gallina para palpar los huevos. Sintió la dura suavidad de dos huevos y, al deslizar la mano, la posó sobre una superficie áspera, fría y dura que nunca antes había tocado. Retiró la mano rápidamente y volvió al pasillo para decirle a su madre:

—Mamá, la gallina sigue alterada. Hay algo en el nido. No sé lo que es.

Libia respondió:

—Coge a Barr con la linterna. Cuando el círculo de luz iluminó a la angustiada gallina, también captó el brillante cuerpo de una serpiente, con el extremo de la cola todavía en el nido, debajo de la gallina. Su cuerpo se deslizaba entre una grieta de la pared, y en ese momento, Barr sacó un machete de la pared y lo levantó para golpear a la serpiente, el cuerpo redondo del gran reptil se retorció, se deslizó por la grieta y desapareció. Dos polluelos que no habían salido del cascarón quedaron aplastados con sus caparazones desmenuzados en sus cuerpos. Margarita aún podía sentir la áspera frialdad del cuerpo de la serpiente cuando había metido la mano en el nido.

Un día Margarita tomó un tarro grande y cogió un autobús a Cartago, al santuario de Nuestra Señora de los Ángeles. Se sentó en la frescura sombría de la hermosa iglesia y esperó su turno en la fuente mientras otros llenaban sus jarras y salpicaban las aguas curativas sobre sus cuerpos, sus cabezas, sus caras, ojos y brazos. Alrededor

Diciembre de 1949

de la pared colgaban objetos de oro y plata, incluso algunas baratijas baratas, entregadas a la iglesia como muestras de agradecimiento por quienes habían sido ayudados por las aguas.  Figura 88

La Negrita
KsenQO/Shutterstock.com
https://www.shutterstock.com/image-photo/virgin-mary-figurine-known-la-negrita-1802828080

Finalmente, pudo llenar su jarra con el agua del manantial que burbujeaba en la piedra circular. Margarita le llevó el agua a su padre pensando que pronto se libraría de su dolor. Con cautela se acercó a su lecho:

—Papá, he traído agua de La Negrita. Por favor, bébetela. Puede que te haga sentir mejor.

Luzare se inclinó hacia delante con un repentino movimiento de agradecimiento y dijo:

—Dame el agua. Creo en esa virgencita. Me la beberé. Bebió unos tragos profundos e hizo que la enfermera le guardara el resto.

El día en que Libia debía regresar, toda la familia fue al aeropuerto a recibirla. Con la noticia del esperado regreso de su esposa, la mente de Luzare se puso repentinamente alerta y lúcida. Pidió un baño, se vistió con su traje más nuevo y se peinó el flequillo de pelo negro hasta que formó un suave montoncito sobre su cabeza. Entre los dos, Víctor y Arturo sostuvieron el imputable peso de su padre hasta el automóvil. Ricardo condujo a la familia por La Sabana hasta la terminal del aeropuerto y allí ayudaron a salir al pesado hombre y lo sentaron en el vestíbulo. Se sentó despatarrado en la silla, medio desmayándose de vez en cuando. El vuelo de mediodía fue una decepción. Libia no estaba a bordo. Los hijos preguntaron a su padre si quería volver a casa y esperar dos horas hasta que llegara el siguiente avión, pero Luzare, con la frente llena de sudor, negó con la cabeza calva y vieja. Cuando, por fin, el avión de las dos se desvió y se posó y los pasajeros desembarcaron, Ricardo esperó a ver la figura de Libia antes de despertar a su padre de su sueño somnoliento y enfermizo.

De pie en el balcón, Anabella y Margarita apenas podían reconocer a su madre. Llevaba un sombrero con medio velo e incluso desde lejos había algo extrañamente raro en su aspecto. Mientras bajaban corriendo, Libia entró a saludar a Luzare. El anciano tomó a su esposa en brazos y la abrazó y besó abiertamente por primera vez en la memoria de los niños. Una y otra vez declaró:

—Qué bien que hayas vuelto. Los niños fueron buenos conmigo, pero no pudieron ocupar tu lugar. —Y había un temblor en su voz cuando añadía—, Tenía miedo de morir antes de que volvieras, —pero reanimándose con la visión de su esposa respiraba—, ¡Qué guapa estás, qué bien!

Las niñas observaron que el rostro de su madre no era muy distinto del de la Gioconda. Era blanca y sin arrugas por un lado, como la de una jovencita, pero fija y sin expresión. Ni siquiera el párpado se movía. Mientras que el otro lado era Libia, sonriente y llorosa, generosa y abierta en todas sus fugaces y encantadoras expresiones.

Aquella tarde, los niños celebraron un pequeño té en la casa en honor del regreso de su madre. Libia permaneció junto a Luzare para evitar que se esforzara por seguirla. Constantemente buscaba su mano para tocarla y acariciarla y comentar a quien estuviera cerca:
—Mira, ¿no es preciosa? Tan maravillosa. Tengo una esposa tan hermosa. Y sus ojos oscurecidos por las cataratas, llenos de la gloria de su ser, no podían ver su rostro aún no curado de su operación.

Libia se dio cuenta enseguida de toda la caótica condición del hogar. Aquello era un matadero para Luzare. Es cierto que había una enfermera a mano en todo momento, pero una enfermera no

Diciembre de 1949

podía controlar la incesante entrada y salida de parientes. Los tres chicos entraban y salían durante todo el día, turnándose al salir de la tienda. Los bebés gemían desde el fondo de la casa y Margarita y Anabella se gritaban con sus agudas voces de enfado.

Cansada y agotada por el viaje, Libia llamó aparte a Ricardo y le pidió que trasladara a Luzare a Alajuela, al hotel del complejo. En cuestión de una hora, se llevaron a Luzare a un lugar de descanso más tranquilo. Una vez en el hotel, Libia encargó comida especial para su marido. Durante dos semanas, los dos vivieron como nunca lo habían hecho antes, relajados, contentos en compañía del otro. Y de alguna extraña manera Libia era consciente de una felicidad que nunca antes había tenido. Por fin estaba en su luna de miel. En esta hora tardía de su vida, había encontrado en Luzare al hombre que había buscado pero del que sólo había vislumbrado a través de los años. La dureza y la tensión de Luzare habían desaparecido, y se habían liberado en ella una gran ternura y devoción. En lugar de pasión, compartieron el amor. A media mañana desayunaban sin prisas, paseaban por el parque hasta el mercado de frutas y de vez en cuando se paraban a descansar. O a veces se sentaban a charlar con viejos amigos que pasaban por allí. Libia también estaba recuperando fuerzas. Y el médico que venía todos los días desde San José para revisar a Luzare estaba encantado con el cambio y la mejoría de su paciente.

Pero el martes por la mañana de la semana siguiente, Luzare se sentó en su cama y murmuró a Libia, que ya estaba vestida y se cepillaba su pelo corto y gris como el hierro.

—Me siento tan extraño que no creo que me levante a desayunar. —Libia ordenó que le enviaran el desayuno a la habitación y, cuando llegó la bandeja, se sentó cerca y ayudó a su marido con la comida. Pero Luzare apartó la bandeja con fastidio y empezó a hablar con frases enrevesadas y a medio terminar. Se volvió de nuevo hacia Libia y en un misterioso tono de ensoñación comentó—, Anoche tuve un sueño extraño. Soñé que un cura venía a verme para confesarse, pero yo le decía que se fuera. —Luego giró a medias la cabeza en actitud de escuchar y contestó—, Sí, sí. —Escuchó un momento más. Pero rechazó enérgicamente a su interlocutor—. ¡NO, no, NO!

—Y entonces, con voz asustada y perdida, gritó—, Libia. —Ella le tocó la mano con dulzura. Él se hundió en la almohada tosiendo—, No es nada. No es nada. —Pero pronto se despertó, tembloroso, suplicando—, Libia, Libia, reza, reza el rosario conmigo. Libia obedeció de inmediato, cogiendo el rosario que siempre llevaba colgado del cabecero de la cama. Pero había asombro en su voz. Nunca había oído rezar a Luzare.

Por la tarde se despertaba de pequeñas siestas, aturdido y jadeante, siempre asustado hasta que oía la voz de su mujer y se tranquilizaba. Otra vez por la noche gritaba y se encogía en posición fetal. Pero después se enderezó y volvió a dormirse. Al día siguiente, el médico se inclinó con rostro ansioso sobre el anciano, que jadeaba sin aliento. Después de hacer su chequeo, el doctor meneó la cabeza gravemente hacia Libia y susurró escuetamente:

—Está muy, muy enfermo. Tiene complicaciones. Será mejor que lo lleven a San José. Libia llamó a Ricardo para que trajera una ambulancia para Luzare, pero por la tarde el médico pensó que sería mejor que Luzare hiciera el viaje a la mañana siguiente. Libia le preguntó a Luzare si quería un sacerdote. Su mente parecía muy agitada. Parecía estar luchando, resistiéndose, casi aceptando, pero de nuevo rechazando una voz que sólo él oía. Pero ante la sugerencia de un sacerdote, Luzare se limitó a sacudir la cabeza cabizbajo. A la mañana siguiente, la ambulancia recorrió el trayecto habitual de treinta minutos en dos horas. Renato se sentó junto a su abuelo, sudando en el calor y la cercanía del vehículo que avanzaba lentamente. Mientras lo llevaban en silla de ruedas por el patio hasta su casa, Luzare miró a su alrededor con ojos perplejos, se volvió hacia Libia e inquirió:

—¿Dónde estoy?

Ricardo respondió con voz tierna:

—Papá, ésta es tu casa. Has vuelto a casa.

Pero el anciano negó con la cabeza con vehemencia y exigió que lo llevaran a su verdadera casa, llorando desconsoladamente.

—Esta es una casa extraña. ¡Llévame a casa! ¡Llévame a mi casa!. Lo llevaron a la antigua habitación de Víctor y enseguida se rodeó de personal médico. Le colocaron una tienda de oxígeno, los médicos lo

Diciembre de 1949

examinaron y le hicieron una transfusión. Las enfermeras esperaban junto a la pared a la espera de órdenes. La gente iba y venía hasta tarde, asomándose a la cama, deteniéndose para rezar con Catalina y Libia, que estaban arrodilladas en el pasillo con las manos levantadas suplicando al cielo que detuviera la muerte. Las velas parpadeaban y los pasos iban y venían.

A las once de la noche, Luzare se durmió y la familia se retiró a descansar. Pero a la mañana siguiente todos se levantaron temprano y entraban y salían de las habitaciones. Luzare seguía jadeando, pero su rostro estaba más plácido, más relajado, y parecía mucho más fuerte. Sin embargo, a primera hora de la tarde comenzó a luchar, a jadear y a ponerse morado. Las venas de su frente se volvieron azules, nudosas y parecidas a cuerdas. Las ancianas que estaban allí reconocieron este síntoma de muerte inminente y comenzaron a susurrar emocionadas, «¡Oh, se va a morir! ¡Se va a morir!». Y la familia, que observaba y escuchaba, tomó velas de la Virgen y caminó llorando de habitación en habitación.

Libia tocó el codo de su madre y se fueron al dormitorio de Libia para encerrarse en oración. Al regresar de la pulpería, Margarita sintió el silencio y la nueva presencia en la casa y entró corriendo en la habitación de su padre. El médico estaba en ese momento frente a los hermanos y negaba con la cabeza diciendo:

—No puedo mentir. Está muy mal. Todos deben salir.

Pero Margarita se dejó caer en una silla y sollozó:

—Quiero quedarme aquí. No puedo irme. Todos los ojos estaban puestos en Luzare, que en su última hora se oscureció y luchó tan valientemente contra su enemigo invencible como lo había hecho en vida. El médico sujetó la muñeca del anciano y le tomó el pulso. Una enfermera le sujetaba el otro brazo desde debajo de la tienda, administrándole una transfusión. Hubo un largo suspiro y una lenta exhalación, y la palabra «Libia» sonó dulce y clara, desvaneciéndose suavemente en el último aliento que Luzare tomaría jamás.

Capítulo 32

CAPÍTULO TREINTA Y TRES

Acostado Para Descansar
Diciembre de 1949

EL MÉDICO RETIRÓ LA SÁBANA y miró lentamente a Margarita y a sus tres hijos, uno por uno. Habló lentamente:

—Lo siento. Hice todo lo que pude, pero ha fallecido.

Víctor se abalanzó hacia su padre, le levantó las viejas manos cuadradas y las besó entre lágrimas, sollozando:

—Viejito, no nos dejes. No nos dejes, viejito.

Y Ricardo, aturdido por el dolor, sacudió bruscamente a su padre y gritó:

—Despierta, despierta, no nos dejes ahora. Respira. —Se derrumbó, llorando—, Todo lo que tengo se ha ido. Pero inmediatamente se enderezó y señaló a las enfermeras que desnudaran y bañaran a Luzare. Mientras las enfermeras fregaban cuidadosamente las piernas, Arturo colocó una toalla sobre los hombros de su padre, le tapó la boca con algodón y lo dejó cómodo, casi con una suave sonrisa. Luego le enjabonó y afeitó la cara, le enjabonó y frotó las orejas y la cabeza calva hasta que brilló. Roció un tónico de lila dulce sobre el flequillo y lo alisó. Levantó la sábana hasta la barbilla de Luzare y se sentó a esperar a que Margarita trajera las sábanas limpias para el entierro.

Libia, que no había sido informada de la muerte de Luzare, se levantó de sus oraciones, cruzó el pasillo y se acercó a la cama, sorprendida de que Luzare pareciera tan fresco, tan revivido. Se acercó a la cabecera, le acarició el brazo con cariño y murmuró en tono burlón:

—Luzare, estás mejor. —Pero su agarre se tensó. Apartó la sábana, sacudió el cuerpo flácido y gritó—, Luzare, Luzare, escúchame, abre los ojos. —Poco a poco, soltó su agarre. Con cuidado, volvió a colocar la sábana mientras su rostro se transformaba en una horrible distorsión, con un lado moviéndose y el otro inmóvil. Su voz era tan fría, tan sin vida, tan muerta como el propio cuerpo de Luzare cuando volvió a hablar—, Estás muerto. No sirve de nada. Estás muerto. Los hermanos, que permanecían en silencio a su lado, la sacaron de allí y alguien le dio un estimulante.

Arriba, Margarita rebuscó y sacó las finas sábanas blanqueadas y bordadas a mano que había guardado en lo más profundo del baúl que una vez había preparado para Jaime. Las cogió bajo el brazo y bajó rápidamente a la sala mortuoria. Los hermanos colocaron un crucifijo sobre el pecho de Luzare, cruzaron sus viejas y fuertes manos sobre él y envolvieron su cuerpo con fuerza, como si fuera una momia, hasta que solo quedaba visible su cabeza. Colocaron el cuerpo en el ataúd que acababan de entregar, una caja forrada con satén blanco y cubierta con terciopelo gris por fuera. Libia colocó flores frescas alrededor de la almohada sobre la que descansaba su cabeza y prendió medallas religiosas en la sábana que cubría su pecho.

Los dolientes se sentaron solos o en pequeños grupos vestidos de negro, rezando, hablando de Luzare e incluso dirigiéndose a él como si aún pudiera oírlos. La casa se llenó de voces apagadas, solo interrumpidas por algún que otro sollozo incontrolado de algún familiar. Otras personas iban y venían por el pasillo de camino a la cocina para tomar café recién hecho. Todos los sirvientes entraron en fila para presentar sus respetos, todos vestidos de negro. Enor se inclinó para mirar a Luzare y luego se volvió y sonrió con sarcasmo a

Figura 89 A

Luzare descansada

Libia. Ya se burlaba sabiendo que ya no habría restricciones para él. Y entró Francisco, un hombre solemne, tranquilo, pequeño y de aspecto refinado, con ropa gruesa y pulcra. Alguien susurró después de que se marchara que estaba enamorado de una chica de la alta sociedad, pero él sentía la diferencia entre sus clases sociales y nunca mancillaría el nombre de ella pidiéndole que se casara con él. Y alguien más añadió que la propia chica había declarado abiertamente su amor por Francisco.

La noche y la oscuridad azulada del exterior acentuaban la tristeza. El viento en el patio soplaba con una fuerza inusual. De repente, el silencio se rompió con un grito desgarrador procedente del piso de arriba. Margarita corrió hacia allí y encontró a la pequeña Isabel todavía agachada sobre Charlene. Margarita la apartó del cuerpo del bebé, le dio una fuerte palmada y la tiró al suelo. La cara angelical de Charlene estaba ensangrentada y arañada. Pero cuando Anabella llegó, Margarita ya le había limpiado la cara al bebé con una esponja. Anabella espetó:

—¿Por qué le has dado una palmada a mi hija? Ella no se da cuenta de lo que hace.

Margarita siseó:

—Eso es lo que siempre dices. Podría matar a mi bebé y a ti no te importaría.

Rafael, tratando de apaciguar los ánimos, declaró:

—Me alegro de que lo hayas hecho, Margarita. Esta niña nunca hace caso a nadie. Y con eso, él y su familia se retiraron a la parte trasera de la casa.

Margarita le había prometido a su madre después del incidente del *ca-ca* que no volvería a ponerle la mano encima a Isabel. Aquel había sido el día en que subió las escaleras y descubrió que Isabel había hecho sus necesidades sobre su alfombra azul. Cuando la regañó, la niña levantó el puchero con insolencia y con el pie arrastró la suciedad más profundamente en la alfombra. Margarita agarró a la niña y le dio unos azotes hasta dejarle las nalgas enrojecidas. Cuando la niña finalmente se escapó, corrió gritando hacia su madre. Después de que Libia escuchara la historia de Anabella, reprendió severamente a Margarita y le prohibió volver a corregir a la hija de Anabella. Y Margarita mantuvo su promesa hasta ese momento.

Al día siguiente, a las doce, los tres hermanos levantaron el ataúd de su padre sobre sus hombros, lo llevaron al otro lado de la calle y bajaron las dos cuadras hasta la pequeña iglesia que había fundado su madre. Allí, después de escuchar el réquiem, el ataúd fue colocado en un carruaje tirado por cuatro caballos blancos cubiertos con redes y fue llevado al cementerio. Los caballos caminaban lentamente, a un ritmo entrenado, con sus borlas con flecos temblando a cada paso. Siete carruajes con flores seguían al carruaje.

Y Otilio Ulate Blanco, presidente de la República, asistió al funeral para rendir homenaje personal a Luzare. Así, el 3 de diciembre de 1949, Luzare Constant, a la edad de setenta y siete años, fue enterrado. Aunque no en la tierra de Esmeralda. Hacía tiempo que había comprado un terreno para él y su nueva familia.

Y Barr, a quien Margarita le había informado de la muerte, asistió. Para el acercamiento, vistió una corbata brillante y un traje azul entre los dolientes vestidos de negro. Estrechó la mano de cada uno de los hermanos, ablandado por el dolor, les agradeció por haber venido y dijo que sentían que una familia debía estar unida en momentos de duelo.

En casa, Libia lloraba una pérdida que solo ella conocía en su totalidad. Luzare había sido la encarnación de la contradicción. Cuando ella esperaba simpatía y comprensión, él estallaba en un arrebato de mal genio. Cuando ella temía la dureza, él a menudo mostraba una generosidad poco común y algo parecido a la ternura. Cuando ella ansiaba generosidad, él se mostraba grosero. Pero en las últimas dos semanas de su vida, ella había conocido a un Luzare refinado por el crisol de sus aflicciones, un compañero adorable. Disfrutaban de una amistad endulzada y mezclada por los intereses mutuos de una vida pasada juntos. Solo ella conocía esa pérdida irreemplazable. Inclinó la cabeza y dijo un requiescat.

Figura 89 B

Procesión fúnebre de Luzare

Figura 89 C

El lugar de descanso final

CAPÍTULO TREINTA Y CUATRO

Entierro De Su Alma
1949-1950

URANTE LOS DÍAS SIGUIENTES, LA casa se llenó de visitantes condolidos. Libia se sentaba en el salón y los recibía a todos con amabilidad. Los telegramas y las postales con bordes negros se apilaban en la mesa del vestíbulo. Luzare había sido un hombre íntegro y no había sido olvidado tras su muerte. Los periódicos publicaron su foto y la biografía de su fenomenal ascenso a la fama.

Durante nueve noches, un altar, creado por Libia con una gran mesa cubierta con un mantel negro sobre un fondo de cortinas blancas, brillaba con velas y un crucifijo flanqueaba la pared donde murió Luzare. Los dolientes buscaban la habitación y se quedaban allí llorando. Los curiosos llenaban y abarrotaban el lugar. Personas que nunca antes habían tenido motivos para entrar en la casa ahora deambulaban ociosamente por las habitaciones. Una vecina chismosa a la que Libia siempre había ignorado le presentó sus respetos y luego le preguntó con voz afectada:

—Bueno, Libia, ahora que tu marido ha fallecido, estarás bien arreglada. Muchos de nosotros no podemos sentirnos tan tristes por tu situación.

Libia se tensó y se apartó el pañuelo de la nariz. Respondió con dureza:

—¡Dinero! No estoy pensando en el dinero. Ni siquiera he oído el testamento. Pienso en lo que he perdido. Lo siento, pero tendrás que irte. No me encuentro bien, discúlpame. Y se retiró a su dormitorio, dejando que la mujer de lengua larga buscara ella misma la salida.

Margarita se encontró esperando con ansias a Stefano, un octogenario que caminaba recto como un bastón y que, muchos años atrás, había sido chófer de Luzare y manitas de Esmeralda. Margarita escuchaba embelesada, helada, mientras Stefano, con seriedad y ojos desorbitados, contaba una historia tras otra sobre espíritus infelices e inquietos que vagaban por la tierra, buscando a sus enemigos vivos o formas de recuperar sus propias almas. El viejo fanfarrón y jovial permaneció soltero toda su vida. Pero incluso a su edad, nunca dejaba pasar una figura atractiva. Cada tarde, al llegar, siempre iba a la cocina, donde la sirvienta estaba perpetuamente lavando tazas. Le daba un buen azote en el trasero con sus largos dedos huesudos y se reía ante su cara sorprendida y enfadada. Mientras sorbía su café, contemplaba sus pechos puntiagudos, le decía lo bonitos que eran y le juraba que renunciaría a su soltería por ella. Cuando terminaba su café, dejaba la taza, volvía al salón, se sentaba y, en pocos minutos, un público interesado de dolientes se agolpaba a su alrededor.

Le gustaban las historias de Llorana, la mujer caballo que lloraba, y siempre incluía al menos una historia espeluznante sobre ella. La primera noche recordó una historia que don Luzare le había contado hacía mucho tiempo. Un suceso que el propio don Luzare había vivido y que quién podía decir que no era cierto. Así, Stefano comenzó su relato:

«Una vez, don Luzare dijo que asistió a una fiesta en una casa. Esto fue cuando era solo un joven. Había un grupo de chicos y chicas juntos en una casa privada. Durante la noche, don Luzare dijo que sintió una necesidad natural y fue al retrete exterior. Pero cuando estaba a punto de abrir la puerta, salió una mujer. Don Luzare nunca había visto a esa mujer. La miró. Era hermosa y no dejaba de preguntarse quién era. Tenía el pelo largo y rubio y llevaba un camisón fino que se ceñía a su cuerpo. Aun así, no le dirigió la palabra. Cuando volvió a la cama, preguntó a los otros chicos que estaban en la habitación quién era la chica rubia. Todos le respondieron, «¡Es imposible! No hay ninguna chica rubia en la fiesta». Uno de los chicos cogió una bengala y empezaron a recorrer las habitaciones. En ese momento oyeron caballos, como una manada de caballos, excepto que el ruido parecía provenir de debajo de la casa. Uno de los chicos cogió la luz y se arrastró debajo de la casa. Al cabo de un minuto llamó a todos los demás para que vinieran a ver. Allí estaban, lo suficientemente claras como para que todos las vieran, huellas de cascos debajo de la casa. Al día siguiente, la fiesta se disolvió. Todas las chicas estaban demasiado asustadas para quedarse más tiempo. Llorana siempre aparece cuando sospecha de un amor impuro. Puedes contar con ella.»

Todos los presentes se estremecieron. Otra noche, Stefano contó una historia aún más escalofriante sobre Llorana. Esta vez garantizó su veracidad porque él mismo había visto pruebas de ello.

«Una vez, —dijo—, Hernon, el chico de la limpieza que trabajaba en la casa donde yo trabajaba, bajó a Heredia, su casa. Salió tarde una noche, después de las doce, y estaba esperando en la calle el autobús con su maleta en la mano.

Pero decidió que haría autostop si podía. Justo en ese momento pasó un coche viejo, pero era extraño en cierto modo. Tenía un chófer. Hernon le preguntó si podía llevarlo. El hombre asintió y Hernon se subió al asiento trasero. Y allí estaba ella, sentada con su largo cabello rubio, tan hermosa, con su vestido holgado, una auténtica visión, más bien como un ángel. Hernon me dijo que no le habló. Solo la miró. Finalmente, le tocó los brazos, le acarició las manos y ella le devolvió las caricias. Se acercó más, quería besarla. La besó y ella le devolvió el beso. Pero se volvió demasiado apasionado, demasiado ansioso. La hermosa mujer giró la cara por un momento. Cuando volvió a mirarlo, era una cara horrible, la cara de una mula, larga y con dientes grandes. Le abrió la boca de par en par y emitió un grito, un ruido horrible. Hernon se asustó tanto que saltó del coche en marcha y se rompió la mano. El conductor miró hacia atrás en ese momento y también saltó. Hernon volvió al trabajo con la mano vendada y dijo que nunca más le volvería a pasar. Dijo que nunca volvería a intentar hacer autostop».

Stefano se recostó y, esa noche, se aventuró a contar otra historia. Se disculpó por no haber visto nunca a la Llorona, pero dijo que había visto al Cadejo. Y con eso, su audiencia se estremeció. Entonces Stefano continuó:

«Ahora bien, este perro negro es como Llorana. Siempre aparece en mitad de la noche. Es negro, negro como el carbón, y del tamaño de un caballo. Una noche, pasada la medianoche, caminaba por la calle. No había nadie más que yo. De repente, cruzó la calle y se puso delante de mí, con la cabeza gacha, con un aspecto extraño, y aunque lo tenía bien a la vista, desapareció, justo delante de mis ojos. La luna estaba llena y brillante, pero desapareció, se esfumó en la nada. —Y añadió una advertencia—,y si alguna vez ves a un animal así, mejor no intentes tocarlo, porque en realidad es el diablo».

Stefano siempre era el último en marcharse y Margarita temía subir las escaleras una vez que la casa quedaba a oscuras. Una vez en la cama, siempre dormía con la luz brillando en sus ojos. Esperaba que, una vez terminados los nueve días de luto, su madre, ablandada, cediera y consintiera que Barr regresara a la casa. Libia, sin embargo, se mantuvo firme. Ni siquiera se molestó en responder, sino que con la mano apartó el pensamiento. Margarita reflexionó sobre la justicia de su madre. Al fin y al cabo, Barr no había tenido más culpa que Rafael en la pelea, y no debía ser castigado para siempre.

La noche de Nochebuena, mientras Anabella preparaba la mesa para la gran cena, Margarita, con dedos tan delgados como los de una gitana, sostenía su bolsa de papel en lo alto y recogía su botín de la mesa, sin apartar la vista de la esbelta figura de Anabella y de sus elegantes movimientos de ida y vuelta a la cocina.

Con la bolsa metida bajo la chaqueta, fue a ver a Barr. Las calles ya estaban llenas de juerguistas alborotados. En cuanto llegó a la habitación del hotel de Barr, lo sacó a la alegría. Estaba abrumada por el negro y cansada de las voces bajas y sombrías. Había un hastío en torno a la muerte. Ya había llorado lo suficiente. ¡Quería reír! Se ató un chal rojo sobre los hombros vestidos de negro y se puso un sombrero de copa alto que le había quitado a un transeúnte borracho. Ella y Barr se abrieron paso entre la multitud gigante hasta el parque, donde miles de personas lanzaban confeti, tocaban cuernos de papel, silbatos, reventaban globos y bebían whisky barato de botellas largas.

A las once, alegres y felices, Margarita y Barr se abrieron paso entre la multitud borracha hasta la habitación del hotel. Margarita extendió un periódico sobre el suelo sucio y lleno de basura y allí se sentaron alegremente para dar un festín. Con risas comieron su cena de Nochebuena. Una manzana para cada uno, algunas uvas, un tamal gordo y grueso que había sido suculentemente preparado por la mano de la abuela Catalina, y un poco de chocolate. Después de la cena, Margarita se metió en la cama junto a su marido. A diferencia de su noche de bodas, ahora no había reticencias. Nunca más lo haría esperar. Ella sentía la misma impaciencia que él y la consumía hasta que ya no pudo consumirla más.

Sus hombros desnudos sintieron el frescor y el frío de la madrugada. De repente, se despertó por completo. De pie, temblando de frío y con los brazos desnudos ante la ventana abierta, escuchó la grave voz de la campana de la catedral que decía con

Figura 90 A

El entierro de su alma

fuerza, *No duermo. Tampoco dormito. ¡Porque el Dios de la ciudad vigila la mañana!* —Sonó con fuerza—, *Levántate, ven. ¡Te daré belleza por cenizas, blancura por el escarlata de tu alma*! Una gran ráfaga pareció buscar en lo más profundo de su ser. Su espíritu estaba abrumado. Se sentía pequeña, atrapada y tan asustada como en el momento en que, a los siete años, se arrastró por una ventana de ventilación y se metió debajo de la casa. Oyó pasos sobre su cabeza, pero cuando gritó, nadie la oyó. El polvo se posó suave y pulverulento sobre sus manos mientras gateaba. Y una tarántula negra y peluda, con un cuerpo grande y redondo, se levantó de su nido de tierra, estiró las patas, se detuvo y la miró fijamente durante un largo momento, y luego se alejó con sus largas patas parecidas a las de un cangrejo.

Y ahora, en el sepulcro de su alma, voces y rostros la llamaban. Había el rostro de un niño pequeño, Edwin. Y Jaime, con su absurda sonrisa de bravucón. A continuación, Maurice sacudió su poderosa melena como un león gentil y Barton se inclinó y echó un vistazo mientras su cabello brillaba al sol. Luego apareció el rostro de un bebé, con hoyuelos y fresco. «¿Quién había cuidado de Charlene la noche anterior?», se preguntó de repente. Detrás de todos los rostros, la dulce voz de su madre parecía suplicarle que se quedara y fuera a misa. Quería gritar y liberarse de su condenación, pero era como una pesadilla en la que no podía emitir ningún sonido.

Poco a poco, miró a su alrededor. La habitación destartalada era una visión repugnante a la luz limpia de la mañana. Periódicos viejos, colillas y botellas de licor abarrotaban el suelo. Una noria hecha con palillos de dientes se balanceaba precariamente sobre la cómoda, hecha por Barr, pero era demasiado frágil para tocarla. La ropa sucia de Barr estaba tirada descuidadamente por todas partes. Basura, basura desagradable, todo ello.

Barr yacía en la cama, con un brazo sobre la cara. Su basura. Él era suyo y ella era suya. No había forma de separar su ser del de ella. De alguna manera extraña, al someterse a su pasión, él se había convertido en su pasión. Él la había violado y ahora era su violación.

PURE, repicaba la campana de la iglesia, *Pure*. «¿Qué era *puro*»? ¿Alguna vez se había sentido inmaculada y buena? Recordaba que había habido un tiempo en el que ella, una niña pequeña vestida de blanco, sostenía un lirio en una mano y esperaba para ir al altar para su primera comunión. Había habido un maravilloso ruido de canto en su cabeza. Se sentía ligera, elevada, como si solo tuviera que levantar los pies y flotaría hacia arriba y fuera de la iglesia y subiera al cielo. Pero ahora no podía recordar el sonido del canto. Se había desvanecido, como todos sus años de infancia e inocencia. Todo se había desvanecido.

Se despertó con un estremecimiento, buscó su ropa interior y se preguntó si no sería una buena idea que Barr hablara con Ricardo para que los enviara de vuelta a Estados Unidos. Ahora era el momento de preguntar, mientras Ricardo todavía estaba triste.

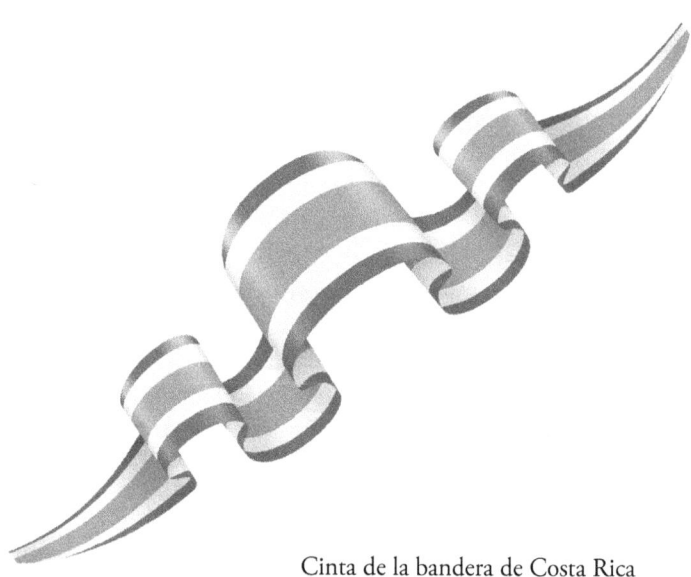

Cinta de la bandera de Costa Rica
iStock.com/PeterPencil
https://www.istockphoto.com/vector/costa-rica-flag-
ribbon-set-vector-stock-illustration-gm1337195075-
418165107?clarity=false

Figura 90 B

Glosario

Abatido - infeliz, decepcionado, sin esperanza.

Abatimiento - triste, deprimido.

Abejones - Escarabajos.

Abito - Vestido de hábito de monja.

Ablución - Lavarse o limpiarse, por motivos de higiene personal o como parte de un ritual de purificación.

Abluciones - El acto de lavarse.

Abnegado - que se niega a sí mismo.

Abogado - jurista con capacidad para ejercer en tribunales superiores.

Abolido - Poner fin formalmente a.

Aborrecido - Mirar con repugnancia y odio.

Aborrecimiento - Un sentimiento de repulsión u odio hacia una persona o cosa.

Abuchear - hacer comentarios groseros y burlones.

Acarició - acariciar o mimar con cariño.

Acomodado - instalado en un lugar cómodo, seguro o secreto.

Acompañar - escoltar.

Acorralado - Acercarse y dirigirse a una persona de forma audaz o agresiva.

Adivinar - predecir.

Adornado - decorado.

Advenedizo - persona de origen desconocido que ha adquirido riqueza e influencia. Despectivo.

Afable - Amigable, afable o fácil de hablar..

Afectado - Comportarse, actuar o hablar de manera falsa o fingida para impresionar a los demás.

Afluente - Adinerado.

Agitado - nervioso o confuso.

Agonizante - que causa un gran dolor físico o mental.

Agotado - sin energía.

Aislado - separado y escondido.

Ajuar - ropa, ropa de hogar y otras pertenencias que una novia reúne para su boda.

Alargado - largo y delgado.

Alboroto - disturbio ruidoso o pelea.

Alboroto - escena de tumulto y confusión.

Alegremente - despreocupado y alegre.

Alegremente - lleno de alegría y diversión.

Alejamiento - dejar de tener una relación amistosa o de formar parte de un grupo social.

Aleteó - volar de forma inestable o flotar batiendo las alas rápida y ligeramente.

Aliado - unirse en una alianza.

Altivamente - de manera antipática, desdeñosa y con aire de superioridad.

Altivez - arrogancia o soberbia.

Amablemente - de manera amistosa y agradable.

Amenazante - intimidatorio.

Amigos íntimos - amigos cercanos o compañeros.

Amonestación - Advertencia.

Amoniado - tratado o impregnado con amoníaco.

Angustiado - profundamente alterado y agitado.

Anhelo - deseo o nostalgia.

Animarse - despertarse. Motivarse.

Apaciguar - calmar a alguien.

Apariencia - aspecto exterior de algo cuando la realidad es diferente.

Aplastar - poner fin a algo.

Aquilino - como un águila.

Archer - inventor británico del ácido utilizado para grabar negativos fotográficos de vidrio.

Ardiendo lentamente - Ardiendo lentamente.

Ardor -entusiasmo o pasión.

Arengar - dar un discurso largo y apasionado.

Arpía - mujer avara y desagradable.

Arraigado - buscar o excavar algo de manera casual.

Arrogante - tener un sentido exagerado de la propia importancia o capacidad.

Arrugado - arrugado o marchito.

Arrullado - tranquilizado, calmado.

Arrullando - tranquilizador.

Artimaña - Acción destinada a engañar a alguien.

Artimañas - formas de engañar a alguien para que haga algo.

Ascot - Corbata ancha de seda.

Asiduidad - Con mucho cuidado y atención.

Asombrado - abrumado por el asombro.

Asp - Con forma de serpiente.

Atascado - atascado o enredado.

Ataviado – Vestido de manera elegante y ligeramente formal.

Atento - consciente y atento a algo.

Atiborrarse - comer con avidez o glotonería.

Atolladero - difícil.

Atontado - tener un efecto embotador o inhibidor.

Atractivo - atractivo o seductor en apariencia o carácter.

Atravesar - pasar por o cruzar.

Atuendarse - vestirse o decorarse de forma llamativa.

Augusto - Majestuoso o digno.

Aulló - emitir un sonido agudo, como un maullido o un gemido de gato.

Auspicioso - Favorable, lo que indica éxito futuro.

Austera - severo, duro.

Austeridad - severidad o rigidez en el trato.

Austero - Severo, austero o estricto en sus modales, actitud o apariencia.

Avalancha - torrente masivo.

Avergonzado - Avergonzado, incómodo.

Bacinilla - orinal.

Balaustradas - barandilla sostenida por postes decorativos.

Balbucear - emitir una serie de sonidos cortos y explosivos, como escupitajos o ahogos.

Baqueta - varilla para apisonar la carga de un arma de fuego de avancarga.

Bendición - bendición.

Benignamente - amablemente, con gentileza.

Blandir - agitar o mover amenazadoramente.

Blonda - pequeño tapete ornamental hecho de hilo anudado.

Bochornoso - atractivo de una manera que sugiere una naturaleza apasionada.

Bordeado - cosido para hacer un trabajo decorativo con hilos extraídos.

Botines - una bota, zapatilla o calcetín que suele llegar hasta el tobillo.

Brigadas de Choque - brigadas de choque.

Brillantes - adornos relucientes.

Brocado - tejido rico con un patrón en relieve, normalmente con hilos de oro o plata.

Bruscamente - Interrumpir de repente con palabras bruscas y airadas.

Brutalmente - de forma grosera.

Burla - ridiculización o burla despectiva.

Burlarse - no auténtico o real, falso.

Burlesco - expresar ridiculización o desprecio.

Burr - trino o vibración de la letra «r».

Ca-ca - palabra española que significa caca, basura o mierda, dependiendo del contexto.

Caballeros - caballeros.

Caballo de tiro - caballo que tira de un vehículo utilizado para transportar mercancías; carro o carreta fuerte sin laterales.

Caché - Oculto o almacenado en algún lugar.

Cadejo - Espíritu sobrenatural que aparece como una criatura con forma de perro, con ojos azules cuando está tranquilo y ojos rojos cuando ataca.

Cadencioso: caracterizado por un agradable y suave subir y bajar.

Caldarse - exponerse a un calor agradable.

Caleidoscopio - patrón complejo de colores o formas cambiantes.

Calma - intervalo temporal de silencio.

Calmar - Calmar, apaciguar, tranquilizar, poner fin a algo satisfaciendo.

Camarilla - grupo pequeño y exclusivo de personas que no permite que otros se unan a él.

Cantos fúnebres - Canciones e himnos para los muertos.

Capacious - Que tiene mucho espacio interior; espacioso.

Capricho - satisfacer una idea inusual, inesperada o fantasiosa para detener la ira.

Caprichosamente: de manera fantasiosa.

Caprichoso - juguetón, anticuado o fantasioso de una manera atractiva y divertida.

Capricious - Propenso a cambios repentinos e inexplicables de humor o comportamiento. Impredecible.

Caraja - Maldición.

Carajitas - Niñas pequeñas. Vulgar.

Carajo: gilipollas, capullo. Vulgar.

Carminio - color carmesí (rojo) intenso.

Carousers - gente que se divierte, bebe en exceso, habla y ríe en voz alta.

Cartago - Cartago es la capital del cantón de Cartago, en la provincia de Cartago, Costa Rica.

Cassimere - tela de lana para trajes, de tejido liso o de sarga.

Cast - hacer una búsqueda mental o visual.

Castigo - castigo infligido a alguien como venganza.

Cavalier - mostrar una falta de preocupación adecuada.

Celo - estar en celo.

Cervatillo - color marrón amarillento claro.

Charlar - hablar o conversar sin sentido o sin importancia.

Charol - cuero con una superficie barnizada brillante.

Chillón - desagradablemente brillante y llamativo.

Chusma - multitud numerosa y ruidosa que grita.

Cínico - que desconfía de la sinceridad o la integridad humanas.

Cobarde - malvado y cruel.

Codicia - mostrar un fuerte deseo de apropiarse de cosas.

Coherencia - comprender lo que ha sucedido. Unir las piezas de forma lógica.

Cólico - cuando un bebé sano llora o se inquieta con frecuencia sin motivo aparente.

Complicidad - Ayudar o animar a alguien a hacer algo malo.

Comprometido - resolver una disputa mediante concesiones mutuas.

Con delicadeza - de una manera que muestra modales refinados o delicados.

Con desdén - Con desaprobación o desprecio.

Con el ceño fruncido - mirar o fijar la mirada con enfado o irritación.

Con entusiasmo - de una manera que muestra extremo placer y felicidad.

Con lentejuelas - cubierto o decorado con pequeños discos brillantes.

Con nostalgia - sentimiento de añoranza vaga o arrepentida.

Con volantes - moverse de forma exagerada.

Conchitas - chicas campesinas.

Concho - campesino, argot.

Concienzudo - que desea hacer lo correcto.

Conciso - abrupto.

Conciso - dar mucha información de forma clara y con pocas palabras.

Concotic - hacer algo, normalmente comida, añadiendo varios ingredientes diferentes, a menudo de forma original o improvisada.

Confuso - Confundido.

Confuso - desconcertado.

Conivente - astuto, intrigante o conspirador.

Conmoción - cambio o alteración violenta o repentina de algo.

Consolado - que ha reconfortado a alguien en su dolor o tristeza.

Consternación - sentimientos de ansiedad o consternación.

Constreñido - restricción forzada.

Contoneándose - Caminar con confianza moviendo las caderas de lado a lado de forma que llame la atención.

Contrafuertes - muros, fuentes de defensa.

Contrición - sentirse arrepentido y penitente.

Contrito - sentir o expresar remordimiento o pena.

Conventual - mantenido alejado del mundo exterior; protegido.

Convivial - amistoso, animado y agradable.

Coqueta - actitud seductora.

Corde - Del latín «Levantad vuestros corazones» o, literalmente, «Corazones hacia arriba». Es el diálogo inicial del prefacio de la plegaria eucarística o anáfora en las liturgias cristianas.

Corpiño - prenda que cubre el torso desde el cuello hasta la cintura.

Correr - correr con zancadas largas y saltarinas.

Cortesano - Persona que asiste a la corte real como compañero o consejero.

Credulidad - disposición a creer que algo es real o verdadero.

Cremitas - las cremitas de leche son un plato similar a las natillas.

Cuerda - cuerda o línea.

Cuerdas - festival de música en vivo que destaca géneros latinos como el bolero, la cumbia, la salsa, el merengue, etc., y el folclore.

Culpables - personas responsables de un delito u otra fechoría.

Curvilíneo - forma atractivamente curvada.

Débilmente - sin fuerzas.

Decoro - falta de observancia de un comportamiento acorde con el buen gusto y la corrección.

Defensa - resistir sin ayuda.

Degenerado - inmoral o corrupto.

Delirante - confuso y desorientado.

Delirar - hablar de forma descabellada o irracional.

Demacrado - excesivamente delgado y huesudo.

Denuncia - condenar abiertamente como incorrecto o reprensible.

Deplorable - muy malo y que debe ser desaprobado.

Depredador - que busca explotar u oprimir a otros.

Desánimo - estar extremadamente decaído.

Desatento - que no presta atención a algo.

Descansar - colgar flojamente de la boca.

Descanso - sentarse, tumbarse o estar de pie de forma perezosa y relajada.

Descaradamente - de forma audaz y sin vergüenza.

Desconcertado - profundamente o completamente confundido.

Desconcertante - Que causa preocupación.

Desembarcada - bajado, descendido.

Desenfadadamente: de una manera que muestra que estás feliz y seguro de ti mismo.

Desgranado - se deshizo de él, se libró de él.

Deshonesto - poco sincero.

Desmontado - bajado.

Desolado - abandonado, solitario o sombrío.

Desordenado - carecer de un plan, propósito o entusiasmo.

Desordenado - desordenado o desaliñado.

Despectivamente - de forma desdeñosa

que muestra desdén.

Despectivamente - mostrar que se cree que algo tiene poco valor o importancia.

Despeinado - desordenado, desaliñado.

Despojado - robar o quitar violentamente.

Desterrar - expulsar.

Destreza - habilidad y rapidez en los movimientos.

Determinar - Asegúrate de ello.

Detestar - no querer.

Devorar - comer rápidamente y con voracidad o glotonería.

Diadentro - sirviente contratado.

Diario de Costa Rica - un periódico.

Didáctico - destinado a enseñar, particularmente en lo que se refiere a la instrucción moral.

Dilapidado - en mal estado.

Dilatar - ensanchar, agrandar o abrir más.

Dilatorio - lento para actuar.

Dilema - estado de no poder decidir qué hacer ante una situación en la que se está involucrado.

Din - Ruido fuerte, desagradable y prolongado.

Dingy - Sombrío y lúgubre.

Dique - arreglar o embellecer para que se vea mejor.

Discernida - Reconocer, percibir.

Discordia - Desacuerdo entre personas.

Discurso encendido - discurso largo, airado y apasionado.

Discutir - discutir sobre asuntos insignificantes y sin importancia.

Disfrutar - disfrutar enormemente.

Disipado - hecho desaparecer.

Dispersando - alejándose.

Distorsionado - deformado o retorcido.

Divisar - ver.

Dócil - dispuesto a aceptar control o instrucciones. Sumiso.

Efigie - modelo de una persona.

Efusivamente - sin restricciones o excesivo en la expresión emocional.

Efusivo - con sentimientos de gratitud,

placer y entusiasmo.

Elegante - con estilo, refinado.

Elegantemente - de manera descuidada y encantadora.

Emaciado - anormalmente delgado o débil.

Empalagoso - suministrar un exceso no deseado o desagradable.

Empático - que muestra capacidad para comprender y compartir los sentimientos de otra persona.

Empujar - dar un empujón, empujar.

Encandilado - que proporciona un placer o alegría intensos.

Encinta - estado de gestación.

Enfadarse - estar callado y de mal humor por molestia o decepción.

Enfatizar - destacar la importancia de algo.

Engañado - burlado o engañado.

Engañar - engañar, convencer o inducir a hacer algo mediante halagos, persuasiones o astutas artimañas.

Enloquecedor - extremadamente molesto; exasperante.

Enrollado - perder el equilibrio.

Enrutado - derrotado y obligado a retirarse en desorden.

Ensalzado - alabado con entusiasmo.

Enumerar - mencionar varios elementos uno por uno.

Envalentonado - animado, con confianza o valor para hacer algo o comportarse de cierta manera..

Esbelto - delgado o de figura elegante.

Escaso - De poca cantidad o calidad.

Escaso - pequeño, limitado, exiguo.

Escote - los hombros y el pecho de una mujer que quedan al descubierto por el borde superior bajo de un vestido.

Escuchar - prestar atención.

Escudo - escudo o emblema alrededor de una cerradura o manija de puerta con un escudo de armas.

Espada ropera - espada delgada, ligera,

larga y de punta afilada.

Espartano - sencillo y severo, sin comodidades.

Espatulado - plano y extendido.

Espeluznante - que causa horror o repugnancia.

Espléndido - magnífico, de aspecto caro, grandioso.

Espumoso - con espuma.

Esquivar - apartarse.

Estandartes - símbolos.

Estigmas - marca de deshonra.

Estropeado - dañado o deteriorado.

Estropear - Dañar, arruinar o desfigurar.

Eufórico - muy feliz, animado o emocionado.

Evasivo - no claro ni directo.

Evitar - evitar deliberadamente el uso.

Exasperado - intensamente irritado y frustrado.

Exclamó - dijo con esfuerzo o fuerza.

Exhausto - agotado o angustiado.

Extasiado - lleno de intenso deleite y deseo.

Extático - expresar gran placer, entusiasmo, emoción o gran alegría.

Exuberancia - lleno de energía y emoción.

Facilito - hacer algo fácilmente o con facilidad, pero sin sinceridad.

Fango - terreno húmedo o fangoso.

Fantasia - pieza musical parcialmente improvisada y fluida.

Fantoccini - marionetas animadas mediante cables o mecanismos mecánicos.

Fascinado - completamente interesado.

Fastidioso - muy atento y preocupado por la precisión y los detalles.

Fatuo - tonto, ridículo o sin sentido.

Fenómenos - hecho o acontecimiento de la naturaleza o la sociedad que no se comprende del todo.

Fétido - que huele extremadamente mal.

Filigrana - trabajo ornamental decorativo.

Finca - finca, terreno, propiedad.

Florecer - gesto o acción audaz y extravagante para atraer la atención de los demás.

Floreciente - desarrollarse rápidamente y con éxito.

Flotando - pasar fácil o suavemente a través o como si fuera a través del aire.

Fortalecido - hecho más fuerte.

Frenesí - excitación incontrolada o comportamiento salvaje.

Frenéticamente - de forma angustiada debido al miedo, la ansiedad u otra emoción.

Frenético - muy excitado, incontrolado.

Fruncido el ceño - tener una mirada enfadada o hosca en el rostro.

Frunció el ceño - frunció el ceño con enfado o mal humor.

Fucsia - color rojo púrpura intenso.

Fugazmente - durante muy poco tiempo.

Funesta - Triste.

Glotón - comer y beber más de lo necesario.

Grave - sencillo.

Grotescamente - de una manera repulsivamente fea o distorsionada.

Guaro - Guaro, o Cacique, la marca oficial, es el licor nacional de Costa Rica. Se elabora a partir de la caña de azúcar y es similar al ron blanco.

Habituado - acostumbrado o acostumbrado a algo.

Habitué - persona que se encuentra habitualmente en un lugar determinado o en un tipo de lugar.

Harto - Satisfecho.

Hastiado - sensación de cansancio e insatisfacción.

Haz - manojo de palos.

Hechizante - encantador o delicioso.

Hendida - hendidura o abertura.

Hendidura - abertura estrecha.

Hilaridad - gran alegría.

Hinchado - abombado.

Hipnotizar - hipnotizar.

Histeria - emoción o excitación exagerada o incontrolable.

Hísticamente - con emoción descontrolada.

Holgazanear - acto de estar de pie o esperar sin hacer nada.

Horrendo - espantoso.

Horrorizado - aterrorizado, conmocionado, atónito.

Humanístico - humanismo. (enfatiza el potencial individual y social)

Humillar - Menospreciar o degradar

Huraño - sombrío.

Hurgar - buscar minuciosamente y de forma descuidada.

Idear - inventar algo de forma ingeniosa o engañosa.

Idílico - tranquilo.

Ilícitamente - De forma impropia o inmoral.

Ilícito - Prohibido por la ley, las normas o las costumbres.

Ilustre - Conocido, respetado y admirado por sus logros pasados.

Imbécil - Tonto o estúpido.

Impartido - dado a conocer.

Impecable - de la más alta calidad, libre de defectos o culpas.

Impecunioso - que tiene poco o ningún dinero.

Imperceptible - que no se puede notar.

Impío - falta de respeto.

Implorar - suplicar desesperadamente a alguien que haga algo.

Impotente - incapaz de tomar medidas efectivas; sin poder.

Improvisado - persona que se las arregla sobre la marcha.

Impulsivo - que incita (a alguien) a hacer algo.

Inaccesible - imposible de alcanzar o entrar.

Incesante - esfuerzo sin descanso.

Incesante - que continúa sin pausa ni interrupción.

Inclinado - inclinado o girado hacia un lado.

Inclinarse - inclinar la cabeza en señal de saludo.

Incompetente - carente de iniciativa o fuerza de carácter; irresponsable.

Incongruente - que no está en armonía o en consonancia con el entorno.

Inconsciente - sin sentido, sin planificación.

Incumbencia - descanso obligatorio.

Indignación - ira o enfado.

Indolencia - pereza.

Inescrutabilidad - difícil de entender.

Inevitable - seguro que sucederá; ineludible.

Inexorable - imposible de detener o prevenir.

Inexplicable - que no se puede explicar ni justificar.

Infatigable - persistente sin cansarse.

Ingeniosamente - original, creativo, inteligente.

Ingenioso - inteligente.

Inmaculado - Perfectamente limpio, ordenado o arreglado.

Inmersiones - un hombre rico que ignoró al pobre Lázaro y terminó en el infierno.

Inmovilizado - sujetar los brazos o las piernas.

Innato - innato, natural.

Inquieto - sensación de ansiedad o preocupación. Incómodo o preocupado.

Insensato - que carece de sensibilidad física.

Insensible - no darse cuenta o no preocuparse por lo que sucede a su alrededor.

Insidia - sutil, pero que causa daño continuamente.

Insidiosamente - de forma gradual y sutil, pero con efectos perjudiciales.

Insinuación - sugerencia indirecta o astuta.

Insinuaciones - comentarios que sugieren algo pero no se refieren a ello directamente.

Insistente - exigir algo; no permitir que

se rechace.

Insolentemente - de forma grosera e irrespetuosa.

Instigación - provocar un acontecimiento o una situación.

Intimidado - asustado.

Intolerable - incapaz de soportar.

Intrépido - de manera valiente, audaz o atrevida.

Intrincado - muy complicado o detallado.

Inundaciones - anegamiento.

Ira - enfado.

Irado - enfadado, furioso.

Irazú - el volcán más alto de Costa Rica.

Irritado - molesto, frustrado o preocupado.

Irritar - molestar o agravar.

Iznado - levantado o elevado.

Jardinières - soporte ornamental para plantas o flores; normalmente un macetero de cerámica.

Jig - baile animado.

Joséfinas - bailarines y artistas con colores vivos y alegres, y enaguas, trajes y camisas aún más llamativos. Se trata del traje típico costarricense que se está formando hoy en día y que ocupa un lugar en la cultura del país.

Juniper - verdes terrosos intensos con matices azules.

Kef - estado de ensueño provocado por una fiebre repentina.

Kewpie - muñeca con mejillas sonrosadas y un rizo en la cabeza.

Kiosco - escenario para bandas.

La Negrita - patrona de Costa Rica.

La Sabana - una gigantesca zona verde con senderos sinuosos, es uno de los principales lugares de verano para grandes eventos en Costa Rica.

Laboriosamente - con gran cuidado y minuciosidad.

Lacónico - breve y conciso, lo que puede parecer grosero.

Lacrimoso - propenso a las lágrimas o al llanto.

Lágrima báquica - momento de juerga y borrachera.

Lamentable - que suena triste y melancólico.

Lamentaciones - expresión apasionada de dolor o pena.

Lamentarse - llorar en voz alta.

Larguirucha - delgado, esbelto y, por lo general, grasiento.

Lascivo - que muestra un deseo sexual ofensivo.

Lateralmente - De lado, inclinado.

Lavabo - lavabo.

Lavandera - mujer que lava ropa.

Lavandería - mujer que lava ropa.

Lianas - plantas con tallos largos y flexibles que trepan, que están arraigadas en el suelo y suelen tener ramas largas y colgantes.

Liberar - liberar de una restricción, eliminar.

Libertino - que actúa sin principios morales, especialmente en cuestiones sexuales.

Lingüístico - que ha estudiado idiomas.

Llamado - hacer una señal a alguien para que se acerque o siga.

Loki - dios travieso y, a veces, malvado.

Luchar - pelear para ganar.

Lúcido - fácil de entender.

Lujosamente - con elegancia.

Maelstrom - poderoso remolino.

Magnanimidad - generosidad.

Malapert - descaradamente irrespetuoso con una persona de mayor rango.

Malicioso - con la intención o el propósito de hacer daño.

Malva - Color púrpura pálido.

Maná - Alimento suministrado milagrosamente.

Mandarín - Chino.

Mandato - tiempo que se ocupa un cargo.

Manipular torpemente - usar las manos con torpeza al hacer o manejar algo.

Manosear - palpar o buscar con las manos, tantear.

Mansedumbre - dispuesto a aceptar control o instrucciones. Sumiso.

Mareado - aturdido, tonto, feliz.

Marimba - Instrumento musical compuesto por barras de madera que se golpean con mazos. Debajo de cada barra hay un tubo resonador que amplifica su sonido.

Matadero - Planta de sacrificio

Matrimonio - Unión matrimonial.

maullando - gritos agudos.

Maza - arma o símbolo de autoridad.

Mejillas hundidas - piel oscura de aspecto envejecido.

Melancolía - profunda tristeza o abatimiento.

Melifluo - de olor dulce.

Mercería - ropa y accesorios para hombre.

Meticulosamente - mostrando gran atención al detalle; muy minuciosamente.

Metternich - estadista austriaco que formó una alianza contra Napoleón I.

Mew - estar enjaulado. Aquí, jaula.

Mezcla - mezcla de varios ingredientes.

Mezcolanza - mezcla confusa.

Miqueas 6:8 - «Y esto es lo que el Señor exige de ti: practicar la justicia, amar la misericordia y caminar humildemente».

Mirada Laciva - mirar fijamente de manera excesiva o con deseo sexual.

Mirado - mirar con atención o con dificultad.

Mirar con malicia - mirar o fijar la mirada con enfado o irritación.

Miscreante - alguien que se arrepiente de haberse comportado mal.

Mistificado - completamente desconcertado, perplejo o confundido.

Mofar - comentario despectivo.

Mofarse - provocar o desafiar (a alguien) con comentarios insultantes.

Molesto - fastidioso.

Monótona - carente de brillo o interés,

muy aburrido.

Moradas - Hogares.

Mordazmente - con duras críticas, dañino o doloroso.

Mortificación - gran vergüenza y humillación.

Mosaico - suelo de baldosas.

Mudar - Una caída.

Mulled - pensar o considerar.

Multitudinario - mucha gente, multitud apretujada.

Mundano - carente de interés o emoción.

Natant - flotante.

Nebuloso - vago.

Nefasta - persona o cosa que te desagrada mucho o te molesta.

Niminy-piminy - formal, correcto en el comportamiento, pero poco sincero. Remilgado, estirado, quisquilloso, delicado.

Ninfas - Espíritus mitológicos de la naturaleza imaginados como hermosas doncellas que habitan en ríos y bosques.

No correspondido - no correspondido o no recompensado.

Nocivo - extremadamente ofensivo.

Nocivo - Nocivo, venenoso o muy desagradable.

Nostalgia - anhelo sentimental o afecto por el pasado.

Nudoso - áspero, retorcido, rugoso.

Objetar - plantear dudas u objeciones o mostrar renuencia.

Obligado pero repugnado - obligado a hacer algo desagradable.

Obligar - ayudar, hacer un favor.

Obsceno - humor grosero u obsceno.

Obsequioso - obediente o atento en un grado excesivo o servil.

Ominosamente - advertir de un mal o desastre inminente.

Ominoso - que da la impresión de que algo malo o desagradable va a suceder.

Ondeante - lleno de aire e hinchado hacia afuera.

Opulencia - gran riqueza o lujo.

Oraciones de la mañana - oraciones matutinas.

Oraciones de la noche - oraciones nocturnas.

Ordenar - decir, instruir.

Orgulloso - carne inflamada que rodea una herida en proceso de curación.

Ostracizado - excluido de una sociedad o grupo.

Otilio Ulat - Otilio Ulate Blanco (25 de agosto de 1891 - 10 de octubre de 1973) fue presidente de Costa Rica de 1949 a 1953.

Pálido - Amarillento y con aspecto poco saludable.

Pálido - débil, sin fuerzas.

Pall - volverse infeliz, desesperanzado.

Pan Dulce - pan dulce.

Pantanoso - demasiado húmedo y fangoso para caminar con facilidad.

Páramo - zona de terreno ácido con hierba y vegetación de bajo crecimiento.

Parodia - representación distorsionada de algo.

Partenicida - a punto de dar a luz; en trabajo de parto.

Pasando el tiempo - pasar el tiempo de forma relajada.

Paseando - Caminar de forma lenta y relajada, sin prisas ni esfuerzo.

Paseo - caminar despacio y relajadamente.

Patois - dialecto de la gente común de una región.

Patricio - aristocrático.

Peaked - tener un aspecto enfermizo.

Peccadillo - una ofensa pequeña y relativamente sin importancia.

Peccavi - reconocimiento de un pecado.

Pedagogado - enseñado.

Peluquero - privado o carente.

Penitencia - castigo voluntario como expresión externa por haber hecho algo malo.

Pensativamente - absorto en pensamientos profundos y serios.

Peón - trabajador, obrero o persona que realiza trabajos duros o monótonos.

Perdido el tiempo - pasar el tiempo sin rumbo fijo.

Perfido - engañoso y propenso a la traición.

Perpetuamente - de una manera que nunca termina ni cambia.

Persistente - continuar firmemente en una línea de acción.

Persuasivo - persuasivo de forma suave y persistente.

Pertinaz - aferrarse firmemente a una opinión o a una línea de acción.

Perturbación - ansiedad; inquietud mental.

Perugino - pintor renacentista italiano.

Pesado - que tiene mucho peso.

Pestilente - portador de infecciones y enfermedades.

Petulancia - cualidad de ser infantilmente malhumorado o de mal genio.

Piadoso - devotamente religioso.

Picado - sentimiento de irritación o resentimiento que surge como resultado de un desaire al orgullo de alguien.

Picante - interesante y emocionante, especialmente por ser misterioso.

Pícaro - propenso a hacer cosas ligeramente traviesas por diversión; malicioso.

Piedad - religioso o reverente.

Pienso - alimento destinado a sustentar a las personas.

Pifia - error.

Pintoresco - atractivamente inusual o anticuado.

Pisotear - caminar.

Plantear - sacar a colación (un tema delicado o difícil) para debatirlo.

Plátanos - bananas.

Plátanos maduros - guarnición preparada con plátanos dulces.

Plato - cuenco, recipiente.

Poás - volcán activo en el centro de Costa

Rica.

Poco afable - grosero, mezquino.

Pomposidad - arrogante, engreído.

Portal - decoración grande e imponente de la puerta.

Póster - elemento decorativo que se cuelga encima o alrededor de la cama.

Pragmático - práctico, sensato.

Prepararse - prepararse, prepararse para la acción.

Presagio - sensación de que algo malo va a suceder.

Prescrito - recomendado.

Presumir - alardear.

Pretencioso - que intenta impresionar aparentando una importancia mayor de la que realmente tiene.

Privado - privado o carente.

Procurar - conseguir u obtener algo mediante un esfuerzo especial.

Profusamente - de manera muy rica, elaborada o lujosa.

Prolongado - que dura mucho tiempo.

Prometido - comprometido.

Pronóstico - acción de predecir o profetizar acontecimientos futuros.

Propenso - que tiene una tendencia o inclinación.

Protuberancia - abultamiento o saliente.

Providencial - que ocurre en un momento favorable.

Provocación - despertar una leve excitación o interés sexual.

Provocación - molestar y alterar intencionadamente.

Provocado - estimular o dar lugar a una reacción o emoción.

Proximidad - cercanía en el espacio.

Prudencial - que implica o muestra cuidado y previsión.

Pudriéndose - en estado de putrefacción o descomposición.

Pueril - infantilmente tonto y trivial.

Pugna - pelea a puñetazos.

Pulperías - tiendas de comestibles.

Puntarenas - ciudad de la costa pacífica de Costa Rica.

Puntarenas - conocida como la «Perla del Pacífico», Puntarenas es la provincia más grande de Costa Rica.

Puta - prostituta.

Querella - quejumbroso.

Quijotesco - poco realista e impracticable.

Ramera - prostituta.

Ramo - arreglo floral que se utiliza habitualmente como ofrenda conmemorativa.

Rebelde - rebelde.

Rebeldía - terco, independiente, que encuentra su propio camino y no es fácil de controlar.

Recatado - atractivo.

Reconocer - Aceptar, admitir o reconocer algo.

Recordar - recordar experiencias o acontecimientos pasados con placer o nostalgia.

Recurrir - adoptar un curso de acción indeseable para resolver una situación difícil.

Reflexionar - pensar detenidamente, considerar.

Reflexionó - absorto en sus pensamientos.

Reiterado - decir de nuevo, repetir.

Repleto - atiborrado, lleno.

Réplica - comentario agudo, airada o ingeniosamente directo.

Réplica - respuesta aguda y airada a un comentario que alguien ha hecho.

Réplica - respuesta rápida e ingeniosa.

Reprender - desaprobación severa.

Represalia - acto de venganza.

Represalia - realizar un ataque o asalto en respuesta a un ataque similar.

Reprimir - contener, impedir o someter algo por la fuerza.

Repugnado - obligado, pero: obligado a hacer algo desagradable.

Repugnante - desagradable, repulsivo.

Requiescat - deseo o plegaria por el descanso eterno de una persona fallecida.

Rescindido - revocar, cancelar o derogar.

Resonante - fuerte y claro.

Resonante - profundo, claro y que sigue sonando.

Resplandeciente - atractivo e impresionante por ser muy colorido.

Restringido - reprimido, limitado.

Reticencia - falta de voluntad para hacer o hablar de algo.

Retorciéndose - retorciéndose y contorsionándose.

Retrasado - alguien que se queda atrás.

Retribuir - pagar, reembolsar.

Revisar - Buscar de forma desordenada y sin método en una masa o recipiente.

Revoloteó - moverse con rapidez y ligereza.

Ridículamente - divertido, tonto.

Rogó: rogar con urgencia o ansiedad.

Roído - causar angustia constante.

Roma Ida: el 2 de agosto de 1944, casi 3000 mujeres, hombres y niños romaníes y sinti fueron asesinados en las cámaras de gas de Auschwitz-Birkenau.

Rubiant - resplandeciente.

Rubicundo - sonrojado.

Rubio - cabello de color amarillo pálido.

Ruidosamente - resistirse obstinadamente al control.

Ruidoso - ruidoso y difícil de controlar.

Sal Uvina - Ayuda digestiva con sal de oveja.

Santamaría - Héroe nacional de Costa Rica.

Santurrón - moralista y superior con aire de superioridad moral.

Santurronamente - Como si uno fuera moralmente superior.

Saqueado - registrado o pillado con el fin de robar.

Sarcásticamente - De forma burlona, con el significado contrario al de lo dicho.

Sátiro - Clase de dioses del bosque lujuriosos y borrachos con orejas de caballo o de cabra.

Se dejó caer - sentarse con pesadez.

Se deslizó sigilosamente - acercarse gradualmente a alguien.

Se deslizó sigilosamente - caminar tratando de pasar desapercibido.

Sebo - grasa animal utilizada para fabricar velas.

Secreto - oculto, escondido.

Segregación - acción o estado de apartar a alguien o algo de los demás.

Seleccionar - elegir entre otros, separar.

Senencio - Expresión facial deshonesta o sin principios.

Sensualmente - que implica la gratificación de los sentidos, especialmente de forma sexual.

Separado - Apartado; dividido.

Séquito - grupo de personas que acompañan o rodean a alguien.

Serenamente - de manera tranquila, pacífica y sin problemas.

Sereno - digno.

Sigilosamente - para no ser visto ni oído.

Silenciado - callado.

Siloé - El estanque de Siloam era una fuente de agua y vida para Jerusalén, especialmente en tiempos de crisis. También fue el lugar donde Jesús curó a un ciego y reveló su gloria.

Sin comprender - sin entender.

Sin descanso - de una manera incesantemente intensa o dura.

Sin malicia - inocente.

Sin pensarlo mucho - sin pensarlo mucho o sin interés.

Sin pretensiones - modestamente.

Sobreexcitado - en un estado de excitación nerviosa o ansiedad.

Sofística - utilizar engaños para lograr un objetivo político.

Sofocado - reprimido o detenido.

Sofocante - muy caluroso y que causa dificultades para respirar.

Solícito - mostrar interés o preocupación.

Soltar - decir algo de forma abrupta y sin pensar.

Somnoliento - con sueño; adormilado.

Sonámbulo - trastorno del sueño que implica un despertar parcial y la realización de actividades mientras se duerme.

Sonriendo - Sonreír de manera afectada, tímida, tonta o aduladora.

Sordidez - moralmente degradado.

Sórdido - que implica acciones y motivos que despiertan disgusto y desprecio moral.

Soso - carente de rasgos o características destacadas.

Sublime - grandioso, excelente o impresionante, que inspira admiración.

Subrepticio - mantenido en secreto, especialmente porque no sería aprobado.

Subserviente - dispuesto a obedecer a los demás sin cuestionar nada.

Sucumbir - someterse o rendirse.

Suministrar - proporcionar o abastecer.

Suplicando - rogar con fervor y urgencia.

Suplicante - que ruega.

Suprimir - poner fin por la fuerza.

Surcado - cubierto de zanjas largas y estrechas.

Suspiros - galletas de merengue crujientes y ligeras.

Susurro - sonido de gemido o suspiro.

Sutil - no obvio ni perceptible.

T.B. - tuberculosis.

TACA - TACA Airlines, originalmente llamada Central American Air Transports, fue fundada en 1931 en Honduras.

Tacacos - es una pequeña fruta verde sabrosa que se come como verdura. Solo se cultiva y se consume en Costa Rica.

Taciturnidad - silencioso, reservado.

Tafetán - seda fina y brillante o tejido sintético similar con una textura crujiente.

Talabartería - trabajo duro, servil o aburrido.

Tannhäuser - ópera en tres actos de 1845 de Richard Wagner (1813-1883).

Tartamudeo - hablar con pausas repentinas e involuntarias y repetir las letras iniciales de las palabras.

Tatterdemalion - harapiento o destartalado.

Tedioso - demasiado largo, lento o aburrido.

Temblando - estremecido.

Temblar - estremecerse.

Tempestuosamente - con emociones fuertes.

Tenazmente - perseverando obstinadamente.

Ticos - los costarricenses son conocidos como ticos y así es como se llaman a sí mismos con orgullo.

Timbre - calidad y tono de un sonido musical o una voz.

Tímidamente - avergonzado por la vergüenza.

Timidez - falta de valor o confianza.

Tiras - correas de cuero del látigo.

Toalla - toalla, paño.

Tonsorial - relacionado con la peluquería o la barbería.

Toscamente - sin buenos modales.

Trabajadores del café - trabajadores del café.

Tranquilidad - calma caracterizada por el cansancio o la inactividad.

Transportado - llevado o trasladado por lo especificado.

Travail - el trabajo de dar a luz.

Trino - sonido rápido y oscilante, como el de un pájaro.

Tristemente - de una manera que expresa tristeza o arrepentimiento.

Tristemente - lleno de dolor o expresando dolor.

Trolear - moverse por una zona o ir en busca de algo.

Tropiezar - moverse de forma inestable o confusa.

Turbio - turbulento.

Turrialba - volcán activo situado en el centro de Costa Rica.

Umbra - la parte más oscura de una sombra.

Unción - acción de ungir a alguien con aceite o ungüento como rito religioso.

Untuoso - excesivamente adulador o adulador.

Vainicador - aquel que separa o se deshace de lo malo o indeseable.

Varios - diversos.

Vehemencia - sentimiento o pasión fuertes.

Venenoso - malicioso. Como una serpiente.

Ventanas mirador: diseñadas para ofrecer una amplia vista.

Veranera - enredadera o árbol espinoso y arbustivo originario de Brasil y Perú, que se cultiva como planta ornamental en las regiones tropicales del mundo.

Verdadero - muy o extremadamente, a menudo utilizado para enfatizar algo positivo o impresionante.

Verdulería - frutería o verdulería.

Vigorosamente - de una manera que implica fuerza física, esfuerzo o energía.

Vivacidad - atractivamente animado y alegre.

Vivazmente - animado y enérgico.

Voluptuoso - bien formado y sexualmente atractivo.

Voraz - muy hambriento.

Vorazmente - ansia por algo más.

Vorazmente - de forma extremadamente hambrienta.

Yugo - cintura.

Yugo - unir.

www.ingramcontent.com/pod-product-compliance
Lightning Source LLC
Chambersburg PA
CBHW072301020726
47501CB00002B/345